한·일 설화소설의 비교, 동질성

박연숙

지식과교양

머리말

　필자는 그동안에 한국과 일본의 설화와 고소설을 고찰하여 책으로 낸 일이 있었다. 그때가 10년 전의 일로 미흡한 부분도 많았다. 그러므로 이번에 그 책을 다시 정리하면서 두어 편은 빼고 대신에 새로 쓴 논문을 더 보태 출간하게 되었다. 대부분 비교의 관점에서 논한 것인데 한일의 비교문학은 일찍부터 연구자들이 수행해 온 과제이지만 한 권으로 정리하여 출간된 책이 많지 않고 출간된 책도 고대문학과 근대문학 특히 소설에 치중하는 경향이 있었다. 설화문학에 관한 비교연구도 성기설의 연구 이후 확장된 논의가 이루어진 것 같지 않다. 그 이후 새로운 문헌 자료가 발견되고 구전 자료의 채집도 활발하게 이루어졌으며 매스 미디어의 발달로 여러 도서관을 다니거나 외국 자료의 본토로 가지 않아도 전자저널을 통해 자료를 볼 수 있기에 이전보다는 연구환경이 조성되었다. 이 책은 그러한 혜택으로 완성된 것인데 가능하면 한국의 학술계에 알려지지 않은 작품을 다루어 비교문학의 외연을 넓히고자 하였고, 잘 알려진 설화라도 미처 다루어지지 않은 연구주제로 이전과 다른 연구 방법론을 도모하고자 하였다.

　본 책의 제1부에서는 1장에서 5장으로 나누어 설화문학에 관한 논문들을 실었고, 제2부에서는 6장에서 8장으로 나누어 고소설에 관한 논문들을 실었다.

제1장에서는 〈도깨비방망이〉 설화가 일본으로 전파되고 또한 번안된 작품을 들어 국제적인 관점에서 논의하였는데 그간에 한국의 연구에서는 자국 자료만을 가지고 분석하였으므로 이 논문은 그 한계를 벗어나고자 하였다.

제2장에서는 중국 문학 수용의 한 범위로 호랑이와 관련된 『태평광기』 수록의 〈신도징〉과 『철경록』 수록의 〈호화〉 설화가 한일 양국의 고전문학에 어떻게 수용되었는지를 비교, 고찰하였다.

제3장에서는 산간벽지에 그려진 피세 공간이면서 동시에 이상향인 한국의 청학동과 일본의 가쿠레자토(隱れ里)의 유사성을 살펴 이들 이상향에 투영된 동질적인 의식을 고찰하였다.

제4장에서는 한국과 일본에 전승되는 전설민담에 등장하는 동굴에 나타난 이계관념의 동질성을 고찰하고 그와 함께 다양성도 살펴보았다.

제5장에서는 제주인에게 전승되어 온 이여도는 관념상의 섬이고 그 표상은 보편성을 지니고 있음을 섬나라 일본인이 해양에 지녔던 이향관(異鄕觀)의 비교를 통해 고찰하였다.

제6장에서는 조선 선조 때 작품인 『화사(花史)』와 에도시대의 작품인 『다마스다레(多滿寸太禮)』 수록 〈네 꽃의 쟁론〉을 비교하였는데 소재의 의인화, 계절 추이에 따른 구성법, 수사적 문장의 기법, 작품 의도의

관점에서 그 동질성과 이질성을 고찰하였다.

제7장에서는 조선시대와 에도시대에 발간된 괴이소설집인 『천예록』과 『신오토기보코(新御伽婢子)』에 대하여 체제, 소재, 내용 등 동질성을 비교하고 이 작품들이 출간된 17 · 18세기 양국의 문학사적 현상을 살폈다.

제8장에서는 한국 지괴 · 신괴전기(志怪 · 神怪傳奇)의 전개 양상을 살피고, 또한 간략하게나마 일본 문학에서의 지괴 · 신괴전기의 전개 양상을 기술한 후 향후 양국의 비교 전망을 추론했다.

이상과 같이 이 책의 각 논문을 소개해 드렸다. 이 논문들은 필자가 그동안 고생한 끝에 새로 다듬어 책으로 내어놓았는데 독자의 눈에는 어떻게 받아들여질지 모르겠다. 독자들의 질정을 바란다.

끝으로 여러 가지 어려운 여건에도 불구하고 이 책을 다시 출간해 주신 지식과교양 출판사의 사장님과 편집부에게 감사를 드린다. 그리고 이 책을 출간하기까지 묵묵히 지켜봐 주신 계명대학교 일본어일본학과 교수님들에게도 깊이 감사를 드린다.

2022년 02월에
저자 씀

제2부 소설문학

제1부
설화문학

제1장
일본 전파를 통해 본 〈도깨비방망이〉 설화의 국제성

1. 머리말

한국에는 도깨비가 등장하는 민간설화가 많으며 널리 알려진 하나가 〈도깨비방망이〉 설화이다. 이 설화는 '도깨비의 방망이'를 사이에 두고 전개되는 주인공과 상대역의 이원적 대립을 기본구조로 하고 있다. 오랫동안 전승되어 온 전통설화로 9세기 초 성립으로 추정되는 중국 당나라의 단성식(段成式, ?~863)의 『유양잡조(酉陽雜俎)』(속집, 권1, 「支諾皋」, 상권)에 그 형태가 전해진다. 『유양잡조』에는 「신라국」이야기로서 기록되어 있어 적어도 8세기에는 정연한 설화형태가 성립해 있었을 것이다. 이 기록은 현재 알려지는 최고(最古)의 문헌이다. 따라서 한국의 민족설화로서 중국으로 수출되었다는 손진태의 지적[1] 이래 외래근원의 가능성에 대한 아무런 의문 없이 국문학계에서는 받아들여지고 연구되

---

1) 孫晋泰, 『韓國民族說話의 研究』, 乙酉文化社, 1947, pp.2~3.

어 온 듯하다. 그러나 필자는 어릴 적부터 주변 사람들을 통해 혹은 방송의 매체를 통해 보고 들어왔기에 우리의 것으로만 믿어왔던 『토끼전』이나 『흥부전』이 인도와 몽골에서 각각 수입되어 민족설화로 진행한 사실[2]을 훗날 알게 된 것을 상기하면 〈도깨비방망이〉 설화도 그러한 가능성을 완전히 배제할 수는 없을 것이다. 『유양잡조』의 기록을 더듬으면 도깨비방망이를 얻으려고 동생이 형을 모방하다가 도깨비들에게 잡혀 '코끼리처럼 코를 뽑힌 후 돌아왔다(乃拔其鼻. 鼻如象而歸)'라는 표현이 있다. 우리나라의 고대에 코끼리가 서식하지 않았기에 코끼리를 이용한 비유 자체가 너무나 낯설게 느껴지는 것이다. 또 방망이로부터 금은보화를 얻는다는 원망충족의 사고는 비단 한국인에게만 형성해온 것도 아니다. 고대 인도인도 그러한 원망을 꿈꾸었다. 인도 고대의 설화집인 『Śukasaptati, Textus ornatior』의 제7화에는 마법의 지팡이에서 금전을 얻는 이야기가 실려 있는 것이다.[3] 이렇듯 비유의 어색함이나 타민족과 공유하는 동질의 사고와 같은 사소한 사항에 주목하면 〈도깨비방망이〉 설화가 외래로부터 수입된 가능성은 없다고 할 수 없겠다. 그러므로 외래수입의 시각으로 고찰해 보는 것은 그 실체를 분명히 밝히는 데 필요한 작업이다. 다만 이번 글에서는 논증에 신중을 기하기 위해 근원설화의 문제는 다루지 않기로 한다. 본고에서는 〈도깨비방망이〉 설화가 범동양적으로 다루어져야 한다는 견해를 제시하고 이를 계기로 연구의 범위가 확장되고 심화되는 데 보탬이 되었으면 하는 바람에서 그 첫 단계로 일본으로 전파되어 토착화한 사실을 규명하고자 한다.

---

2) 김태준 著, 박희병 校注, 『교주 증보조선소설사』, 한길사, 1990, pp.132~136.
3) 田中於菟弥 譯, 『鸚鵡七十話』, 東洋文庫 3, 平凡社, 1974, pp.86~90.

　지금까지 한국에서는 〈도깨비방망이〉 설화의 일본전파를 고찰한 연구는 거의 없었던 것 같다. 도깨비의 형상에 대해서는 일본→한국의 유입이라는 견해를 편 논문은 있었다.[4] 한편 일본에서는 옛날 오니(鬼)가 가졌다는 보기(寶器)인 '여의 망치'[5]나 〈혹부리영감〉 설화[6]의 근원지를 한반도로 보며 〈도깨비방망이〉의 일본전파를 시사하는 움직임이 있었다.[7] 그러나 전래의 시기나 경로까지 추궁한 논문은 여태까지 발견되지 않는다. 따라서 이 글에서는 일본의 옛 문헌과 오늘날의 자료들을 검토하여 그 전파의 시기와 경로를 추정하고, 더욱이 문헌에 실린 이 설화가 일본문학에 수용되어 소설화한 사실을 논증하여 종래 막연히 여겨왔던 일본전파를 명확히 하고자 하는 것이다.

2. 〈도깨비방망이〉 설화의 내용

　『한국구비문학대계』(한국정신문화연구원편)를 참조하면 전술한 두 등장인물의 이원적 대립구조를 유지한 다양한 형태로 거의 전 지역에

---

4) 김종대, 『한국의 도깨비연구』, 국학자료원, 1994, p.12.
5) '여의 망치'는 필자가 번역한 것으로, 일본어로는 '우치데노 고즈치(打出の小槌)'라고 한다. 말 그대로 두드리면 나오는 작은 망치라는 의미이다.
6) 〈혹부리영감〉 설화가 처음 자료에 나타나는 것은 『우지슈이 모노가타리(宇治拾遺物語)』(13세기 전반)의 〈오니에게 혹 떼이다(鬼に瘤取らるる事)〉이다. 이 설화는 박연숙 · 박미경　옮김, 『우지슈이 이야기』, 지식과교양, 2018, pp.41~45에 한국어로 번역되어 실려 있다.
7) '여의 망치'에 관한 논의로는 柳田國男, 「打出の小槌」, 『定本柳田國男集』, 第二十六卷, 筑摩書房, pp.277~279가 있다. 〈혹부리영감〉 설화에 관한 논의로는 高木敏雄, 「日韓共通の民間說話」, 『日本神話傳說の研究』, 荻原星文舘, 1934, p.417 등이 있다.

전승되고 있다.[8] 그 원형으로서 『유양잡조』에 수록된 자료를 제시하는 데는 누구도 이의를 거론할 수 없을 것이다. 이 자료가 최고의 문헌 자료라는 점과 일본의 에도 시대(1603~1868)에 간행된 괴이소설(怪異小說)에 수용된 점을 고려하면 그 의의는 매우 크다고 할 수 있다. 내용을 인용하면 다음과 같다.

新羅国有第一貴族金哥. 其遠祖名旁㐌. 有弟一人. 甚有家財. 其兄旁㐌因分居. 乞衣食. 国人有與其隙地一畝. 乃求蚕穀種於弟. 蒸而與之. 㐌不知也. 至蚕時. 有一蚕生焉. 目長寸余. 居旬大如牛. 食数樹葉不足. 其弟知之. 伺間殺其蚕. 経日. 四方百里内飛集其家. 国人謂之巨蚕. 意其蚕之王也. 四隣共繰之不供. 穀唯一茎植焉. 其穗長尺余. 旁㐌常守之. 忽為鳥所折. 衒去旁㐌逐之. 上山五六里. 鳥入一石罅. 日没径黒. 旁㐌因止石側. 至夜半月明. 見群小児赤衣共戯. 一小児云爾要何物. 一曰要酒. 小児露一金錐子. 撃石. 酒及樽悉具. 一曰要食. 又撃之. 餅餌羹炙羅於石上. 良久. 飲食而散. 以金錐挿於石罅. 旁㐌大喜. 取其錐而還. 所欲随撃而辦. 因是富侔国力. 常以珠璣贍其弟. 弟方悔其前所欺蚕穀事. 仍謂旁㐌試以蚕穀欺我. 我或如兄得金錐也. 旁㐌知其愚. 諭之不及. 乃如其言. 弟蚕之. 止得一蚕. 如常蚕. 穀種之. 復一茎植焉. 将熟. 亦為鳥所衒. 其弟大悦. 随之入山至鳥入処. 遇群鬼. 怒曰. 是竊予金錐者. 乃執之. 謂曰. 爾欲為我築糠一作塘三版乎. 欲爾鼻長一丈乎. 其弟請築糠三版. 三日. 饑困. 不成. 求哀於鬼. 乃抜其鼻. 鼻如象而帰. 国人怪而聚観之. 慙恚而卒. 其後子孫戯撃錐求狼糞. 因雷

---

8) 각 지역에 전승되는 〈도깨비방망이〉 설화의 특징을 파악하는 데는 김종대의 논문이 도움 된다. 김종대, 「도깨비방망이얻기의 構造와 結末處理樣相」, 『한국민속학』, 제24집, 한국민속학회, 1991, pp.29~50.

震. 錐失所存.[9]

이야기의 구성을 정리하여 적으면 다음과 같다.

① 신라에서 제일 으뜸 귀족인 金哥의 조상에 방이(旁乇)와 그 동생이
  있었다. 형인 방이는 가난하고 동생은 부자였다.

② 분가해서 따로 사는 방이가 마을 사람들에게 빈 땅을 얻어서 동생
  에게 누에와 곡식 종자를 부탁했다.

③ 동생이 씨앗을 쪄 주었으나 누에 한 마리가 자라서 소의 크기만
  큼 되었다. 소가 많은 뽕잎을 먹기에 동생이 이를 죽였다.

④ 얼마 지나자 사방 백 리 안의 누에들이 방이의 집에 모여들었다. 마
  을 사람들이 실을 뽑고 나서 방이에게는 나누어주지 않았다.

⑤ 곡식 종자 한 톨이 자라 한 자나 되어 방이가 소중히 키우는데 느닷
  없이 새가 이를 물고 날아갔다

⑥ 새가 날아가는 산으로 쫓아가자 새는 바위틈으로 들어가 버렸다.
  날이 저물어서 방이는 바위 옆에 자리를 잡았다.

⑦ 한밤중이 되니 붉은 옷을 입은 아이들이 모여들어 놀았다. 아이들
  이 술과 음식을 먹고 싶다며 금방망이를 두드리자 술과 음식이 차
  려졌다. 아이들이 이를 먹고는 금방망이를 바위틈에 끼어놓고 사라
  졌다.

⑧ 방이는 그것을 가지고 와서 부자가 되었다.

⑨ 동생이 금방망이를 얻기 위해 형에게 자신이 한 것처럼 해 달라고
  했다.

⑩ 누에가 한 마리 자라났으나 보통의 누에였다. 곡식 종자 하나가 자

---

9) 段成式撰, 『酉陽雜俎』(附續集), 三, (北京)中華書局, 叢書集 278, p.171.

라 열매를 맺으니 새가 날아와서 물고 갔다.

⑪ 동생이 기뻐하며 새를 쫓아갔다. 새가 들어간 곳에 이르러 도깨비
들을 만났다.

⑫ 동생은 금방망이를 훔쳐 간 놈이라며 도깨비에게 붙잡혀 3일 동안
굶주리며 둑 세 길 쌓는 벌을 받았다. 그러나 둑을 쌓지 못해 코끼리
처럼 코를 뽑힌 후 돌아왔다.

⑬ 마을 사람들이 괴상한 눈짓으로 쳐다보자 동생은 수치로 괴로워하
다가 죽었다.

⑭ 그 후 아이들이 장난삼아 금방망이를 치며 이리의 똥을 원했다. 그
러자 천둥이 요란하게 치더니 금방망이는 사라져 버렸다.

구성상에서 보면 형과 아우의 두 에피소드가 결부되어 있고, 구조상
에서 보면 도깨비방망이를 얻어 부자가 되는 착한 형의 성공담과 형을
모방하다가 도깨비방망이는커녕 도깨비들에게 혼나고 결국 죽음에 이
르는 나쁜 동생의 실패담이 대립해 있다.

3. 일본 전파의 가능성

〈도깨비방망이〉 설화가 일본으로 전파한 사실을 논의함에 있어 우선
일본학자들이 지적한 '여의 망치'란 어떠한 물건이고 어떤 기능을 하며,
또 일본의 〈혹부리영감〉 설화는 어떤 연유로 관련을 지우는지 그쪽의
사정을 구체적으로 살펴보는 것이 선행되어야 할 것 같다. 그런데 일본

의 〈혹부리영감〉 설화에 관해서는 김종대와 김용의의 연구[10]가 있어 한국에서도 알려진 설화이고 양 설화간의 관계에 대해서는 필자는 견해가 다르므로 이 자리에서는 언급하지 않기로 한다.

(1) 여의 망치란

여의 망치라고 하면 현대를 사는 일본사람들에게는 일반적으로 민간신앙에서 형성된 칠복신의 하나인 다이코쿠텐(大黑天)[11]이 들고 있는 망치를 연상하지, 오니(鬼)가 소지한 물건이라는 이미지는 별로 없는 듯하다. 실제 일본인의 혹자에게 "오니가 든 두드리면 원하는 무엇이나 나오는 보물이 어떤 것이냐"고 물으면, 한국인이 상상하는 징이 달린 금방망이(혹은 쇠방망이. 일본에서는 이것을 가나보金棒かなぼう라 칭한다)라는 대답을 듣는다. 야후재팬 사이트에서 보물을 든 오니의 모습을 찾아보아도 일본의 고전에 자주 보이는 여의 삿갓(隱笠)이나 도롱이(隱蓑)[12] 모습을 한 오니의 사진은 거의 없고 머리에 난 뿔과 입 좌우 가에

---

10) 김종대, 앞의 책, pp.144~151. 김용의, 「일본 혹부리영감(瘤取り爺)譚의 유형과 분포」, 『일본어문학』, 제5집, 1998, pp.161~182. 김종대는 한국의 혹부리영감 설화가 일본강점기 때 일본에서 유입된 것으로 보았고, 이에 반해 김용의는 일본 유입 이전에 한국에 전승해 있은 것으로 보았다. 한편 일본학자들은 혹부리영감 설화는 도깨비방망이형 설화에서 파생되었다고 추정하였는데, 필자는 유사한 설화가 중국의 『産語』上卷 「皐風第六」(기원전 3세기경의 작품)에 실려 있는 것에서(中島悅次, 「宇治拾遺物語 '鬼に瘤取らるる事'について」, 『跡見學園女子大學紀要』, 第4号, 1971), 도깨비방망이형 설화에서 파생되었다고는 보지 않는다. 혹부리영감담은 그 자체의 독립된 유형으로서 중국→한국→일본이라는 경로를 밟은 것으로 추정된다.

11) 일본인들이 신앙하는 칠복신의 하나. 쌀섬 위에 서서 머리에 두건을 쓰고 오른손으로는 여의 망치를 들고 왼손으로는 커다란 자루를 어깨에 메고 있다.

12) 머리에 쓰거나 어깨에 걸치면 모습이 보이지 않는다는 주보(呪寶).

뻗어 나온 이빨, 그리고 가나보를 든 사진이 태반이다. 필자는 현대 일본 사람들이 그리는 '오니 소지의 가나보'의 이미지는 에도 시대(江戶時代, 1603~1868)를 전후해서 형성되기 시작한 것으로 추정하는데, 그 이전 은 일반적으로 여의 망치를 상상했음을 문헌을 통해 알 수 있다. 오니와 망치의 결합이 보이는 기록은 12세기경의 설화집인 『곤자쿠 모노가타 리슈(今昔物語集)』부터이다. 여기서는 소메도노(染殿)라는 중궁을 사 모하다가 죽은 다음 오니로 변한 한 승려의 모습이 '망치를 허리에 차고 있다'라고 되어있듯이,[13] 오니의 소유물로서 망치가 서술되어 있다. 그 러나 이 작품의 기술만으로는 그 망치가 여의인지는 아직 알 수 없다.

같은 시기인 12세기 편찬으로 추정되는 불교설화집인 『호부쓰슈(宝 物集)』을 참조하면, 작자인 다이라노 야스요리(平康賴)가 세료지(淸凉 寺)라는 절[14]에 참배했을 때 참배객과 함께 인간에게 으뜸의 보물은 무 엇인지를 담론하는 장면이 있다. 담론에서 제시된 보물로는 도롱이(隱 蓑), 여의 망치, 금, 생명, 불법(佛法) 등으로 여의 망치가 포함되어 있다. 여의 망치가 보물이 되는 이유에 대해서는 "살기 좋은 집, 좋은 아내, 잘 따르는 시종, 말·마차·음식·옷"[15]을 원하는 대로 얻기 때문이라고 하였다. 그러나 그러면서도 여의 망치는 좋은 보물이기는 하나 새벽의 종소리와 함께 금은 재화가 모두 사라지니 좋지 않다며 여의 망치에 대 한 반론이 제기되고, 또한 여의 망치를 가진 사람을 들어본 적이 없다고 도 하였다. 즉 여의 망치는 이 세상에 없는 외계에 존재하는 보물이지만

---

13) "槌ヲ腰ニ差シタリ", 『今昔物語集』, 卷第二十, 「染殿后, 爲天宮被嬈亂語第七」, 新古 典文學大系36, 岩波書店, 2001. p.237.
14) 교토후 교토시 우쿄구(右京區) 사가(嵯峨)에 있는 정토종(淨土宗)의 사원.
15) "居よからん家や, おもはしからん妻や, つかひよからん從者·馬·車·食物·着 物", 『宝物集』, 新古典文學大系40, 岩波書店, 2001. p.15.

그 효용에 관해서는 아무 쓸모가 없는 것으로 이야기되고 있는 것이다.

시대를 조금 내려와서 13세기 중반에 형성된 군담(軍談)인 『헤이케모노가타리(平家物語)』에서도 오니와 여의 망치가 나란히 언급되고 있는데 이 책의 「기온뇨고(祇園女御)」 항목에는 다음과 같은 대목이 있다. 시라카와 상황(白河上皇, 천황 때 재위는 1073~1087)이 한밤중에 총애하는 기온(祇園)이라는 여자를 찾아가다가 기온(祇園)[16] 부근에서 빛을 발하는 물체를 만나자, "아, 무섭구나. 저것은 정말 오니인 듯하네. 손에 든 것은 전해 듣던 여의 망치일 게야"[17]라며 소리를 질렀다는 것이다. 여의 망치는 오니가 지닌 물건임이 분명히 드러나는 대목이다.

이상의 자료를 통해 볼 때 여의 망치는 어림잡아 12·13세기에는 오니의 소지품이란 관념이 형성해 있었음을 확인할 수 있다. 그런데 지금까지의 작품들에서는 여의 망치의 형태에 관한 언급을 볼 수 없는데 여의 망치는 실제 어떠한 모양으로 당시의 사람들에게 인식되었는가.

『日本國語大辭典』(小學館, 2001)에 따르면 망치(쓰치つち)의 한자로는 槌·鎚·椎가 적용되고 오래전부터 서로 혼용해 사용되었다. 지역에 따라서 망치는 다듬잇돌(砧), 도리깨(殼竿), 닥나무를 두드리는 몽둥이(棒) 등을 가리킨다. 즉 곡물의 껍질을 벗기거나 빻고, 의류를 빨거나 부드럽게 하고, 나무껍질을 부드럽게 할 때 사용하는 두드리는 물건을 일반적으로 망치라고 지칭한 것이다. 따라서 13세기까지의 자료로는 여의 망치의 형태를 추정할 수 없다. 그 형태를 확인할 수 있는 것은 14세

---

16) 현재 교토시 히가시야마구(東山區)에 있음.

17) "あらおそろし, 是はまことの鬼とおぼゆる。手に持てる物は, 聞ゆるうちでのこづちなるべし。",『平家物語』, 新古典文學大系44, 岩波書店, 2001. p.354.

기에 출현한 읽을거리 단편인 〈잇슨보시(一寸法師)〉[18]에서이다.

내용은 오랫동안 아이가 없어 스미요시 신사(住吉神社)에서 기도하여 점지받은 3센티 키를 가진 잇슨보시가 노부모 곁을 떠나 상경하여 양반집의 규수를 배우자로 얻고 출세하여 금의환향한다는 내용이다. 여기서 잇슨보시는 양반집 아가씨를 손에 넣기 위해서 꾀를 쓰지 않으면 안 되었는데 그는 공양미를 아가씨가 훔쳐먹었다는 계략으로 아가씨가 집에서 쫓겨나는 데 성공하였다. 그래서 아가씨는 잇슨보시에게 맡겨졌고 아가씨를 데리고 고향 오사카(大阪)로 향했는데 가던 도중에 오니가 사는 섬에 표류하게 되었다. 그는 이 섬에서 오니와 싸워 오니가 내던지고 도망간 여의 망치를 획득한다. 그리고 여의 망치를 휘둘러 밥과 돈, 금은보화를 내는데 이 장면을 그린 삽화(揷話)가 다음의 것이다.

그림에는 머리에 쓰거나 어깨에 걸치면 모습이 보이지 않는 도롱이와 삿갓이 함께 새겨져 있다. 여의 망치는 오늘날 흔히 볼 수 있는 양면을 쓸 수 있게끔 된 모양이다. 이것으로 이 작품이 나온 14세기 무렵에는 여의 망치의 형태가 정착해 있었음을 알 수 있다. 여의 망치는 그 후, 에도 시대의 문인들에게도 관심의 대상이 된 듯 수필에도 간혹 등장하고 있다.

---

18) 〈一寸法師〉, 市古貞次校注, 『御伽草子』, 日本古典文學大系 38, 岩波書店, 1988, pp.319~326.

이상으로 자료를 검토한 바에 의하면, 여의 망치는 형태 면에서는 도깨비방망이와는 차이를 보이지만 두드리면 원하는 무엇이나 내는 오니가 소지한 보기(寶器)임은 분명히 알 수 있다.

그럼 이상의 문헌 자료에서 언급되는 여의 망치는 그 역할의 비중은 어느 정도였는가. 〈도깨비방망이〉 설화에서 도깨비방망이가 차지하는 역할의 중요함에 비해 여의 망치는 그러지 못하는 것 같다. 『곤자쿠 모노가타리슈』와 『헤이케 모노가타리』에서는 오니를 언급하는 대목에 그 이름만이 등장하고, 『호부쓰슈』에서는 보물로서 관심거리가 되고는 있으나 이계(異界)의 물건으로서 얻어도 곧 사라지는 것으로 인식되어 다른 보물들에 뒤지고 있다. 이 작품에서는 인간에게 최고의 보물로서 여의 망치를 들기는 하였으나 그 다음은 금, 생명으로 화제가 이어지고 최후에는 불법으로 옮겨져 보물로서의 그 가치가 장황하게 설명되고 있으니, 여의 망치는 화제의 중심이 되지 못하고 서사의 전개에 필요할 때 잠깐 등장할 뿐이다.

여의 망치 역할의 미미함은 〈잇슨보시〉에서도 마찬가지이다. 여의망치는 잇슨보시의 키를 키우고 밥과 돈과 보화를 제공하는 단락에만 등장하고 그 이상은 언급되지 않는다. 잇슨보시의 출세만 하더라도 나중에 그가 영락한 귀족의 출신이라는 사실이 밝혀짐으로써 벼슬을 얻게 되고 출세하는 것이지 여의 망치가 출세를 이끄는 역동적인 역할까지는 하지 못한다. 즉 여의 망치는 내용의 본질에는 관계없는 장식용의 기능[19]에 지나지 않은 것이다.

---

19) 淺見徹, 『玉手箱と打出の小槌　昔話の古層をさぐる』, 中公新書 708, 中央公論社, 1983, p.194.

이와 같이 여의 망치의 역할이 중요시되지 못한 것은 비단 문헌 자료에서의 일만은 아닌 듯하다. 구비설화를 조사하면 여의 망치를 중심으로 형성된 〈우치데노 고즈치〉 설화의 채집자료는 그리 많지 않고 일본 전국에 널리 분포되어 있지도 않다. 세키 게이고(關敬吾)의 『日本昔話大成』에 의하면 소화(笑話) 장르로 분류된 이 설화는 고치(高知, 1화) · 오카야마(岡山, 4화) · 야마나시(山梨, 1화) · 니가타(新潟, 1화) · 이와테(岩手, 1화) · 아오모리(青森, 2화)에서 모두 10화가 채집되고 있을 뿐이다.[20] 여의 망치는 이외의 다른 유형 설화에도 가끔 등장하는데, 예를 들면 일본의 전 지역에 분포하는 〈고메쿠라 고메쿠라(米倉小盲)〉, 〈쥐 정토(鼠淨土)〉, 〈지장 정토(地藏淨土)〉[21] 등에 등장하는 여의 망치

---

20) 고치현(高知縣)에 전승되는 설화를 하나 들면 다음과 같다.
　　옛날에 게으른 남자가 있었다. 아내가 집안을 돌보고 빈둥빈둥 놀기만 하고 일을 하지 않았다. 남자는 이노(伊野)마을의 다이코쿠텐(大黑天) 축제 날에 아무 말 없이 집을 나섰다. 아내는 걱정하며 기다렸다. 남자는 다이코쿠텐에 참배하여 복을 주도록 간절히 빌었다. 열심히 빌고 있으니 다이코쿠텐이 나타나서 이것은 원하는 무엇이나 나오는 물건이니까 하며 여의 망치를 주었다. 그것을 받아 기뻐하며 돌아오는 도중에 신발 끈이 끊어져 버렸다. 여의 망치를 떠올리며 한번 시험해 보자고 '신발, 신발' 하며 다리의 난간을 쳤다. 그러자 신발을 팔러 가는 사람이 그냥 몇 켤레 주어서 하나를 신고 집으로 돌아왔다. 집에 오니 아내가 화를 내며 집에 쌀도 없는데 어디에 갔다가 저녁이 다 되어 돌아오느냐고 아우성쳤다. 남자는 복신에게 복을 받기 위해 참배했는데 복신이 여의 망치를 줘서 원하는 것은 무엇이든지 얻을 수 있으니까 화를 내지 말라고 했다. 그래도 아내는 무슨 그런 헛소리를 하느냐며 화를 냈다. 몇 번이나 말을 해도 듣지 않기에 남자는 화가 치밀어 '이런, 코딱지' 하며 여의 망치로 두드렸다. 그러자 아내는 큰 코딱지로 변했다.(高知縣 高知市) 關敬吾, 『日本昔話大成 8』, 角川書店, 1982, p.321.

21) 〈고메쿠라 고메쿠라(米倉小盲)〉
　　옛날 어느 곳에 할아버지가 혼자 살고 있었다. 12월이 되어 새해에 대문 앞을 장식하는 소나무를 팔러 나갔는데 어찌 된 셈인지 하나도 팔지 못했다. 그냥 짊어지고 돌아오면서 문득 이것을 강신(江神)에게 받치자는 생각이 들었다. 돌아오는 다리 위에서 소나무를 강으로 내던졌다. 그러자 잠시 후 강 속에서 용궁의 사신이 (그것은 어

는 그것이 어떠한 신비한 물건이며 어떠한 기이한 보물을 내어놓는가
보다는 주요 등장인물의 이원적 대립이 어떤 결말을 가져오는지에 더
욱 설화의 흥미가 놓여 있다. 더구나 지역에 따라서 여의 망치는 주걱
(杓子), 표주박(瓢簞), 절굿공이(杵) 등으로 대용되어 보기(寶器)는 무
엇이라도 괜찮은 것이다.

　이렇듯 여의 망치는 일본의 구비설화에서도 중요한 역할을 차지하지

떤 모습이었는지 잊었음) 나타나 할아버지를 데리고 갔다. 할아버지는 성대한 대접
을 받고 돌아올 때 여의 망치를 받아왔다. 여의 망치는 무엇이든지 갖고 싶은 물건
을 말하고 두드리면 금방 그 물건이 나온다는 것이었다. 먼저 시험 삼아 쌀이라고 하
자 망치에서 쌀이 많이 나왔다. 다음은 쌀을 넣는 창고를 말하며 치니 창고가 세워져
창고에 쌀이 들어갔다. 그러자 이웃 할아버지가 어제까지 가난한 저 할아버지가 어
찌하여 하룻밤 사이에 저런 쌀 창고를 세웠는지 궁금하여 와서 보니, 사연이 그러하
다고 했다. 이웃 할아버지가 망치를 빌려 갔다. 그러나 욕심 많은 이웃 할아버지였기
때문에 창고를 한둘 얻어서는 귀찮고 한 번에 일이백 개를 세우자며 '쌀창고, 쌀창고
(고메쿠라 고메쿠라米倉米倉)' 하며 계속 쳤다. 그러자 쌀과 창고는 나오지 않고 어
린 맹인(고메쿠라小盲)이 줄줄이 나와 끝내는 이웃 할아버지를 죽여버렸다. (熊本
縣 八代郡)(『日本昔話大成 8』, p.315)
〈지장 정토(地藏淨土)〉
할아버지가 주먹밥을 구멍 안에 떨어뜨려 찾으러 구멍으로 들어가니 지장이 주먹밥
을 먹고 있다. 할아버지는 가난하여 점심밥은 그것밖에 없으니까 돌려달라고 애원
한다. 지장은 불쌍히 여겨 오니(鬼)가 올 테니 내 엉덩이 아래에 숨어 있다가 내가 엉
덩이를 세 번 흔들면 닭 우는 흉내를 내라고 가르쳐준다. 오니가 "지장, 인간 냄새가
난다"고 하며 왔기에 닭 우는 소리를 내자 오니는 도망간다. 원하는 물건이 나오는
여의 망치를 가지고 돌아와 부자가 된다. 이웃 할아버지가 그를 모방하다가 웃었기
때문에 오니에게 발각되어 지옥으로 끌려간다. (廣島縣 佐伯郡)(『日本昔話大成 4』,
p.91)
〈쥐 정토(鼠淨土)〉
할아버지가 산에서 경단을 구멍 속에 떨어뜨려서 그것을 쫓아 쥐구멍으로 들어간
다. 쥐가 돌절구를 찧고 있어서 경단의 행방을 묻자 먹었다며 여의 망치를 준다. 할
아버지는 돌아와 할머니와 함께 여의 망치를 두드려 쌀, 창고, 생선, 돈을 낸다. 이웃
할아버지가 와서 여의 망치를 빌려 간다. 이웃 할아버지가 '쌀, 창고' 하며 두드리자
어린 맹인이 나와 점점 가난해진다. (兵庫縣 美方郡)(『日本昔話大成 4』, p.133)

못할 뿐 아니라 그에 관한 설화도 널리 활성화되지 못했는데 그 요인을
푸는 데는 야나기다 구니오(柳田國男)의 해설이 참고가 된다. 야나기다
의 해설을 우리의 논의에 필요한 부분을 중심으로 요약하여 적으면 다
음과 같다.

> 일본의 寶器설화는 이른 시기부터 소화(笑話)로 정착되어 있어서 이
> 야기의 기발한 결말처리가 중요하게 되자 이야기 속에 나오는 보물에 대
> 한 공상은 더이상 발달을 하지 못하고 寶器가 무엇이든 특별히 큰 문제
> 가 되지 않게 되었다. 그래서 여의 망치가 어떠한 모양이며 어떠한 신이
> (神異)를 들어내는 것인지 불명확한 것도 하등에 이상할 것이 없다. 실제
> 로 여의 망치는 애초부터 일본설화에서 크게 중요한 역할을 맡지 않았다.
> 또 아무리 사용해도 없어지지 않는 보물로는 『우지슈이 모노가타리(宇
> 治拾遺物語)』(卷第六 「加茂より御幣紙米等給ふ事」, 13세기) · 『다와라
> 노토다 모노가타리(俵藤太物語)』(14세기경) 등의 작품들에서는 쌀이나
> 직물, 모시실 같은 한 종류의 것이었고, 아니면 가마니(俵) · 궤(櫃)의
> 용기만이었지 가지고 싶은 물건이 무엇이나 나오는 편리하고 복잡한 도
> 구는 그때까지 그리지 않았다. 게다가 다이코쿠텐(大黑天)이 들고 있는
> 망치(槌) 같은 것은 옛날 일본의 농민에게는 없었으며 일본 고대인들에
> 게는 망치(槌, 쓰치 つち)는 「椎」였고 이것이 橫槌가 된 것은 『호부쓰슈
> (宝物集)』나 『헤이케 모노가타리(平家物語)』에 여의 망치의 이름이 보일
> 때보다도 후대의 일이다. 그리고 망치가 금전을 내어놓아 인간의 원망을
> 실현해준다는 사상은 외국으로부터의 수입이며, 일본인에게는 오늘날에
> 도 멀리 느껴지는 일이고 책을 읽을 수 있었던 사람에게만 비교적 쉽사
> 리 이해된 것이다.[22]

---

22) 柳田國男, 앞의 논문, p.277.

이 해설의 마지막에서 언급된 외국수입의 가능성에 대한 자료로는
『유양잡조』 수록의 설화가 소개되어 있다. 야나기다의 주장에는 물론
문제가 없는 것은 아니다. 예컨대 그는 일본인이 바라는 물건을 무엇이
나 내는 보물을 꿈꾸는 원망(願望)의 형성은『우지슈이 모노가타리』(13
세기) 이후에 생긴 것으로 보고 있으나, 후술하는바와 같이 여의 도구는
『우쓰호 모노가타리(宇津保物語)』(10세기 후반)에 이미 그 예가 나타
난다. 또한 橫槌의 변용 시기에 관해서도 다음 절에서 논하듯, 橫槌는 이
미 나라 시대에 존재했다고 필자는 보기 때문에 야나기다의 견해와는
상이하다. 그러나 여의 망치가 여의 가마니·여의 궤보다 일본 고대인
에게는 낯설었고 따라서 이것이 어떠한 신비한 물건인지 그 궁금증에
대한 홍미의 성장보다도 여의라는 고정된 관념으로 인식되어 설화에서
도 그 역할이 중요시되지 못했다는 지적에서는, 일본에서의 여의 망치
의 역할이 미약하고 그로 형성된 설화의 분포율이 낮은 이유를 이해할
수 있는 것이다.

(2) 여의 망치 출처에 관한 기존 설

요컨대 오니가 소지했다는 여의 망치는 비교적 이른 시기부터 전승
되었으나 인간이 원하는 무엇이나 실현해준다는 기능의 면에서는 일
본인에게는 낯설었고 그로 인해 그 출처를 외국에서 찾고자 하는 야
나기다의 생각에는 주목해 볼 필요가 있다. 여의 망치의 발생지가 일
본이 아니라는 견해는 비단 그만의 주장은 아니다. 일본의 박물학 내
지 민속학의 거성(巨星)이라 칭해지는 미나카타 구마구스(南方熊楠,
1867~1941)도 같은 지적을 하고 있다. 그는『유양잡조』의 「신라국」

설화와 닮은 이야기는 인도 고대 전기집(傳奇集)인 『屍鬼二十五譚』
(Vetālapañcaviṃśatikā)에 나오며 이것은 몽골에서는 『싯티 쿨(Siddhi-
kūr)』의 불교설화집으로 번역되었으니, 인간이 바라는 원망(願望)을 성
취해 주는 보물의 이야기는 원래 인도에서 일어나 몽골 혹은 그 주변에
서 신라, 그리고 중국으로 전해진 것으로 보인다고 했다.[23] 여기서 〈도
깨비방망이〉 설화의 근원에 관해서는 일단 차치하고서, 결국 미나카
타가 여의 망치의 파생지역을 한반도로 보는 것은 야나기다의 견해와
다를 바 없다. 또한 같은 시기의 신화학자인 다카기 도시오(高木敏雄,
1876~1922)도 일본의 〈福富式說話〉[24]의 직접적인 근원지를 한반도로
보고 〈도깨비방망이〉 설화가 한편으로는 한반도에서 중국으로, 또 한편

---

23) 南方熊楠, 「一寸法師と打出の小槌」, 『南方熊楠全集』, 第四卷, 平凡社, 1975. p.112.
미나가타(南方)는 방이 설화와 닮은 인도 설화의 사례를 이 논문에서는 제시하지 않
았으나 그의 또 다른 논문인 「鳥を食うて王になった話」에서는 소개하고 있는데 자
료를 어디에서 가져왔는지 출처는 밝히지 않았다. 그 내용을 옮겨 적으면 다음과 같
다. 「동생은 매우 부자이고 형은 몹시 가난하였다. 어느 날, 동생이 잔치하는데 형을
초대하지 않았다. 형은 자신의 운이 나쁨을 한탄하고 들에 나가 자살을 시도했다. 때
마침 茶枳尼鬼가 모여들어 바위 틈새에서 자루를 끄집어내더니 금방망이(金槌)로
치자 많은 음식이 나타났다. 형이 금방망이를 다시 치자 이번에는 금은의 장신구가
많이 나왔다. 함께 음식을 먹어치우고 자루와 금방망이를 바위 틈새에 끼우고 사라
졌다. 가난한 형은 그 자루와 금방망이를 가지고 와서 큰 부자가 되었다. 동생이 이
것을 듣고 그 바위를 찾으러 갔다. 오니들이 나타나 어제의 도둑이 왔다며 달려들어
죽이려 하였다. 여러 번 사죄하자 '그럼 이렇게 하겠다' 하고 코를 180인치이나 늘려
서 여덟 가닥으로 묶었다. 그러자 혹이 9개 달린 긴 코가 되었다. 이런 상태로는 낮에
걸어갈 수 없어 밤이 되어 집에 돌아왔다. 동생의 아내는 대단히 놀라고 어이가 없었
다. 그래서 형을 불러 '형의 금방망이를 치면 원하는 대로 되니 이 코를 고쳐달라'고
했다. 그리고 코가 원상태로 되면 재산을 반 나누어주겠다고 했다. 형이 제수의 말을
받아들여 금방망이를 쳤다. 한번 칠 때마다 코가 하나씩 사라지자, 동생의 아내는 재
산을 건네는 것이 아까워 형의 금방망이를 빼앗아 달아났다. 숨어서 남편의 코를 치
자 힘이 너무 강해 남편이 죽어 버렸다.」(『南方熊楠全集』, 第六卷, p.347)
24) 예를 들면 혹부리영감(瘤取り爺)이나 참새 보은(雀報恩) 이야기 등을 말함.

으로는 바다를 건너 일본으로 전해졌을 가능성을 언급했다.[25]

이같이 여의 망치의 유래를 한반도로 보는 견해는 근대인에 한하지 않는다. 에도 시대(1603~1868)에 쓰인 수필 『인테이자쓰로쿠(筠庭雜錄)』(기타무라 노부오喜多村信節 저, 근세 후반 성립)에서는 여의 망치가 『유양잡조』의 「신라국」 이야기에 보이는 金錐임을 『오인후단(櫻陰腐談)』에 쓰여 있다고 지적하고 있다.[26] 『오인후단』은 누구의 어느 시기의 작품인지 알 수 없는데 인용 수필보다 선행한 것은 확실하다. 이 외에도 『엔세키잣시(燕石雜志)』(다키자와 바킨瀧澤馬琴, 1767~1848), 『곳토슈(骨董集)』(산토 교덴山東京傳, 1761~1816) 등에서도 여의 망치와 『유양잡조』와의 관련을 언급하고 있다.

다만, 근래에 다카하시 로쿠지(高橋六二)는 여의 망치의 원형을 10세기 후반 성립의 『우쓰호 모노가타리(宇津保物語)』에서 찾는 다른 견해를 내놓고 있다.[27] 이 작품에는 주인공으로 거문고의 명인인 도시카게(俊蔭)가 중국파견의 사신을 따라 중국으로 건너가던 도중 표류하여 波斯國에 닿아 아수라(阿修羅)에게 거문고를 하사받는다는 에피소드가 있는데 그중에 다음과 같은 대목이 있다.

> 이 나무의 위, 중간, 아래 중에서 위 중간의 부분은 큰 복을 주는 나무이다. 한 치를 잘라 땅을 두드리면 무한의 보물이 나오는 나무이다. 아랫

---

25) 高木敏雄, 앞의 논문.
26) 『筠庭雜錄』, 日本隨筆大成 第二期, 第7卷, 吉川弘文館, 1974, p.142.
　　이하에 드는 수필은 다음을 참고했다.
　　『燕石雜志』, 日本隨筆大成 第二期, 第19卷, 吉川弘文館, 1974, p.452.
　　『骨董集』, 日本隨筆大成 第一期, 第15卷, 吉川弘文館, 1974, p.427, p.550.
27) 高橋六二, 「打出の小槌」, 『日本傳奇傳說大事典』, 角川書店, 1986, pp.131~132.

부분은 소리를 지녀 오랫동안 보물이 될 터이다.[28]

神木에 관해 말하는 대목으로 이 나무붙이를 두드리면 무한의 보물을 나온다는 기능 면에 여의 망치와 공통성이 있음을 다카하시는 본 것이다. 그러나 그도 이같이 새로운 견해를 제시하면서도 나무붙이가 무한의 보화를 낸다는 사상이 일본 자체의 발생이라고 확정할 수 없었던지 대륙 전래의 가능성도 언급하고 있다.

여의 망치의 기능이 도깨비방망이와 같으면서도 그를 통한 소원성취의 사상이 일본인에게는 낯설다는 일본학자의 지적을 고려할 때, 그들이 그 출처를 한반도로 추정하는 것도 무리는 없다 하겠다. 필자가 모은 자료의 대세가 이러하기에, 소원성취의 보기(寶器)를 중심으로 구성된 〈도깨비방망이〉 설화가 언제 어떻게 한반도에서 일본으로 전파되었는지를 구체적으로 문제 삼을 필요성이 제기되는 것이다.

4. 일본 전파의 경로와 시기

〈도깨비방망이〉 설화가 일본에 수출되었다면 언제, 어떠한 경로를 통해 건너간 것인가. 지금까지 막연히 여겨왔던 전파를 가능한 범위에서 해명해 보고자 한다. 일본으로 흘러간 경로는 두 갈래로 생각할 수 있다. 하나는 구전이며, 다른 하나는 문헌을 통해서이다. 필자는 구전전파가

---

28) 「この木の上〈中〉下, 〈上中〉の品は大福德の木なり。一〈寸〉をもチテ, 空しき土を叩くに, 一万恒沙の宝〈湧き〉いづべき木也。下の品は, 聲をもちてなむ, ながき宝となるべき」, 『宇津保物語』, 日本古典文學大系10, 岩波書店, 1977, p.42.

훨씬 시대를 앞서고, 문헌전파는 에도 시대에 이르러서 이루어졌다고
보고 있다.

(1) 구전에 의한 전파

그럼 구전 전파의 시기는 언제로 보면 좋은가. 문화의 전파라는 것은
파상적으로 반복되기 때문에 그 시기를 명확히 추정하기 어려운데, 아
래의 여러 사항을 고려할 때 적어도 나라 시대(奈良時代, 710~784)에
는 전파된 것으로 추정된다.

에도 시대에 편찬된 수필인『간피로쿠(關秘錄)』(작자미상. 1752년 사
본)권8에는 다음과 같이 기록되어 있다.

○여의 망치

세상에 여의 망치라는 물건, 보물의 하나이다. 야마자키(山崎)의 다카
라데라 절(宝寺)에는 주물로서 여의 망치가 있다. 그 모양을 판행(版行)
하여 부적으로 사용하고 있다. 구하기 어려운 부적이다. 부적 윗부분의
표지에는 여의 망치, 甲子神(大黑天-필자 주)의 그림이 새겨져 있다. 그
런데 그 형태는 우치데(打出)와 고즈치(小槌)의 두 개이다.

쓰치(槌)는 있지만 우치데(打出)가 있는지는 모르겠다. 노(能)의 교겐
(狂言)에「보물 망치」의 연극이 있어 짐작이 가는 바이다.[29]

이 내용을 다시 정리하면, 세상에는 여의 망치라는 보물이 있어 야마자키의 다카라데라의 절에서는 비장의 보물로서 소지하고 있고 그 모양을 인쇄해서 부적으로 사용하고 있는데 부적을 싼 겉 바탕에는 「우치데(打出)」와 「고즈치(小槌)」의 두 그림이 새겨져 있고, 그중에 「고즈치」만 있고 「우치데」는 어떠한 물건인지 알 수가 없으나 그 이름을 딴 연극(교겐)이 상연되어 이해할 수 있다는 것이 된다.[30] 여기에서 우리는 수필의 저자가 정체를 알 수 없다는 「우치데」에 주목을 해 두자.

다카라데라의 절은 현재 교토부 오토쿠니군 오야마자키손(京都府 乙訓郡 大山崎村)에 있는 진언종 지산파(智山派)의 사찰로 정식명칭은 호샤쿠지(寶積寺), 통칭이 다카라데라(寶寺)이다. 이 절은 724년에 백제에서 도래한 왕인(王仁)의 자손인 교기 보살(行基菩薩, 668~749)[31]이 쇼무(聖武)천황(재위 724~749)의 칙명을 받아 창간한 사찰로 전해진다. 헤이안(平安) 시대를 거쳐 중세기(1192~1603)에 크게 융성했으며, 오다 노부나가(織田信長, 1534~1582)와 도요토미 히데요시(豊臣秀吉, 1537~1598)도 이 절에 체류한 적이 있다고 한다. 특히 히데요시는 일본

---

29) 「○打出の小槌の事　世に打出の小槌といふ物, 宝物の一ツなり。然るに山崎の宝寺の什物に, 打出の小槌有。此形を板行して, 守りに出す。尤もとめ得がたき守りなり。其守の上包には, 打出小槌, 甲子神, 如ﹾ此有。偖形は打出と小槌と二ツなり, (挿繪)槌計にて打出といふ事有ものをしらず。能の狂言に, 右様の物にて, たからの槌の狂言有事, 思ひ合たる事なり」, 『關秘錄』, 日本隨筆大成 第三期, 第10卷, 吉川弘文館, 1977, pp.182~183.

30) 당시 「보물 망치」의 교겐이 상연될 때 보기(寶器)로 어떤 물건이 사용되었는지 짐작할 수 없으나, 현재 상연되는 연극에서는 북채가 사용된다. 그런데 이 연극에서는 여의 망치란 어떠한 물건인지 알 수 없는 것으로 되어있고 이를 찾아 헤매는 사람에게 속여 낡은 북채를 파는데 그 산 북채에서는 무엇도 나오지 않았다는 내용이다. 이를 근거로 하면 『간피로쿠』가 편찬된 당시에도 봉(棒) 모양의 여의 이미지는 완전히 형성해 있지 않은 듯하다.

31) 『行基菩薩傳』, 續群書類從, 卷二百四, 傳部十五下, 太洋社, 1927, pp.439~442.

전국을 손에 넣을 기초를 마련한 야마사키(山崎) 전쟁 때 본 사찰에 진을 쳐 승리를 거둔 뒤 승리 가호의 대가로서 하룻밤 사이에 삼중탑(三重塔)을 세워 예를 갖추었다고 한다. 이 탑은 현재 주요문화재로 지정되어 있는 고래 유명한 절이다. 이 절에는 현재도 『간피로쿠』에 기록된 「우치데」와 「고즈치」가 전해 내려오는 모양으로, 다음에 든 자료는 이 보기(寶器)들이 다카라데라의 비장보물이 된 전설과 그 현존하는 모양에 대해 더 구체적으로 전하고 있다.

여의 망치(중략) 옛날, 723년 나라 도읍에 있었던 일이다. 몬무(文武) 천황의 첫 번째 왕자의 꿈에 용신(龍神)이 머리맡에 서 있었다. 비를 다스리는 용신. 작은 망치를 내서 「이것으로 손바닥을 치면 무한의 과보를 얻는다」는 말을 남기고 용신은 천상계로 올라갔다. 왕자가 눈을 뜨자 예언대로 머리맡에 여의 망치가 놓여 있었다. 그리고 75일째가 되는 724년 2월 4일에 왕자는 즉위해 쇼무(聖武)천황이 되었다. 용신을 믿는 천황은 고사(故事)에 따라 길(吉)한 북서쪽에 神器의 여의 망치를 봉납하기로 했다. 그곳은 경치가 빼어난 "야마자키(山崎)의 마을"이었다고 한다. 그리고 신기를 모시는 호샤쿠지(寶積寺)는 다카라데라(寶寺)로 불리게 되었다. 가마쿠라(鎌倉) 시대의 가인(歌人) 후지와라 사다이에(藤原定家)가 쓴 일기인 「메이게쓰키(明月記)」[32]에 나온다.

현존하는 여의 망치는 봉 모양(棒狀)으로 길이 약 30센티의 "우치데(打出)"와 직경 약 15센티의 북 모양인 "고즈치(小槌)". 다이코쿠텐(大黑天)이 든 "여의 망치"의 신화와 결부되어 어느새 다카라데라의 여의 망치로 불리게 되었다. 경내의 길한 북서 쪽 모퉁이에 있는 곳간에 모셔져 있

---

32) 당대 최고의 문인인 후지와라 사다이에(藤原定家, 1162~1241)가 쓴 일기. 1180~1235년까지의 기록이 현존한다. 사다이에의 자필본과 필사본 등이 전한다.

다.(후략)[33]

　이 기록에 의하면 다카라데라에 전해 오는 신기인 우치데와 고즈치
는 쇼무천황이 왕자 시절 꿈속의 용신으로부터 받아 천황이 된 다음 다
카라데라에 봉납한 것이며 그로 인해 호샤쿠지는 다카라데라로 불리게
되었고 보기는 지금도 절의 곳간에 안치되어 있다는 것이다. 위의 기사
에서는 전설의 신빙성을 높이기 위해 출전을『메이게쓰키』라 밝히고 있
다. 그런데 기사는 교토신문사의 출판사가 편집한 것이라 실제 자료조
사가 이루어졌을 것인데 어찌 된 셈인지 필자가 한국에서 입수한『메이
게쓰키』(國書刊行會編)에는 그것다운 내용을 찾을 수가 없었다. 國書刊
行會編의 자료는 전본(傳本) 중에서도 선본(善本) 7종류를 교합하여 편
찬했다고 하니 기록의 누락이 적을 텐데 도대체 위의 기사는 어느 전본
을 참조한 것인지 알 수 없다.
　그런데 여의 망치의 전설에 관해서는 지지(地誌)인『산슈메이세키시

---

33)『京都 乙訓 · 山城の伝説』, 京都新聞社出版社, 1977, pp116~117.
　　「打出の小槌(中略)　昔, 養老7年(723), 奈良の都のこと。文武天皇第1皇子の夢枕
　　に龍神が立った。なんでも雨を意のままにするという龍神小槌を出して「これで,
　　左の掌(たなごころ)を打てば, はかりしれない果報が授かる」というと, 龍神は天へ
　　舞いのぼった。第1皇子が目をさますと, お告げのとおり, 枕元に小槌が置かれて
　　いた。それから75日目の神龜元年2月4日。第1皇子は卽位, 聖武天皇となる。龍神
　　を信じる天皇は, 故事にのっとって, 惠方 · 乾(いぬい=北西)の方に, 神器 · 小槌を
　　奉納することにした。それが, 景勝の地"山崎の里"だったという。そして, 神器を
　　まつる寺, 宝積寺は寶寺と呼ばれるようになった。鎌倉時代の歌人, 藤原定家の日
　　記「明月記」に出てくる。現存する小槌は, 棒狀で長さ約30センチの"打出"と, 直徑
　　約15センチのタイコ形の"小槌"。大黑さまの"打出の小槌"の神話にあわせ, いつ
　　の間にか, 寶寺の打出の小槌と呼ばれるようになった。境內の惠方 · 北西かどの藏
　　に收められている。」이 자료에는「우치데」와「고즈치」의 사진이 실려 있는데 깨끗
　　하게 인쇄되지 않아 가져오지 않았다.

(三州名跡志)』(十「乙訓郡」)(1702년 서문이 붙어있음)에서도 간략하나
마 전하고 있다.

> 보타락산 寶積寺 (중략) 여의 망치의 보물이 있다. 용신이 나타나서 쇼
> 무천황에게 헌납한 것이다.[34]

　이상의 자료들에 따르면 다카라데라의 「우치데」 및 「고즈치」에 관한
전설은 의외로 오랜 세월 동안 전해 내려온 것으로 추정된다. 그 시기는
723년에 있었다는 쇼무천황의 영몽(靈夢) 기록을 근거로 한다면 나라
시대로까지 소급할 수 있겠다.

　이렇게 추정하면 우리가 『간피로쿠』에서 주목해 두었던 「우치데」의
도구에 대한 문제인데, 현재 다카라데라에 전하는 여의 망치는 「우치
데」와 「고즈치」의 두 종류이다. 그 형태는 「우치데」가 棒狀이고, 「고즈
치」는 현재 우리들이 상상할 수 있는 橫槌이다. 이것은 『간피로쿠』에서
전하는 그림과 유사하다. 이로 보면 여의 망치는 「우치데」와 「고즈치」의
두 종류가 이미 나라 시대에 사람들의 입으로 전해지고 있었던 셈이 된
다. 그렇다고 한다면 야나기다가 상정한 橫槌의 역사는 나라 시대로 소
급해야 마땅하다. 여하튼 「우치데」의 도구는 「고즈치」와 다른 棒狀이며
나라 시대에 사람들의 입에 오르고 있었던 것으로 추정되는데, 다카라
데라에서는 이것을 쇼무천황이 용신에게 하사받은 것으로 전하고 있다.
일본의 옛날이야기에서는 보물을 용궁에서 받는 이야기가 자주 보이는

---

34) 「補陀落山寶積寺（中略)打出鎚有ニ宝物ー, 龍神化現シテ聖武帝所ニ獻也」, 『廣辭類
　　苑』, 宗教部 四十八, 寶積寺, p.782.

데,[35] 그 '용궁'은 외국과 같은 의미로서 해석되는 경우가 많다.[36] 그러므로 용신에게 받았다는 것은 외국으로부터 들어왔다는 것을 짐작하게 하는 것이다.

이상의 논의에서 우리는 〈도깨비방망이〉 설화의 전파 시기를 나라 시대로 상정해 볼 수 있는 것이다. 또 일본에 전래된 처음엔 두드리면 원하는 무엇이나 나온다는 방망이[37]의 이미지가 일본 고대인에게는 낯설었던 것이고(방망이는 전래 당시 어떠한 형태였는지 구체적으로 추정하기 어려우나 광의로 棒狀인 몽둥이나 나무붙이 등을 포함하고 싶다), 두드린다는 어감에서 망치(槌)라는 도구를 대용해서 혼용하다가 「우치데」 형태의 이미지는 사라지고 여의(打出)라는 의미와 도구의 망치가 결부되어 여의 망치(「打出の小槌」)라는 하나의 단어로 고정하게 된 것은 아닌가 하는 것이다. 그리고 이 글의 취지에서 벗어나는 감이 있으나 추정을 덧붙이면, 여의 망치는 무로마치 시대(室町時代, 1392~1573년) 무렵부터 유행한 복신(福神)인 다이코쿠텐(大黑天) 전설에도 흡수되면서 에도 시대에 이르렀다고 본다. 에도 시대는 후술과 같이 『유양잡조』 등의 중국 서적이 학자들 사이에 애독됨에 따라 고래 전해지던 여의 망치와 기능적으로 닮은 신라의 「金錐」에 관심이 쏠리게 되고, 이것이 오늘날 일본인이 그리는 금방망이의 이미지를 형성하는 계기가 되었던 것은 아닌가 한다. 물론 금방망이 이미지의 형성에는 일본통신사나 일제 강점기 때의 문화교섭도 배제할 수는 없으리라 본다.

이상에서 따져온 전파의 시기를 표로 정리하면 다음과 같이 된다.

---

35) 주 21) 〈고메쿠라 고메쿠라(米倉小盲)〉를 참조.
36) 高木敏雄, 「如意寶珠」, 『日本神話傳說の硏究』, 荻原星文館, 1934, p.456.
37) 주 27)의 高橋六二도 여의 망치의 원형을 棒狀으로 보고 있다.

문헌 자료	설화의 전파시기	도깨비방망이의 형태
	?~8세기	棒状
다카라데라의 전설	8세기	『우치데』『고즈치』(혼용시기)
『우쓰호 모노가타리』	10세	나무붙이(혼용시기)
『곤자쿠 모노가타리슈』·『호부쓰슈』	12세기	여의망치 (우치데노 고즈치로 정착)
『헤이케 모노가타리』·〈잇슨보시〉	13,4세기	여의망치
다이코쿠텐(大黒天)전설에 흡수	14,5세기	여의망치
『간피로쿠』 (다카라데라의 부적)	18세기	「우치데」와 「고즈치」의 그림 부적. 이중 「우치데」에 대한 불확실한 이미지

(2) 문헌에 의한 전파

구전전파가 추정에 의존할 수밖에 없는 것과 달리 문헌전파의 시기는 비교적 파악하기 쉽다. 문헌의 경우는 〈도깨비방망이〉 설화를 수록한 한국 서적에 의해 직접 일본에 건너간 것이 아니라 일단 중국 서적에 유입된 다음 그것을 통해 일본에 유출되어 전파되는 2차적인 경로를 밟고 있다.

〈도깨비방망이〉 설화가 기록된 중국의 서적으로는 앞서 서술한 『유양잡조』 및 『유양잡조』 기사를 인용한 『태평광기(太平廣記)』(卷第四百八十一, 「新羅」)가 있다.[38] 이들의 일본 도래는 『유양잡조』가 15세

---

38) 손진태의 앞 저서에서는 방이 설화가 『太平御覽』(권481)에도 실려 있다고 했다. 그러나 필자가 확인한 바로 어느 권에도 그것다운 기록을 찾을 수 없었다. 『太平御覽』의 권481은 『太平廣記』의 권481을 오기한 것으로 보이며, 『太平御覽』에 관한 誤傳은 시정되어야 하겠다.

기경, 『태평광기』는 12세기경으로 추정되고 있으나 널리 보급된 것은 에도 시대에 들어와서라고 한다.[39] 특히 『유양잡조』는 17세기 말에 간행된 화각본(和刻本. 1697)에 의해 널리 애독되었다. 『태평광기』도 지괴·전기(志怪·傳奇) 소재의 보고(寶庫)로 17세기의 문인인 이치조 가네요시(一條兼良, 『語園』, 1627), 아사이 료이(淺井了意, 『新語園』, 1662), 하야시 라잔(林羅山, 『怪談全書』, 1698)들이 이용한 이후, 많은 에도 시대의 작가들이 애용하였다. -일본의 17~18세기는 『태평광기』 및 그 번역본인 『신고엔(新語園)』에서 자료를 얻어 번안한 서적이 많이 간행되었다[40]- 따라서 이들 서적을 통해 〈도깨비방망이〉 설화가 당시의 지식인들에게 알려져 화젯거리가 되었을 것으로 추정된다. 앞서 서술한 『인테이자쓰로쿠』·『엔세키잣시』·『곳토슈』·『간피로쿠』 등의 수필이 『유양잡조』를 들면서 여의 망치를 화제로 다룬 것도 이러한 상황을 잘 말해준다.

그런데 『유양잡조』와 『태평광기』는 문인들에게 애독된 서적이긴 하나 한문이라서 일반 서민들이 쉽사리 접할 수 있는 것은 아니다. 그러나 에도 서민들에게도 전파된 사실을 알 수 있는 자료로 1734년에 간행된 『오토기아쓰게쇼(御伽厚化粧)』가 있다. 작자는 筆天齋로 그의 전기는 알려지지 않는다. 작품은 5권으로 각 권마다 3편이 실려 있어 모두 15편으로 이루어진 단편집이다. 15편 모두 괴이한 내용이며 괴이소설(怪異小說)로 분류되고 있는데, '방이 설화'는 권5의 마지막에 「복덕(을 가져

39) 中村幸彦, 「太平廣記」, 『日本古典文學大辭典』, 第四卷, 岩波書店, 1984, p.115.
　　今村与志雄, 「酉陽雜俎刊本の沿革」 및 「解說」, 今村与志雄 譯注, 『酉陽雜俎』, 東洋文庫404, 平凡社, 1981, p.316, p.355~361.
40) 朴蓮淑, 「『多滿寸太禮』と『新語園』」, 『日本文學』48-12, 1999, pp.19~28.

다주는) 여의 망치 附 오우메무라 마을의 젠스케(善助)가 성실하고 정 직하여 여의 망치를 얻다(福德擊出椎附靑梅村の善助實貞正直にして 擊出の小椎を得る事)」라는 제목으로 번안되어 있다. 내용이 길므로 개 요를 서술하면 다음과 같다.[41]

@ 무사시(武藏. 현재 도쿄의 북서부 일대)의 하치오지(八王寺) 지역 은 견직물로 유명한 곳이다. 이 부근의 오우메무라(靑梅村) 마을은 여러 견직물을 생산하여 에도(江戶, 현재의 동경)에 내다 팔고 있 다. 여기에 젠스케(善助)와 마고스케(孫助)의 형제가 살고 있었다. 형인 젠스케는 성실하고 정직한데 가난했다. 동생인 마고스케는 욕 심 많고 사악하지만 부자였다.

ⓑ 마을 촌장이 젠스케의 올바른 마음가짐에 감명을 받아 밭 1이랑(一 畝)을 줘서 기뻐하며 동생에게 벼 종자와 누에를 부탁했다.

ⓒ 동생이 시기하여 쪄서 주었다. 그러나 누에 한 마리가 자라 10일 만 에 소의 크기만 해졌다. 동생이 누에를 죽였다.

ⓓ 며칠 후 형 집에 많은 누에가 모여들었다. 마을 사람들이 누에를 잡 아가고 벼이삭 하나를 심게 했다.

ⓔ 이삭이 한 척 남짓 자라 소중하게 돌보고 있는 어느 날 새가 물고 날아갔다.

ⓕ 젠스케는 새를 쫓아 산으로 갔으나 바위틈으로 들어가 버렸다. 날 이 어두워져 바위 옆에 머물렀다.

ⓖ 그곳으로 붉은 옷을 입은 아이들 수십 명이 모여들어 놀기 시작했 다. 아이들은 술과 떡과 밥을 먹고 싶다며 가지고 있는 여의 망치로

---

41) 『御伽厚化粧』의 자료는 『德川文藝類聚　第四』(國書刊行會, 1915, pp.373~405)에 수록된 것을 이용했다. 이하 동일함. 『유양잡조』의 "金錐"는 번안에서는 제목이 "椎" 로, 본문 내용에서는 "金槌"로 되어있다.

돌을 치자 음식이 나왔다. 아이들은 음식을 다 먹고 여의 망치를 바위틈에 끼어놓고 사라졌다.

ⓗ 형은 여의 망치를 가지고 와서 원하는 것을 얻어 부자가 되었다.

ⓘ 마고스케는 여의 망치를 얻기 위해 자기가 했던 대로 형에게 시켰다. 형은 그의 어리석음을 알지만 시킨 대로 했다.

ⓙ 누에는 한 마리 자랐으나 보통의 누에였다. 이삭이 겨우 숙성했을 때 새가 날아와 물고 갔다.

ⓚ 마고스케는 기뻐하며 새를 쫓아갔다. 새가 바위틈으로 들어가 그 옆에 머물자 많은 도깨비가 나타났다.

ⓛ 도깨비들은 화를 내면서 여의 망치를 훔쳐 간 놈이라며 마고스케를 잡아서 둑 세 길을 쌓게 했으나, 3일간 굶주림에 허덕여 쌓지를 못했다. 그러자 코를 빼내고 쫓아버렸다.

ⓜ 코끼리처럼 코를 길게 해서 돌아왔기에 마을 사람들이 이상하게 쳐다봤다. 마고스케는 수치심에 괴로워하다가 죽었다.

ⓝ 젠스케는 점점 번창하고 여의 망치에서 가재도구와 전답을 얻어 부귀영화를 다른 지역에까지 빛냈고, 자손까지 크게 번영하였다.

방이 설화가 젠스케 이야기로 옮겨진 것은 일목요연하다.

지금까지 서술해온 문헌전파의 추정을 정리하면 다음과 같다. 〈도깨비방망이〉 설화는 신라의 방이 설화의 한 형태로 일단 『유양잡조』에 기록되었다가 그를 통해 일본에 유입되었다. 에도 시대가 되어 이 한서(漢書)는 한문의 조예를 갖춘 지식인들에게 널리 읽히게 되고 그로 인해 방이 설화가 알려지게 되었다. 지식인들의 사이에서는 이전부터 전승된 여의 망치를 상기하며 도깨비방망이에 대한 호기심과 함께 화젯거리로 삼으며 수필 등에 기록했다. 게다가 방이 설화는 에도 시대에 일본어로 창작된 괴이소설에 번안되어 실림으로써 일반인들에게도 알려지게 되었다. 이렇게 해서 방이 설화는 일본의 이야기로서 일본토지에 알맞게 변화되었고, 이러한 과정을 통해 각지로 전파되었으리라는 것은 쉽사리 추정할 수 있다.

5. 문헌 전파 이전의 잔영

〈도깨비방망이〉 설화는 나라 시대에 이미 전래되어 구전되었을 것이고, 그로부터 에도 시대에 이르러 한서와 괴기소설과 수필 등을 통해 독자들에게 보급되기까지는 근 천년이라는 세월이 있었다. 물론 이 긴 기간에 구전에 의한 파상적인 전파의 가능성도 충분히 생각할 수 있겠으나 확인할 길이 없다. 문헌에 의한 전파 가능성도 있을 수 있겠는데, 기록상으로는 에도 시대부터 나타나므로 그 이전의 문헌전파는 일단 없었던 것으로 상정할 수밖에 없다.

그럼 천년세월 동안에 이 설화는 처음 일본에 도래한 후 정착하지 못하고 소멸된 것인가. 그렇지 않다면 어떠한 형태로라도 정착해 전승되고 있었던가. 물론 이 설화는 소멸되지 않고 일본의 사회문화적 풍토에 맞게 일본인의 성향에 맞춰 분파하고 형태를 바꾸며 미미하게 에도 시대까지 이어졌다고 생각된다. 그 흔적은 다음의 세 가지에서 찾아볼 수 있겠다.

첫째, 앞에서도 서술한 신통한 기능을 발휘하는 여의 망치에 대한 보기(寶器) 사상의 전승에서이다. 이것은 〈도깨비방망이〉 설화에서 중요한 역할을 하는 도깨비방망이의 보기 사상만이 따로 떨어져 나와 여의 망치로 전환되어 일본 고대인에게 전승되었다고 보는 것이다.

둘째, 두 등장인물의 대립구조라는 요소를 포함하지 않은, 여의 망치의 기능을 중심으로 새롭게 형성된 민담에서이다. 야마자키의 다카라데라에 전하는 「우치데」와 「고즈치」의 전설은 그 좋은 예이다. 이 전설은 다카라데라의 건립에 직접 관여한 역사적 인물인 쇼무천황이 '용신'에게 받은 여의가 「우치데」과 「고즈치」의 두 모양으로 흔적을 남기고 있다는 점에서 이 전설의 구 형태를 보존하고 있다고 볼 수 있는 것이다. 이 전설은 에도 시대까지 구전되고 있었다.

셋째, 〈도깨비방망이〉 설화의 가장 큰 특징인 '신통한 방망이'와 '그 획득을 둘러싸고 전개되는 두 인물의 이원적 대립구조'를 지니면서 내용을 달리하는 구전설화에서도 흔적을 찾아볼 수 있다. 전술의 주에서 제시한 〈고메쿠라 고메쿠라〉, 〈지장 정토〉, 〈쥐 정토〉 설화가 이에 해당하는 것이다. 그런데 주의할 것은 이 세 유형은 본고에서 추정하는 설화보다는 더 진행한 형태라는 것이다. 세 유형의 전반부는 진지하게 보기(寶器)를 획득하는 내용이 중심이라면 후반부는 언어유희나 행위 흉내의 웃음을 노리는 소화(笑話)로 진행되고 있기 때문이다.[42] 이런 해학문학의 특성은 중세 이후의 설화에 나타나는 것이다.[43] 따라서 이 세 유형

---

42) 이를테면 〈고메쿠라 고메쿠라〉와 〈쥐 정토〉의 후반부의 내용인 이웃 할아버지의 모방 단락에서는 여의 망치에서 쌀(米)과 창고(藏)를 한꺼번에 내리고 하다가 난쟁이 맹인이 줄줄이 나오는 것으로 되어있는데, '쌀창고'의 일본어음은 고메쿠라(米藏)라고 하고 난쟁이 맹인인 고메쿠라(小盲)의 소리와 동일하다. 또 고메쿠라(米藏)의 강세는 2음절에 있다면 고메쿠라(小盲)의 강세는 1음절에 있다. 이와 같이 동음이의(同音異義)와 음의 억양 유머로 웃음을 유도하고 있다.

43) 〈고메쿠라 고메쿠라〉와 같이 본격담에서 소화로의 개작은 전쟁이 잦아 웃음이 적은 중세기에 삭발한 맹인들이 비파나 샤미센(三味線)의 악기에 맞춰 이야기하며 전국에 다니면서 일부러 청중들을 웃기기 위해 창안한 것으로 보고 있다(柳田國男, 「米

은 에도 시대 또는 그로부터 그리 멀지 않은 시기에 형성된 것이라 추측
된다. 이들이 에도 시대에 본격적으로 활성화한 데는 문헌전파인 '방이
설화'의 영향이 컸다고 필자는 보고 있는데, 그 이전에 이미 〈도깨비방
망이〉 설화의 잔존을 지닌, 소화로 진행되기 이전의 세 유형 설화의 일
부가 민담으로 전승했으리라 보는 것이다.

6. 〈도깨비방망이〉 설화의 소설화

'방이 설화'가 『유양잡조』나 『태평광기』의 유서(類書) 형태를 띤 한서
에만 기록되었더라면 그 소설적 전개는 이루어지지 못했을 것이다. 『오
토기아쓰게쇼』에 수용된 자료는 이 설화의 소설화 전개 양상을 보여주
는 유일한 자료라는 점에서 가볍게 취급할 수 없는 것이다.

최종권말에 번안된 「복덕(을 가져다주는) 여의 망치」는 여의 도구를
둘러싸고 전개되는 두 인물의 대립이라는 원화(原話)의 기본구조를 유
지하면서 세세한 부분에서 변개하고 있다. 앞에 제시한 원화와 소설화
한 내용을 도입부, 전개부, 결말부로 나누어 살펴보기로 한다.

도입부는 이야기의 서두 부분으로 등장인물이나 지명배경 등이 설명
된다. 『유양잡조』의 ① 내용과 『오토기아쓰게쇼』의 ⓐ 내용이 여기에 해
당되는데 두 작품을 비교하여 표로 나타내면 다음과 같다.

倉法師」, 『定本柳田國男全集』, 第八卷, 筑摩書房, p.291).

구성	인물·사건	한국(『유양잡조』)	일본(『오토기아쓰게쇼』)
도입	지명	신라국	무사시 하치오지 부근 오우메무라의 마을
	등장인물	형: 방이 동생: 기술 없음	형: 젠스케 동생: 마고스케
	신분	귀족	농부
	가정형편	형: 가난 동생: 부자	형: 가난 동생: 부자
	주인공의 성격	기술 없음. 내용에서 동생은 악인	형: 성실정직 동생: 탐욕사악

변개된 곳을 지적하면, 먼저 사건이 일어나는 지명설정이 원화에서는 국명(신라국)만이 표시되어 있는데, 번안 작품에서는 당시 실존한 견직물 산지인 오우메무라(靑梅村)를 구체적으로 소개하고 있다. 오우메무라가 견직물의 산지로 유명함을 분명히 하기 위해 그전에 견직의 명소인 주변의 무사시(武藏)의 하치오지(八王子)에 관해 먼저 설명이 있고, 그런 다음 오우메무라의 이야기로 옮겨 이 마을에서 생산되는 견직물의 종류 및 에도에 매매하는 사실까지 세세하게 그리고 있다. 실재하는 견직물 산지를 끌어와 생활 모습을 자세하게 그림으로써 사건이 흡사 일본에서 일어난 이야기처럼 꾸몄다. 그런 후 젠스케는 마을 촌장으로부터 밭이랑을 받아 동생에게 누에를 요청하고, 동생이 누에를 죽이자 수많은 누에가 젠스케의 집에 모여든다는 견직과 관련되는 이야기로 자연스럽게 옮겨가도록 하였다.

다음으로 등장인물에 관한 서술인데『유양잡조』의 설화에서는 형의 이름(旁乇)만이 제시되고 상대역인 동생의 이름은 명기되지 않았다. 일반적으로 옛날이야기의 도입부 형식은 한국이나 일본이나 크게 다를 바 없어 「옛날에 할아버지와 할머니가 살았다」, 「어떤 마을에 형제가 있었는데…」, 「옛날에 어떤 사람이…그 이웃에 욕심 많은 사람이…」라는 것처럼 주인공의 이름을 밝히지 않는다. 원화는 이러한 민간설화를 바탕으로 한 것이다. 그런데 번안 작품에서는 상대역까지 가명(假名)을 붙였고 더구나 각자의 역할에 어울리는 형은 젠스케(善助), 동생은 마고스케(孫助)로 적절히 부여하고 있다.

세 번째로 등장인물의 신분에 관한 것인데 『유양잡조』에서는 방이(旁㐌)의 신분이 신라의 으뜸 귀족 金哥의 먼 조상으로 되어있다. 신라의 골품제에 따르면 김의 혈통은 왕족에 속하므로 가난에 허덕이는 방이는 몰락한 왕족에 속하는 셈이다. 그런데 원화에서는 이점에 대해서는 구체적인 서술이 없다. 원화에서는 방이의 빈곤이 중요한 것이지 그가 어떠한 신분인지는 크게 문제가 되지 않았다. 『오토기아쓰게쇼』에서는 형제의 신분에 관한 언급은 없으나 이야기 전후의 사정으로 미루어 짐작할 수 있다. 즉 도입부에서 젠스케가 사는 지역은 견직물의 산지였고 젠스케는 품팔이를 해서 생계를 꾸려가는 어려운 생활을 하는 것으로 그려지고 있다. 또 젠스케는 동생에게 받은 누에와 곡식의 종자를 심고 키우고 있는 것으로 되어있어, 젠스케의 형제는 농부로 설정되고 있음을 추정할 수 있는 것이다. 이처럼 주인공의 신분을 명시하지 않더라도 이야기의 진행을 좇아가면 저절로 농부임을 알도록 짜여있다.

네 번째로 등장인물들의 경제적인 문제이다. 『유양잡조』에서는 형은 가난하고, 동생은 부자로 되어있다. 이 도입부의 빈부 설정은 이후 가난한 형은 가난(결핍)에서 부자(충족)로, 부자인 동생은 부자(충족)에서 가난·죽음(결핍)으로 진행되는 전개부의 구조와 긴밀하게 연계되도록 궁리된 것이다. 번안 작품에서도 이런 기본구조는 그대로 받아들이고 있다.

다섯 번째로 등장인물의 성격 묘사의 차이이다. 원화에서는 이에 대한 구체적인 표현은 하지 않았다. 그저 동생이 형을 대하는 행위가 악독하게 그려져 있을 뿐이다. 형의 성격도 내용에서 뚜렷이 알 수 없는데 이야기의 구조가 형의 성공담과 악한 동생의 실패담으로 대립해 있기에 형이 선인(善人)인 것을 나타낸다고 이해할 수도 있겠다. 그러나 형의 성공은 우연에 비롯된 느낌이 강하다.『유양잡조』에서 그리는 바는 방망이를 얻고 못 얻는 것에 따른 상이한 결과를 초래하도록 하는 대립구조에 있지, 선악을 강조하는 대립구조에 있는 것은 아니다. 한편 번안의 작품에서는 두 사람의 성격이 명확히 제시되어 있다. 형은 천성적으로 성실하며 정직하고(「生得實体正直」), 동생은 욕심이 많고 사악하다(元來けんどん邪見)고 하였다. 이러한 분명한 성격의 표현은 앞으로 전개될 두 형제의 대립적인 최후를 미리 예시하는, 흔히 권선징악을 유도하는 한·일 고전소설류가 취하는 서술방식인 것이다. 그러나『오토기아쓰게쇼』가 이러한 서술형식을 취한다고 해서 동일한 시기의 다른 많은 괴이소설이 내세웠던 권선징악을 표방했다고 필자는 보지 않는다. 이 문제에 대해서는 결말부의 검토에서 다시 논의될 것이다.

지금까지 비교해온 것과 같이, 도입부를 5개의 관점에서 살피니 원화에서는 설화의 본질상 등장인물이나 사건의 배경 등의 기술이 아주 간략한데, 번안은 이야기 전체의 구조를 염두에 두면서 세밀하고 구체적으로 묘사되어 있다. 설화가 소설의 형태를 갖추어 가는 한 양상을 엿볼 수 있는 부분이다.

다음은 전개부이다. 이 부분은 방망이의 획득과 그 실패를 둘러싸고 벌어지는 이야기로 되어 있다.『유양잡조』에서는 ②~⑫가,『오토기아쓰게쇼』에서는 ⓑ~ⓛ가 여기에 해당하며 원화(原話)는 거의 그대로 번안의 작품에 옮겨져 있다. 이 원화의 내용과 구조가 뛰어나고, 형의 순수한 성공담과 현격한 대조를 이룬 아우의 실패담에서 느끼는 통쾌한 오락성이 잘 어우러져서 거의 그대로 받아들여졌던 것으로 볼 수 있다.

끝으로 결말부의 차이를 짚어 보고자 한다. 『유양잡조』에서는 ⑬과 ⑭, 『오토기아쓰게쇼』에서는 ⓜ과 ⓝ이 해당된다. 각각의 내용을 옮겨보면 다음과 같다.

　『유양잡조』
　마을 사람들이 괴상한 눈짓으로 쳐다보자 동생은 수치에 괴로워하다가 죽었다. 그 후 아이들이 장난삼아 금방망이를 치며 이리 똥을 원했다. 그러자 천둥이 요란하게 울리더니 금방망이는 사라져 버렸다.[44]

　『오토기아쓰게쇼』
　코끼리처럼 코를 길게 해서 돌아왔기에 마을 사람들이 이상하게 쳐다봤다. 마고스케는 수치심에 괴로워하다가 죽었다. 젠스케는 점점 번창하고 여의 망치에서 가재도구와 전답을 얻어 부귀영화를 다른 지역에까지 빛냈다. 자손까지 크게 번영하여 정말로 경사스럽도다.[45]

『유양잡조』를 보면 동생이 부를 얻지 못하고 코가 빠진 상태로 되돌아와서 그 수치를 감당하기 어려워 죽음에까지 이르고 방망이는 아이들의 장난으로 눈앞에서 사라져 버리는 것으로 되어있다. 아이들이 장

---

44) 「慙恚而卒.其後子孫戱擊錐求狼糞.因雷震.錐失所存」
45) 「孫助大きに慙恚してもだへ死けり, 善助はいよへ繁昌し, 家財打ち出し田地を打ち出し, 凡富貴を隣國にかやかし, 子孫ゆたかにさかへけるこそめでたけれ」

난기로 이리 똥을 원하는 내용으로 웃음을 유도하였고, 동시에 예기치
않은 천둥이 치고 방망이가 갑자기 사라지는 내용으로 도깨비방망이의
신비로움이 남도록 했다. 설화로서의 흥미가 잘 살려진 결말처리로 되
어 있다. 이것으로 보면 이 설화가 도깨비형 설화 중에서도 흥미를 우선
으로 한 순수민담 유형으로 분류되는 것도 납득가는 바이다.[46] 『유양잡
조』의 편자도 이러한 재미를 고려하여 이 설화를 수용했을 것이다.

한편 번안의 『오토기아쓰게쇼』의 결말에서는 방망이의 신통한 기능
이 더욱 발휘되어 젠스케는 부귀를 누리고 자손까지 번영하는 내용으
로 전환되었다. 이같이 원화에 없는 주인공의 부귀와 자손번영이라는
후일담의 결말처리로 도입부의 시점과 일치시킴으로써 일관되게 사건
을 이끌고 결말을 짓는 소설적 구성을 갖추고자 궁리하였다. 그런데 여
기서 유의할 것은 결말이 젠스케의 승리로 처리되고 후손까지 그 복을
누리는 해피엔딩으로 끝났다 해서 반드시 권선징악을 강조한 이야기로
읽을 필요는 없다는 것이다. 이 괴이소설집은 이야기 각 편의 제목을 두
군데에 적고 있는데 책의 맨 앞의 총목록이 그 하나이고, 15화 각 편 앞
에 붙은 제목이 또 그 하나이다. 총목록에서는 「복덕(을 가져다주는) 여
의 망치 附 오우메무라 마을의 젠스케가 성실정직으로 여의망치를 얻
다」로 되어있다. 복덕을 주는 여의 망치의 문구를 주 제목으로 삼은 것
이다. 본문 내부의 제목에서는 단지 「福德擊出椎」로만 되어있어서 신기
한 보기(寶器) 이야기에 작자의 관심이 더 있었음을 짐작할 수 있다.

『오토기아쓰게쇼』의 결말에서 또한 주목되는 것은 젠스케의 경사스
러운 일에 축하하는 작가의 감상까지 더해졌다는 것인데, 이같이 최종

46) 강은해, 『한국난타의 원형, 두두리 도깨비의 세계』, 예림기획, 2003, p.184.

결말이 축언(祝言)의 형태를 취한 점도 소설적 구성을 따르고자 고안된 것으로 보인다. 최종권말을 좋은 이야기로 장식하거나 축언의 형태로 마무리를 짓는 것은 당시의 소설에서는 종종 취하는 방식이었다. 예컨대 에도 전기(前期)에 소설계를 대표하는 작가 이하라 사이카쿠(井原西鶴)의 『닛뽄에이타이구라(日本永代藏)』(1688)나, '낙하우거(洛下寓居)'의 서명이 붙은 괴이소설집인 『신오토기보코(新御伽婢子)』(1682)와 같은 작품에서도 같은 사례를 엿볼 수 있다. 최종권말의 축언의 결말은 당시의 일본 소설계의 흐름 중의 한 현상이었고, 이 작품도 본 이야기를 권말에 둠으로써 그러한 소설계의 흐름을 따른 것이다.

결국 『오토기아쓰게쇼』은 '방이 설화' 전개부의 흥미로운 요소를 거의 그대로 가져오면서 도입부에서는 등장인물의 성격과 장소 · 생활 배경 묘사를 소상히 하고, 결말부에서는 주인공의 경사스러운 후일담까지 가미하여 설화에서 진일보한 이야기로 전환되었다. 이리하여 '방이 설화'는 소설화 과정을 밟으며 일본 근세기의 괴이소설집에 떳떳하게 실리게 된 것이다.

결론적으로 〈도깨비방망이〉 설화는 일본의 구전설화와 헤이안 시대의 모노가타리, 에도 시대의 수필, 고전소설 등과 관련을 맺으면서 일본인의 보기(寶器) 관념과 낭만 정신의 형성과 발전에 적잖은 영향을 끼쳤다. 대외적으로는 중국 문학과도 관련이 있으며 나아가서는 인도설화와도 연관되어 있어 이제 국내에 한해서의 설화가 아닌 것이 밝혀졌다. 마땅히 국제적인 시각을 가지고 그 형성과 발전, 전파와 형태변화, 변개(變改)에 따른 각 지역의 다양성과 민족성 등을 다각적인 면에서 검토되어야 할 과제가 남겨졌다. 이러한 과제들이 해결된다면 이 글에서 다루지 못했던 외국 근원에 관한 문제도 자연히 해결될 것이다.

제2장
중국 호랑이 설화의 한일 수용양상
- <신도징(申屠澄)>과 <호화(虎禍)> 설화를 중심으로 -

1. 머리말

한국과 일본은 19세기 후반까지 선진 문명으로 군림했던 중국의 문화를 수용해 왔다. 일본의 경우는 중국으로부터의 직접적인 수용만이 아니라 중국에서 한반도로 수입된 것을 다시 수입하는 일도 있었다. 문화의 수용에는 일방적으로 받아들인 것도 있으나 자국의 취향에 맞도록 취사하여 각자의 독특한 문화를 형성해 왔는데 그러한 경향을 보이는 중에는 설화가 있다. 설화 가운데는 한국이든 일본이든 자국에서 형성된 민족설화도 있겠으나 대륙으로부터 수입된 설화가 민족설화로 숙성되거나 본래부터 있었던 고유 민족설화와 융합하여 파생된 민족설화도 많다. 또 수입될 때 소개 정도의 의식으로 받아들여 원설화의 형태만이 남은 것도 있고, 수입된 설화가 문학적 수식이 가해짐으로써 소설화된 것도 있다.

이러한 설화들을 발굴하여 그 수용 실태를 파악하려는 비교연구가 다카기 도시오(高木敏雄)와 손진태를 선두로[1] 지금까지 여러 번 시도되었다. 그러나 한·일 양국은 주로 자국의 문학에 치중되어 그 영향과 변용을 고찰해온 한계도 분명히 있음을 부인할 수 없다. 이 글에서는 자국문학 내의 외국 문학 수용에만 편중된 종래의 연구 경향에서 벗어나 한국과 일본의 각 측면에서 중국 설화문학의 수용양상을 살피고, 그러한 다음 그 결과를 토대로 양측을 대비해보고자 한다. 동질적인 외국설화의 소재가 양국에 수입되었을 때 나타나는 양상을 비교해보는 것은 한 측면에서 관찰하는 것보다 설화의 원형이나 변용이 더욱 선명하게 드러나게 된다. 그뿐만 아니라 이 연구를 통해 외국문학의 자국화와 그를 통한 문인들의 외국문학 수용의 공통점과 차이점도 드러나게 될 것이다. 이러한 비교검토는 곧 동아시아의 비교문학연구가 다채롭고 심도 있게 발전해가는 바른 방향으로 이끌 것이다.

이 글에서 살펴보고자 하는 것은 중국의 〈신도징〉 및 〈호화〉 설화이다. 〈신도징〉은 일연(一然)의 『삼국유사』에 수용되어 비교적 알려진 이야기로 현대의 문학사적 시각에서는 전기문학(傳奇文學)으로 취급되는 경향이지만 한·일 중세 문인들에게는 이야기의 한 형태로 인식되었다고 생각하기에 설화로서 다루고자 한다. 〈호화〉는 그리 알려지지 않은 이야기인데 명초(明初) 도종의(陶宗儀)의 『철경록(輟耕錄)』(1366년 찬술)에 수록된 것이다.

〈신도징〉과 〈호화〉에는 모두 호랑이가 등장하고 있다. 호랑이는 전근대까지 한국에 서식한 동물이며 다방면의 장르에서 빈번하게 다루어

---

1) 高木敏雄, 『日本神話傳說の硏究』, 荻原星文舘, 1934.
　　손진태, 『韓國民族說話의 硏究』, 을유문화사, 1947.

온 소재인데 일본에서는 서식하지 않았다. 이러한 양국의 환경적 차이로 호랑이에게 품은 이미지도 다를 수밖에 없었다. 그러므로 양국에서 중국의 호랑이설화를 받아들인 양상도 큰 차이가 드러난다. 본고에서는 먼저 〈신도징〉과 〈호화〉가 양국의 어느 시기에 받아들여지고 또 어느 서적에 어떻게 수용되었는지를 고찰하고, 다음으로는 양국을 비교 검토하여 드러나는 공통점과 차이점은 무엇이며, 또한 어떤 요인으로 그러한 동이(同異)를 보이는지를 고찰하는 방향으로 진행하고자 한다.

　우선 이상의 내용을 논함에 앞서 설화수용의 차이를 낳았다고 볼 수 있는 호랑이에 대한 양국 민족의 관념을 문헌과 구전설화를 통해서 고찰해 보고자 한다. 이 글에서 나중에 살펴보듯이 호랑이에 관한 연구는 국내에서는 상당히 이루어졌으나 외국과의 비교는 활성화되지 못했다. 이러한 연구 경향은 일본에서도 마찬가지라 할 수 있는데 그러한 가운데 일찍이 조선 사회를 연구한 이마무라 도모(今村鞆)가 한·중·일 고문헌에 기록된 호랑이에 관한 것을 정리한 적은 있었으나 자료의 열거에 그치고 심층적인 고찰까지는 하지 않았다.[2] 또 요시다 유지로(吉田雄次郎)는 호랑이의 생태와 조선에서의 피해 등을 보고한 바 있지만,[3] 호랑이설화의 연구 측면에서는 크게 관심을 두지 않았다고 할 수 있겠다.

---

2) 今村鞆, 「虎に關する古文獻拔萃」, 『朝鮮』, 第272號, 朝鮮總督府發行, 昭和13(1938), pp.104~113.
3) 吉田雄次郎, 「虎と朝鮮」, 『朝鮮』, 第128號, 朝鮮總督府發行, 大正15(1926), pp.161~168.

2. 호랑이에 대한 한일 민족의 관념

호랑이는 아시아에 서식하고 아프리카, 유럽, 아메리카에는 살지 않는다. 아시아에서는 인도, 자바, 수마트라, 중국, 만주, 한국, 시베리아의 흑룡강 연안에 있고 중앙아시아의 스리랑카섬이나 보르네오섬(칼리만탄섬)에는 서식하지 않으며 일본과 대만에도 없다고 한다.[4]

한국에는 옛적부터 호랑이의 피해로 골머리를 아파했던 기록이 많이 남아있다. 『삼국유사』의 '감통' 편에 실린 〈김현감호〉 이야기에서는 신라 원성왕 때에 호랑이가 성안으로 뛰어들어 날뛰니 원성왕이 2급 벼슬이라는 상금을 내걸고 잡도록 명했다고 기록되어 있다. 『태종실록』의 태종 2년 임오 5월 3일 조항에서는 경상도에서 지난해 겨울부터 봄철까지 호랑이에게 죽은 사람이 무려 100여 명이나 되었다고 전해진다. 이러한 호랑이의 피해는 먼 시대의 이야기만은 아닌 듯하다. 일본인이 조사한 1919년에서 1924년까지의 6년에 걸친 피해통계에 의하면, 죽은 사람은 30명이나 되고 소와 말은 288마리가 희생되었으며 그 외의 가축의 피해도 1796건에 이른다. 이로써 보면 해마다 5명 정도가 피해를 본 것이고, 348마리 이상의 짐승이 호랑이에게 당했다.[5] 이같이 한국은 고대에서 근대 초반까지 호랑이의 피해가 얼마나 심각한 지역이었던가를 알 수 있다.

그러므로 한국인에 있어 호랑이는 생명을 앗아가는 두려운 존재였고 동시에 생활의 한편에서는 늘 함께 하는 친숙한 동물이기도 하였다. 따

---

4) 吉田雄次郞, 앞의 논문.
5) 吉田雄次郞, 앞의 논문.

라서 호랑이에 대한 한국인의 관심은 그 유례를 찾아보기 힘들 정도이
다. 이를테면 허원기[6]가 채집한 호랑이에 관한 구비전승의 통계에 따르
면 『한국구비문학대계』(전82권, 한국정신문화연구원)에는 518건의 이
야기가 실려 있고, 『한국구전설화』(전9권, 평민사)에는 93건의 이야기
가 실려 있어 이야기가 모두 611건에 이르고 있으니 한국인의 심성을
파고든 호랑이의 존재는 과연 놀랄 만하다고 할 수 있다.

이와 같이 호랑이에 관한 한국인의 심상은 각별하여 전설, 설화, 소설
등을 통해 다채로운 모습을 그려왔는데 우리 민족은 다음과 같이 호랑
이상(像)을 지녔음을 알 수 있다.[7]

첫째, 날렵하고 포악한 맹수의 이미지이다. 전술한 호랑이의 피해기
록에서 알 수 있듯이 호랑이에게 품은 두려움은 짐작할 수 있다. 호랑이
에게 당한 환난이 크면 클수록 그것을 보다 리얼하게 전달하기 위해 상
상이 더해지게 되는데 호랑이설화의 한 유형인 '호환(虎患)설화[8]'는 맹

---

6) 허원기, 「한국 호랑이 이야기의 현황과 유형」, 『동화와 번역』, 제5집, 2003, pp.89.
7) 한국에서 호랑이에 관한 연구는 활발하게 이루어져 필자가 입수한 논문 수만 해도 30
여 편이나 된다. 단행본이나 사전 기록 등을 포함하면 그 수는 더욱 늘어날 것이다. 이
처럼 호랑이에 대한 사람들의 관심은 연구업적에서도 엿볼 수 있는데, 이제부터 서술
해 가는 한국인의 호랑이상은 다음의 업적들이 길잡이가 되었다.
  황패강, 「韓國民族說話와 호랑이」, 『民族文學硏究』, 정음사, 1981, pp.149~160.
  최인학, 「설화 속의 호랑이」, 『한국 민속문화의 탐구』, 국립민속박물관, 1996,
  pp.15~26.
  김호연, 「민화에 보이는 호랑이」, 『한국 민속문화의 탐구』, pp.1~13.
  김태곤, 「민간신앙 속의 호랑이」, 『한국 민속문화의 탐구』, pp.27~36 등.
  장덕순, 「虎說話」, 『한국설화문학연구』, 서울대학교출판부, 2001년 제8쇄 발행.
  pp.93~106.
8) 지금까지 행해진 호랑이에 관한 연구논문들은 나름대로 독자적인 관점을 가지고 호
랑이설화의 유형과 특성이 논의되었다. 그런데 유형의 분류에 있어서는 화명(話名)
에 차이가 있을 뿐 기본적으로는 장덕순이 분류한 체계에서 크게 벗어나지 못하고 있
다. 장덕순(앞의 논문)은 전설(문헌)에 나타난 호랑이설화를 분류하여 (1)孝烈전설

수 호랑이를 다룬 좋은 사례이다. 이를테면 〈돌로 호랑이 잡은 백돌석〉 이야기[9]는 황해도 구월산에 백호(白虎)의 피해가 심각하여 나라에서 현상을 내걸고 잡을 사람을 구하였는데 백돌석이라는 장사가 돌멩이를 던져 그 백호를 잡았다는, 호환의 사건에서 야기된 용맹담으로 볼 수 있다.

둘째, 호랑이를 산신 혹은 산신의 사자(使者)로 여기는 이미지이다. 경북 성주(星州) 출신인 필자는 어렸을 적에 울면 식구들이 '호랑이'가 온다고 하거나 '산신령'이 잡아간다고 하거나 하는 말을 많이 들었다. 여기서 '산신령'은 호랑이를 일컫는다. 이 글 나중에 다룰 『고려사』에 실린 〈호경〉 설화에서는 왕건의 6대 선조인 호경이 호랑이의 도움을 받은 후에 산신에게 제사를 지내니 호랑이가 여산신의 몸으로 나타났는데 이것은 호랑이를 신격화한 단적인 사례이다. 이렇게 우리 선조들이 호랑이를 신격화하여 신앙의 대상으로 삼은 것은 호랑이가 두려운 상대로서 그 두려운 대상에서 벗어나고자 하는 심리가 작용하여 호랑이를 숭배하는 일까지 생겼기 때문일 것이다.

셋째, 위에서 제시한 야생적이거나 신적인 이미지는 엷어지고 미덕을 감싸주는 수호자로서의 이미지이다. 호랑이설화 가운데 자주 접하게 되

---

(2)報恩전설 (3)神異전설로 크게 나누고 이 세 종류를 다시 세분하여 (1)孝烈전설; ① 虎患전설 ②孝感전설, (2)報恩전설; ①虎報恩전설 ②義馬·義牛전설, (3)神異전설; ①虎援전설 ②동물의 육아 ③化人설화 ④豫言설화로 나누고 있다. 더욱이 장덕순은 문헌자료에만 의존한 분류법을 보완하기 위해 다시 '虎와 민담'이란 항목을 두어 신화·전설에서 신격화되던 호랑이가 민담에서는 바보스럽고 겁쟁이의 대상으로 전락했다는 논의를 펼쳐 왔다. 본고에서 도입한 호랑이 유형의 명칭은 장덕순의 것을 따르지만, '…전설'이라는 용어는 의미가 좁고 한정적인 감이 없지 않아서 '…설화'의 용어로 대신함을 밝혀 둔다.

9) 『한국구비문학대계』(한국정신문화연구원편), 2-8, p.762. 이하 『대계』로 약칭 표기함.

는 효자 · 효부를 호랑이가 돕는 이야기인 '효열(孝烈)설화'에서 이러한
특징을 잘 엿볼 수 있다. 그뿐 아니라 겨울철 앓아누운 부모가 홍시를 먹
어야 낫겠다는 말을 들은 효자는 홍시를 구해드리지 못해 애태우는 와
중에 호랑이가 홍시를 구해준다는 〈호랑이가 구해준 홍시〉 이야기[10]와,
호랑이로부터 생감이나 생강을 얻어 효행을 한다는 〈효자가 겨울철에
호랑이 도움으로 생감을 얻다〉 및 〈호랑이의 은혜를 갚음〉 이야기[11]는
효자설화의 예들이다. 한편 호랑이에게 잡아먹히게 된 시아버지를 살리
려고 자신의 아이를 호랑이에게 던져주지만, 호랑이는 그 아이를 먹지
않았다는 〈호랑이에게 자식을 준 효부〉 이야기[12]는 효부설화의 사례
다. 이 사례들은 산신으로 신격화한 호랑이 이야기에서 신성의 요소가
제거되고 초능력의 신이한 요소만을 받아들여 효자 · 효부의 현실적 교
훈담과 결부되어 전해 온 전승으로 볼 수 있는데 호랑이를 수호자의 존
재로서 친밀하게 받아들인 한국인의 정서가 어려 있다.

넷째, 야생적이거나 신령의 이미지를 완전히 떨쳐낸 의리를 아는 동
물이나 우둔한 동물로서의 이미지이다. 예를 들면 호랑이의 목에 걸린
비녀를 뽑아주고 또 함정에 빠진 호랑이를 구해주자 그 보답에 걸맞은
보은을 한다는 호랑이의 보은설화[13]와, 토끼 등 작은 동물의 속임에 넘
어가 골탕을 먹는 바보스러운 호랑이상을 그린 설화[14], 그리고 먹잇감
을 구하러 간 어느 집에서 자신보다 곶감이 더 무섭다는 이야기를 듣고

---

10) 『대계』, 3-4, p.318, 4-1, p.234.
11) 『대계』, 1-3, p.48-49.
12) 〈효부와 호랑이〉, 『대계』, 1-9, p.221. 〈호랑이에게 자식을 준 효부〉, 『대계』, 5-1,
     p.400.
13) 『대계』, 1-1, p.708, 2-5, p.100, 2-6, p.335, 3-4, p.322 · p.477, 6-11, p.461 등.
14) 『대계』, 3-2, p.401, 5-3, p.307, 5-5, p.249, 8-1, p.187, 8-2, p.158 · p.354 등.

는 곧장 도망친다는 어리석은 호랑이를 그린 〈호랑이와 곶감〉[15] 이야기
들을 통해서는 한국인의 의식 안에 지혜롭지 못하거나 인간적 면을 지
닌 호랑이상이 있었음을 확인할 수 있다.

다섯째, 호랑이가 인간으로 변신하는 이물(異物)로서의 이미지이다.
익히 알려진 『삼국유사』의 〈김현감호〉와 민담 〈해와 달이 된 오누이〉는
그 좋은 사례이다. 〈김현감호〉에서는 호랑이 처녀의 사랑과 희생정신을
그렸고, 〈해와 달이 된 오누이〉에서는 호랑이의 포악성을 그렸는데 둘
모두에서는 호랑이가 인간으로 변신하여 괴이한 짓을 하는 호랑이의
이미지가 나타나 있다.

이상에서 한국인이 지닌 대표적인 호랑이상을 살펴왔다. 흥미로운 것
은 이러한 한국인의 이미지가 인접한 중국에서도 크게 다르지 않다는
것이다. 『풍속통의(風俗通義)』(2세기경)의 「桃梗 葦茭 畫虎」에서는 호
랑이를 '陽物百獸之長'이라 하며 그 위엄을 드러냈고, 같은 서적의 「宋
均令虎渡江」에서는 九江에 호랑이의 피해가 심해 지방 태수가 호랑이
를 잡으면 부과를 면제하겠다는 명령을 하달한다는 이야기가 실려 있
다. 또한 중국에서는 호랑이를 신성시하는 풍습도 있었다. 『수신기(搜
神記)』(4세기경)(권11)에 실린 「형농(衡農)」 이야기에 그러한 풍습이
단적으로 보인다. 형농은 밖에서 숙박하던 중에 우레가 몰아치던 밤, 호
랑이에게 발이 물리는 꿈을 꾸고는 부인과 함께 정원으로 뛰쳐나와 땅
에 엎드린 채 신에게 빌었다. 그러자 갑자기 숙소가 무너지더니 30여 명
이 깔려 죽었고 형농 부부만 살아났다는 내용인데 꿈속에서 위험하다
는 신호를 보낸 수호자로서의 이미지가 엿보이는 이야기이다. 또 호랑

---

15) 『대계』, 1-6, p.649, 1-7, p.296, 5-4, p.614, 5-7, p.461, 7-7, p.473.

이가 보은하는 이야기도 『수신기』(권20)에 실려 있고(「蘇易」), 화호(化虎)설화의 사례는 『태평광기(太平廣記)』(978년 성립)의 「虎」 항목에 많이 수록되어 있다. 이상과 같이 중국에서도 맹수로서의 호랑이상을 비롯하여 이를 신격화한 이미지와 보은을 아는 이미지, 또 변신하는 이물로서의 이미지 등이 상상된 공통점이 파악된다. 한국과 중국이 서로 호랑이의 이미지를 수출입을 했다고 하여도 이질감을 느끼지 못할 정도이다. 그럼 호랑이가 서식하지 않은 일본은 어떠한가?

일본에서는 호랑이에 대한 기록이나 설화가 많은 편은 아니나 호랑이의 가죽에 관한 기록이 보이고, 맹렬한 호랑이와 맹수 호랑이가 퇴치되는 이야기도 있고, 효자보은의 설화나 '화인(化人)설화' 등도 있다. 이러한 내용은 문헌에서 읽을 수 있는 것이고, 구전설화에서는 바보스럽고 어리석은 호랑이 이미지가 나타난다. 문헌이든 구전이든 호랑이의 이미지로는 한국과 별반 차이가 없지만, 호랑이를 포착하는 의도의 면에서는 다른 양상으로 파악할 수 있다. 다음에서 문헌 자료부터 검토해보기로 하겠다.

우선 호랑이가죽에 관한 기록인데 720년에 편찬된 역사서인 『니혼쇼키(日本書紀)』의 슈초(朱鳥) 원년(686) 4월조의 기록에 의하면 신라가 일본조정에 헌납한 물건으로 '虎豹皮'가 들어있다. 또 호랑이 가죽에 관한 기록은 8세기경 편찬된 『만요슈(万葉集)』(권16)에서도 찾을 수 있다.[16]

다음으로는 맹렬한 호랑이를 그린 이야기인데 12세기경에 찬술된

---

16) 『万葉集』, 『日本古典文學全集』, 권16(3885), 小學館, 1996, p.138. 여기서는 약초 캐기 행사에 호랑이의 가죽으로 만든 깔개를 사용하였는데 그 호사스러움에서 호랑이 가죽에 대한 평가 인식을 엿볼 수 있다.

『곤자쿠 모노가타리슈(今昔物語集)』(권29의 31)에 실린 다음 이야기에서 그 사례를 찾아볼 수 있다. 규슈(九州)의 어느 상인은 신라에 갔다돌아오는 길에 산기슭 해변 물 흐르는 곳에 배를 멈추고 물을 담고 있었다. 그런데 그 뱃전에서 한 상인이 바다 수면에 비친 산 절벽에 웅크리고 앉아 먹잇감을 노리는 호랑이를 발견했다. 상인이 물을 담는 사람을 바삐 불러 배를 바다로 내몰았는데 그 순식간에 호랑이가 달려 내려와 배를 타려다가 바다에 빠지고 말았다. 빠진 호랑이는 잠시 있다가 육지로 헤엄쳐 나와서는 평평한 돌 위에 올랐는데 왼쪽 다리가 상어에 찢겨 피가 흐르고 있었다. 그런데 이 호랑이는 상처 난 다리를 바다에 담가 상어를 유인해서는 오른편 발톱을 치켜세워 상어 머리를 움켜잡고 육지로 내던졌다. 그러고는 목을 물어뜯어 힘없이 축 늘어진 상어를 등에 걸치고 세 발로 절뚝거리며 절벽을 올라갔고, 이 광경을 상인들이 보고는 혼비백산하여 배를 몰아 고향으로 돌아왔다는 내용이다. 여기에는 상인들의 경험담을 통해서 맹렬한 한반도 호랑이가 핍진하게 그려져 있는데, 이 이야기는 13세기경에 편찬된 『우지슈이 모노가타리(宇治拾遺物語)』(권3의 7)에도 거의 그대로 인용되어 있다.

이러한 맹렬한 한반도의 호랑이를 일본인이 퇴치하는 이야기는 『니혼쇼키』에 기록되어 있다. 긴메 천황(欽明天皇) 6(545)년 12월조에 의하면 사신으로 백제에 간 가시와데노오미 하스히(膳臣巴提便)가 해변에 머무르는 동안에 호랑이가 아들을 물어가서 그 호랑이의 뒤를 쫓아 퇴치하고 가죽을 벗겨 귀국했다는 일화이다. 또한 『우지슈이 모노가타리』(권12의 19)에서도 사례를 찾을 수 있다. 이키노시마(壹岐島, 長野縣) 섬 성주의 가신이 사소한 일로 주인에게 살해당하려고 할 때 신라로 도망을 쳤는데 매번 호랑이의 환난이 심한 김해에서 호랑이를 퇴치하고 환대를 받았으나 처자가 그리워 귀국했다는 내용이다. 신라인들의 무술(武術)이 나약하여 환난이 계속되었는데 무술이 강한 일본인이 맹렬한 호랑이를 퇴치하였다는 것으로, 앞의 이야기와 함께 타국의 맹수 호랑이를 이용하여 그들의 용맹을 드러내는 데 목적이 있었음을 읽을 수 있다.

한편 호랑이와 관련된 효자보은의 설화와 화인설화는 중국에서 유입된 설화로 볼 수 있다. 효자보은의 설화로는『곤자쿠 모노가타리슈』에 실린 양위(楊威)(권9) 이야기가 있고, 같은 책의 구상(歐尚)(권9의 8) 이야기도 목숨을 구해준 것에 보답하는 내용이다.[17] 화인설화로는 다음 장에서 논할〈신도징〉이야기가 있다.

이상에서 살핀 문헌 자료에서 주목되는 것은 일본에 서식하지 않은 호랑이에 관한 이야기는 으레 한반도와 중국과의 관련 설화일 수밖에 없다는 것이다. 또 효자에게 보은한다거나 사람으로 변신을 한다는 화인(化人)의 이미지도 외국 자료를 통해 구상되었을 것이다.

다음은 구전설화이다. 우선 세키 케이고(關敬吾)의『日本昔話大成 1』에 수록된〈동물경주(動物競走)〉유형 중에 호랑이가 등장하는 하위 유형은 두 종류인데 그 하나는〈호랑이와 여우(虎と狐)〉이고, 또 하나는〈여우와 호랑이와 사자(狐と虎と獅子)〉이다.[18] 전자는 구마모토현(熊

---

17) 양위 이야기는 다음과 같다. 양위는 어머니를 부양하기 위해 산에 나무하러 갔는데 마침 호랑이를 만났다. 그때 호랑이에게 양위 자신이 없으면 어머니가 굶어 죽으니 살려달라고 애원했다. 그랬더니 호랑이는 그 말을 듣고 그냥 가버려서 양위는 살아났다. 구상(歐尚) 이야기는 다음과 같다. 구상은 부친이 사망한 후 시묘살이하는 움막을 지키고 있었다. 그때 사람들에게 쫓긴 호랑이가 움막 안으로 들어왔기에 구해주었더니 호랑이는 늘 죽은 사슴을 가져왔다. 그래서 구상은 부자가 되었다.

18) 關敬吾,『日本昔話大成 1』, 角川書店, 昭和57(1982), pp.92~97.

本縣)에서 아키다현(秋田縣)에 걸쳐 몇 이야기가 채집되고 있다. 그 일반적인 화형(話型)은 중국 호랑이가 일본으로 와서 여우와 지혜 경쟁을 하는데 여우가 요소요소에 동료를 배치함으로써 결국 호랑이로부터 승리한다는 내용으로 되어있다. 이 이야기는 중국 호랑이가 조선 호랑이로 대치되는 버전도 있다. 후자는 나가사키현(長崎縣)에서 이와테현(岩手縣)에 걸쳐 몇 이야기가 채집되고 있다. 일반적인 화형은 다음과 같다. 일본 여우가 먼저 한국에 건너가 호랑이와 경주를 벌려서는 호랑이의 꼬리에 매달린다는 지혜로 승리하고, 다음으로는 중국으로 건너가 사자와 목소리 크기를 경쟁하여 사자가 울부짖을 때마다 구멍에 들어가 사자의 목을 터지게 하여 승리하고 돌아온다는 내용이다. 이들 사례에서는 한국과 중국의 맹수 호랑이가 일본의 지혜로운 여우의 꾀에 넘어간다는 어리석은 동물로서 희화화되어 있다.

다음은 호랑이가 등장하는 또 다른 유형인 〈낡은 집 비 새기(古屋の漏)〉 이야기인데 이것에도 두 종류의 하위 유형이 구전되고 있다. 하나는 〈새는 비(漏れ降る雨)〉이고, 또 하나는 〈낡은 집 비 새기(古屋の漏)〉이다.[19] 일본의 전국에 분포되어 있으며 호랑이 대신에 늑대가 등장하는 이야기도 다수 있다. 호랑이가 나오는 이야기를 하나씩 들면 다음과 같다.

〈새는 비〉

가난한 할아버지와 할머니가 있었다. 비 오는 날 밤, 호랑이가 노부부를 잡아먹으러 왔다. 노부부는 호랑이보다 '낡은 집 비 새기'가 더 무섭다

---

19) 關敬吾, 앞의 책, pp.228~247.

고 소곤댔다. 말 도둑이 와서 노부부의 말을 엿듣고는 호랑이를 말이라 생각하고 탔다. 호랑이는 '낡은 집 비 새기'인 줄 알고 놀라서 도망쳤고 도둑은 호랑이의 귀를 꼭 잡았다. 얼마 후 도둑은 호랑이 등에서 뛰어내린 후에 목숨 하나 건졌다고 생각하였고, 호랑이는 동료 호랑이들에게 아까운 목숨 하나 건져 살아 돌아왔다고 했다. (秋田縣 男鹿市)[20]

〈낡은 집 비 새기〉

어느 집에 할머니와 할아버지가 살고 있었는데 말 하나를 기르고 있었다. 노부부는 비가 내리는 밤에 낡은 집에 비 새는 것이 가장 무섭다고 말했다. 때마침 말을 잡아먹으러 온 호랑이가 이것을 듣고 무서워 도망쳤는데, 마구간의 천정에 숨어 있던 말 도둑이 '낡은 집 비 새기'가 왔다고 호랑이의 등에 뛰어내렸다. 호랑이는 '낡은 집 비 새기'가 탔다고 생각하고, 말 도둑은 '낡은 집 비 새기'에 탔다고 생각했다. 도망가던 도중에 말 도둑은 소나무 가지에 뛰어올랐으나 가지가 부러져서 구멍 속에 빠졌다. 호랑이는 무리에게 알리고 원숭이를 태워 데리고 갔다. '낡은 집 비 새기'를 생포하겠다며 원숭이의 긴 꼬리를 구멍에 넣었다. 말 도둑이 잡아당겼기 때문에 호랑이는 다시 도망쳤다. 그래서 원숭이의 꼬리는 잘려 지금처럼 짧아지고 얼굴도 붉어졌다는 것이다. (岩手縣 花卷市)[21]

이 두 설화의 배경에는 가난한 서민의 서글픈 생활고가 담겨 있는데 그러나 그러한 어두운 면은 감춰진 채 '낡은 집 비 새기'의 정체에 대한 오인으로 벌어지는 동물과 도둑 간의 행위가 유머러스하게 이야기되고 있다. 후자의 이야기에서는 원숭이의 외형에 관한 유래담이 더 보태져

---

20) 앞의 책, p.233.
21) 앞의 책, p.244.

있다. 이 두 설화는 날렵한 맹수 호랑이가 겁 많은 동물로 전락한 전형을 보여주는 이야기라 할 수 있다.

이상에서 살펴온 바로 지혜가 모자라는 바보스러운 호랑이와 겁 많은 호랑이가 등장하는 〈동물경주〉와 〈낡은 집 비 새기〉 설화는 한국·인도·중국 등 아시아 여러 지역에 분포되어 있어 호랑이가 서식하지 않은 일본지역 자체적으로 형성되었다기보다는 외국으로부터 유입되어 일본화한 것이라 봄이 마땅하다.[22] 그런데 호랑이가 많이 서식하고 피해도 심각했던 한국에서는 호랑이에 대한 이미지도 다채롭게 형성되어 왔다. 맹수로서의 호랑이, 신격화된 호랑이, 수호자로서의 호랑이, 보은하는 호랑이, 이물로서의 호랑이, 어리석은 호랑이 등이다. 이러한 이미지는 중국과는 별반 차이가 없는데 일본인이 그린 호랑이상도 대체로 공통한다. 반면에 차이가 나는 것은 한국에서는 신격화되거나 수호자로서의 호랑이상이 있고, 일본에서는 용맹한 사람에게 맞서지 못하는 호랑이상이 있다는 것이다. 또 일본의 구전설화에서도 지혜로운 일본 여우에 반하는 나약한 호랑이상도 만들어졌는데 이러한 사례들에서 다른 동물들이 범접하기 어려운 맹렬한 호랑이가 일본인들에게는 지혜나 용맹을 표현하는 데 이용된 것임을 엿볼 수 있다. 그리고 한국인이 그린 호랑이상은 일상생활에서 겪은 체험으로 만들어진 이미지라면, 일본인이 그린 호랑이상은 남한테 들었거나 책을 통해 간접적인 경험한 것이 바탕이 된 이미지라는 것이다.

---

22) 成耆說은 『韓日民譚의 比較研究-變異 樣相을 中心으로-』(一潮閣, 1979, pp.88~96) 에서 한국의 〈호랑이와 곶감〉, 인도의 〈妖鬼의 失敗〉, 일본의 〈古屋의 비샘〉의 변이 양상을 소상히 비교하고 이 설화의 원산지는 인도이며, 인도에서 한국으로, 더욱이 한국에서 일본으로 수출되었다고 보았다.

3. 〈신도징〉 설화의 수용

〈신도징〉은 『태평광기(太平廣記)』(978년 성립) 권제429의 「虎」 항목
에 수록되어 있다. 그 출전을 『하동기(河東記)』라 명시되어 있는데 나중
에 서술하겠지만 이 글에서 비교할 한·일 자료들은 『태평광기』 소재의
것이므로 원전(原典)까지 거슬러 올라 분석하지 않아도 크게 문제는 되
지 않을 것이다.

『태평광기』에 수록된 〈신도징〉의 개요는 다음과 같다.

　정원(貞元) 9년에 신도징이 평민으로 있다가 한주(漢州)의 십방현(什
邡縣)에 위(尉) 벼슬을 임명받고 떠났다. 가는 도중에 진부현(眞符縣)에
이르자 눈보라와 한파가 심해 말이 앞으로 나아가지 못했다. 길옆에 초
가집이 있어 추위를 피하려고 찾아들었다. 거기에는 노부부와 열네댓 살
쯤 된 딸이 살고 있었는데, 딸은 머리가 헝클어지고 옷이 더러웠으나 흰
살결과 꽃 같은 얼굴을 하고 있었으며 행동거지가 고왔다. 노부인이 신
도징을 맞아들였다. 날이 저물어 신도징은 숙박을 청하고 짐을 풀고 있
는데 딸이 단장하고 나왔다. 그 자태가 처음에 본 모습보다 더욱 아름다
웠다. 노부인이 술을 데워 신도징을 대접했다. 술잔을 돌리는데 딸에게는
주지 않아 노부부에게 이야기를 하니 딸을 술자리로 이끌었다. 신도징은
그 딸이 무엇을 잘하는지를 알고 싶어 시경의 구를 인용하여 눈앞의 정
경을 읊었다. 그랬더니 딸도 시경 구절을 인용해 응수했다. 신도징은 딸
의 총명함에 감탄하고 청혼하였다. 노부부가 허락해 신도징은 사위로서
의 예를 갖추고 가진 예물을 주었으나 받지 않았다. 이틀 동안 묵은 후 노
부부의 딸을 말에 태우고 부임지로 떠났다. 임지에서의 봉록은 매우 적었
으나 부인이 집안일을 잘 돌보았다. 부인은 빈객들과도 교분이 좋아 명성

<u>을 얻었고, 친족들도 잘 보살펴</u> 그녀를 좋아하지 않는 사람이 없었다. 신도징의 임기가 끝날 무렵에는 1남 1녀를 두었는데 자식들이 매우 총명하여 부인을 더욱 사랑하였다. 신도징이 임기를 마치고 본가로 돌아가는 길인데 부인이 슬퍼하면서 초원을 그리워하는 시를 읊었기에 부인과 함께 처가를 찾으니 사람들이 보이지 않았다. 부인이 하루 종일 울다가 벽 모서리에 있는 호랑이의 가죽을 발견하더니 크게 웃으며 뒤집어썼다. 그러자 부인은 금세 호랑이로 변하여 으르렁거리며 발길질하더니 문을 박차고 나가버렸다. 신도징은 놀라 잠시 피한 후 두 아이를 데리고 아내가 달아난 길을 따라나섰다. 그러나 아이들과 함께 산림을 쳐다보며 여러 날 동안 울었으나 끝내 간 곳을 알지 못했다. (밑줄은 필자가 그음)

신도징이란 인물이 여자로 변신한 호랑이와 인연을 맺은 기이한 이야기이다. 등장인물 및 시대 배경이 구체적이라 사실성을 띠고 내용의 처음과 끝이 잘 호응하여 통일된 구성을 지닌다. 또한 부부의 애정표현이 세밀하고 한시의 증답까지 삽입되어 서정성이 한껏 살려져 있다. 더구나 총명하고 다정다감했던 부인이 호랑이 가죽을 걸치자마자 맹수로 변신하는 스릴도 있고, 광폭(狂暴)하기 짝이 없는 호랑이가 여자로 변신하여 사람과 인연을 맺는다는 이류교혼(異類交婚)의 기이성도 아울러 갖추고 있다. 이렇듯 소재가 참신하고 내용이 잘 짜였으며 문학적 수사까지 두루 겸비해 있어 사건만을 전달하는 일반 설화와 차원이 다른 흥미로운 이야기이다. 그러므로 한·일의 문인들은 각별한 관심을 가지고 그들의 작품에 받아들였는데 〈신도징〉이 어떻게 수용되었는지를 다음에서 살펴보기로 한다.

(1) 한국의 수용: 『삼국유사』와 〈신도징〉

익히 알려진 바대로 한국에서 〈신도징〉이 수록된 작품은 일연(一然)의 『삼국유사』이다. 그 외에 현재까지 수용된 문헌 자료는 발견되지 않는다. 기존 논의의 일부에서는 〈김현감호〉 설화가 〈신도징〉 및 『태평광기』에 실린 유사 유형의 이야기로부터 영향을 받았을 것이라는 설이 제기되었지만[23] 직접적인 영향을 뚜렷하게 지적할 수 없는 이상 수용의 비교 대상으로 삼기에는 어려움이 있다. 『태평광기』는 1080년 이전에 한반도로 유입되었고,[24] 그에 수록된 〈신도징〉의 문헌정착은 『삼국유사』가 1281년에서 1283년 사이의 편찬인 것에서 추정하면 13세기 말이된다.

〈신도징〉은 『삼국유사』의 권5 감통 제7에 수용되었는데 〈김현감호〉의 뒤에 나란히 실려 있다. 〈신도징〉에 이어서는 두 이야기에 대한 일연의 비교론과 찬송이 놓여 있다. 〈신도징〉은 원화 그대로가 아니라 문자가 첨삭되거나 불필요한 부분이 삭제되면서 실려 있다. 정규복의 논문에 의하면 『태평광기』에서는 637자인 원문이 『삼국유사』에서는 418자로 되어있고 문자의 출입이 곳곳에 있으나 내용의 전개에는 변동이 없다고 하였다.[25] 그런데 정규복이 주의하지 않은, 수용양상을 살핌에 있어 빠뜨릴 수 없는 중요한 내용이 일연에 의해 삭제된 부분 안에 있다. 삭제된 내용은 전술한 개요의 밑줄 친 부분인데 특히 밑줄의 내용은 약

---

23) 車溶柱, 「金現感虎說話研究」, 『古小說論攷』, 계명대학교출판부, 1985, pp.58~82.
24) 장연호, 「『太平廣記』의 한국 傳來와 影響」, 『한국문학논총』, 제39집, 한국문학회, 2005, pp.135~168.
25) 정규복, 「『申屠澄』說話 攷」, 『동산신태식박사고희기념논총』, 1979, pp.365~368.

간의 첨삭이 아니라 대폭 삭제됨으로써 원화와 수용설화의 사이에 큰 폭의 내용 차이를 드러내 주고 있다. 해당되는 대목을 인용하면 다음과 같다.

有頃,嫗自外挈酒壺至,於火前煖飲,謂澄曰,以君冒寒,且進一杯,以禦凝冽,因揖讓曰,始自主人,翁卽巡行,澄當敤尾,澄因曰,座上尚欠娘子,父嫗皆笑曰,田舍家所育,豈可備賓主,女子卽回眸斜睨曰,酒豈足貴,謂人不宜預飲也,母卽牽裙,使坐於側,澄始欲探其所能,乃擧令以觀其意,澄執盞曰,請徵書語,意屬目前事,澄曰,厭厭夜飲,不醉無歸,女低鬟微笑曰,天色如此,歸亦何往哉,俄然巡至女,女復令曰,風雨如晦,雞鳴不已,澄愕然歎曰,小娘子明慧若此,某幸未婚,敢請自媒如何

(잠시 후 노부인이 밖에서 술병을 들고 와 불 앞에서 데우면서 신도징에게 말했다. "당신은 추위를 무릅썼으니 이 술 한 잔 드시고 언 몸 좀 녹이십시오." 신도징이 예의를 차리면서 사양하며 말했다. "주인장부터 드시지요." 그러자 노인장이 곧장 앉은 순서에 따라 술을 돌렸는데 신도징이 맨 마지막이었다. 신도징이 말했다. "이 자리에 낭자가 빠졌군요." 노부부가 함께 웃으면 말했다. "시골집에서 자란 아녀자가 어찌 주인으로서 손님을 맞이하겠습니까?" 그러자 그녀가 곧장 눈을 돌려 흘끔 보면서 말했다. "이 술이 어찌 귀하겠습니까만 제가 끼어 마시는 게 마땅치 않다고 생각합니다." 그러나 그녀의 어머니가 그녀의 치마를 잡아끌어 옆에 앉게 했다. 신도징은 처음에 그녀가 잘하는 것이 무엇인지 알아보고 싶어서 주령(酒令: 술자리에 흥을 돋우기 위한 罰酒 놀이)을 제의하여 그녀의 의향을 살펴보려 했다. 신도징이 술잔을 들며 말했다. "경서(經書)의 말을 인용하여 눈앞의 정경을 묘사하도록 합시다."

고요한 이 밤에 술을 마시니,

취하지 않으면 돌아가지 않으리.

　그녀가 쪽진 머리를 수그리면서 미소 지으며 말했다. "날이 이처럼 저물었는데 돌아간들 어디로 가시렵니까?" 이윽고 술잔이 그녀에게 돌아오자 그녀가 다시 주령을 내며 말했다.

　비바람으로 천지가 어두운데,

　닭 울음소리는 그치지 않네.

　신도징이 깜짝 놀라 감탄하며 말했다. "낭자가 이처럼 총명하다니! 제가 다행히 아직 결혼을 하지 않았으니 감히 스스로 청혼하고자 하는데 어떻습니까?")[26]

　이 대목은 인간으로 변신한 호랑이 가족이 신도징에게 술을 대접하면서 화기애애하게 정담을 나누는 서정성이 짙은 장면이다. 특히 신도징이 시경 구절인 "厭厭夜飮 不醉無歸"[27]을 인용하여 눈앞의 정경을 읊으니 딸도 시경 구절인 "風雨如晦 雞鳴不已"[28]로 화답하는 대목은 두 남녀가 서로에게 마음이 끌리며 교감을 주고받은 장면이면서 호랑이 처녀의 총명함을 드러낸 장면이다. 이 부분이 『삼국유사』에서는 삭제되었다. 삭제된 이야기에서는 신도징이 딸의 아름다운 자태를 본 후 바로 딸의 총명에 감탄하여 청혼하는 것으로 전개되었다. 『삼국유사』의 이 대목을 읽은 독자이면 딸의 총명에 관한 기술이 없는데 총명에 감탄하여 청혼한다는 느닷없는 전개에 의아함을 느꼈을 것이다.

　〈신도징〉의 개요에서 밑줄 친 두 번째 부분은 신도징의 부인이 남편

---

26) 김장환, 이민숙 외 옮김, 『태평광기 18』, 학고방, 2004, pp.91~97. 본문의 인용에서는 행 구분은 하지 않았다. 또한 역자의 주석은 적절히 생략했다. 〈신도징〉에 관한 번역 자료는 이하 동일함.

27) 『詩經』, 小雅, 湛露.

28) 『詩經』, 鄭風, 風雨.

의 친족 및 손님들과 우의 깊게 사교하는 인간적인 면을 드러낸 대목이
다. 이같이 다정하고 총명하게 행동하는 부인의 모습이 서술된 장면들
은『삼국유사』에서는 생략되었다. 그런데 이와 달리 〈신도징〉 후반부의
아내의 깊은 애정을 흐뭇해하며 그 감회를 읊은 신도징의 노래에 부인
이 응수하지 않고 있다가 임기가 끝나고 고향으로 돌아가며 읊은 시의
장면은『삼국유사』에는 그대로 인용되고 있다. 그 시는 다음과 같다.

> 琴瑟情雖重, 山林志自深, 常憂時節變, 辜負百年心
> (부부간의 사랑이 비록 중하긴 하지만, 산림을 그리워하는 마음이 본
> 래 깊어요. 시절이 변하여, 백년해로의 마음 저버릴까 늘 걱정이에요.)

그러나 이 시는 부인의 총명함이나 다정함을 드러내는 시가 아니라
인간과 맺은 정리보다 초야로 돌아가고 싶어 하는 마음이 간절한 금수
의 본능을 드러낸 시이다. 그러므로 이 장면은 그대로 인용되고 있는 것
이다.

호랑이 가족이 신도징에게 정을 베풀고 호랑이 아내가 아내로서의 의
리를 다하는 인간적인 면을 인상 짓는 장면들이 생략됨에 따라『삼국유
사』의 〈신도징〉은 원화와 달리 단순히 기술적이며 전달적인 괴담이 되
어버렸다. 서정성과 기이함이 어우러져 감동과 괴기성을 담은 원화가
수용자 측에서는 무미건조한 괴담으로 변개된 것이다. 이와 같이 변개
된 요인에는 일연의 의도가 다분히 숨겨져 있을 것으로 생각하는데 그
의도를 살피기 위해서는 나란히 배치된 〈김현감호〉와의 비교가 이루어
져야 할 필요가 있겠다.

〈김현감호〉는 〈신도징〉과 거의 같은 시기인 신라 원성왕 때(785~

798)에 있었던 일로 이야기되고 있다. 김현이라는 청년이 흥륜사의 전
각 탑을 돌다가 한 처녀를 만나 정을 통하고 무리하게 처녀를 뒤따라가
는 바람에 그녀가 호랑이였다는 사실을 알게 되었다. 처녀는 살생을 거
듭한 오빠의 재앙을 대신하고 부부의 인연을 맺은 김현에게 출세의 길
을 마련해 주고자 자진하여 마을로 내려가 사람을 해치고는 김현에게
자신을 잡도록 했다. 그리고 처녀는 죽어가면서까지 호화(虎禍)를 입은
사람의 치료법을 김현에게 알려주었다. 그 덕분으로 김현은 벼슬을 하
게 되었고 처녀의 소원대로 호원사를 지어 호랑이 처녀의 혼을 달래 주
었다.

이 설화와 〈신도징〉과의 공통점과 상이점에 대하여 일연은 다음과 같
이 비교하였다. 신도징과 김현이 인간과 다른 종을 접했을 때 호랑이가
사람으로 변하여 사람의 아내가 된 것은 같으나, 〈신도징〉에 등장하는
호랑이가 사람을 배반하는 시를 준 후에 포효하며 할퀴다가 달아난 점
은 김현의 호랑이와 다르다고 했다. 그리고 계속해서 〈김현감호〉의 다
른 점을 기술했는데 그것을 정리하면 다음과 같다. 첫째, 탑을 돌 때 사
람을 감동시켰다. 둘째, 하늘이 호랑이 오빠의 악을 징벌하겠다고 하자
호랑이 처녀가 스스로 대신 벌을 받겠다고 했다. 셋째, 좋은 처방을 일러
주어 사람을 구하게 했다. 넷째, 김현에게 절을 세우게 하고 불법의 계율
을 강론하게 했다. 즉 첫째와 넷째는 불교 교화에 관한 내용으로 되어있
고, 둘째와 셋째는 호랑이 처녀의 희생정신과 어진 미덕을 말하는 내용
으로 되어있다.

이같이 일연은 두 이야기의 차이를 객관적으로 기술한 다음에 〈김현
감호〉에 대한 의견과 찬송을 덧붙였는데 그 내용은 방금 비교에서 검토
된 내용과 크게 다르지 않다. 즉 김현이 호랑이와 인연을 맺고 출세한

것은 김현의 불심에 부처가 감응하여 이로움을 주고자 했던 것이라고 했다. 또한 찬송에서는 악행을 행한 오빠와 부부 인연을 맺은 김현을 위해 희생한 호랑이 처녀가 의롭다고 찬양했다.

이상에서 서술한 일연이 비교한 내용을 미루어보아 〈김현감호〉를 통해서는 부처 은덕의 교화와 호랑이 처녀의 희생정신과 어짊과 의로운 미덕을 말하고자 한 것임을 알 수 있다. 이것은 원화 〈신도징〉에서는 읽을 수 없는 내용이다. 일연이 〈신도징〉을 수용하면서 호랑이 처녀에 대한 긍정적인 부분을 수용하지 않은 것은 우리나라 호랑이 처녀의 미덕을 두드러지게 하려는 의도의 반영일 수밖에 없다.

결국 〈신도징〉은 『태평광기』를 통해 한국으로 유입되어 『삼국유사』의 역사서에 채록되면서 기이한 줄거리는 그대로 받아들여지되 그 한편에서는 서정적이며 호랑이의 인간적 아름다움을 드러내는 내용은 삭제되었다. 이같이 원화보다 단순한 기이담이 되어버린 데는 일연의 의도가 있었다. 일연에 있어 〈신도징〉은 일개의 중국 설화에 지나지 않았는데 그것을 받아들인 것은 당시 전해오는 자국의 호랑이 처녀의 의로운 미덕과 불교의 영험을 부각하고자 한 것에 불과하였다.

(2) 일본의 수용: 『신고엔』·『다마스다레』와 〈신도징〉

〈신도징〉은 일본에도 유입되어 비교의 대상으로 흥미롭다. 일본에서는 두 작품에 수용되고 있는데 그 하나는 한국에도 익히 알려진 저자인 아사이 료이(淺井了意)가 편집한 『신고엔(新語園)』(1682)이다.[29] 다

---

29) 花田富二夫, 「『新語園』と類書─了意讀了漢籍への示唆─」, 『近世文芸』, 34號, 昭和

른 하나는 쓰지도 히후시(辻堂非風子)가 편찬한『다마스다레(多滿寸太禮)』인데,[30]『신고엔』부터 살펴보도록 하자.

『신고엔』은 중국의 고사나 일화 등 300여 종을 유서(類書)의 형식으로 집록, 번역된 설화집이다. 인용된 설화에는 대부분 그 원출전이 명시되어 있는데 편자가 자료수집에 직접 참조한 것은『고문유취(事文類聚)』·『천중기(天中記)』·『태평광기』와 같은 유서이며, 그중에서『태평광기』에서 발췌한 것이 가장 많다.[31] 〈신도징〉은『신고엔』의 권6에 "신도징이 호랑이 아내를 맞아들이다(申屠澄娶_虎妻_)"[32]라는 제목으로 수록되어 있고, 원출전은『河東記』로 되어있다. 번역은 원화를 거의 그대로 옮겨 놓았으나 몇 군데 약간의 첨삭이 보인다. 우선 삭제된 곳부터 살펴보면 다음과 같다. 번역의 첫머리에는 원화의 '貞元九年'의 시대 배경이 '唐의 申屠澄'으로 막연하게 표시되고 있다. 또 호랑이 처녀의 나이 14,5세가 번역에서는 16,7세로 변경되어 있다. 이 나이는 당시 일본 여성이 남성을 받아들이는 적절한 나이로 인식되어 변경된 것으로 보인다.

다음은 내용이 첨가된 것을 지적하면 다음과 같다. 신도징이 추위를 피하려고 길가 초가집을 찾아갔을 때 처녀의 자태를 보고 '머리가 헝클어지고 옷이 더러웠으나 흰 살결과 꽃 같은 얼굴을 하고 있었으며 행동거지가 고왔다.'고 생각한 대목에 이어서 원화에 없는 '이런 산속에도 이러한 사람이 있구나. 이 세상 사람처럼 생각되지 않는다. 신선이 사는 곳

56(1981), pp.13~38.

30) 朴蓮淑,「『多滿寸太禮』と『新語園』」,『日本文學』, 卷48 第12號, 1999, pp.19~28.

31) 花田富二夫, 앞의 논문.

32)『新語園』의 원문은『古典文庫 四二〇』(昭和56, 1981)에 수록된 것을 이용했다. 원문은 종서(縱書)로 되어 있고 한자 오른쪽에는 일본어 읽는 표기가 있으나 생략했다.

인 듯싶다'라는 표현이 더 첨가되어 있다. 또 신도징이 아내와 함께 귀향 길에 처가를 들렀을 때도 원화에서는 '초가집은 그대로 있으나 사람이 보이지 않는다'고만 서술되어 있는데, 번역에서는 '초암은 그대로 있으나 노부부의 모습이 보이지 않는다. 이것이 어떻게 된 일인지 물어볼 이웃도 없고, 태산에는 바위에 이끼만 잔뜩 끼어있다'라며, 깊은 산속에 암자만 덩그렇게 남아있는 음침한 산 분위기를 더 보태고 있다. 첨삭은 이정도이고 나머지는 원문에 충실한 번역이다. 『신고엔』은 중국고사설화의 번역집이다. 이 작품이 간행된 때는 1603년에 도쿠카와 막부(德川幕府)가 들어서고 안정된 사회 분위기 속에서 한창 계몽교훈서와 읽을거리 서적들이 많이 출판되던 시기였다. 따라서 이 작품도 중국의 여러 지식을 모아 읽기 쉽게 전달함으로써 계몽을 꾀하고자 한 의도가 있었다. 『신고엔』에 〈신도징〉이 번역된 것도 중국 지식의 하나로서 여겼기 때문에 약간의 첨삭 외에는 내용이 거의 그대로 옮겨진 것이라 볼 수 있다.

　『신고엔』은 후대 문학서에 끼친 영향이 아주 큰데[33] 그 하나가 이제부터 논할 『다마스다레』이다. 이 작품은 『신고엔』 이후 22년이 지난 1704년에 간행되었다. 작자 쓰지도 히후시에 관해서는 노슈(濃州, 현재 기후현岐阜縣) 오가키(大垣)의 출신인 사실만 알려져 있다. 7권 3책으로 27편의 이야기가 수록되어 있는데, 27편 모두 기이한 이야기로 일본고전문학의 장르로는 '괴이소설(怪異小說)'로 분류되는 작품이다. 이 작품이 간행된 시기는 당대 풍속소설인 우키요조시(浮世草子)[34]가 한창 유

---

33) 神谷勝廣, 「近世における中國故事の傳播一淺井了意編『新語園』を通じて一」, 『江戶文學』, 14號, へりかん社, 平成 7 (1995), pp.105~115.
　　神谷勝廣, 「西鶴と了意編『新語園』」, 『武藏野文學』, 43號, 平成 7 (1995), pp.32~43.

34) 井原西鶴의 처녀작인 『好色一代男』(1682)을 선두로 하여 그 후 약 100년간 출판된 현실주의적이며 오락적인 조닌(町人)문학을 말한다. 양식으로는 「호색물(好色物)」,

행하던 때였다. 이러한 현실주의적이며 사실주의적인 소설이 유행한 동
시기에 그 대세를 따르지 못하고 초현실적 세계를 다룬 괴이소설이 또
한 독자들에게 환영을 받고 있었다.

　이 작품에 수록된 27편은 작자의 순수창작으로 보이는 이야기도 있으
나 태반은 『전등신화』, 『전등여화』 등 중국의 전기문학(傳奇文學)과 기
존 일본의 기이담이 번안된 것이다. 〈신도징〉은 권3에 「유정영요(柳情
靈妖)」의 제목으로 수록되어 있는데 자료는 『신고엔』에서 차용하여 일
본의 이야기로 옮겨질 때는 내용이 변개되었다. 변개된 내용의 개요를
적시하면 다음과 같다. 논의의 편의상 네 단락으로 나누어 적기로 한다.

　㉮분메이(文明) 연간. 노토(能登, 현재 이시카와현石川縣) 지역의 태
수 하타케야마 요시무네(畠山義統)의 가신인 이와키 도모타다(岩木友
忠)는 어릴 때부터 인물이 수월하고 총명하여 주인에게 신임을 얻고 있
었다. 고향은 에치젠(越前, 현재 후쿠이현 福井縣)이며 노모가 살고 있
으나 어수선한 세상이라 찾아뵙지 못하고 있었다. 태수 요시무네가 쇼군
(將軍)의 명령을 받고 호소카와가(細川家)에 가담하여 도호쿠(東北) 지
역으로 길을 열었다. 그리고 태수가 소마야마(杣山) 산에 있는 적군 야마
나가(山名家)의 성을 공격하기 위해 진을 쳤다. 도모타다는 고향이 가까
워 혼자 진영을 빠져나와 어머니에게로 향했다.

　㉯시절은 음력 정월. 눈보라와 한풍이 몰아쳐 말이 앞으로 나아가지
못했다. 길옆에 초가집이 하나 있어 추위를 피하려고 다가갔다. 초가집에
는 노부부가 있었는데 17,8세 가량의 딸과 함께 불 옆에 앉아 졸고 있었
다. 딸은 머리가 흐트러졌고 옷에는 때가 묻어 있었으나 자태가 고왔다.

　「무가물(武家物)」, 「조닌물(町人物)」, 「잡화물(雜話物)」 등이 있다.

이런 산속에도 이 같은 사람들이 있구나 하며 신선이 사는 곳인가 하고 착각할 정도였다. 주인이 불 옆으로 도모타다를 맞아들였다. 도모타다는 하룻밤 묵게 해 달라고 간청하였고, 간청이 받아들여져 짐을 풀고 잠자리를 만들었다. 그때 딸이 몸을 단정히 하고 나타나 도모타다를 바라보았는데 그 미모가 처음 봤을 때보다 빼어났다. 노부부가 언 몸이 풀리도록 데운 술을 대접하고 술잔을 돌리는데 도모타다는 딸에게도 권했다. 그러자 노부부가 웃으면서 술잔을 받도록 하자 딸은 부끄러워하며 받았다. 도모타다가 딸의 마음을 끌어보려고 와카(和歌)를 읊으니 딸이 그에 응수했다. 딸의 총명함에 감탄하여 청혼을 하자 노부부가 허락하여 딸과 동침했다. 이튿날 도모타다가 지니고 있던 돈을 건네니 노부부는 받지 않았다. 그리고 도모타다는 딸을 데리고 진영으로 돌아왔다.

㉯그 후 도모타다의 일행은 적군을 물리치고 상경하였다. 주인 요시무네의 일족인 호소카와 마사모토(細川政元)가 도모타다 부인의 미모에 매혹되어 부인을 빼앗아 갔다. 도모타다는 아내가 그리워 편지에 한시를 지어 보냈는데 마사모토가 그것을 보고는 감탄하고 아내를 돌려보냈다.

㉰그 이후 도모타다 부부가 행복하게 지내던 어느 날 부인이 말했다. "부부의 인연을 맺은 지 5년이 되었어요. 영원히 부부로 지내려고 하였으나 내 목숨이 다한 듯해요. 부부의 인연을 생각해 명복을 빌어 주세요." 부인이 계속 말을 이었다. "실은 나는 사람이 아니라 버드나무 정령인데 땔감으로 베어져 말라가고 있어요. 한스럽기가 이를 데 없네요." 이같이 부인이 흐느끼며 말하고는 소맷자락으로 몸을 가리는 듯하더니 어느새 이슬같이 사라지고 옷만 남았다. 그 후 도모타다는 머리를 자르고 수행자가 되어 아내의 고향을 찾았으나 그곳에는 아무것도 없고 단지 잘린 버드나무 세 토막만이 남아있었다. 도모타다는 나무토막 세 개로 무덤을 만들고 울면서 그곳을 떠났다.

이 이야기가 『신고엔』에서 가져왔다는 것을 알 수 있는 것은 ㉯에서 도모타다가 초가집 딸의 모습을 처음 보았을 때 '이런 산속에도 이 같은 사람들이 있구나 하며 신선이 사는 곳인가 하고 착각할 정도였다'라는 표현이 『태평광기』에 없는 『신고엔』에 있는 신도징의 말인 것에서 알 수 있다.[35] 「유정영요」는 『신고엔』의 번역을 차용하고는 있지만 동시에 상당히 다른 면모를 보인다. 그 변개의 양상을 이야기의 전개를 쫓아 살펴보고자 한다.

이야기의 도입부인 ㉮에서 주인공이 신도징에서 이와키 도모타 다인 일본사람으로 변개되어 있다. 또 시대적 배경도 분메이(文明, 1469~1487)로 구체화되어 있다. 분메이의 기간에는 '오닌의 난(応仁 の亂)'[36]라는 큰 전투가 있었다. 이 전란의 시기를 사건의 배경으로 삼아 전투와 관련된 하타케야마가(畠山家)가 호소카와가(細川家)와 결탁하여 야마나가(山名家)와 전투를 벌이는 역사적 사건이 도입되고 있다. 그리고 주인공인 도모타다를 하타케야마가의 가신으로 하여 주인을 따라 전쟁터에 나가서는 때마침 그곳에서 멀지 않은, 오랫동안 찾아뵙지 못한 노모를 만나러 가는 길에 여자를 만난 것으로 설정되고 있다. 이같이 실제로 있었던 전쟁의 역사적 사건을 결부시켜 흡사 일본의 전란기에 있었던 이야기처럼 그럴싸하게 그려져 있다. 이 도입 부분이 원화의

---

35) 이밖에 『新語園』와 『多滿寸大禮』의 관련에 대해서는 주 30) 朴蓮淑, 앞서 제시한 논문에 상세하게 논증되어 있다.

36) 1467~1477년에 걸쳐 일어난 내란. 호소카와 가쓰모토(細川勝元)와 야마나 소젠(山名宗全)의 대립에다, 장군 아시카가(足利)집안의 후계문제와 하타케야마(畠山)·시바(斯波) 두 집안의 상속문제가 얽혀 여러 지방의 다이묘(大名)가 동군(細川편)과 서군(山名편)으로 나뉘어 싸웠다. 전란은 전국적인 규모가 되어 이 전쟁이 도화선이 되어 일본은 전국시대(戰國時代)로 돌입하였다.

〈신도징〉에서는 평민인 신도징이 위(尉)의 벼슬을 얻어 부임지인 한주(십방형)로 가는 길에 여인을 만난 것으로 아주 간략하게 서술되고 있을 뿐이다.

전개부인 ⓑ에서 도모타다가 전투 지역에서 고향으로 가는 도중에 여자를 만나 결혼하고 함께 진영으로 돌아온다는 내용은 〈신도징〉의 전개를 거의 대부분 따르고 있다. 다만 약간 변개된 것을 지적하면, 노부부가 도모타다에게 술을 대접하는 장면에서는 노부부의 딸에 대한 도모타다의 행동이 적극적이다. 도모타다는 직접 딸에게 술을 권하기도 하고 딸의 마음을 사려고 와카(和歌)를 읊조리기도 한다. 그런데 원화에서는 신도징이 직접 딸에게 술을 권하지도 않으며 시경의 구를 인용하여 술자리의 정경을 읊으면서 딸의 반응을 살피는 조심스러운 태도를 취하였다. 그러나 번안에서는 주인공의 행위가 능동적이고 한시는 와카로 대치되는 등 일본의 이야기로 꾸며져 있는 것이다. 이 노부부의 가족과 도모타다와의 훈훈한 술 교환의 장면은 『삼국유사』에서는 누락된 부분이었다.

번안에서 변개가 심한 곳은 ⓒ, ⓓ이다. ⓒ에서 도모타다 부부가 전투도 끝나서 이제 행복한 날만 있을 줄 알았는데 뜻밖에 다시 시련이 닥쳐왔다. 즉 도모타다는 노부부의 딸을 데리고 진영으로 되돌아왔고 이윽고 전투도 끝나 상경을 하지만 주인의 일족이 아내를 앗아가는 사건이 벌어진 것이다. 그런데 이 중대한 사건을 도모타다는 한시로 아내를 되찾은 것으로 되어있다. 이 아내 탈환사건은 원화에 없고 새로이 도입된 내용이다.

결말부인 ⓓ도 변개가 심하다. 이 대목에서는 그동안 함께한 부부가 헤어지는 내용으로 되어있다. 부부가 헤어지는 장면에서는 여인의 정체

노출이 호랑이에서 버드나무 정령으로 전환되어 있다. 버드나무 정령이 정체를 드러내며 사라지는 상황도 원화의 야생동물 속성의 표출이, 번 안에서는 못다 한 사랑을 품은 채 사라지는 애틋한 여성의 모습으로 바 뀌어 있다. 그리고 도모타다가 수행승이 되어 버드나무 세 토막을 발견 하고 그것으로 무덤을 만든 것으로 새롭게 꾸며져 있다.

이상에서 검토한 내용을 정리하면, 「유정영요」에서는 중국 호랑이 변 신의 이야기가 일본의 버드나무 정령의 이야기로 탈바꿈되었는데 도입 부의 주인공은 일본인으로 되어있고 시대적 배경도 일본의 시대로 구 체화되었다. 전개부에서는 원화의 줄거리를 대폭 수용하되 한시는 와카 로 대치되고 또 아내 탈환이라는 이질적 사건이 삽입되어 굴곡이 많은 이야기로 꾸며졌다. 결말부에서는 버드나무 정령이 스스로 정체를 밝히 고 이슬같이 사라지는 것으로 하여 기이한 이야기로 마무리되었다.

결과적으로 〈신도징〉의 일본수용을 살펴본 바로, 먼저 〈신도징〉이 고 사설화집인 『신고엔』에 수용되어 지식전달의 방편으로 번역되었고, 다 음은 이 번역이 재차 『다마스다레』에 번안되어 괴이소설집의 한편이 되 어있다는 것이다.

4. 〈호화〉 설화의 수용

〈신도징〉은 호랑이의 변신을 다룬 화인(化人)설화이고, 〈호화〉는 난 관에 봉착한 사람을 돕는 호원(虎援)설화이다. 〈호화〉는 원말(元末)에서 명초(明初)의 문인 도종의(陶宗儀, 1341~1370)가 집필한 『철경록(輟耕 錄)』(1367) 권22에 실려 있다. 전문을 한국어로 옮기면 다음과 같다.

호화(虎禍)

대덕(大德) 연간에 형주 남쪽(荊南) 지역 내에서 사람 아홉이 산행을 하다가 비를 만나 길옆 오래된 동굴 안으로 피했다. 그때 갑자기 호랑이 한 마리가 나타나 포효하며 분노하듯이 사람들을 쏘아보았다. 그중 한 사람은 원래부터 어리석었다. 여덟이 의논하여 호랑이가 사람을 잡아먹지 않으면 동굴 밖으로 나갈 수 없으니 어리석은 사람에게 먼저 나가면 우리가 힘을 합쳐 호랑이를 덮쳐 죽이겠다고 속였다. 어리석은 사람이 결심하지 못하고 있자 사람들이 각자 옷 하나를 벗어 사람 모양을 만들어 동굴 밖으로 던졌다. 호랑이가 더욱 화를 내며 으르렁거리자 사람들은 어리석은 자를 밖으로 밀쳤다. 호랑이는 그 사람을 물어 동굴 입구에 놓아두고 이전처럼 사납게 노려보며 울부짖었다. 얼마 후 동굴이 무너져 여덟 명은 죽고 어리석은 자는 살아났다. 모름지기 좌절과 환난이 닥쳤을 때 여덟 사람의 지혜로 어리석은 자를 모함하려는 마음은 사악한 것이니 천도는 진실로 오묘하도다.[37]

이 이야기는 호랑이의 환난에 봉착한 사람들이 자기들만 살기 위해 합세하여 어리석은 한 사람을 위험에 몰아넣지만 자신들이 그 업보를 받은 내용으로, 극도로 위기에 몰렸을 때 돌변하는 인간의 이기주의적인 마음을 교훈한 것이다. 아울러 인간 능력으로는 감지할 수 없는 재앙을 호랑이가 미리 예지하고 인간을 구한 신이한 오락적 기능도 함께 갖

---

37) 大德間荊南境內有九人山行值雨避於路傍舊土洞中忽有一虎來路洞口哮咆怒視目光射人內一人素愚八人者密議虎若不得人惡得去因給愚者先出我輩共掩殺之愚者意未決遂各解一衣縛作人形擲而出之虎愈怒八人倂力排愚者於外虎卽銜置洞口怒視如前須臾土洞壓塌八人皆死愚者獲生夫當顚市患難之際乃欲以八人之智而陷一人之愚其用心亦險矣天道果夢夢耶(『輟耕錄』, 卷二十二, 印景文淵閣四庫全書, 子部三四六, 第1040冊, p.655)

추어져 있다.

　이 이야기의 시대적 배경은 대덕 연간인데 중국에서 대덕의 연호를 쓴 것은 서하(西夏)와 원대(元代)의 성종(成宗, 1297~1307) 때의 두 번이다. 서하는 중국의 북서부인 감숙성(甘肅省)과 오르도스 지역에서 1135~1227년까지 존재한 나라이고, 대덕 연호는 1135~1139년까지 사용된 연호이다. 연호 사용 기간이나 그 세력 지역을 고려하고, 또 『철경록』 작자의 생존 시기도 염두에 두면 〈호화〉에 기록된 대덕 연호는 원대 성종 때의 이야기를 기록하고자 했던 것으로 봄이 마땅하다. 그러나 이 야기에 기록된 연호는 설화의 제보자 혹은 기록자에 의해 변경이 가능하므로 이 이야기가 반드시 대덕쯤에 형성된 것이라 볼 필요는 없을 듯하다. 이 글 앞에서 호랑이에 대한 중국인의 심성을 언급할 때 호랑이를 신격화한 설화로서 『수신기』(권11) 수록의 「형농(衡農)」을 예시한 적이 있었다. 형농이 우레가 몰아치는 밤 곧 무너질 숙소에 머물다가 꿈속에 나타난 호랑이의 구원으로 살아났다는 이 이야기는 〈호화〉 설화와 무척 닮았다. 이러한 호원설화가 이전부터 오랫동안 중국의 민간에 전승되었고, 〈호화〉도 그런 유형의 하나일 것이다.

　그러면 〈호화〉는 한국과 일본의 어느 문헌에 어떻게 수용되고 있는지를 고찰해 보고자 한다.

(1) 한국의 수용: 『고려사』와 〈호화〉

　〈호화〉는 세세한 부분은 서로 달라도 어리석은 자가 용기 있는 주인공으로 전환되면 그 구조는 『고려사』의 고려세계에 실린 〈호경〉 설화와 너무나 흡사하다.[38] 이 두 설화를 대조해 보도록 하자. 표 안의 내용은 두 설화를 간추린 것이고 밑줄은 서로 대응하는 내용이다.

〈호화〉설화	〈호경〉설화
㉮대덕 연간에 형주 남쪽 지역에서 사람 아홉이 산행을 하다가 비를 만났다. ㉯동굴로 피하자 호랑이 한 마리가 나타나 포효하며 사람들을 쏘아보았다. ㉰여덟이 모의하여 어리석은 사람이 먼저 나가 싸우면 자기들이 호랑이를 덮치겠다고 꾀었다. ㉱어리석은 사람이 주저하자 사람들이 각자 옷 하나를 벗어 인형을 만들어 동굴 밖으로 던졌다. ㉲호랑이가 더욱 으르렁거리자 사람들은 어리석은 자를 밖으로 밀쳤다. 호랑이는 그 사람을 물어 동굴 입구에 놓아두고 전처럼 사납게 울었다. ㉳얼마 후 동굴이 무너져 여덟은 죽고 어리석은 자는 살아났다. ㉴좌절과 환난을 닥쳤을 때 여덟 사람의 지혜로 어리석은 자를 모함하려는 마음은 사악한 것이니 천도는 진실로 오묘하다.	스스로 성골장군(聖骨將軍)이라 칭하는 호경(虎景)이 백두산에서 나와 산천을 두루 편력하다가 부소산(扶蘇山) 좌곡(左谷)에 이르러 장가를 들어 살고 있었다. 집안은 부유하였으나 자식이 없었다. 활을 잘 쏘아 사냥을 일삼고 있는데 ㉮하루는 같은 마을 사람 아홉 명과 함께 평나산(平那山)에서 매사냥을 하다가 날이 저물었다. ㉯바위틈 동굴에서 밤을 지새우려고 하자 호랑이 한 마리가 나타나서 동굴 앞에서 울부짖었다. ㉰열 사람이 의논하여 호랑이가 우리를 잡아먹으려 하니 시험 삼아 관(冠)을 던져서 잡힌 자가 먹히기로 하자고 하였다. 그래서 ㉱모두 관을 밖으로 던졌다. ㉲호랑이가 호경의 관을 잡았기 때문에 호경이 나가 싸우고자 하니 호랑이는 보이지 않았다. ㉳바위 동굴이 무너져서 아홉 명은 모두 나올 수 없었다. ㉴호경이 마을로 가서 이 사실을 알리고 돌아와 아홉 명을 장사지낼 때 먼저 산신에게 제사를 지냈다. 산신이 나타나서 자신은 과부로서 이 산을 맡아 보고 있는데 성골장군과 부부가 되어 신정(神政)을 펴고자 하니 이 산의

---

38) 〈호화〉의 구조와 닮은 설화는 호경설화 외에 『조선읍지』의 「호운석」 항목에 기록된 「목조(穆祖)」설화가 있는데, 이것은 호경설화를 근거로 삼았다고 한다.(장덕순, 앞의 저서. p.98) 호경설화는 『세종실록』, 지리지, 권152, 「황해도 우봉현 구룡산」 항목과 『동국여지승람』, 권42, 「우봉현 성거산」 항목, 그리고 『조선읍지』의 「성거산」 항목에도 실려 있다. 이들은 산명유래에 주안점이 놓여 있고, 호경설화에서 호랑이산신설화나 이류교혼설화, 강충탄생의 요소가 배제되면서 보다 간략화해 있다.

> 대왕이 되어 달라고 청하고 호경과 함께 사라
> 졌다. 마을 사람들이 호경을 대왕이라 부르고
> 사당을 세워 그를 제사 지냈다. 아홉 사람은 모
> 두 죽었으므로 산 이름을 고쳐 구룡산이라고
> 하였다. 호경이 전처를 잊지 못하여 밤마다 꿈
> 같이 와서 합방하여 아들을 낳으니 강충(康忠)
> 이라 하였다.

두 이야기의 차이점은 뒤에서 살펴보기로 하고, 우선 서사구조의 닮
은 점을 지적하면 다음과 같다.

   ㉮ 여러 사람이 산행에 나섰다가 위험에 봉착한다.

   ㉯ 위험에서 벗어나고자 동굴 안으로 들어갔지만, 호랑이가 동굴 입구
      에 나타나서 포효한다.

   ㉰ 사람들이 호랑이의 위협에서 벗어나기 위해 한 사람을 동굴 밖으로
      보낼 것을 상의한다.

   ㉱ 사람들이 각자 몸에 지닌 물건을 동굴 밖으로 던진다.

   ㉲ 한 사람이 동굴 밖으로 나가지만 호랑이는 덤비지 않고 수호한다.

   ㉳ 곧이어 동굴이 무너져 동굴 안에 있는 사람은 모두 죽고 동굴 밖으
      로 나온 사람은 살아남는다.

두 이야기의 유사점은 이같이 서사구조에만 그치지 않는다. 호랑이가
천재(天災)를 미리 예지하여 위험에 처한 인간을 돕는다는 호원의 모티
프도 서로 공통한다. 또 환난에 봉착한 두려움 때문에 자신의 목숨만 지
키려는 인간은 그 재앙을 받게 된다는 교훈적인 면도 일치한다. 이러한
공통점이 한·중 설화에서 공통하게 나타나는 것은 그냥 우연의 일치

로 간과해 버리기에는 석연치 않은 문제이다.

그런데 〈호경〉 설화의 형성에 대한 기존의 논의에서는 우리 민족에게 전통적으로 전승된 산악신앙, 호랑이산신설화, 산명(山名)설화, 이류교혼(異類交婚)설화가 관련되는 것으로 지적되어 왔다.[39] 그러나 이 산악신앙 및 그 이하 민족설화와의 연관은 호경이 호랑이의 도움으로 구사일생한다는 다음의 이야기, 즉 결말부인 ㈒에 해당되는 사항들이다. 이 결말부가 민족설화와 어떻게 관련되는지에 관해서는 나중에 구체적으로 언급하겠다.

지금까지 지적된 적이 없는 ㉮~㈔의 출전(出典)이 〈호화〉인 것은 위에서 지적한 내용뿐만 아니라 양국의 지리적 여건과 역사적 관계를 고려하더라도 의심할 여지가 없다. 그러면 어느 쪽에서 어느 쪽으로 영향을 끼친 것인가. 이를 따져 봄에 있어 우선 문제가 되는 것은 두 이야기의 형성 시기이다. 필자가 현재까지 입수한 〈호화〉가 수록된 중국의 자료는 『철경록』 정도이다. 한국의 자료로는 『고려사』 및 『고려사』 이후에 나온 주36)의 문헌들이다. 이 문헌의 기록 중 『고려사』의 기록이 가장 선행한다. 따라서 현시점에서는 다음과 같이 『고려사』와 『철경록』의 기록을 근거로 이야기의 형성 시기와 영향 관계를 막연하게나마 추정해 볼 수밖에 없다.

『고려사』에서는 고려 왕실 세계를 고려 의종(1146~1170) 때의 문신인 김관의(金寬毅)의 『편년통록(編年通錄)』에 기록된 내용을 가져온

---

39) 金烈圭, 「高麗史 世家에 나타난 '神聖王權'의 意識」, 『震檀學報』, 제40호, 진단학회, 1975, pp.179~183. 姜中卓, 「高麗史의 虎景說話 硏究」, 『語文論集』, 제18집, 중앙대학교 문리과대학 국어국문학과, 1984, pp.41~53. 蘇在英, 「異類交婚 說話」, 『韓國說話文學硏究』, 숭전대학교출판부, 1984, pp.173~174.

것으로 기술되고 있다. 『편년통록』은 소실되어 전해지지 않는다. 『고려
사』를 교수한 집현전 대학자인 정인지는 고려세계의 말미에서, 『편년통
록』은 김관의가 제가(諸家)에 있는 문서를 모집하여 기록한 것이며 『태
조실록(太祖實錄)』이 전하는 태조 선대에 관한 기록은 타당성이 있는
데, 그에 반해 『편년통록』의 기록은 허황되지만 여기에 실려 있는 전승
도 세상에 전해 내려오므로 부기해 둔다고 했다. 이로 미루어 〈호경〉 설
화는 『편년통록』 성립 이전에 이미 형성되어 있었을 가능성이 높은데
지금으로서는 『편년통록』의 기록이 가장 오래된 자료로 볼 수밖에 없
다. 따라서 〈호경〉 설화는 적어도 12세기 말에는 형성되어 있었다고 추
정해 볼 수 있다.

한편, 『철경록』의 성립은 1367년으로 14세기 중반인데, 〈호화〉의 첫
머리에서는 대덕(1297~1307) 연간으로 기록되어 있다.

이상의 문헌적 실증을 바탕으로 추정하면 〈호경〉의 형성 시기는 〈호
화〉보다 앞서게 되어 한국의 것이 중국으로 수출된 셈이 된다. 그러나
앞서 말했듯이 설화에 기록된 연도는 유동적이므로 '호화' 사건이 대덕
연간에 있었던 사건으로는 생각되지 않는다. 『수신기』의 「형농」 이야기
를 상기한다면 이전에 전해 내려오던 호원설화를 대덕 연간에 전해 들
었거나 문헌을 보고 기록된 것으로 볼 수 있다. 따라서 필자는 〈호화〉
가 한반도로 유입되어 〈호경〉 형성의 모태가 되었다고 추정한다. 그와
같이 생각하는 이유를 두 가지 더 들어보겠다. 그 하나는 손진태가 우
리 민족설화와 주변국 설화와의 관련을 조사하여 "우리 문화는 중국문
화와 가장 깊고 複雜한 親密關係를 가졌는데 質로나 量으로나 우리가
中國에 끼친 影響은 極히 적으나 漢民族이 우리에게 준 影響은 極히 크

다."[40]고 지적한 것이다. 손진태가 들고 있는 중국의 영향을 받은 민족설화는 24편이나 되는데 중국에 전한 우리 민족설화는 '금추설화(金錐說話)'와 '형제투금설화(兄弟投金說話)'의 둘 정도이다. 한반도에 끼친 중국의 영향력을 고려하지 않을 수 없는 것이다. 또 다른 하나는 〈호화〉의 내용은 아주 단순한데 〈호경〉은 같은 구조를 지니면서도 다른 이질적 요소들이 복합적으로 나타난다는 점이다. 일반적으로 설화의 진행 과정은 단순한 구성에서 복잡한 구성으로 전개되어 가기 마련이다. 말할 필요 없이 모든 설화가 그런 단계를 밟는 것은 아니다. 주36)에 든 〈목조〉 설화나 『세종실록』 등에 채록된 호경설화는 『고려사』의 기사에서 단순화된 것이다. 그러나 단순화된 이들 설화에서는 원화가 지니는 특징들을 계승하고 있다. 즉 〈목조〉 설화에서는 개국주 선조의 숭앙이라는 원화의 중요한 요소를 이어받고 있는 것이다. 『세종실록』 등에 실린 호경설화의 경우도 그것들이 실린 지리지 항목의 특수성에 따라 〈호경〉의 산명전설 모티프를 계승한 것이다. 이와 같이 만약에 〈호화〉가 〈호경〉에서 파생되었다면 '개국 왕조 선대의 신성화'라는 중요한 요소를 계승하고 있을 것이다. 그렇지 않다면 호랑이산신설화 혹은 산명설화 모티프의 흔적이 남아있을 터이다. 그런데 그러한 특징들이 〈호화〉에는 보이지 않는 것이다.

　이상의 여러 사항을 고려할 때 〈호화〉가 한반도에 유입되었다고 보고 다음의 논의를 진행해 가기로 한다.

　그러면 〈호화〉가 〈호경〉 형성의 모태가 되었다면 구체적으로 어떻게 수용되었는가. 〈호화〉는 환난(患難)을 맞았을 때 자신들만 살자고 한

---

40) 孫晉泰, 『韓國民族說話의 硏究』, 序說, 을유문화사, 1947, p.3.

사람을 위태로운 상황으로 몰아넣은 인간의 사악함을 징계한 설화이다. 그러면서도 천재(天災)를 감지하고 인간을 환난으로부터 구하는 호랑이 초능력의 신이함도 동시에 나타나 있다. 호랑이가 천재를 감지한다는 것, 천재로부터 인간을 구한다는 것은 오랫동안 호랑이를 산신으로서 숭앙해 온 우리 민족에게는 단지 동물의 초능력으로서 보아 넘길 수 없는 일이다. 그것은 산신이기에 가능한 일이다. 〈호화〉의 수용은 이러한 우리 민족의 정서에 부합한 데서 비롯되었다고 볼 수 있다.

그러므로 산신으로 숭앙받는 호랑이의 도움을 받은 사람은 특별히 선택된 인물이지 않으면 안 된다. 여기에 어리석은 사람 대신에 고려 개국주인 왕건의 6대조 호경으로 대치될 필연성이 있었다. 호경을 주인공으로 내세운 이상은 〈호화〉는 신성화를 꾀하여 고려 왕조의 선조에 대한 숭엄하고 성스러운 이야기로 전환될 필요가 있었다.

그를 위해 먼저 〈호경〉의 도입부에서는 원화에 없는 호경이 신라 왕계를 이은 성골장군으로 설정되었다. 원화의 배경이 된 형주 남쪽은 신산(神山)인 백두산으로 바뀌고 효경이 이 산에서 내려온 것으로 전환되었다. 호경이 "이 白頭山에서 왔다는 사실은 (이후의) 山神과의 婚姻, 大王으로 封해지고 山神이 되는 사건의 複線 구실을 하고 있"[41]는 것이다. 이같이 호경이 신라왕족의 혈통을 잇고 백두산에서 나왔다고 구성됨으로써 그를 신성한 자질을 지닌 인물로 형상화된 것이다. 도입부에서는 계속해서 호경의 결혼과 경제적인 충족, 자손 결핍에 관한 내용이 전개되는데, 이 자손 결핍에 관한 서술도 이후 산신대왕이 된 호경이 산신의 혈통인 강충을 낳는다는 복선 구실이 되고 있다.

---

41) 姜中卓, 앞의 논문, p.48.

다음, 호경이 마을 사람과 사냥 가는 장면에서부터 호랑이의 구원을 받아 동굴에서 나와 목숨을 건지는 데까지의 전개부 구조는 〈호화〉를 거의 그대로 가져오면서도 호경을 호랑이산신에 의해 특별히 선택받은 인물로서 변개되고 있다. 동굴의 입구에서 으르렁거리는 호랑이에게 던져진 열 명의 관 가운데 특별히 호경의 관이 물려서 호경은 동굴 밖으로 나와서 혼자 목숨을 구하게 된 것이다. 목숨을 구해준 호랑이는 어디론가 사라져 버렸는데 이것은 수호산신으로서 호랑이를 인식해 온 우리 민족 공유의 관념에 바탕이 된 것이다. 이같이 호경이 특별한 인물로서 전환된 이 장면은 원화에서는 곤궁에 처한 사람들이 합세하여 어리석은 자를 밀쳐냄으로써 어리석은 자가 살아났다는 내용으로 되어 있었다. 이면적인 구조는 같으나 표면적인 내용이 아주 다른 것이다. 원화의 호랑이는 신령스러운 존재가 아니라 초능력을 지닌 동물로 이야기되고 있을 뿐이고 살아난 어리석은 자도 선택된 인간으로서가 아니라 얼떨결에 구제된 것으로 그려져 있는 것이다.

〈호경〉의 결말부에서는 호경의 신성화가 더욱 뚜렷하게 도모되고 있다. 인간의 그릇된 마음을 평하는 평어 한마디로 끝나는 원화의 결말과 달리, 선행 연구자들의 지적대로 산악신앙, 호랑이산신설화, 산명설화, 이류교혼설화의 모티브가 복합적으로 원용됨으로써 호경의 신성화가 극대화되고 있다. 목숨을 건진 호경은 죽은 마을 사람을 장례 치르기 전에 먼저 산신에게 제를 올렸다. 이처럼 산신을 모시는 호경의 행동은 산을 지키는 산신이 있다고 믿는 우리 민족의 산악신앙에서 비롯된 것이다. 호경은 이윽고 나타난 과부산신으로부터 청혼을 받고 그녀와 함께 사라지고 그 후에 마을 사람들로부터 대왕으로서 추앙받는 존재가 되었는데, 이 여산신은 호경을 동굴 밖으로 유인하여 그의 목숨을 구하고 사라진 호랑이와 연관된다. 우리 민족에게 오랫동안 뿌리를 내려온 호랑이산신신앙 및 이류교혼의 관념이 어우러져 호경 이야기로 형상화되어 있는 것이다. 그리고 호경이 산신과 사라진 후, 마을 사람들이 죽은 아홉 명에 연유하여 부소산을 구룡산으로 바꾸어 부른 것은 산명전설과 관련되는 사항이다.

〈호경〉이 〈호화〉와 관련된 내용은 이상에서 보아온 데까지이다. 요컨대 『고려사』의 고려세계에 실린 '호경' 이야기는 중국의 〈호화〉가 기본 골격이 되면서 고려 시조 선조의 신성화를 꾀한, 신화적 성격이 강한 설화가 되어있는 것이다.

(2) 일본의 수용: 『와칸코지요겐』 · 『신타마쿠시게』와 〈호화〉

〈호화〉는 설화로서의 흥미성과 교훈성을 두루 갖추고 있어 일본의 문인들에게도 관심의 대상이 되었다. 이 이야기가 수용된 작품은 『와칸코지요겐(和漢故事要言)』(1705)과 『신타마쿠시게(新玉櫛笥)』(1709)이다.[42] 전자는 일본과 중국의 고사성어를 이로하 순서[43]로 나열하고 각 순서대로 이야기를 모아놓은 사전이다. 후자는 우키요조시가 유행한 시기에 간행된 괴이소설집이다. 두 작품 모두 작자는 아오키 로스이(青木鷺水, 1658~1733)인데 아오키는 교토(京都) 출신이고 하이카이(俳諧)를 짓는 시인이자 소설가였다. 호는 白梅園, 歌仙堂 등으로 알려진다. 그는 34세 무렵부터 창작활동을 하였고 하이카이선집(俳諧選

---

42) 神谷勝廣, 「鷺水の浮世草子と中國說話」, 『國語國文』, 62-1, 平成5(1993), pp.32~43.
43) いろは順. 다이쇼(大正) 초기까지 쓴 일본어 가나 순서.

集), 하이카이작법서 등도 편찬하였고, 40세 후반부터는 우키요조시의 작자로 활약하였다.[44] 중국에 관해 소양이 깊었던 듯하며 『와칸코지요 겐』에는 『전한서(前漢書)』와 『후한서(後漢書)』를 비롯해 『설원(說苑)』·『한무고사(漢武故事)』 등 중국 서적에서 가져온 설화가 많이 수록되어 있다. 그뿐만이 아니라 그의 저작으로 기이담집인 『오토기햐쿠모노가타리(御伽百物語)』(1706)·『쇼코쿠인가모노가타리(諸國因果物語)』(1708)·『신타마쿠시게』(1709)에는 『철경록』·『수신기』·『수신후기(搜神後記)』·『유양잡조(酉陽雜俎)』·『오잡조(五雜俎)』 등 중국의 지괴·전기나 수필 등에서 자료를 가져와 번안한 이야기가 수록되어 있다. 작자로서의 아오키의 진면목은 이 중국의 기이담을 번안하는 데 있다고 해도 과언이 아닐 것이다.

작자 아오키는 〈호화〉 설화에 특히 감명이 깊었던 듯한데 『와칸코지요겐』(권3)에도 그 번역이 실려 있고, 그 4년 뒤에 편찬된 『신타마쿠시게』(권1)에도 다시 번안으로 실려 있다. 그것도 19편이 수록된 첫 번째 권두에 번안되어 있는 것이다. 『와칸코지요겐』은 계몽과 실용을 꾀한 책이고, 뒤의 책은 읽을거리로서 집성하는 데 주안이 놓인 책이다. 따라서 이 두 작품에 〈호화〉가 수용된 양상은 다르다. 『와칸코지요겐』에서는 '운은 하늘에 달렸다(運ハ天ニアリ)'라는 고사성어의 예화(例話)로 실려 있다. 이 책에 번역된 내용은 중국설화를 소개한다는 의식 아래 이루어졌으므로 직역에 가까우나 두어 군데 차이점이 있다. 하나는 『철경록』 수록의 원화에서 '대덕 연간'으로 기록된 연호가 번역에서는 '대덕초'로 바뀌어 있다. 또 여덟 명이 동굴 안으로 비를 피한 장면에서는 호

---

44) 小川武彦, 『靑木鷺水集 別卷 硏究篇』, 「年譜」, ゆまに書房, 平成3(1991), pp.3~244.

랑이의 출현 직전에 '온통 산과 계곡이 진동하여 말할 수 없이 두렵다' 라며 소나기가 퍼붓는 산속의 무서움을 자아내는 표현이 첨가되어 있다. 원화와의 차이점은 이야기의 결어 부분에서도 나타난다. 원화에서는 좌절과 환난에 봉착했을 때 급변하는 인간의 사악한 마음을 논하는 결어가 붙어 있었다. 그런데 번역에서는 '한 사람은 운이 강해서 호랑이에게 구조되었다고 한다'라는 결어로 되어있다. 이것은 '운은 하늘에 달렸다'는 제목에 적합한 내용의 결어로 고안된 것이다. 이렇듯 〈호화〉는 『와칸코지요겐』에서는 끝마무리가 약간 변경되면서 인명재천(人命在天)에 관한 설화로 수용되고 있는 것이다.

〈호화〉는 동일한 작자에 의해 이용되었음에도 일본의 이야기로 변안된 『신타마쿠시게』에서는 '곰이 사람 목숨을 구하다(熊人の命をたすく)'라는 제목으로 실려 있다. 논의의 편의상 단락을 나누어 개요를 들면 다음과 같다.

　⑦ 풍류인 야노 하루노스케(矢野春之助)는 와카와 한시를 지으면서 전국 방방곡곡의 명소를 찾아다니며 여행을 즐겼다. 올해 호에이(宝永, 1704~1711)의 가을, 고향의 히로사와(廣澤)의 못에 떠오르는 달이 그리워 친구 서너 명과 함께 늘 보아온 근처의 명산을 두루 유람하였다. 어느 날 친구 중에 출가하여 교토의 다카오야마(高尾山) 산에 살고 있다는 소식을 듣고 친구 넷과 함께 찾아 나섰다.

　⑭ 다카오야마의 산속에 다다르자 때아닌 소낙비가 내려 앞뒤를 분간할 수 없을 정도로 어두워졌다. 비를 피할 곳을 찾고 있는데 어느 바위 구석진 곳에 동굴이 하나 있었다. 그 동굴로 뛰어 들어가 비 그치기를 기다렸는데 밖에서는 번개와 함께 천둥소리가 요란하였다. 하루노스케의 일행은 두려워 떨면서 불경을 외며 숨을 죽이고 있는

데 어디선가 큰 곰 한 마리가 동굴 앞으로 다가왔다. 곰은 동굴 안에 사람이 있는 것을 보고 눈을 붉히면서 이빨을 드러내어 으르렁거렸다. 일행은 때아닌 소낙비를 맞고 번개까지 쳐서 무서운데 짐승까지 포효하니 살아남을 도리가 없다며 떠들어댔다. 서로 자신의 목숨이 아까워 먼저 나서 곰의 먹이가 되고 사람들을 구하려는 마음이 일지 않았다. 곰이 더욱 아우성을 치며 덮치려는 듯하여 하루노스케가 나서서 자기가 먼저 동굴 밖으로 나가 곰과 싸울 테니 그 틈을 타서 도망가라고 하고 몸에 지닌 부적과 적은 와카 초고를 목에 걸고는 동굴 밖으로 나갔다. 친구들은 목숨이 아까운 마음에 말리려고 하지 않았다. 곰은 하루노스케의 허리띠를 물어 옆에 있는 바위 위에 놓아두고 다시 동굴 입구로 와서 울부짖었다. 나머지 사람들이 서로 머리를 맞대고 떨고 있는 동안에 천지가 무너질 정도로 우렛소리가 나고 번개가 동굴로 떨어지는가 싶더니 갑자기 동굴이 짜개지고 그 기세를 타고 30미터 정도의 용이 검은 구름을 타고 승천하였다. 그리고 잠시 후 날이 개이자 곰은 사라지고 없었는데 동굴에 있던 사람들도 자취를 감추고 보이지 않았다. 하루노스케만이 겨우 살아남아 집으로 돌아올 수 있었다.

㉰ 대체로 용이 승천할 때는 뇌우(雷雨)의 변이 일어난다고 한다. 이러한 징조를 곰이 미리 알고 도우려고 했는데 인간들은 어리석어서 곰의 지혜를 따르지 못했다. 흔히 전해지는 '자기 몸을 희생해야만 살아날 길도 열린다'는 속담은 이런 경우를 말하는가.

원화인 〈호화〉가 『신타마쿠시게』에서 번안되면서 변개된 점을 살펴보면 첫째, 호랑이가 곰으로 바뀌어 있고 둘째, ㉮에서 인물 설정과 사건 시기가 구체적이고 셋째, ㉰에서는 주인공의 희생적 행동이 있고 괴기적인 내용이 보완되고, 넷째, 결말부인 ㉰에서 교훈의 내용이 변개되어 있다. 이 변개 내용을 다음에서 구체적으로 살펴보도록 한다.

첫째, 호랑이가 곰으로 변개된 것에 관해서이다. 호랑이는 이국 동물이다. 그러므로 맹렬한 호랑이에 견줄 수 있는 곰이 일본인의 정서에 맞아 대치되었다. 이 변개는 〈신도징〉의 호랑이 처녀가 버드나무 처녀로 바뀐 것과 동일한 양상이라 할 수 있다.

둘째, 인물 설정과 사건 시기의 구체성에 관해서이다. 〈호화〉는 간략한 사건 전달에 불과하므로 주인공의 이름이나 인물 유형에 대한 상술이 필요하지 않았다. 그런데 『신타마쿠시게』에서는 괴이소설집의 한편으로 만들어져 있으므로 풍류인 야노 하루노스케라는 일본인이 주인공으로 등장하고 그의 작시와 여행의 취미까지 상세하게 그려져 있다. 주인공의 여행취미 설정의 경우는 그가 이제 곧 뭔가 큰 사건에 봉착할 것이라는 독자의 호기심을 유도하는 작자의 의도로 이해된다. 하루노스케와 동행한 사람도 친구 4명으로 바꿔었고 그들이 호랑이의 환난을 겪는 시기도 이 작품의 출간 시기에 근접한 '올해 宝永 가을'로 되어있다. 이 사건 시기의 설정은 이야기에 현실성을 부여하기 위한 서사 장치로 볼 수 있다. 이상과 같이 등장인물과 사건 배경의 구체화로 〈호화〉는 소설적 형식의 구색을 어느 정도 갖게 되었다.

셋째, 주인공의 희생적 행동과 괴기적인 내용의 보완에 관해서이다. 우선 〈호화〉에서는 여덟 명이 모의하여 어리석은 사람을 위험 속으로 밀쳐버린다는 인간의 이기심이 주제가 되어있다면, 번안에서는 하루노스케가 친구들의 목숨을 구하기 위해 스스로 동굴 밖으로 나가는 희생과 동시에 자연에 맞서려는 인간의 의지를 다루었다.

한편 하루노스케의 일행이 산속에서 갑자기 비를 맞고 당황하는 장면에서는 '앞뒤 분간할 수 없을 정도로 (주위가) 어두워졌다'라는 표현이 첨가되었고, 동굴에서 비를 피하고 있는 장면에서는 '비가 그치기는 커녕 천둥과 번개가 요란하게 쳤다'라는 표현이 더 보태져 있다. 음침한 산 분위기 속에서 뭔가가 일어날 조짐이 조성되고 있는 것이다. 그리고 친구들이 동굴 안에서 환난을 맞닥뜨리는 장면에서는 원화에 없는 용 승천과 그로 인해 산사태가 일어나는 내용이 부가되어 있다. 괴기적인 내용의 보완에서 더욱 주목되는 것은 곰이 자연현상을 감지하고 그 위험한 징조를 인간에게 알리려고 했다는 것이다. 곰이 자연현상을 감지한 능력은 토템신앙의 하나로 이해되기보다는 오히려 토템신앙이 세속화되어 기이담으로 전환된 사례로 봄이 마땅하다.

넷째, 교훈내용의 변개에 관해서이다. 번안의 끝마무리는 '자기 몸을 희생해야만 살아날 길도 열린다'는 것으로 되어있다. 〈호화〉의 여덟 명이 힘을 합쳐 어리석은 한 사람을 모함하려는 사악한 마음에 대한 징계의 주제를 뒤집고 희생정신이 설파되고 있는 것이다.

이상의 고찰에서 알 수 있듯이 단순한 사건전달식의 이야기였던 〈호화〉 설화는 일본의 괴이소설집에 수용되면서 인간의 삶에는 용기와 희생이 필요하다는 처세훈이 담긴 '곰이 사람 목숨을 구하다'라는 기이담으로 거듭나 있다.

5. 수용양상의 비교

지금까지 한·일의 문헌 자료를 통해 〈신도징〉과 〈호화〉 설화의 수용시기와 그 경로, 수용된 서적의 성격, 수용방법, 수용된 내용 및 장르적 성격 등을 짚어왔다. 우선 이를 정리하고 나서 그 다음은 종합적으로 수용양상의 비교를 통해서 나타난 공통점과 차이점의 요인을 고찰해 보고자 한다.

〈신도징〉이 유입된 경로는 한·일 양국 모두 『태평광기』를 통해서이다. 그것이 한국에서는 『삼국유사』(1281~1283)의 역사서에 유입되었고, 따라서 문헌정착의 시기는 13세기 말로 추정된다. 일본에서는 『신고엔』의 고사설화집에 먼저 유입되었다가 그 후 『다마스다레』의 괴이소설집에 번안되었다. 그 수용된 시기는 앞 책의 간행이 1682년이고, 뒤 책의 간행은 1704년으로 17세기 말과 18세기 초가 된다.

『삼국유사』에 유입된 〈신도징〉은 일연의 의도에 따라 문자가 첨삭되거나 불필요한 부분이 삭제되며 옮겨졌다. 특히 신도징이 인간으로 변신한 호랑이 가족과 정감을 나누는 장면과 호랑이 부인의 총명함과 다정다감한 모습을 드러내는 장면이 의식적으로 삭제되었다. 그럼으로써 호랑이 부인의 재색겸비의 모습이나 서정적 정감의 부분이 사라지고 단순한 기술적이며 전달적인 호랑이의 변신 이야기가 되어버렸다. 이러한 일연의 〈신도징〉 수용방식의 이면에는 공통된 소재를 다룬 〈김현감호〉 설화를 돋보이도록 하려는 의도가 있었다. 즉 호랑이 처녀의 의로운 미덕과 김현의 신앙 영험의 내용을 두드러지게 하고자 한 것임을 알 수 있다.

일본의 『신고엔』과 『다마스다레』에서는 〈신도징〉을 적극적으로 받아들였다. 『신고엔』의 수용은 호랑이 처녀의 나이가 일본인의 정서에 맞게 되어있고, 호랑이 가족을 만나 느낀 신도징의 감정 표현을 약간 보태는 정도로 직역에 가깝게 번역되었다. 근세 전반기 당시 태평한 시대의 도래와 함께 사회 전반에서 계몽성이 강한 서적들이 출판된 시대 풍조에 발맞추듯 중국의 지식을 독자에게 전달하려는 『신고엔』의 번역서에

〈신도징〉이 수용되었던 관계로 이것도 거의 그대로 일본어로 옮겨진 것이다. 그런데 그보다 22년 뒤에 나온 『다마스다레』의 「유정영요(柳情靈妖)」에서 수용된 양상은 자못 달랐는데, 호랑이 이야기가 아닌 버드나무 정령의 이야기로 번안되었다. 번안될 때는 〈신도징〉의 줄거리를 골격으로 하면서 일본인에 친숙하지 않은 호랑이는 괴기적이며 여성적인 버드나무로 전환된 것이다. 이 소재거리의 전환만이 아니라 등장인물과 시대 배경도 일본화되었다. 또한 한시가 와카로 대치되고 아내탈환이라는 색다른 요소도 삽입되었다. 그리고 결말부에서는 원화의 호랑이 아내가 순식간에 야생 호랑이로 변해 달아나는 끔찍한 사건이 땔나무로 잘려버려 피치 못할 사정으로 헤어지는 버드나무 정령의 슬픈 사연으로 전환되었다.

다음은 〈호화〉의 수용에 관해서이다. 한국에서는 이 설화의 전래시기와 경로를 명확하게 밝힐 수 없다. 『철경록』(1367)에 수록된 〈호화〉는 대덕 연간(1297~1307)에 일어난 사건으로 되어있다. 그러나 설화의 경우 제보자나 기록자들에 의해 사건시기가 쉽게 이동될 수 있고, 일반적으로 단순한 구성에서 복잡한 구성으로 변화하며, 또 〈호화〉와 닮은 호원설화의 형태가 『수신기』 등에 실려 있는 것을 고려할 때 이 설화는 대덕 연간보다 훨씬 이전에 형성되었을 것이다. 〈호경〉 설화는 그 내용 면에서 〈호화〉와 공통해 있어 이것에서 발전된 것이다. 즉 〈호경〉은 고려 건국 시조인 왕건의 6대 선조에 해당하는 호경의 신성화를 도모할 셈으로 〈호화〉가 이용되었다. 원화의 호랑이 도움도 〈호경〉에서는 호경이 도움을 받았고 원화에 없는 여산신과 혼인하여 산신이 되고 나아가 산신의 몸으로 전 부인과의 사이에 왕건의 5대 선조인 강충을 낳은 것으로 신성화가 도모된 것이다. 〈호경〉은 먼저 『편년통록』에 채록되고 약

300년 뒤에 다시 『고려사』에 유입되었다.

일본에서는 〈호화〉는 『철경록』을 통해 들어와 먼저 고사성어집인 『와칸코지요겐』(1705)에 번역되고, 그 후 다시 괴이소설집인 『신타마쿠시게』(1709)에 번안되었다. 『와칸코지요겐』에서는 〈호화〉가 '운은 하늘에 달렸다'는 고사성어의 예화로서 번역되었는데 원화는 그릇된 인간 마음을 교훈하는 내용이었다. 『신타마쿠시게』에서는 〈호화〉가 '곰이 사람 목숨을 구하다'라는 이야기로 번안되었다. 그 번안에 있어서는 일본에 존재하지 않은 호랑이 대신 곰이 이용되었고, 주인공과 시대 배경은 일본의 것으로 시도되었다. 주인공은 원화처럼 어리석은 바보가 아니라 친구를 위해 스스로 동굴 밖으로 뛰쳐나가는 용기와 희생정신을 지닌 인물로 형상화되었다. 그러므로 이야기의 결어도 그에 걸맞은 용기와 희생을 강조한 말로 바뀌었다. 그리고 원화에 없는 용 승천이나 곰의 자연현상 징조의 인식 등 괴이한 내용이 삽입되어 기이담의 한편으로 꾸며졌다.

이상에서 정리한 중국 호랑이설화의 수용양상을 종합적으로 비교하면 다음과 같다.

첫째, 〈신도징〉과 〈호화〉의 수용시기와 수용경로, 수용한 서적의 성격에 대한 비교이다. 한국에서는 〈신도징〉은 『태평광기』를 통해 들어왔고, 〈호화〉의 경우는 수용경로를 확인할 수 없다. 그 채록 시기는 앞의 설화가 『삼국유사』에 수용된 13세기이며, 뒤의 설화는 제1차가 『편년통록』이므로 12세기, 제2차는 『고려사』이므로 15세기이다. 수용된 서적은 두 설화 모두 역사서이다.

일본에서는 〈신도징〉은 한국과 마찬가지로 『태평광기』를 통해 수입되었는데 〈호화〉의 경우는 『철경록』을 통해 수입되었다. 채록 시기는 두 설화 모두 에도 전기, 즉 17세기 말에서 18세기 초반 사이인데 한국에 견주어 〈신도징〉은 대략 400여 년 후이며, 『호화』는 『편년통록』의 경우는 500여 년 후, 『고려사』의 경우는 약 250여 년의 뒤가 된다. 또한 수용된 서적은 두 설화 각각 제1차가 고사설화집(『신고엔』) 및 고사성어집(『와칸코지요겐』)이고, 제2차가 괴이소설집(『다마스다레』 및 『신타마쿠시게』)이다. 이같이 수용된 서적은 지식전달의 성격을 가진 계몽교훈서와 오락물인 괴이소설집이다.

둘째, 수용 방법의 비교이다. 먼저 소재에 관한 비교인데 한국에서는 모두 호랑이의 소재가 유지되고 있는 반면에 일본에서는 중국의 지식으로 이야기가 소개될 때는 소재에 변함이 없지만, 일본의 이야기로 번안될 때는 호랑이는 버드나무와 곰으로 각각 대치되었다.

다음은 내용의 비교이다. 한국에서 〈신도징〉은 〈김현감호〉를 부각할 의도로 수용되었다. 말하자면 〈신도징〉은 비교의 대상으로 삼을 정도의 인식으로 수용된 것이다. 그러므로 수용될 때는 불필요한 부분은 삭제되고 간략화되었다. 일본에서는 이 설화가 고사설화집에 채록될 때는 약간의 첨삭은 있어도 원화 거의 그대로 번역되었는데 그것은 수용한 서적이 계몽서의 성격을 띠기 때문이다. 또한 〈호화〉의 수용도 일본에서는 계몽교훈서의 성격을 띤 고사성어집에 원화 그대로 번역되었다.

이와 달리, 〈호화〉가 한국에 수용될 때는 고려 건국 시조의 선조인 호경의 이야기로 전환할 목적으로 원화의 기본구조와 신이한 호랑이 소재는 그대로 받아들이되 원화의 어리석은 평민은 신성한 호경으로 바꾸고 원화에 없는 신이한 내용들이 첨가되었다. 일본에서도 괴이소설집에 〈신도징〉 및 〈호화〉이 수용될 때는 완전히 일본 이야기로 전환되었다. 원화를 골격으로 하되 소재나 등장인물, 시대적 배경이 일본인의 정서에 맞게 고쳐지고 신이한 내용이 더 보태져 주제가 변개되었다. 이같이 외국설화를 자국화하는 데 있어 여러 창작수법이 동원된 것은 한국의 수용양상과 같은데, 소재가 전환된 것은 한국과 다르며, 한국은 신성(神聖)한 내용으로 바뀌었고 일본은 읽을거리에 부응하는 기이담으로 만들어졌다.

셋째, 수용된 내용의 장르적 특징에 대한 비교이다. 한국에 수용된 〈신도징〉은 중국설화 그대로 수용되었고, 〈호화〉는 호경설화로 전환되었다. 수용된 내용이 둘 모두 설화 범주를 벗어나지 못하고 있다. 일본의 경우는 계몽교훈서에 수용되었을 때는 중국설화 그대로 수용되었고, 괴이소설집에 수용된 때는 문학적 수사가 동원된 일본의 이야기로 번안되었다. 두 설화 모두 소설화로 발전하는 양상이 고찰되었다.

이상에서 비교해 온 바로 한 · 일 양국에서는 호랑이가 소재로 된 〈신도징〉과 〈호화〉 설화가 동일하게 수용되었고, 〈신도징〉의 수용경로는 『태평광기』인 점이 서로 공통해 있다. 그 반면에 문헌에 수록된 시기와 그 수용된 서적, 수용 방법(소재 및 내용), 수용된 내용의 장르적 특징 등에서는 서로 상이를 보였다. 이러한 공통점과 상이점이 나타난 요인에 대해 다음에서 추론해 보고자 한다.

먼저 공통점이 나타난 요인에 대해서다.

〈신도징〉과 〈호화〉가 한 · 일 문인들에게 공통해서 주목을 받은 것은 무엇보다 호랑이를 소재로 한 내용의 완성도와 사람들의 호기심을 자극하는 신이성을 지녔기 때문일 것이다. 한국의 경우는 호랑이 소재가 민족의 정서에도 맞아 개국주의 선조를 신성화하는 데에 〈호화〉는 적절한 소재이었다고 볼 수 있다. 〈신도징〉도 그와 비슷한 내용인 〈김현감호〉가 전해지고 있어 민족설화와 신앙을 부각하는 비교자료로 적합했

을 것이다. 일본의 경우는 그들의 호기심을 자극하는 흥미로운 외국지
식으로 일본에 없는 호랑이의 기이한 소재가 신선하였고, 괴이소설의
번안으로 내용의 흥미로움에도 이끌렸을 것이다.

말하자면, 내용이나 소재의 면에서 〈신도징〉과 〈호화〉는 수용자 측의
목적에 부합된 조건을 갖추었기 때문에 양국에서 동일 자료의 수용이
란 현상이 나타나게 된 것이다.

또한 〈신도징〉의 수용경로로 『태평광기』라는 공통점을 지닌 것은, 근
대 이전까지 중국문화의 영향 아래에 있었던 양국인 까닭에 대륙에 관
한 호기심과 아울러 지적 욕구를 충족시켜 주는 지식의 보고(寶庫)로
서 『태평광기』의 영향이 컸던 배경이 있었던 것이라 할 수 있다. 『태평
광기』에는 주로 한대(漢代)에서 당대(唐代)에 이르는 지괴(志怪), 전기
(傳奇), 일화 등의 다양한 장르와 문장들이 방대하게 실려 있다. 한국에
는 적어도 1086년 이전에 전해져 문인들에게 애용되었다. 일본에서도
12세기의 문헌에 그 기록이 보이며[45] 『신고엔』에 번역된 이후부터는 본
격적으로 일본 고전에 영향을 끼쳤던 바가 컸다. 이와 같이 『태평광기』
에 관해 한·일 옛 문인들의 관심도를 엿볼 수 있다.

다음은 상이점이 나타난 요인을 추론해 보면 다음과 같다.

첫째, 수록 시기와 수용된 서적의 차이이다. 『신도징』이 한국과 일본
의 문헌에 수록된 시기의 사이에는 대략 한국이 400여 년 앞선다. 『호
화』는 『편년통록』에서 500여 년 후, 『고려사』에서는 약 250여 년을 앞
섰다. 이같이 수록 시기의 차이를 보인 요인으로는 지리적 여건을 생

---

45) 가마쿠라 시대(鎌倉時代, 1192~1333) 초기에 성립한 고사명언집인 『明文抄』(藤原
孝範 저)에 서명이 보여 12세기는 수입이 되었고, 그 후에도 개인의 독서목록 등에
서명이 보인다. 『日本古典文學大辭典』, 第4卷, 岩波書店, 1984, p.115.

각해 볼 수 있겠지만 반드시 그런 것만은 아닌 듯싶다. 왜냐하면 〈신도징〉(『태평광기』)의 유통은 한국은 11세기 후반이며, 일본의 경우도 12세기까지는 수입되었다. 그런데 『태평광기』가 일본의 문학에 본격적으로 영향을 끼친 것은 에도시대에 들어와서이고(『신고엔』의 번역부터), 가장 많은 영향을 끼쳤던 시기는 17세기 후반에서 18세기 전반 사이이다. 이 시기는 도쿠가와(德川) 막부가 들어서고 근 100년이라는 세월이 흘러 전쟁이 없는 안정된 사회였다. 상업도 발전하여 부를 축적한 조닌(町人 : 대도시에 사는 상공업자)들이 사회활동의 주축으로 점차 부상하던 때였다. 때마침 영리를 목적으로 한 출판문화도 흥행하여 도쿠가와 막부의 '문(文)'을 중시하는 정책과 맞물려 조닌을 중심으로 한 서민들의 교육수준이 높아지고 지적 욕구가 성장하였다. 이러한 서민들의 지적 욕구를 충족시키기 위해 수입된 중국의 서적이 번역되거나 번안된 서적들이 앞을 다투어 나왔다. 『태평광기』가 이 시기에 환영을 받게된 것도 이러한 사회적인 배경이 바탕이 된 것으로 볼 수 있다. 『철경록』또한 이 같은 사회적 조건 아래에서 일본에 박래(舶來)했을 것이다.[46] 한국보다 훨씬 늦은 시기에 〈신도징〉과 〈호화〉 설화가 계몽교훈서나 괴이소설에 이용된 것은 이와 같이 당시의 시대적 상황과 부상해 온 서민세력이라는 사회적 배경과 무관하지 않을 것이다.

　한편 수용된 서적의 차이에 대해서는 나중에 언급하기로 하고 다음의 고찰을 보면,

　둘째, 수용방법의 차이이다. 이 요인에 대해서는 자국화된 내용에 관

---

46) 『철경록』은 일본에서 조오(承應) 원년(1652)을 최초로 하여 여러 차례 간행된 사실이 확인된다. 長澤規矩也, 『和刻本漢籍分類目錄』, 汲古書院, 昭和61(1986), p.145.

해서만 추궁하겠다. 〈호경〉 설화의 경우, 호랑이의 소재 변개가 이루어
지지 않았고, 원화에 없는 호랑이의 신성한 요소를 더 보태는 등 설화의
신성함을 최대한 드러내려고 하였다. 그런데 일본의 경우는 각각 버드
나무의 정령과 곰으로 소재가 바뀌어 버드나무 둔갑이야기와 곰의 구
원이야기로 내용이 전환되었다. 이 수용수법의 상이는 말할 여지 없이
호랑이의 서식지역과 그로 인한 호랑이 관념의 차이에서 비롯된다. 호
랑이의 서식처였던 한국인에게는 호랑이는 신령스러운 대상이므로 소
재를 바꿀 필요도 없었고, 또 동물 구원 모티프는 특별한 인물의 신성화
를 꾀하는데 알맞은 것이었다. 그러나 호랑이를 직접 접하지 않은 일본
인에게는 호랑이는 외국의 맹수에 불과하였고 호랑이의 둔갑이나 호원
같은 소재는 외국의 이야기로서 그들에게는 익숙하지 못하였다. 만약
그 소재를 그대로 살린 이야기라면 위화감이 조성될 우려가 있는 것이
다. 따라서 이야기의 소재는 일본의 고전에 등장하는 괴기스럽고 여성
스러운 버드나무와 호랑이에 비견되는 맹수 곰으로 대치될 필요가 있
었고, 따라서 내용도 각기 버드나무 정령 이야기와 곰 구원 이야기로 전
환된 것이다.

　셋째, 수용된 내용의 장르적 차이이다. 〈신도징〉과 〈호화〉가 한국의
역사서에 수록되었기 때문에 설화 범주를 벗어나지 못하였는데, 일본
에서는 괴이소설집에 번안되면서 소설화로 진행되었다. 이 차이에는
두 설화가 채용된 서적 성립 시기의 문학계의 사정이라는 역사적 배경
이 관련 있을 성싶다. 두 설화가 한국에 수용되었을 시기는 고려 중반으
로 무인집권과 원나라 간섭기로 이행해 가는 시기였다. 이 시기는 『수
신기』·『태평광기』 같은 지괴(志怪)·전기(傳奇)류가 유입되어 있었

지만, '稗官說話式의 文藝'[47]나 시문(詩文)만을 숭상하는 한문학이 성행함에 따라 〈신도징〉과 〈호화〉 같은 것은 보다 성숙한 문학양식으로 발전할 기회를 얻지 못하고 있었다.[48] 그러므로 이 두 설화는 『편년통록』나 『삼국유사』의 역사서에 기재되는 데 머무를 수밖에 없었다. 『고려사』도 호경설화의 자료를 『편년통재』에서 끌어왔기 때문에 같은 입장이었다. 이에 반해 일본의 17세기 후반에서 18세기 전반은 오랜 전쟁의 아픔도 가시고 도쿠가와 막부의 안정된 사회분위기 아래 계몽교훈서나 문학서가 읽을거리로서 상품화되던 시기였다. 이 시기에 특히 괴이소설 장르에서는 일본과 중국의 고전에서 얻은 소재를 재창작하여 독자들의 독서 열정에 부응하려고 앞다투어 쏟아져 나왔다. 〈신도징〉과 〈호화〉가 그러한 괴이소설 장르에 수용되어 소설 양식화 과정을 밟은 것도 당시 일본 문학계 흐름의 배경이 있었다고 볼 수 있다.

결론적으로 이상에서 중국 호랑이설화인 〈신도징〉과 〈호화〉의 두 이야기가 한국과 일본에서 각기 어떻게 수용되었는지 그 양상을 비교해 본 결과, 공통된 자료에서 이야기가 수용되었으나 수용된 시기와 수용된 서적의 성격, 수용방법, 수용된 내용 및 장르 등에 적잖은 차이가 나타났다. 그러한 차이의 요인으로는 첫째, 수용되었을 당시 한·일 사회 및 문학사적 시대 배경의 차이 둘째, 수용 목적의 차이 셋째, 호랑이 서식의 환경적 차이에 따른 호랑이 관념의 차이 등이 분석되었다.

---

47) 金台俊, 『朝鮮小說史』, 「第二編 說話時代의 小說」, 學藝社, 1939, pp.26~46.
48) 林熒澤, 「羅末麗初의 '傳奇' 文學」, 『韓國漢文學研究』, 제5집, 한국한문학연구회, 1980~1981, p.104.

제3장
한·일 설화문학에 나타난
산속 이상향 연구

1. 머리말

오랫동안 한국의 민족이 산속에 그려온 이상향 가운데 청학동(靑鶴洞)이 있다. 청학동은 고려 후기의 문인 이인로(李仁老, 1152~1220)의 『파한집(破閑集)』에 그 형상이 처음으로 나타나고 이후 조선시대 후반에까지 지지(地誌), 한시, 유람록, 야담 등에 지속적으로 기록되어왔다. 『파한집』에서 청학동은 지리산 산중에 있고 난세를 피한 사람들이 거주한 은둔처로 이야기되는데 그 이후의 문헌에서는 은둔처만이 아니라 신선이 거주하는 선계(仙界)나 이상적인 사회를 표상한 낙토로도 그려지고 있다. 이 이상사회로서의 청학동의 경우는 여러 장소에 다양한 명칭으로 존재해 왔는데 선학들이 발굴해온 함경도 갑산(甲山)의 태평동, 춘천의 진개도원, 금강산 외산에 있는 이화동, 강원도 현산(峴山)의 회룡굴, 경북의 오복동 등이 그러한 곳이다. 청학동은 이들 이상촌을 대표하는 낙원으로 한국민족의 의식 속에 연연히 이어져왔다. 따라서 본고

에서 분석하는 청학동은 위에서 든 다양한 명칭의 이상촌을 포괄하는
개념이 된다.

　이러한 청학동과 비교해 볼 수 있는 것이 일본민족이 산속에 상상한
가쿠레자토(隱れ里)이다. 가쿠레자토는 '숨다', '몸을 숨기다'의 동사 '가
쿠레루(隱れる)'의 어간과 마을을 의미하는 '사토(里)'가 결합한 말로,
자구 자체의 의미는 숨어 있는 동네, 곧 은이(隱里)를 나타내지만 뜻이
확장되어 이상향으로 사용되고 있다. 『일본국어대사전』(小學館, 2001)
에 의하면 (1) 세상을 피해 숨어 있는 마을. 특히 떠돌이 귀인(貴人)이
산속에 형성한 촌락, (2) 사람들의 눈에 쉽게 띄지 않는 곳에 있다는 이
상향. 선경, 인외경(人外境). 가쿠레쿠니(隱國)라고도 한다, (3) 유곽. 특
히 공인되지 않은 유곽을 이르는 경우가 많다[1]라고 설명되어 있다. 여기
서 (3)의 경우는 에도 시대 때 도시에 거주하며 부를 축적한 소상공인인
조닌(町人)이 등장해옴에 따라 그들의 유흥장소로 유곽이 흥행하게 된
문화와 관련된 표현이라 볼 수 있다. 가쿠레자토는 이밖에도 괴기한 일
이 벌어지는 산속 외딴집의 요계(妖界)나 지하의 별세계를 일컫고도 있
어 그 형상의 범위는 훨씬 넓다고 할 수 있다. 그러나 무엇보다 산속의
이상적인 피세은둔처, 신선거주의 선경, 이상사회를 표현하는 낙원으로
나타나는 특징이 청학동의 이미지와 상당히 공통하고 있다. 그럼에도
양 이상향에 대한 비교연구는 여태껏 주목받지 못하였다.[2] 기존의 연구

---

1) 日本國語大辭典 第二版 編集委員會, 『日本國語大辭典』, 小學館, 2001, p.476.
2) 가쿠레자토에 대한 연구로는 박찬기의 「「가쿠레자토」(隱里)의 세계」, 『日本文化學
　報』, 제18집, 한국일본문화학회, 2003, pp.223~238의 논문이 있다. 그러나 이 논문은
　『조선태평기(朝鮮太平記)』에 실린 소위 〈지하국 대적 퇴치설화〉의 일ㆍ중 문헌적 계
　보를 탐구한 것이다. 일본에서는 〈지하국 대적 퇴치설화〉는 지하의 별세계에 초점이
　맞춰져 선경으로서 그려지는 부분이 있으며 '가쿠레자토'의 하위 유형이다. 이와 관련

에서는 〈도화원기〉와 같은 중국의 이상향이나 서구의 유토피아와의 대비가 이루어져 왔을 뿐이다. 이에 필자는 이전에 이상사회로서의 청학동과 가쿠레자토를 집중적으로 분석하고 낙원의식을 사회사적인 측면에서 비교한 바가 있었다.[3] 그때는 이상사회 표상에 대한 편중된 고찰이 이루어졌고 미처 생각이 미치지 못한 부분도 있어 공통점을 충분히 드러내지 못한 미흡함이 있었다.

그러므로 본고에서는 이상적 피세은둔처로서의 형상과, 선경으로서의 형상들을 더 표출하고 또한 이상사회의 형상도 재론하면서 이러한 공통된 이상향이 양국에서 동일하게 만들어진 제반 요인을 해명해보고자 한다. 연구목적을 위해 문헌설화를 비중 있게 다루고 그 외에 필요에 따라 다른 자료를 보조적으로 이용할 생각이다. 본고의 비교를 통해 그간에 중국과 한국에 집중된 청학동과 가쿠레자토의 이상향에 대한 연구의 범위는 동아시아로 확장하는 계기가 될 것이다.

2. 한국의 청학동

(1) 피세(避世)은둔의 공간

한국의 설화문학에 나타난 청학동은 이상적인 피세은둔처, 신선들이 노니는 환상적 선경, 이상사회로서의 낙원의 세 가지 모습으로 나누어

해서는 주3을 참조 바람.
3) 박연숙, 「한 · 일 문학에 나타난 이향(異鄕)의식 연구-청학동과 가쿠레자토를 중심으로-」, 『일본어문학회』 제84집, 2019, pp.343~370.

고찰할 수 있다. 본 절에서는 이상적 피세은둔의 공간으로 구상된 형상에 관해 탐구하고자 한다.

그 특성에 관해서는 청학동의 이름이 처음으로 나타나는 이인로의 『파한집』에 기록된 청학동전설에서 찾아볼 수 있다.

> 옛 노인들이 전하는 말에 「그 속(지리산 산속-필자 보완)에 청학동(青鶴洞)이 있는데 길이 매우 협소하여 겨우 사람이 다닐 수 있고, 몸을 구부리고 수십 리를 가서야 허광(虛曠)한 경지가 나타난다. 사방에 모두 양전옥토(良田沃土)가 널려 있어 곡식을 심기에 알맞으며, 오직 청학(青鶴)이 서식하고 있기 때문에 이런 마을이름이 붙여졌다. 예부터 대개 세상을 피한 사람들이 살던 곳이어서 무너진 담과 흙구덩이들이 아직도 가시덤불 속에 빈터로 남아 있다.」고 한다.[4]

이 전설의 내용은 청학동의 위치와 환경, 청학동의 내력과 그 물적 증거로 되어있다. 청학동이 있는 장소는 지리산으로 비정되어 있다. 이 지리산에 소재(所在)하고 있다는 것은 입지환경으로 매우 좋은 곳임을 나타내주고 있는데, 고래로 지리산은 영산(靈山)이면서 빼어난 경관을 지니고 따뜻한 기후와 기름진 땅으로 윤택한 생활을 보낼 수 있는 곳이라는 인식이 있었던 것이다.[5]

---

4) 유재영 역, 『破閑集』, 일지사, 1978, pp.39~40을 참조하고 글을 조금 다듬었다.
5) 이를테면 이수광의 『지봉유설』(地理部)에서는 「세상에서 말하기를, 三山은 우리나라에 있는데 금강산을 蓬萊山, 지리산은 方丈山, 한라산을 瀛洲라고 한 것이 그것이다.」라고 한 것을 비롯해 지리산을 방장산이라고 인식한 것은 여러 기록에 보인다. 또한 조선 후기 문신 이중환(李重煥, 1690~1756)의 인문지리서인 『택리지(擇里志)』, 「복거총론(卜居叢論), 山水(산수)에서는 「흙이 두텁고 기름져서 온 산이 모두 사람 살기에 알맞다. (중략) 지역이 남해에 가까워 기후가 따뜻하여 산중에는 대나무가 많고

청학동의 환경에 관해서는 두 가지 내용을 담고 있다. 하나는 청학동으로 진입하는 길이 매우 험난하다는 것이고, 또 하나는 넓은 토지에다 농사짓기에 좋은 옥토로 되어있다는 것이다. 청학동으로의 진입교통이 험난하다는 것은 바깥세상 사람들이 근접하기 어려운, 세속과 격절된 내밀한 곳이라는 것이다. 이와 같이 장소의 내밀성과 양전옥토의 환경은 다음에 진술하는 '세상을 피한 사람들'의 삶의 터전으로 더없이 좋은 입지조건임을 나타내고자 하는 것이라 볼 수 있다.

다음은 청학동의 내력과 물적 증거에 대해서이다. 청학동이라는 이름은 청학, 곧 푸른 학이 사는 것에서 유래되었고 세상을 등진 사람들이 살던 곳이므로 아직도 무너진 담이나 흙구덩이가 빈터에 남아있다고 했다. 여기서 마을 이름의 내력을 말하는 부분은 전설의 허구성을 그대로 표출하고 있는데, 그러나 그 곧바로 은둔처로서의 증거물이 제시되어 있어, 전설에서는 청학동 존재의 진실성을 주장하고자 함을 읽을 수 있다.

이렇게 청학동전설은 부분적으로 허구성을 드러내면서도 그 실존의 전달에 비중을 두고 있다. 곧 청학동은 인적 드문 지리산 산속에 있고 세상을 등진 사람의 은둔처로서 농경할 수 있는 넓은 평지에 비옥한 토양이 확보되어 있는 곳이라는 것이다.

『파한집』에 기록된 청학동전설은 이상과 같은 내용을 담고 있다. 그

또 감과 밤이 매우 많아 저절로 열렸다가 저절로 떨어진다. 기장이나 조를 높은 산봉우리 위에 뿌려 두어도 무성하게 자란다. 평지 밭에도 모두 심으므로 산중에는 촌사람과 스님들이 섞여 산다. 스님이나 속인들이 대나무를 꺾고 감, 밤을 주워 수고하지 않아도 생리가 넉넉하며, 농부와 공장工匠 또한 심히 노력하지 않아도 충족하다.」라고 하였다. 남만성 역주, 『지봉유설』, 을유문화사, 2001; 이익성 역, 『택리지』, 을유문화사, 2012. 두 자료 모두 한국의 지식콘텐츠(KRpia)가 제공하는 학술 DB를 참조.

런데 이 전설을 기록한 이인로도 또한 청학동을 피세 공간으로서 바라
보고자 하였던 것 같다. 이인로는 속세를 떠날 마음이 있어 집안 형인
최상국과 함께 소 두세 마리에 세간살이를 담은 대고리짝을 싣고 청학
동을 찾아 나섰다. 그러나 끝내 청학동을 찾지 못하고 아쉬움에 시 한
수를 바위에 남기고 돌아왔다고 했다. 그런데 그러면서도 계속해서 그
는 어제 우연히 읽은 도연명의 〈도화원기〉를 언급하면서 진나라 사람
들이 난리를 피하여 인적 드문 곳을 찾아든 그 도화원을, 세상 사람들은
우거표륜(羽車飇輪, 학이 메고 가는 신선의 수레)을 타고 다니며 장생
구시(長生久視)하는 선계로 여기고 있으나 그것은 그 기록을 제대로 이
해하지 못한 것으로 도화원은 청학동과 다를 바가 없는 곳이라고 하였
던 것이다. 이것으로 이인로도 피세 공간으로서 청학동을 동경하고 있
었음을 엿볼 수 있다.

　청학동이 있다는 지리산은 천혜의 자연환경으로 인해 신라 시대부터
은거한 사람들이 전해온다. 『신증동국여지승람』에 의하면 신라의 진평
왕(眞平王, 재위 579~632)은 즉위 전 조정의 혼란으로 왕위를 피하여
지리산에 칩거를 했다.[6] 또한 그 유명한 〈지리산 쌍계사 진감선사 대공
탑비(智異山雙谿寺眞鑑禪師大空塔碑)〉를 남긴 고운 최치원이 신라 말
기에 탐관오리들의 횡포가 횡행하던 어지러운 세상을 벗어나 지리산에
들어간 후 신선이 되어 노닌다는 전설은 더 이상 거론할 것 없이 회자된
것이다. 그리고 이인로와 동시대를 산 한유한(韓惟漢)도 난세를 피해
지리산에 은거한 것이 『고려사』 열전(제12권)에 기록되어 있다.[7] 지리

---

6) 『신증동국여지승람』, 제31권, 경상도 함양군. 한국고전종합DB를 참조.
7) 『고려사』, 제99권, 열전 제12 한유한. 한국의 지식콘텐츠(KRpia) DB를 참조.

산에 은거한 이러한 사실들이 천혜의 자원과 신비로움을 간직한 실제적 공간과 결부되어 피세하기에 좋은 장소로 인식되었고, 그것이 어느 시점에서 마을로서 실존했을 수도 있는 청학동과 연계되어 청학이 살고 있는 이상적인 은둔처로 전설화되었을 가능성도 있다.

아무튼 이와 같이 이인로에 의해 모습이 드러난 피세 공간으로서의 청학동은 조선시대에 들어와 문인, 유자(儒者)들에게 탐방이라는 호기심으로 이어지면서 여러 유람록에 기록되고 있다.[8] 그런데 이러한 유람록에 있어서의 청학동은 현실적 피세 공간에 대한 동경보다는 옛 문인의 탐방에 대한 호기심을 채우는 관광유람의 명승지로서의 성격이 더 농후하게 나타나고 있다고 할 수 있다.

관광명승지의 청학동과 달리 임진왜란과 병자호란을 겪으면서 정치 사회적 혼란을 피해 지리산에 유민(流民)들이 흘러든 것은[9] 난세에 살아남기 위한 절실한 심정으로 찾은 피세 공간이었을 것인데, 청학동과 관련해서는 순조 때 홍경래의 난(1812)이 일어날 즈음 처자를 이끌고

---

8) 예를 들면 남효온(南孝溫, 1454~1492)은 지리산을 17일 동안 탐방하고 남긴 〈지리산일과(智異山日課)〉에서 청학동의 위치를 불일암 부근으로 비정하고, 허목(許穆, 1595~1682)은 쌍계사에서 불일전대(佛日前臺)에 올라 그 남쪽 골짜기를 청학동이라고 하였다(「지리산청학동기(智異山靑鶴洞記)」). 또한 김일손(金馹孫, 1464~1498)은 〈두류기행록(頭流紀行錄)〉에서 「쌍계사 동쪽 골짜기를 따라 오르면 농사짓고 살만한 넓은 평지가 세상에서 말하는 청학동인데 이인로가 여기까지 오지 않은 것인지 아니면 왔는데 자세히 살피지 않은 것인지, 혹은 청학동이란 정말로 없는데 세상에서 소문으로만 계속 전해오는 것인지.」라고 하면서 청학동에 대한 반신반의한 의문을 제기하고도 있다. 남효온의 〈지리산일과〉와 김일손의 〈두류기행록〉은 최석기 외, 『선인들의 지리산 유람록』, 돌베개, 2007, p.59, p.95를 참조. 허목의 「지리산청학동기(智異山靑鶴洞記)」는 강정화, 『지리산권 유산기 선집』, 커뮤니케이션브레인, 2008, p.139를 참조.

9) 최원석, 「한국 이상향의 성격과 공간적 특징-청학동의 사례로」, 『대한지리학회지』, 제44권, 제6호, 대한지리학회, 2009, p.753.

청학동에 들어간 사람의 이야기가 있다.[10] 피세 공간으로서의 청학동에 대한 인식이 지속되어 온 것으로 볼 수 있는데, 그러나 그와 동시에 이 이야기에서는 청학동에 들어간 이 사람이 그 후 난봉꾼의 침입으로 아내를 잃고 함께 도망하던 자식도 절벽에 떨어져 죽어서 청학동이 원수의 땅이 되었다고 하며 이상적 은둔처로서의 인식의 허망함을 설파하고 있어, 청학동이 더 이상 이상촌이 아니라는 인식의 변화도 엿볼 수 있다.

(2) 신선이 노니는 선경

선경으로서의 청학동은 현실계와 시간적 차이를 지니는 것으로 인식되고 있었다. 그곳은 선인(仙人)들이 유유자적하게 바둑을 두며 노닐거나, 선도(仙道)를 닦은 일반인이 신선이 되거나, 불로장생하는 곳으로 표현되고 있다. 신선들의 바둑놀이 공간으로서의 청학동은 이수광(李睟光, 1563~1628)의 『지봉유설(芝峰類說)』(1614)에 실린 남추(南越) 이야기에서 찾아볼 수 있다.[11]

남추는 조선조 중종 때의 문신으로 곡성 사람이었다. 그는 어릴 때부터 총명하였는데 하루는 어른 몇 사람과 바위 위에서 글을 읽는 기이한 행동을 보이더니 집안에서 일하는 아이에게 편지를 주며 지리산 청학동에 가서 마주 보고 앉아있는 두 사람의 답장을 받아오라고 했다. 아이

---

10) 「청학동변증설(靑鶴洞辨證說)」, 이규경(李圭景)의 『오주연문장전산고(五洲衍文長箋散稿)』(제35권), 천지편, 지리류, 동부(洞府).「俺純廟壬申西賊前得此洞.攜妻挈築室居生」. 한국고전종합DB를 참조.

11) 남만성 역주, 『지봉유설(芝峰類說)』(권18, 외도부外道部, 선도仙道), 앞의 책.

가 분부대로 가서 보자 바위 위 누각에서 한 도인(道人)과 늙은 승려가
바둑을 두고 있었다. 그들에게 답장과 푸른 옥돌 바둑알을 받아 나오려
는데 청학동에 왔을 무렵 낙엽이 길 위에 뒹굴고 눈발이 희끗희끗 날리
는 9월 중순이었으나, 날씨가 따뜻하고 풀과 나무에는 새잎이 돋아나고
있었다. 인간 세상의 2월의 날씨이었다. 그 후 남추는 죽고 바둑알도 행
방을 모르게 되었는데 당시의 사람들은 그 도인은 최고운이며, 늙은 승
려는 검단선사(黔丹禪師)이니 남추도 신선이었을 것이라 하였다고 한
다.[12]

　여기서 청학동에서 바둑을 두고 있는 두 선인이 최치원과 검단선사라
고 한 것은 이 두 사람에 얽힌 신선전설이 바탕이 되고 있다. 즉 최치원
의 경우는 지리산 청학동에서 죽지 않고 지금도 노닐고 있다고 전해오
고,[13] 검단선사의 경우는 백제 때 선운사를 세운 인물로 그가 열반할 때
도솔산(전북 고창군 아산면에 있는 선운사임)의 산신이 되어 중생의 지
장 도량을 지키겠다는 유언을 남긴 것으로 알려지니,[14] 그가 신선이 되
었다는 구설이 전해왔을 법도 하다. 이처럼 역사적으로 유명한 두 선인
이 유유히 바둑을 두며 노닐고 있는 곳이 청학동이다. 그리고 아이가 잠
시 머문 동안에 겪은 계절추이는 청학동이 현실계와 시간적 거리가 있
는 성역(聖域)으로 관념되고 있었음을 보여주고 있다.

---

12) 이 남추 이야기는 당시 회자된 것으로 신돈복의 『학산학언』, 박지원의 『열하일기』,
　　편자미상의 『기문총화』 등에도 조금씩 내용 변이를 보이며 채록되어 있다. 김동
　　욱 옮김, 『국역 학산학언 1』, 보고사, 2006, pp.140~142; 김혈조 옮김, 『열하일기 3』,
　　돌베개, 2015, pp.114~115; 김동욱 역, 『국역 기문총화 ④』, 아세아문화사, 1999,
　　pp.325~327.
13) 최석기 외, 『선인들의 지리산 유람록』, 〈유두류산록(遊頭流山錄)〉, 앞의 책, p.193.
14) 검단선사의 일화는 디지털고창문화대전 사이트를 참조. http://gochang.
　　grandculture.net/?local=gochang (검색일: 2018.03.28)

청학동이 선도(仙道) 수행 장소로서 신선으로 거듭나는 형상은 〈홍원사종유청학동(興元士從遊靑鶴洞)〉[15]의 김생이야기에서 볼 수 있다. 김생은 그의 집 원주(原州) 홍원창(興元倉)을 방문해온 남다른 모습을 한 사람의 인도로 백발노인에게 가서 도를 배워 선인이 되고 있다. 김생이 따라간 곳은 산영(山嶺)을 넘어있는 청학동으로 기화이초(奇花異草)가 만발하고 진금이수(珍禽異獸)가 노니는 별세계이다. 이곳에서 여러 달 동안에 도를 닦은 김생은 추풍낙엽으로 변하고, 그의 동학(同學) 중 강남 사람은 백학이 되어 날며, 일본사람은 대호가 되는 행적들을 보이고 있다.

불로장생하는 선경의 사례는 〈향산과위성봉모선(餉山果渭城逢毛仙)〉이 있다.[16] 이 이야기는 정조조(正祖朝) 임인(壬寅)과 계묘(癸卯)의 사이에 있었던 일로 전한다. 영남 안찰사 김모라는 사람이 함양 위성관에 머무르고 있는 곳으로 모선이라는 자가 찾아와 기묘사화의 전말과 조광조의 신변에 대해 듣고자 하였다. 모선이 그 이야기를 듣고자 하는 경위는, 실은 그는 원래 상주 사람으로 중종 때 명경과에 급제하여 주서(注書)로서 벼슬을 얻은 뒤 조광조의 제자가 되었으나 기묘사화로 여러 유생이 잡혀가기에 지리산으로 도망을 쳤고, 지리산에서는 풀과 과일을 따먹으며 허기를 채우는 동안 온몸에 털이 나고 천길 절벽도 너끈히 넘으며 한순간에 십여 리도 갈 수 있게 되었다. 그런데 세상 사람들이 자신을 괴수라고 생각하여 죽일까봐 두려워서 몸을 숨겨왔다는 것이다. 이 모선의 이야기에 따르면 그가 기묘사화로 도망했을 때 나이 35세에

---

15) 최웅, 『주해 청구야담 Ⅱ』, 국학자료원, 1996, pp.333~334.
16) 최웅, 『주해 청구야담 Ⅲ』, 국학자료원, 1996, pp.315~320.

서 헤아려보면 그동안의 세월은 300여 년이나 지나 있었다. 그는 세상을 피해 들어간 지리산에서 불로장생의 삶을 살고 있었던 것이다. 이 모선의 불로장생의 삶을 살게 된 경위를 볼 때 〈도화원기〉에서 도원 사람들이 은둔한 일과 유사하고, 모선이 먹은 풀과 과실은 불로불사하는 선도(仙桃)를 연상케 한다.

이상의 이야기에서 청학동은 기화이초(奇花異草)가 만발하고 진금이수(珍禽異獸)가 향락하며 불로장생하는 약초와 과실이 자라고 있는 선향(仙鄕)으로 나타나고 있다. 그곳은 최치원, 검단선사의 신선들이 바둑을 두며 노닐고 난세를 피하러 들어간 사람이 신선이 되거나 도술을 익혀 기이한 행적을 남기고 있는 공간이었던 것이다.

(3) 이상사회로서의 낙원

청학동전설에서 청학동은 세상을 등지고자 하는 사람들에게 여유로운 생활을 담보해주는 비경(秘境)이자 이상적인 피세 공간이었다. 또한 청학동은 신선들이 노닐며 불로장생하는 성역으로서 관념되어 왔다. 이제 이 피세은둔처와 선경 두 요소를 일부 띠면서도 최선의 사회적 조건을 갖춘 공동체로 구상된 청학동에 대해 고찰하기로 하겠다. 앞서 지적하였듯이 이러한 이상사회로서의 형상은 여러 장소에서 다른 이름으로 나타나는데 여기서는 갑산(甲山)의 태평동과 춘천의 진개도원(眞個桃園)에 관해서 거론하고자 한다. 태평동은 선조 때의 인물인 조여적(趙汝籍)의 『청학집』(16세기 말~17세기 초)에 수록되고,[17] 진개도원은 편

---

17) 이석호 역주, 『韓國奇人傳·靑鶴集』, 명문당, 1990, pp.311~317.

집자 미상인 『청구야담』(19세기 중반)[18]에 실린 둘 모두 조선후기에 나타나고 있어,[19] 시대적으로 매우 가까운 에도 시대에 가쿠레자토가 문헌에 자주 기록되고 있는 공통점에 주목할 필요가 있겠다.

태평동은 함경도 갑산에서 동북으로 이틀 소요되는 곳에 상상된 이상적인 마을이다. 매창의 호를 지닌 조현지(曹玄志)라는 사람이 갑산을 유람하다가 처사 임정수(林正秀)란 사람을 만나 태평동으로 가는 것으로 이야기는 시작되고 있다. 이 촌락은 암석으로 이루어진 이판령(伊坂嶺) 고갯마루에서 좁기도 하고 넓기도 한 긴 동굴을 통과해야 도달할 수 있다. 주변은 빼어난 자연환경을 두고 있는데 마을로 통하는 동굴 안이 웅황, 자석영, 석종유 등 다양한 빛깔의 광물로 장관을 이루고 있다. 또한 마을 안은 사방 30리로 펼쳐져 있는 평지에 맑은 샘, 하얀 돌, 옥 같은 꽃과 풀, 아름다운 나무들이 자라 수려한 경관을 자랑하고 있다. 태평동의 인가는 네댓 가구로 소규모의 단위이지만 비옥한 토지에서는 곡식들이 영글어 풍요롭다. 이 마을에서 특히 주목되는 것은 세금착취와 전란의 고충이 없다는 것이다. 그래서 태평동이라고 이름 불리게 되었다고 한다. 따라서 임정수는 호서지방에서 걸인 같은 생활을 하였으나 이마을에 와서 의식주에 걱정 없이 살게 되었다고 하였다.

즉 태평동은 현실에서 야기되는 사회적 부조리나 생존에 직결된 고통들이 배제되고 자체적으로 의식주를 충당할 수 있는 풍요롭고 평화로운 곳으로 그려져 있다. 그곳은 사회로부터 정당한 대우를 받지 못한 사

---

18) 최웅, 『주해 청구야담 Ⅲ』, 〈방도원권생심진(訪桃源權生尋眞)〉, 앞의 책, pp.353~358.

19) 그 밖에 금강산 외산에 있는 이화동(『청구야담』), 강원도 현산(峴山)의 회룡굴(『학산학언』, 18세기), 경기도 이천의 석문 안 촌락(『청구야담』), 상주의 우복동(정약용, 〈우복동가(牛腹洞歌)〉) 등도 조선 후기에 기록되고 있다.

람들이 설계한 낙원이라 볼 수 있다.

한편 강원도 춘천 산중에 구상된 진개도원은 험난하고 협소한 길을 통과해야 다다르거나 광활한 대지에 양전옥토가 펼쳐져 있는 점이 태평동과 동일하다. 그런데 마을의 규모나 생활방식에 있어서는 더 크고 구체적으로 구상되고 있다. 진개도원은 원래 증조부 때 고양에 살던 사람들의 당내지친과 외가 친족들이 들어와 개척한 동네이고 현재 살고 있는 주민들은 그 자손들이라고 했다. 마을은 200여 채로 되어있고 주민들끼리 결혼으로 맺어진 일가친척의 공동체를 이루고 있다. 주민들의 생활방식에 있어서는 농경을 중심으로 수렵 어획 채집을 하는 등 의식주를 모두 마을 자체적으로 자급자족해 공유하고 소금만은 바깥에서 조달하는 방식이다. 또한 젊은이들은 계절 및 주야로 나뉘어 공동으로 노동하고 함께 경서 교육을 받고 있다. 말하자면 진개도원은 공유재산, 공동노동, 공동교육을 지향하고 있어 이러한 점이 이 마을의 가장 큰 특징이다. 그리고 외부 마을과는 왕래 없이 오랫동안 존속해 왔는데 이로써 외부로부터의 압력과 전란의 고통도 없는 최선의 사회적 여건으로 구축된 이상촌임을 알 수 있다.

3. 일본의 가쿠레자토

(1) 피세은둔의 공간

어느 한 사람이 어떠한 경위로 깊은 산중에서 길을 헤매다가 넓은 평지로 나오자 그곳에는 유복하게 살아가는 한 촌락을 있었다거나, 계곡

물에 떠내려오는 물건을 보고 계곡을 따라 올라가 보니 뜻밖에도 한 촌락이 있는데 난세를 피해 들어온 사람들이 구축한 곳이었다거나 하는 이야기가 일본의 산중에도 많이 전해오고 있다. 그 가운데서 주목해 볼 것은 헤이케(平家) 일족에 관한 전설이다. 헤이케, 곧 다이라 집안(平家)은 무장 다이라노 기요모리(平淸盛, 1118~1181)를 중심으로 헤이안 시대(平安時代) 말기에 정권을 장악하던 일족이다. 그들은 독점하고 있는 권력을 유지하기 위해 1180년에서 1185년에 걸쳐 무려 6년간이나 적군인 미나모토 집안(源氏)과 패권 다툼을 벌였는데 결정적으로 이치노타니 전투(一ノ谷の戰い)와 야시마 전투(屋島の戰い)에서 연달아 패하고 최후에 단노우라 전투(壇ノ浦の戰い)에서 전패하였다. 이 전투의 승리로 미나모토 집안은 마침내 가마쿠라(鎌倉) 막부를 열게 된 것이다. 다이라 군에 큰 타격을 입히고 멸망으로 치닫게 한 세 전투에서 발생한 다이라의 난민들이 몸을 숨기기 위해 일본 각지 산속이나 계곡, 섬으로 흘러들어 생겼다는 헤이케노사토(平家の里), 헤이케타니(平家谷), 헤이케야마(平家山), 헤이케쓰카(平家塚) 등 '헤이케'의 말이 붙은 지명이나 무덤, 동굴, 혹은 마을 주민 성씨의 선조 전설로 광범위한 지역에 걸쳐 전해오고 있다.

그중에 널리 알려진 것은 규슈 미야자키현 북부 규슈산맥의 중앙부에 있는 시바 마을(椎葉村)이다. 이곳은 해발 1000미터 이상 되는 산들로 둘러싸이고 계곡에 맑은 물이 흐르고 있는 아름다운 산지이다. 그 옛날에는 인적 드문 깊고 깊은 산속 오지로 단노우라 전투에서 전패하고 겨우 살아남은 헤이케의 일족과 그 가신이 숨어들어 산 곳으로 알려지고 있다. 이 마을에는 고문서 『시바야마유래(椎葉山由來)』가 전해오는데 거기에는 아름다운 전설이 실려 있다.[20] 즉 이 마을에 헤이케의 난민이 숨어 있다는 정보를 입수한 미나모토의 명령으로 나스 무네히사(那須宗久, 실존 불명), 통칭 다이하치로(大八郞)가 형 나스 무네타카(那須宗高, 1169~1189년 무렵), 통칭 나스노 요이치(那須与一)를 대신하여 그들을 토벌하러 가서 그곳에 사는 헤이케의 아가씨 쓰루토미와 사랑에 빠졌으나 끝내는 귀환의 명령을 받고 돌아갔다는 애달픈 이야기이다. 토벌하러 간 다이하치로는 부귀영화를 뒤로 하고 조용히 농사를 짓고 있는 헤이케 사람들의 모습에서 반기의 움직임을 볼 수 없고 또한 마을 경관이 수려하여 그곳에 머무는 동안 연인의 관계가 되었다. 그러나 상전의 명을 어길 수 없어 쓰루토미의 임신을 알면서도 떠나갈 수밖에 없었는데 연인과 이별할 때 만약 아들이 태어나면 보내라는 말을 남겼지만 쓰루토미는 딸을 낳아, 이후 이 딸의 남편이 나스 씨의 성을 가지게 되었다는 전설이다.

이 나스 씨는 일본의 전국시대(1493~1590) 때 이 마을을 다스렸던 나스 씨(那須氏)의 선조로 전해오고 현재에도 나스 성을 가진 사람들이 많이 거주하고 있다고 한다.[21] 이 마을 가미시바(上椎葉)에 있는 나스가 주택(那須住宅)은 중요문화재로 지정되고 있을 정도이며 앙숙 관계였던 두 집안 남녀의 슬픈 사랑 사연은 '시바헤이케마쓰리(椎葉平家まつり)'라는 이 마을 이벤트로 매해 11월에 거행되고 있다.

또 헤이케 일족의 피세 지역으로 전해오고 있는 곳은 예부터 비경(秘境)으로 알려진 규슈산맥의 북부 구마모토현 야쓰시로시(熊本縣八代市)에 있는 고카노쇼(五家莊), 일명 헤이케노사토, 곧 헤이케 마을(平

---

20) 椎葉村의 홈페이지, 「文化·敎養に關する事-歷史·史跡について」, 「平家傳說」. http://www.vill.shiiba.miyazaki.jp/education/culture/heike.php (검색일: 2018.08.03)

21) 日本史大事典編集委員會, 『日本史大事典 第三卷』, 「椎葉」, 平凡社, 1995, p.767.

家の里)이다. 고카노쇼는 구레코(九連子) 시이바루(椎原) 니타오(仁田尾) 모미키(樅木) 하기(葉木)의 다섯 지역을 말하는데 앞의 세 지역이 다이라노 기요모리의 손자인 기요쓰네(清經, 1163~1183)가 단노우라 전투 후 오가타(緒方)로 성을 바꿔 피세했다고 전해지는 지역이다. 나머지 두 지역은 헤이안 시대 귀족인 스가와라노 미치자네(菅原道眞, 845~903)의 자손이 조자 씨(左座氏)로 성을 바꾸고 살았다는 역시 피세의 지역이다.[22]

그런데 여기서 주목해 볼 것은 이들 피세 장소와 헤이케와의 역사적 사실은 분명하지 않은 부분이 많다는 것이다. 이를테면 시바 마을에 헤이케 잔당을 토벌하러 간 다이하치로의 형인 무네타카는 명사수로서 활약을 보이는 기록들이 전해오지만,[23] 다이하치로의 존재는 확인할 수 없다. 『姓氏家系 歷史傳說大事典』(志村有弘編, 勉誠出版, 平成15) 등에 언급이 없는 것을 보면 『시바야마유래』에만 등장하는 가공의 인물일 가능성이 높다. 또한 성을 바꾸고 고카노쇼에 숨어들었다는 기요쓰네(清經)의 경우도 적군에 쫓겨 교토를 벗어나 부젠국 야나기가우라(豊前國柳が浦, 현재 북규슈시 모지구北九州市 門司區) 해안에서 투신자살한 것으로 기록되고 있다.[24]

이렇듯 헤이케 피세 공간의 허구성에도 불구하고 수차례 전투의 수많은 군사 가운데 누구도 수명을 부지하지 못하고 완전히 전멸했다고는 상상하기 어려운 면도 있거니와, 헤이케 일족이 일구었다는 피세 마을

22) 國史大辭典編集委員會, 『國史大辭典 15 上』, 吉川弘文館, 1996, p.69.
23) 이를테면 『平家物語』(卷第十一, 那須与一), 新日本古典文學大系 45, 岩波書店, 1993, pp.273~276.
24) 『平家物語』(卷第八, 「太宰府落」과 灌頂卷의 「六道之沙汰」), 위의 책, p.84, p.403.

등지에서는 그와 관련된 증거물들이 전해오므로 가쿠레자토 전설은 승지(勝地)에 밀착하여 현실성을 확보하고 있다.

(2) 신선이 노니는 선경

가쿠레자토가 산속 선경으로 그려지고 있는 것에는 가고시마(鹿兒島)지역에 전해오는 사료(史料)인『사쓰반 구전집(薩藩舊傳集)』(薩藩叢書 第1編, 1908) 수록의 무택장자(無宅長者)의 이야기가 있다. 아리마(有馬)라는 사쓰마(薩摩)의 무사가 어느 날 가고(鹿籠)라는 산중에 들어가자 바위가 병풍과 같이 사방으로 둘러쳐져 있는 곳이 있어 기거했는데 한겨울인데도 눈이 쌓이지 않고 밤에도 희미하게 밝아 주위를 둘러보니 사방의 돌이 모두 황금이었다는 것이다. 또한 휴가(日向, 지금의 미야자키현(宮崎縣)의 한 주민은 기리시마(霧島)의 산중에 들어가 때마침 가쿠레쿠니, 곧 은국(隱國)을 보았는데 토지가 깨끗하고 뜰도 있으며 귤나무에 귤이 풍성하게 열리고 아름다운 여인들이 오거니 가거니 하고 음악소리도 들려왔다. 그러나 그 후 재차 그 땅을 찾았으나 찾을 길이 없었다는 것이다.[25] 선계를 상징하는 귤나무가 있는 가쿠레쿠니는 신비스러운 성역임에 틀림이 없다.

한편 문헌설화에도 산속 선경은 심심찮게 등장하고 있는데 그 가운데 색다른 내용을 보이는 것이 18세기 간행의 괴담기담을 모아놓은『오토기아쓰게쇼(御伽厚化粧)』(1734) 수록의 〈대숲 속의 가쿠레자토〉(권2의 제4화)이다. 이것은 제목에서 나타나듯이 대나무 숲속에 별천지를

---

25) 柳田國男,『(定本)柳田國男集 第五卷』,「隱れ里」, 筑摩書房, 昭和50(1975), p.249.

상상한 진귀한 이야기이다.[26] 대숲은 현실세계이면서도 그 안은 현실계
와 격절된 선경의 또 하나의 모습으로 그려지고 있다.

지금까지 예시한 이야기들은 일본적인 특징을 보여주는 선경의 형상
들인데 다음에 드는 것은 남추 이야기와 상당히 닮아 있어 눈길을 끈다.
미야자키현 미야코노조시(宮崎縣 都城市)에 소재하는 모치오 신사(母
智丘神社)의 유서(由緒)로서 전해오는 이야기이다.

쇼주사(正壽寺)에서 밥을 하는 산조(三藏)라는 사람이 어느 날 모치오
(母智丘) 구릉지에 갔다. 그곳에서 백발의 한 노인을 만났는데 노인이 좋
은 곳으로 데려다주겠다고 하여 따라가자 모치오 정상에는 훌륭한 저택
이 서 있었다. 노인은 거기에 있던 다른 노인과 바둑을 두기 시작했다. 아
름다운 천인(天人)도 있어 맛있는 음식을 내어주어 먹으며 노인들의 바
둑을 구경하고 있었다. 바둑을 구경한 후 집에 돌아오자 모치오에서 3일
보냈다고 생각했는데 3개월이나 지나 있었다. 그때의 두 노인은 예전에
속세에 있었던 쇼지로(小次郎), 만고로(萬五郎)로 여러 번 가쿠레요(隱
れ世)에 왕래하는 중에 신선이 되었다고 하며, 신들이 노니는 곳을 가쿠

---

26) 筆天齋 著, 『御伽厚化粧』, 國書刊行會 編, 『德川文藝類聚第四』, 國書刊行會第一工
場, 大正四年(1915), pp.381~383. 내용은 다음과 같다. 간분(寬文, 1661~1673) 즈
음, 반슈 인나미군(播州 印度郡), 곧 지금의 효고현 지역에 다케야 쇼베에(竹屋庄
兵衛)라는 유복한 사람의 집 뒤에 5,6정(町) 되는 울창한 대나무 숲이 있었는데 어느
날 한 노인(穴山怪徹)이 찾아와 나라의 일을 마치고 말년에 한가롭게 살고자 물색하
고 있는 중에 이 숲이 적당하니 빌리고 싶다고 하여 빌려 주었다. 그 후 20여 년 동안
까맣게 이 일을 잊었다가 쇼베에의 아내가 중병에 걸려 소원 하나를 성취해주겠다
는 예전의 노인의 말을 기억하고 노인을 찾아가자 노인은 이전에 본 얼굴과 전혀 다
르지 않았다. 안내받아 간 대숲 속의 저택은 더할 나위 없이 화려하고 사람들의 치장
또한 아름답기 그지없었다. 그런데 병치유의 방법만 듣고 차 한 잔도 대접받지 않은
채 날이 저물어서 그곳을 나왔는데 열 발자국정도 걸어 나와 뒤를 돌아보자 뒤에는
컴컴한 대나무가 울창하게 서 있을 뿐이었다.

레요(隱れ世), 가쿠레쿠니(隱れ國)라고 전해온다.[27]

산조가 방문한 모치오 정상에는 신선의 거처가 있었다. 그가 만난 두 신선은 속세에서 선경에 다니는 중에 신선이 되었다고 하니 모치오 정상은 항상 인간세계와 교류하고 있는 곳이면서 또한 인간세계와 시간의 격차가 있는 성역으로 여겨졌음을 볼 수 있다. 이 이야기를 통해 신선들이 노니는 곳이 가쿠레자토, 곧 가쿠레요이고 가쿠레쿠니라는 인식이 있었음을 확인할 수 있다.

그리고 산조가 모치오 정상에서 바둑을 두는 두 신선을 목격한다는 모티프는 청학동에서 바둑을 두는 최치원과 검단선사 두 신선을 목격한 남추의 시동에 그대로 겹치고 있다. 설화의 주인공들이 두 신선의 바둑놀이에 정신이 팔려 구경하는 사이에 시간적 변화를 겪는다는 이러한 이야기는 한국의 〈신선놀음에 도끼자루 썩는 줄 모르다〉[28]와 일본의 〈산중의 바둑 두기〉[29]와 같은 선경설화의 유형이라 볼 수 있는데 그것이 한국에서는 청학동으로, 일본에서는 가쿠레자토로 각각 전승되고 있는 것이다.

---

27) 乾克己 외 5인, 『日本傳奇傳說大事典』, 角川書店, 平成四(1992), p.239.
28) 한국정신문화연구원 편, 『한국구비문학대계』(전82책, 1980~1988), 1-3 〈신성봉〉(p.298), 3-3 〈영주(榮州)의 산에 나무가 없는 내력〉(pp.525~527), 4-2 〈신선바위 전설〉(pp.816~817), 8-12 〈신선암〉(pp.164~166).
29) 稻田浩二, 小澤俊夫, 『日本昔話通觀』(全31卷, 同朋舍, 1977~1998), 권6 〈木の洞の碁打ち〉(pp.451~452), 권11 〈天狗の碁〉(pp.293~294), 권25 〈碁打ちと若者〉(p.586), 권26 〈神と碁打ち〉(p.595).

(3) 이상사회로서의 낙원

일본에서 상상된 이상촌 가운데 우선 주목해 볼 것은 에도 시대(1603
~1867) 때의 수필인 『도야마 기담(遠山奇談)』(권1)에 수록된 아키하산
(秋葉山) 미야가와강(宮川) 상류 깊은 산중에 있다는 교마루 마을(京丸
の里)이다.[30] 교마루 마을은 현재 시즈오카현 하마마쓰시 덴류구 하루
노마치(靜岡縣 浜松市 天龍區 春野町) 산속에 실존했던 촌락이다. 남북
조 전란 때(1336~1392) 난을 피해 들어온 후지와라(藤原)의 집성촌으
로 알려지고 있다. 1600년에 실시한 토지조사에 의하면 마을은 25채 정
도였지만,[31] 1843년에 간행된 『운평잡지』에 따르면 4,5채로 줄었고 왕
래하는 사람도 없고 팥과 피(稗)를 먹으며 생활하던 곳이었다.[32] 이렇게
실제로는 메마른 산속의 생활이었으나 『도야마 기담』에서 그려지는 교
마루는 다음과 같이 마치 무릉도원과 같다.

산속 오지 외딴 마을인 이 교마루가 세상에 알려지게 된 것은 교호
기 때 대홍수로 강물에 세간이 떠내려오는 것을 보고 사람이 관청에 고
하여 탐문하면서부터였다. 관청인의 눈에 나타난 마을의 인가는 대여
섯 채로 오십여 명이 살고 있었다. 처음에 교토 귀족출신인 가자하야
(風早) 아무개(신분을 속이기 위한 가명으로 보인다)라는 사람이 세상
을 등지고 들어와 일구었고 지금 살고 있는 주민들은 그 16대 후손이었

---

30) 華誘山人, 『遠山奇談』(1798), 卷之一, 第五章. http://www.mis.janis.
or.jp/~takao424/kidan/syohen/midasi.htm (검색일: 2017.05.06)

31) 內山眞龍, 『遠江國風士記傳』(1799), 第八. 國立國會圖書館デジタルコレクション
http://dl.ndl.go.jp/info:ndljp/pid/765205 (검색일: 2018.02.15)

32) 日本隨筆大成編輯部, 「雲萍雜志」, 『日本隨筆大成(第二期第四卷)』, 吉川弘文館,
1974, p.291.

다. 주민들은 무엇 하나 부족함이 없이 생활하고 필요한 물건이 있으면 심산을 빠져나가 마을의 산물과 물물교환을 해 오는데 그때 마을에 대해서는 일체 말하지 않아 이 마을을 아는 사람이 없었다. 주민의 모습은 상투를 트는 등 고풍스럽지만 옷을 손수 지어 입고 일반 사람과 다름없는 언어를 사용하고 글도 있었다. 신앙하는 씨족신이 없어 제사는 없는데 다만 선조 유품인 신란(親鸞, 1173~1263. 정토진종淨土眞宗의 창시자)의 필적인 나무아미타불 명호와 삼방정면아미여래존상을 숭앙하여 사람이 죽으면 그것을 향해 염불하였다. 마을이 세상에 알려지게 되기 전까지는 공물 상납 없이 자치적으로 생활을 영위해왔다고 하였다. 그리고 마을 산에는 그 당시에도 진실성이 의심되었던[33] 둘레 2장(6미터), 높이 20간(36미터) 내외가 되는 거대한 모란나무가 커다란 꽃을 피워 한창때는 장관을 이루고 있었다는 것이다.

즉 교마루는 인적이 미치기 어려운 산속에서 소규모의 집성촌을 이루며 오랫동안 존속해 왔다. 강 상류로 수자원의 수급과 의식주에도 불편이 없고 외부권력의 힘이 미치지 않아 조세착취도 없이 자치적으로 운영되어 왔다. 그뿐만 아니라 신앙도 동일하고 천혜의 자연환경과 경관도 겸비하고 있는 마을로 묘사되고 있다.

다음에 살펴볼 것은 엣추(越中) 곧 도야마현(富山縣)에 있는 고카야마(五箇山)의 이상촌이다. 이 촌락은 현재까지 실존하고 있는, 갓쇼즈

---

33) 『도토미 고적도회』에서는 거대한 모란꽃의 이야기는 망설이라며 석남화(石楠花)이거나 수구화(手毬花)나무일 것이라고 하였다. 藤長庚, 『遠江古蹟圖會 下』(1803), 〈京丸之牧丹花〉. 「この牡丹に付て二說有牡丹にはあらで石楠花也と云說又或人花の盛の節花を正しに行て悉く正すに手球の木にて花白く數輪咲し所遠目に牡丹と見ゆると云何れ牧丹と云は妄說成事分明なり」. 國立國會圖書館デジタルコレクション. http://dl.ndl.go.jp/info:ndljp/pid/2538219/127 (검색일: 2018.10.15)

쿠리(合掌造り)라는 전통가옥으로 세계적인 관광지가 되어 있는데 교
통망이 뚫리기 이전에는 왕래가 쉽지 않은 산속 오지였다. 마을로 들어
가려면 계곡의 나무다리를 통과하지 않고 협곡과 협곡의 사이에 쳐놓
은 줄에 매달은 바구니를 이용하였는데(이를 가고와타시籠渡라고 함),
이는 에도시대 때 다량의 연초(烟硝, 화약의 원료) 생산지로서 기밀누
출을 막고 또한 유형지(流刑地)였던 관계로 지방관의 관할 하에 불가
분의 교통수단이었다. 마을에는 수전은 없고 산전(山田)에서 생산한 피
(稗)가 주된 식용이었다고 한다.[34] 실 · 종이 · 연초 등을 생산하고 내다
팔아 그 수입금으로 조세를 납부하고 또 필요한 생활용품을 사들였는
데 물품거래는 중간상인을 통하고 대부분 수개월 기한으로 돈을 빌려
갚는 방식이었고 흉작일 경우는 빚을 갚지 못하고 토지를 넘겨버리고
소작하는 일도 있었다고 한다.[35] 이 마을에는 헤이케의 난민 일족이 일
구었다는 속설이 전해지고도 있다.[36]

　이같이 척박한 산간지대이었지만 쓰무라 소안(津村淙庵, 1736~
1806)의 수필 『단카이(譚海)』(1795년 自序) 권1에 그려진 고카야마는
풍요의 땅으로 마을 사람 모두 평등하고 자유롭게 생활하는 이상촌이
되어있다. 이 이상촌은 구산팔해의 첩첩산중에 있고 천 가구로 이루어
져 있다. 천 가구는 비교적 큰 규모로 보이지만 바깥세상에 견주면 이
또한 소규모의 낙원일 수밖에 없다. 여기서는 연초를 생산 판매하여 벌

34) 宮永正運, 『私家農業談』, 日本農業全集 第6卷, 農産漁村文化協會, 1979, pp.92~93.
35) 利賀村史編纂委員會 編, 『利賀村史』, 卷二, 近世 和賀村(富山縣), 第4章, 第2節,
　　「五ケ山の産業」, 1999, pp.92~100.
36) 이 지역에 전하는 민요 무기야부시(麥屋節)에 의하면 부귀영화를 누린 헤이케가 단
　　노우라에서 미나모토 일족에게 패한 후 멀리 고카야마의 산속까지 도망을 쳐 안주
　　했다고 전해진다.

어들인 돈이 2천금(약 15억~20억)이나 되는데 마을 전체가 모두 공평하게 나누고 있다. 그래서 빈부의 격차가 없고 상하귀천도 없을 뿐 아니라 외지사람이 와서 사는 일이 없기에 시종들도 없다. 마을의 저택들은 몹시 화려하여 타 지역과 다른 별세계와 같다. 마을 중앙에는 마노 산도 있다. 물 흐르는 상류에 해당하며 황금으로 주조한 용의 입에서 물을 뿜어내고 있다. 또한 일본이 개벽한 이후 단 한 번도 병란을 겪은 적도 없다. 주민들은 모두 자체로 생산한 고조(五條)비단의 하얀 옷에 하얀 바지를 입고 있는데 더할 나위 없이 가볍고 예쁘다. 여자들은 장신구도 하고 있다. 주민들은 나이 80세에 미치지 못한 채 죽으면 요절했다고 할 정도로 장수를 누리고 있다. 그리고 마을 내 모두 정토진종을 신앙하고 있어 종교적인 분란도 없다.[37]

즉 고카야마는 비록 연초생산판매라는 에도시대 상품경제의 발달에 입각한 풍요가 이야기되기는 하지만 노동과 생산이익의 분배에 있어서는 자연 상태를 지향하고 조세도 전쟁의 고통도 배제된 산속 낙원으로 그려져 있다. 이 전원적 이상향의 구상은 집성촌인 교마루 마을과 유사하고 더욱이 재산공유, 공동노동을 지향한 한국의 진개도원과도 일치하는 부분이 많다.

---

37) 津村淙庵, 『譚海』, 「五箇荘」. 國立國會図書館デジタルコレクション. http://dl.ndl.go.jp/info:ndljp/pid/1882242(검색일: 2017.05.06)

4. 양국 이상향에 나타난 공통점의 요인 분석

청학동과 가쿠레자토는 모두 심산이라는 현실세계에 존재하면서도 현실세계와 격리된 자연 속에 구축된 이상향이다. 이곳은 속세를 피해 은둔할 수 있는 더없이 좋은 공간이거나 신선들이 거주하며 노니는 환상적 선경으로 관념되었다. 또한 이 은둔처와 선경의 이미지를 일부 공존하면서 보다 인간의 삶에 입각해 더 나은 사회적 조건으로 설계된 낙원으로 나타나고 있다. 이 낙원은 속세 사람이 쉽게 접근할 수 없는 내밀한 장소이면서 자연석과 초목화초가 만발한 천혜의 자연경관에 양전옥토가 펼쳐진 풍요의 촌락이다. 일부 고카야마의 연초상품경제를 제외하면 농업을 기반으로 자급자족하는 경제체제이며 조세고 병화고 없고 공동노동과 공평분배의 평등을 이상으로 하고 있다.

그럼 한국과 일본 양 지역에서 이렇게 피세은둔처, 선경, 이상사회의 공통된 형상을 지닌 이상향들이 나타난 요인은 무엇인가. 양국의 이상향이 모두 산속에 상상된 근원에는 신비와 경이, 풍요(豊饒)를 지닌 산악에 대한 신성(神聖)신앙이 있었고 자연과 벗하여 유유히 살고 싶은 인간들의 보편적인 성향이 자리하고 있겠지만, 보다 현실적이면서 객관적으로 따져 볼 수 있는 것은 양국사회의 내적 여건과 외부의 영향 두 방향이다. 외적 요인으로는 근대 이전에 중국으로부터의 선진문물을 받아들인 공통된 문화적 배경이 있었고, 내적 요인으로는 각 지역에서 야기된 사회적 변동에 따른 시대적 요구가 있었다는 점이다. 이 내외적 요인들은 서로 상반적으로 나타나는 것이 아니라 외적 영향은 내적 요구에 자극을 주고, 내적 요인은 또한 외적 영향을 활용하여 이상향을 향한 갈망에 상승효과를 증폭시켰다고 할 수 있겠다.

(1) 외적 요인

중국의 영향에 관해서는 여러 방면을 생각해 볼 수 있겠으나 문학과 사상의 면에서 거론해보고자 한다. 문학의 영향에 있어서는 단적으로 〈도화원기〉 및 그로 파생된 무릉도원형 작품, 그리고 신선담 관련 작품들일 것이고, 사상의 영향에 있어서는 신선사상의 유입일 것이다. 한ㆍ일 양국의 이상향에 이러한 중국의 영향이 있은 것은 선학들이 논의해 온 바인데,[38] 본고에서는 앞서 고찰한 이상향에 나타나는 대표적인 사례만을 서술하고자 한다.

〈도화원기〉 및 무릉도원형 작품의 영향부터 짚어보자. 한국의 경우 먼저 그것은 이인로의『파한집』에서 찾아볼 수 있다. 전술했듯이『파한집』에서는 청학동을 도화원에 비교하고 있는데, 가령 이인로가 은둔하고자 했던 청학동이 실존했을 가능성이 있다 하더라도 그것이 전설화되는 과정에는 〈도화원기〉의 개입을 완전히 부정할 수 없을 것 같다. 청학동전설에 나타난 은둔이나 환상적 내용이 도화원의 은둔 선경적 성격에 근접해 있는 것이다. 〈도화원기〉는 이인로와 동시대를 산 진화(陳

---

38) 김태준,「靑鶴洞傳說과 神仙思想」,『明大論文集』, 9집, 명지대학교 출판부, 1976, pp.177~200; 손찬식,「「靑鶴洞」詩에 表象된 神仙思想」,『인문학연구』, 86호, 충남대학교 인문과학연구소, 2012, pp.57~89; 김현룡,『신선과 국문학』, 평민사, 1979, pp.1~121; 최창록,『한국도교문학사』, 국학자료원, 1997, pp.1~552; 한국도교문학회 편,『도교문학연구』, 푸른사상, 2001, pp.1~455 등.
芳賀徹,「桃源鄉の系譜-陶淵明から漱石へ-」,『國文學研究資料館講演集』, 6號, 國文學研究資料館, 1985, pp.95~121; 王建康,「近世怪異說話における隱里, 仙人と中國道敎」,『第十七回國際日本文學研究集會議錄』, 51~61, 文部省國文學研究資料館, 1994, pp.51~60; 大星光史,『日本文學と老莊神仙思想の研究』, 櫻楓社, 1990, pp.1~364; 渡邊秀夫,『かぐや姬と浦島 物語文學の誕生と神仙ワールド』, 塙選書, 2018, pp.1~289 등.

瀋)의 〈도원가(桃園歌)〉에도 영향을 미치고 있는 것을 볼 때 그 이전부터 유입되어 수용되었을 것이다.

다음은 조선 후기의 문헌에 태평동이나 진개도원 같은 이상향이 다수 기록되고 있는 것에도 〈도화원기〉 및 무릉도원형 작품의 영향을 가늠해 볼 수 있겠다. 즉 조선 후기에 나타난 이상촌들은 그 전개 방식이 (1) 주인공의 산중 마을 방문, (2) 주인공의 눈에 비친 산중 마을 형상, (3) 마을 주민생활과 거주내력, (4) 주인공의 귀향, (5) 재방문 실패의 양상을 보이는데, 이것이 〈도화원기〉나 『전등신화』의 〈천태방은록(天台訪隱錄)〉 같은 무릉도원형 작품에 나타나는 전개 방식에 거의 동일하다는 것이다. 조선 후기에 기록된 이상향과 『전등신화』와의 관련에 대해서는 뒤에서 다시 언급하게 될 것이다.

한편 일본 문학에 끼친 〈도화원기〉 및 무릉도원형 작품의 영향은 8세기 중반에 성립한 한시집인 『가이후소(懷風藻)』부터 나타나기는 하지만 표현의 일부분일 뿐이다.[39] 이상향으로서 비교적 온전한 형식을 갖추고 나타난 것은 에도 시대에 와서 아사이 료이(淺井了意, 1612~1691)의 『오토기보코(伽婢子)』(1666) 수록의 〈도쓰카와(十津川) 선경〉(권2의 제1화)이다.[40] 이것은 실은 〈천태방은록〉을 번안한 것이다. 원작은 천태산 별천지에 우연히 들어가게 된 서일(徐逸)이 별천지의 은자(隱者)로부터 송나라 말기의 난세를 피해 은둔한 내력을 듣고 돌아와서는 그 후 두 번 다시 그곳을 찾지 못했다는 무릉도원형 이야기이다.

이 〈천태방은록〉 수록의 『전등신화』는 주지하듯이 김시습의 『금호신

---

39) 芳賀徹, 「桃源鄉の系譜－陶淵明から漱石へ－」, 앞의 논문, p.98.

40) 日本名著全集刊行會 編, 「伽婢子」, 『日本名著全集 江戶文藝之部第十卷 怪談名作集』, 昭和二年(1926), pp.207~214.

화』를 탄생시킨 작품이며, 조선 시대에 내내 인기가 있었던 작품이기도 하다.[41] 물론 한국의 청학동이나 일본의 가쿠레자토가 직접적으로 『전등신화』의 영향을 받았다고 단정하기는 이르고, 중국에서 생산된 무릉도원형 작품,[42] 또는 한국에서 재생산된 무릉도원형 이야기나 작품이 있어 그 영향의 범주도 생각해 볼 수 있다.

아무튼 고려, 조선과 에도시대에 있어 이상향의 산출에는 〈도화원기〉와 무릉도원형 작품의 영향이 있었음을 추정해볼 수 있는 것이다.

다음은 신선담 관련 작품의 영향을 짚어보고자 한다. 청학동과 가쿠레자토의 형상 가운데 신선이 노니는 선경의 모습이 있었다. 이같이 신선이 한가로이 바둑을 둔다는 내용은 한국과 일본의 설화에서 심심찮게 볼 수 있는데, 그 원류는 설화문학의 보고라 할 수 있는 동진(東晋) 간보(干寶, 생몰년 미상)의 『수신기(搜神記)』(권3)에 수록된 북두성과 남두성의 이야기에서 찾을 수 있는 것이다. 『수신기』의 유입은 고려 시대의 자료(『고려사』, 선종8년 6월)에서 확인되지만, 이른 시기 9세기 말 일본의 최고 한적목록인 『日本國見在書目錄』에 기록되어 있어, 지리적 여건을 고려할 때 한반도에의 유입은 그보다 빨랐을 것으로 추정된다.[43]

이로써 청학동과 가쿠레자토의 형성에 무릉도원형 작품과 신선담 관련 작품 등이 직 · 간접적으로 관련함을 알 수 있다.

그리고 도교의 신선사상의 영향 측면도 빼놓을 수 없다. 도교에서 추

---

41) 조선 시대 문학 전반에 『전등신화』가 끼친 영향에 관해서는 엄태식, 「한국 고전소설의 『전등신화』 수용연구-전기소설과 몽유록을 중심으로-」(『동방학지』 167권0호, 연세대학교 국학연구원, 2014, pp.155~187)를 비롯해 많은 논의가 이루어졌다.
42) 김효민, 「생명의 심상공간-무릉도원과 그 변주」, 『중국어문학논집』, 제34호, 중국어문학연구회, 2005, pp.335~337.
43) 박연숙, 『한국과 일본의 계모설화 비교 연구』, 민속원, 2010, p.38.

구하는 은둔, 신선, 선경, 불로장생 등은 무릉도원형 이야기나 『수신기』
에서도 나타나고, 그 밖의 신선설화에서 받아들인 신선사상[44]이 청학동
과 가쿠레자토의 형성에 적잖은 자양분을 제공했을 것이다.

(2) 내적 요인

이상에서 청학동과 가쿠레자토의 이상향 형성에 끼친 외적 요인을 개
략적으로나마 짚어보았다. 그러나 외적인 영향이 추론된다고 하더라
도 그것을 수용하여 형상화함에 있어서는 양국의 내적 동기가 수반되
지 않고서는 이상향은 단지 현실에서 이탈한 몽상가들의 환상에 불과
할 것이다. 따라서 주목해 볼 것은 청학동과 가쿠레자토가 사회적 변동
기와 더불어 뚜렷이 나타나고 있다는 것이다. 피세은둔처로서의 이상향
은 사회적 동란과 깊이 관련되고, 이상사회로서의 낙원도 사회적 동란
과 더불어 근세사회적 모순과 부조리에 따른 불안과 동요가 그 등장에
직접 관련해 있다고 볼 수 있다.

즉 청학동전설을 기록한 이인로는 무신의 난을 겪고 있다. 그는 속세
를 떠날 의향이 있어 집안 형인 최상국과 함께 청학동을 찾아 나섰다고
했다. 또한 청학동은 홍경래의 난 즈음에 다시 문헌에 기록되고도 있다.
그리고 이상사회로서의 청학동도 대부분 임병양란 이후 문헌에 기록되
고 있다. 이 양 전쟁에서 입은 물질적 정신적 고통이 이상사회를 동경하
는 계기를 부여하였을 것이다.

일본의 가쿠레자토의 경우도 겐페이(源平) 양 집안 간의 전쟁이나 남

---

44) 주 38을 참조.

북조 전쟁에서 생긴 피난민들이 만들었다고 전해지고 있다. 고통에서 벗어나 자유를 구가하고자 하던 무사와 백성들 의식의 산물이라 볼 수 있다.

이와 같은 사회적 동란과 더불어 생각할 수 있는 요인은 조선 후기와 에도시대의 사회정세이다. 양 시대는 근세사회가 근대사회로 이행해가는 과도기로 민중의식이 점차 성장해가던 시기였다. 그러한 가운데 정부의 무능력과 지배자들의 부정이 표출되었고, 과중한 조세에 민중의 부담이 가중되고 있었다. 게다가 지주제와 상품경제의 발달에 따른 부가 편중됨에 따라 자급자족경제체제 붕괴의 위험이 표출되기 시작하였던 것이다. 이에 생존권을 지키려는 민중들의 항쟁이 도처에서 일어났고 그것이 사회에 적잖은 반향을 불러일으켰다.[45] 요컨대 부조리한 사회에 대한 피지배자들의 불만이 쌓임에 따라 더 나은 사회를 갈망하는 의식이 커졌고, 그로 인해 신분 차별도 빈부귀천도 없는 이상사회의 낙원을 구상하게 된 것으로 볼 수 있다. 이렇게 해서 양국에서는 동일 유형의 이상향이 나타나게 되었다고 추론할 수 있다.

---

45) 조선 시대와 에도 시대의 사회정세와 민중의 항쟁에 대해서는 한국의 고성훈 외, 『민란의 시대』, 가람기획, 2000, pp.13~46, 일본의 橫山十四男, 『義民 百姓一揆の指導者たち』, 三省堂, 1973, pp.1~200; 佐々木潤之介, 『日本民衆の歷史 百姓一揆と打ちこわし』, 三省堂, 1974, pp.1~398 등이 도움이 되었다.

제4장
한·일 전설민담 속 동굴에 나타난
이계관(異界觀) 연구

1. 머리말

본 연구에서는 한일 양국의 전설민담에 나타난 동굴 이계(異界)의 형상 제반 양상을 탐색하고, 그 형상들에 내재된 동굴의 관념을 비교 고찰하고자 한다.

동굴이 공간적인 배경으로서 설화문학에서 적잖은 의미를 지니는 것은 단군신화에서 확인할 수 있다. 고조선의 시조인 단군을 낳은 웅녀는 원래 곰이었으나 어두운 굴속에서 쑥 한줌과 마늘 스무 쪽을 가지고 백일 동안 햇빛을 보지 않고 지낸 후 마침내 사람이 되었다. 그리고 천상에서 내려온 환웅과 결혼하여 단군을 낳을 수 있었다. 여기서 굴은 고행 과정을 겪는 장소이기도 하고 고행 후 인간이 되어 환웅과 결혼하게 되는 재생의 장소이기도 하다. 그 반면에 과제를 달성하지 못한 호랑이에게는 죽음의 장소가 되기도 한다. 즉 단군신화에서 동굴은 통과의례적인 의미를 지니면서 죽음과 재생을 상징하는 장소가 되는 것이다. 이러한 동굴의 신화적 의미는 이후 소설 속에 삽입되어 소설적 성격의 다양화를 형성하는 데 촉매 역할을 이루었다는 것이 여러 논자에 의해 거론되어 왔다.[1]

한편 일본의 신화 속 동굴도 통과의례나 재생의 공간으로 대체로 해석되고 있다. 일본 창세 신화에 등장하는 이자나기는 황천국(黃泉國)에 있는 아내 이자나미를 만나러 갔다가 부패한 이자나미의 시체에 8뇌신이 우글거리는 것을 보고는 두려워서 그곳을 도망쳤다. 이자나기는 8뇌신과 황천국 군졸들에게 쫓겨 겨우 황천국의 입구인 요모쓰히라사카(黃泉比良坂)라는 고갯길에 당도하여 천인석(千人石)으로 입구를 막았다. 그런 후 몸을 정화하였는데 그때 왼쪽의 눈에서 태어난 신이 일본의 천황가가 숭배하는 태양신 아마테라스이다. 일반적으로 이자나기가 황천국을 왕래한 길은 동굴로 해석되고 있다. 이 신화 속 동굴은 이승에서 저승으로 가는 통로이고 요모쓰히라사카는 생(生)과 사(死)의 경계지점이 되는 것이다. 이자나기는 저 세상에서 이 세상으로 돌아온 후 몸을 정화함으로써 그야말로 부활을 했다. 또한 일본의 신화에서는 아마테라스가 동생 스사노오의 난폭한 짓에 놀라 아마노이와토(天岩戶)라는 암굴에 들어가 버리자 세상이 금세 암흑세계가 되고 재앙이 발생했다. 그러자 신들이 계략을 꾸며 아마테라스를 동굴에서 나오게 하니 광명의 세상이 되었다. 이것으로 아마테라스가 몸을 감추었던 동굴은 재생과 광명을 위한 통과의례적인 장소인 것으로 이해되고 있다.[2]

---

1) 소재영, 「고전소설의 동굴 모티프」, 『文學과 批評』, 87년 가을, 문학과비평사, 1987, pp.104~112.
  윤경수, 「단군신화의 광명상징과 고전문학에의 수용양상에 관한 연구-동굴모티프와 고소설을 중심으로-」, 『비교어문연구』, 8권0호, 비교어문학회, 1997, pp.123~152 등.
2) 前田速夫, 「窟―龍りと再生『古事記』黃泉國訪問」, 『國文學解釋と敎材の硏究』, 52-5,

이렇게 동굴은 현실세계에서 우리가 눈으로 볼 수 있는 장소이면서도 신화 속에서는 신들이 활동하는 이계의 공간으로 중요한 의미를 지니고 있다. 그리고 그 공간은 통과의례나 죽음과 재생을 의미하는 것으로 해석되고 있다.

그런데 이계 공간으로서의 동굴은 신화 속에서만 나타나는 것은 아니다. 전설이나 민담에서도 풍부하게 형성화되어 있다. 그중에서는 통과의례나 죽음과 재생의 경계 공간으로 이해되는 것도 없지 않으나 전설민담에서 동굴은 다양한 이미지로 표출되는 것이 특징이다. 어떤 정치적인 목적으로 형성되었다고 보이는 단군신화나 이자나기·아마테라스 신화와 다르게 전설민담은 대부분 오랜 세월 민중들의 인식에 의해 상상된 산물로 민중의 심층의식이 함축되어 있다. 동굴에 대한 관념을 명확히 하기 위해서는 신화 해석에 비중을 두었던 시각을 전환하여 다채롭게 다루어질 필요가 있다. 본고에서 전설민담을 고찰하고자 하는 의도도 바로 여기에 있는 것이다.

동굴 관념을 탐색한 양국의 기존 연구에서는 서양의 이론을 받아들여 자국의 동굴을 고찰한 것이 대부분이고 동이(同異)의 비교를 구체화한 논의는 드물다. 자국의 문학 속에서 그려지는 동굴의 관념이 고유한 것인지 보편성을 지닌 것인지를 비교해 봄으로써 자국의 국민이 가졌던 동굴의 관념은 분명해지는 것이다. 그러므로 본 논문에서는 전설민담에 집중해서 한일의 비교를 수행해 보고자 한다. 이러한 비교검토를 통해 동질성과 다양성이 표출되면 신화에 나타난 동굴의 관념과 견주어 전

學燈社, 2007, pp.142~149. 辰巳和弘, 「「龍もり」と「再生」の洞穴」, 『「黃泉の國」の考古學』, 講談社現代新書, 1996, pp.62~67.

설민담에 나타난 동굴의 특징을 규명하고자 한다.

2. 한국 전설민담 속 동굴의 형상

지형적으로 동굴은 현실계에 존재하면서도 햇빛이 들지 않은 안쪽 깊숙이는 미지의 세계이다. 이렇게 인적이 미치지 못하는 미지공간이 갖가지의 공상을 낳고 형상들을 만들어내는 듯하다.[3] 한국의 전설민담에 그려진 형상을 추출하면 크게 신(신령)이 깃든 동굴, 기자치성굴(祈子致誠窟), 이물(異物)이 사는 동굴, 저승굴, 이계 통로의 동굴, 부와 안락을 주는 동굴로 나누어 볼 수 있다. 이 형상들이 어떻게 구체화되어 있는지 그 양상을 상세하게 살펴보도록 한다.

역사적으로 동굴에 신이 존재한다는 인식은 『삼국유사』에 기록된 신라의 보천태자 일화에서 확인할 수 있다. 보천이 울진의 장천굴이라는 데서 수도를 하였는데 그가 외우는 수구다라니에 2천 년이나 된 굴신이 감화하였다는 일화이다. 이 굴신은 모습을 드러내지 않고 소리로 그 존재를 알렸는데 보천으로부터 보살계를 받은 후 굴의 형체가 없어졌다

---

3) 전설이나 민담에서는 많은 다양한 동굴이 이야기되고 있다. 이를테면 아주 옛적에 우리 조상들이 혈거생활을 하였다거나, 종교적 제의가 행해졌다거나, 고승이 수행하였다거나, 피란처였다거나, 혹은 무덤이었다거나 하는 것들이다. 이러한 것들은 본고에서 논하고자 하는 비현실성을 지닌 이계(異界) 공간을 형성하는 데 어느 정도 영향을 주었겠지만 부차적인 자료이므로 검토의 대상에서 제외하고자 한다. 그리고 동굴의 이계 공간이라고 하더라도 무작위로 모든 자료를 취급할 수는 없으므로 문헌 자료일지라도 민간전승의 차원에서 양 지역의 특징을 잘 표출하고 비교가 될 수 있는 내용으로 진행을 할 것이다.

고 하니 굴신의 형체는 굴로 나타나고 있다.[4] 이것은 불교 유입 이전에 토속신앙으로 굴신이 존재하였음을 엿보게 한다.

또 개성 송악산에 있는 큰 굴에도 신이 좌정해 있는데 이 신은 9척의 신장에다 긴 수염을 한 천지조화의 신으로 동굴에 들어간 자가 목격하고 있다.[5] 그런데 이 동굴의 신은 전통적인 신성성을 지니면서도 장천굴 신과 달리 구체적인 형체로 사람의 눈에 띄는 세속화의 단계를 밟았다. 이처럼 동굴신이 세속으로 떨어진 양상은 다음의 산방굴사에서 더 두드러지고 있다.

현재 제주도 대정읍 산방산 중턱에 자리 잡은 산방굴사는 부처가 안치되어 있어 붙여진 굴인데 여기에는 불교가 개입되기 이전의 토속신앙으로 산방덕이라는 암굴 여신의 비애가 전해진다. 이 굴 안 바위 아래로 떨어지는 물은 여신의 불행과 인간세계의 죄악을 슬퍼하여 흘린 눈물이라고 하였는데 그 연유는 다음과 같다. 산방산이 낳은 산방산굴의 여신은 고승과 결혼하여 행복하게 살았으나 그의 미모를 흠모한 주관(州官)이 권력을 이용하여 남편을 귀양 보내고 산방덕을 위협해서 야욕을 채우려고 하였다. 그래서 산방덕은 이를 개탄하고 다시 산방굴에 들어가 바위가 되어버렸다는 것이다.[6] 이로 인해 신성한 암굴 여신이 인간세계와 조화를 이루지 못하고 비탄하게 죽음을 맞이한 산방굴은 이 여신의 영이 깃들어 있다고 믿어졌다. 여신의 눈물이라는 바위 물은 인간

---

4) 이병도 역, 〈대산5만진신〉, 『삼국유사』, 탑상 제4, 두계학술재단, 1999. 누리미디어 KRpia DB http://www.krpia.co.kr.kims.kmu.ac.kr/viewer?plctId=PLCT00004486&tab NodeId=NODE03753998(검색일:2020.01.05)

5) 孫晉泰, 〈造化神と松岳・大同江・三角山の神〉, 「朝鮮民譚集」, 『孫晉泰先生全集 三』, 三文社, 1932, p.51.

6) 진성기, 〈산방덕(山房德)〉, 『제주도 전설』, 백록, 1993, pp.177~178.

세계의 부조리를 환기하고 있다.

그 한편 제주도 북제주도 한림읍 한림 공원에 있는 쌍용굴 내부에는 용암주석인 '지의 석주'라는 것이 있는데 그 옛날 사람의 지혜를 높여주는 '지혜의 신'이 살고 있어서 그렇게 불렀다고 한다.[7] 이 쌍용굴에 좌정해 있는 신은 지혜를 관장하는 신으로 나타나고 있다. 여기의 '지의 석주'는 지혜 갖기를 바라는 민간인의 현세적인 욕구를 투영한 증거물로 보아도 좋을 것이다.

이상의 동굴은 신들이 거주하는 신성한 공간으로 관념되었는데 그러면서도 일부 신은 인간과의 접촉이 있거나 현세적 욕구를 충족해 주는 대상물로 떨어져 있음을 엿볼 수 있다.

한편 한국의 동굴이 가지는 특징적인 이미지라고 할 수 있는 것은 기자치성굴이다. 기자치성은 아이를 점지해 달라고 기원하는 신앙인데 이 신앙이 행해지는 공간이 동굴인 사례이다. 이 신앙지인 동굴에는 신령이 존재한다는 전제 조건이 있으나 득남기원을 성취해 주는 동굴의 이미지가 매우 한국적이라서 따로 분류해서 살펴보려 한다. 경북 월성군 외동면(지금은 외동읍)에 전하는 범어굴은 범이 살고 있어 불공을 드리면 아들도 딸도 낳았다고 한다. 이 범은 사람의 정신이 부실하면 보이지 않고 맑으면 보인다는 것을 보면 우리 민족이 신앙했던 산신범이고 아이를 점지해 주는 영험을 지닌 신으로 인식되었다. 범어굴은 그 후 앞이 확 트이어 마을에 해롭다고 하여 절로 지어졌지만 그래도 여전히 절에서 불공하면 자식을 낳았다고 했다.[8] 이렇게 산신범의 영험은 오래 지속

---

7) 최용근, 〈제주 협재굴과 쌍용굴〉, 『동굴을 찾아서』, 한림미디어, 1999, pp.266~267.

8) 한국정신문화연구원, 『한국구비문학대계』(1980~1992, 이하 『대계』로 약칭한다),
   7-2 〈범어굴〉, 1980, pp.290~291. 왕실도서관 장서각 디지털 아카이브를 참조 http://

이 되었는데, 이 절은 지금의 석문사이다.

이처럼 범어굴은 자손 번성을 기원하는 동굴이라면 삼척의 환선굴은 득남에 효험이 있는 굴로 믿어졌다.[9] 이 굴에는 다음과 같은 전설이 전해온다. 먼 옛날 대이리 뒷산에 살고 있던 미모의 여성이 촛대바위 근처 폭포수에서 멱을 감곤 했는데 마을 사람이 이 여인을 발견하고는 뒤쫓아 산 중턱에 이르자 갑자기 우레와 함께 거대한 바윗덩어리가 떨어져 쫓지를 못했다. 그 사이에 여인은 바윗덩어리가 나온 구멍으로 사라져 버렸는데 그 후로는 마을에 질병이 들고 사내아이가 태어나지 않았다. 그래서 사람들은 그 여인은 선녀가 환생했다고 생각하고 구멍을 환선굴이라 하고 산신당을 지어 기도를 드렸더니 마을이 평온해지고 사내아이도 태어났다고 했다. 이것으로 환선굴은 득남에 효험이 있다고 믿어진 것이다. 또 세계 유일의 부부봉으로 알려진 마이산의 화엄굴 역시 득남에 효험이 있는 굴로 전해지고 있다.[10] 기자치성굴은 신성한 굴 이미지를 지니면서도 가부장제 사회에서 안정적인 질서유지를 위한 득남과 자손번영을 바라는 현실적 욕구를 충족해 주는 굴로 인식되고 있는 사례라 할 수 있다.

전설민담에 나타난 동굴은 신과 대치되는 이물이 있는 곳이라는 관념도 있었다. 이물 거주지로의 동굴은 전설민담에서 차지하는 비중이 크므로 눈여겨볼 만하다. 이물은 상상에 따라 유종(類種)이 바뀔 수 있다. 그것이 뱀이나 지네 등 실존하는 동물이더라도 이야기 내에서는 일상

---

gubi.aks.ac.kr/web/default.asp(검색일: 2019.05.20)

9) 최용근, 앞의 책, pp.214~218; 이인화, 「동굴의 민속학적 접근」, 『한국동굴학회지』, 63집, 한국동굴학회, 2004, pp.21~43.

10) 진안군청 홈페이지 「문화관광」 참조. https://www.jinan.go.kr/index.jinan(검색일: 2021.02.06)

성을 벗어난 초능력을 소유한 이물이다. 이물로는 세계적 광포 설화로 잘 알려진 〈지하국대적퇴치〉설화의 대적이 대표적인데, 보다 한국 토속적인 것에 주목하면 구미호,[11] 꼬리가 다섯 자 불알이 다섯 자인 새,[12] 지네,[13] 용,[14] 구렁이,[15] 이무기[16] 등이고 이 가운데서 가장 많이 이야기되는 것이 수천 년을 묵은 이무기다. 이무기 중에서는 동굴 안에서 오랜 세월을 거친 후 승천하는 이무기는 비교적 적고 농경 등 우리 생활에 재앙을 일으키고 여성 제물을 받는 이무기다. 이 이물을 퇴치하는 전설민담은 신화세계에서 숭앙받던 뱀신이 이물로 떨어진 경우로 볼 수 있는데 그 좋은 예는 잘 알려진 제주도 김녕 뱀굴 전설에서 찾을 수 있다. 김녕 뱀굴에서는 일반 영웅담에서 보여주는 주인공이 굴속 이무기를 퇴치한 후 제물의 여성과 결혼하고 부도 획득하는 내용은 없고 이무기의 앙갚음을 받아 죽어버린다는 것이다.[17] 뱀 숭앙이 깊었던 제주도의 풍속에서 본다면[18] 김녕으로 상징되는 중앙집권의 지방화 세력보다 토착

---

11) 진성기, 앞의 책, 〈이순풍과 여우〉, pp.200~203.

12) 진성기, 앞의 책, 〈꼬리가 다섯 자, 불알이 다섯 자인 새〉, pp.186~189.

13) 『대계』, 1-8, pp.929~932.

14) 『대계』, 2-8 〈쌍용굴 전설〉, pp.254-255, 8-12 〈용굴, 구암, 무룡산 유래〉, pp.365~367, 2-3 〈용하리 용굴〉, pp.287~288.

15) 『대계』, 8-8 〈쇠굴〉, p.279, 9-8 〈용속굴 전설〉, pp.499~500.

16) 『대계』, 9-1 〈김녕 뱀굴〉, pp.191~193, 〈김녕 사굴〉, pp.39~42, 9-2 〈김녕 뱀굴〉, pp.637~638, pp.719~721, 1-9 〈허집이 굴〉, pp.533~534; 최용근, 앞의 책, 〈단양 온달동굴〉, p.129, 〈정선 화암동굴〉, p.150.

17) 『대계』, 9-1, pp.191~193, 9-2, pp.637~638; 현용준, 『제주도전설』, 서문당, 1976, pp.114~119; 진성기, 앞의 책, pp.175~176; 최용근, 앞의 책, pp.244~247.

18) 현용준·현승환, 「濟州道 뱀神話와 信仰 硏究」, 『탐라문화』, 15집, 제주대학교 탐라문화연구소, 1995, pp.1~74; 진성기, 「제주도 뱀신앙」, 『한국문화인류학』, 10집, 한국문화인류학회, 1978, pp.110~123; 탁명환, 「濟州 蛇神信仰에 對한 小考-兎山堂 뱀信仰을 中心으로-」, 『한국문화인류학』, 10집, 한국문화인류학회, 1978, pp.71~78.

신앙의 우세를 보여주는 것으로 해석될 수도 있는데,[19] 그러함에도 영웅이 이무기의 보복을 받는 장면에서는 괴기성을 떨쳐낼 수 없다.

이러한 제주도 김녕 뱀굴과 더불어 구미호나 꼬리가 다섯 자 불알이 다섯 자인 새, 지네의 요괴 등이 서식하는 동굴은 신성성이 용납되지 않고 있다. 이처럼 공포를 주는 이물이 있는 동굴의 이미지는 전설민담이 지닌 또 다른 특징이라 할 수 있다.

동굴은 폐쇄적이고 음산하며 길고 깊다는 부정적인 생태와 함께 옛사람들의 매장지로 이용된 관계로 저승의 이미지로서 이전부터 지적되었는데, 그러나 실제로 한국의 전설민담을 살펴보면 이 사례는 많은 편은 아니다. 그러한 가운데 〈저승을 다녀온 옹두러미〉[20]에서는 저승굴이 나타난다. 옹두러미라는 젊은이가 친구 대상(大祥)에 가다가 우연히 탐험하게 된 동굴에는 문지기가 서 있고 문지기가 일러준 대로 동굴 안 사방에는 문이 있었다. 남문의 안은 음식이 가득 들어있고, 서문의 안은 극장 구경과 같은 오락을 즐길 수 있고, 북문의 안은 비단 옷가지를 마음껏 손에 넣을 수 있었다. 옹두러미는 비단옷을 입고 극장 구경을 잘하고 일류의 음식을 먹고 실컷 즐겼다. 그런데 그에 반해 금기된 동문을 열자 가까이 올수록 몸이 비대해지는 괴인이 나타나 옹두러미를 툭 치는 바람에 옹두러미는 이승으로 돌아왔고 돌아와서 보니 몇백 년이나 지나 있었다는 내용이다. 여기서 동문은 저승에서 현실계로 돌아오는 길이었다. 이 설화는 거제군(현재 거제시) 동부면에 전해지는 전승으로 여기에 상상된 저승은 우리 조상들이 관념한 12대문을 지나야 당도하는 저

---

19) 강철, 『濟州道 蛇神說話의 特性研究-本土 蛇神說話와의 比較』, 제주대학교 대학원 석사학위, 2010, pp.21~37, pp.51-57.

20) 『대계』, 8-2, pp.294~296.

승의 파생으로 볼 수 있고, 의식(衣食)이 풍요로운 저승의 모습은 결핍된 민중의 욕구가 반영된 의미로 읽을 수 있겠다.

그런데 한국의 전설민담에 나타난 동굴은 지상에 뚫린 횡혈동굴과 땅속으로 이어지는 수혈동굴이 있고 전자가 대부분을 차지하는데 옹두러미가 탐방한 동굴도 횡혈동굴이다. 필자는 우리 민족은 횡혈동굴과 수혈동굴을 다르게 인식하고 있었던 것은 아닌가 한다. 즉 횡혈동굴로 저승을 상상한 의식은 약하나 수혈동굴, 이를테면 〈매 사냥꾼의 땅 속 나라 구경〉[21]과 〈땅 밑의 세상〉[22]에 나타난 땅밑의 동굴은 저승의 관념이 강하다. 이 두 설화의 주인공들이 우연히 들어간 땅 구멍 안에서는 현실계와 마찬가지로 생활을 하고 있었는데 그곳 사람들은 주인공을 보지 못하는 망자들이었다. 주인공들이 저승을 체험한 후 이승으로 귀환하자 이승의 세월은 많이 흘러 있었는데 이처럼 타계 간의 시간의 격차는 옹두러미에서도 이야기되는 것이다.

이상의 동굴 저승에서 주목되는 저승은 풍요로운 곳이고 인간계와 같은 생활을 영위하고 있는 곳이라는 것이다. 저승으로 그려진 동굴은 어둡다기보다는 밝은 이미지를 지니고 있다.

동굴은 이계의 통로로도 인식되고 있었다. 저승도 이계이지만 여기서의 통로는 용궁과 이상향(유토피아)으로 통하는 동굴을 일컫는다. 용궁 통로의 동굴은 〈삼일굴 전설〉과 〈검은 소 이야기〉에서 나타난다.[23] 이상

---

21) 『대계』, 1-4, pp.929~932.
22) 임석재, 앞의 책, pp.129~130.
23) 『대계』, 1-8 〈삼일굴 전설〉, pp.502~503, 8-2 〈검은 소 이야기〉, pp.361~362. 〈삼일굴 전설〉과 〈검은 소 이야기〉는 채록지가 각각 경기도 옹진군 영종면 중산리와 강원도 삼척군 삼척면 남양2리이지만 동일 설화의 변이가 아닌가 한다. 〈삼일굴 전설〉은 삼일굴 안에 흐르는 물에서 낚시하는 정선에 사는 박씨의 앞에 한 귀공자가 나

향으로 통하는 동굴[24]은 〈태평동〉 이야기에서 찾아볼 수 있다. 태평동은 현실세계에서 겪는 억압과 같은 사회적 부조리나 생존에 직결된 가난이나 병화의 고통이 없는 낙원을 말하는데, 이 태평동으로 뚫린 동굴은 갑산 이판령 고갯마루에 있는 것으로 되어있다. 이 동굴은 촛불 10개를 태우고서야 겨우 태평동으로 나올 수 있는, 수심 깊은 연못도 있는 깊고 긴 터널이다. 굴 안은 웅황, 자석영, 석종유 등으로 신비로움을 자아내고 있다.[25] 이처럼 이계 통로로의 동굴은 환상적인데 이러한 밝은 이미지는 전술한 저승동굴과 유사한 관념이다.

마지막으로 살펴볼 형상은 '부와 안락을 주는 동굴'로 흔히 민담에서 나타나는 것인데 대표적인 것이 〈연이와 버들도령〉[26]에 나오는 동굴이다. 여주인공인 연이가 엄동설한에 나물 뜯어오라는 계모의 명을 받고 산을 헤매다가 우연히 들어간 동굴은 첫째, 돌문에 주문을 걸어야 문이 열려 들어갈 수 있고 둘째, 동굴 안은 사시사철 초목이 만발하고 셋

타나서 용왕님이 모셔 오란다며 가자고 하여 따라갔다가 이틀 자고 삼 일째 돌아오니 집에서는 삼년상을 지내고 있었다는 이야기이다. 이 이야기를 전한 제보자는 이전에 살던 강원도의 전설이라고 하였다. 삼일일이 어디인지를 이야기 안에서 추정하면 현재 강원도 태백시 동점동에 위치한 구문소 일대인 듯하다. 장성과 황지의 지역, 낙동강 발원지인 황지의 언급 등에서 그렇게 추정된다. 이 구문소에서는 내용에 얼마간 변이를 보이더라도 다음과 같은 용궁설화가 전해온다. 엄종환이라는 사람이 굴속 우물에서 낚시하다가 용궁에 가게 되었고 용궁에서 돌아와 보니 3년 상을 치르고 있었다는 내용이다. 태백시청 홈페이지 「전통문화」, http://tour.taebaek.go.kr/site/ko/pages/sub05/sub05_01.jsp (검색일: 2020.02.20) 또한 〈검은 소 이야기〉는 장성읍 동점리에 있는 동굴에 관한 이야기로 엄종환이 용궁을 탐방한 내용이다.

24) 동굴이 별세계에의 통로인 것은 이수자, 『한국설화문학의 공간 연구』, 이화여자대학교 석사학위논문, 1981, p.117에 지적이 있다.

25) 이석호 역주, 『韓國奇人傳·靑鶴集』, 명문당, 1990, pp.311~317.

26) 박연숙, 「한국계모설화유형분류표」, 『한국과 일본의 계모설화 비교 연구』, 민속원, 2010, pp.294~295.

째, 동굴주인인 총각이 있고 넷째, 계모에게 살해당한 동굴총각을 살리는 생명의 꽃(약병)이 있다. 연이는 이러한 동굴에서 나물을 구하고 죽은 총각을 살려내 총각과 결혼을 한다. 이 동굴에는 죽음과 생명의 꽃과 같은 신화적인 요소가 얼마간 내포되어 있기는 하지만 성스러운 영역이기보다는 신비로운 공간으로 이상향과 같이 그려져 있다. 신화에서의 동굴신이 맑고 깨끗한 총각(또는 고귀한 총각, 선비)으로 대치되어 나타난다. 주인공이 고난을 이겨내고 귀인과 결혼하여 행복한 생을 보내게 된다는 것은 민담의 일반적인 주제로 이 설화 속 동굴도 계모에게 학대받는 연이의 행복을 위해 존재하는 공간이다.

또 강원도 황성군 공근면에 구전되는 〈보물 남포〉[27]에 등장하는 동굴은 부를 가져다주는 공간이다. 이야기는 어느 남포를 장사하는 사람이 해 질 무렵 들어간 동굴에 헌 남포의 요정인 거인이 있었다. 거인은 원하는 모든 것을 해 주어서, 남포 장사꾼은 금세 부자가 되었다. 그런데 그 이웃한 사람이 욕심을 내어 새 남포를 사서 갔을 때는 동굴 문이 닫혀 오도 가도 못하는 신세가 되었다. 그래서 남포 장사꾼은 그를 구해내고 아예 거인에게 동굴의 문을 닫도록 하였다는 내용이다. 이 동굴도 〈연이와 버들도령〉에서 보여준 것과 같이 선인에게(善人)는 무한한 혜택을 주는 공간으로 인식되었다.

한편 동굴은 천혜의 자연경관을 갖추고 무엇 하나 부족함이 없이 안락한 생활을 영위할 수 있는 이상촌이 있는 공간으로도 나타난다. 전란을 피해 굴속에 건설된 오복동[28]과 계축옥사(1613)에 발분하여 속세를

---

27) 박연숙, 「한국주보설화유형분류표」, 『한 · 일 주보설화 비교 연구』, 민속원, 2017, p.404.
28) 孫晉泰, 앞의 책, 〈오복동〉, pp.324~325.

떠나 강원도 양양에서 동남쪽으로 60리 되는 산속 절벽 굴에 구축된 동천(洞天)이 그러한 곳이다.[29] 이 양 동굴의 촌락은 부조리한 사회와 격리된 전란이 없고 의식주가 걱정 없는 이상향이다. 동굴 깊숙이는 암흑세계로 무엇도 생존하기 어려울 것으로만 여겨지는 것과 다르게 인간이 추구하는 이상향이 존재한다는 이러한 관념은 역설적으로 전란이나 투쟁, 빈곤한 현실의 부조리에 대한 반동으로 상상된 민중들 욕구의 표출로 해석할 수 있겠다.

이상으로 한국의 전설민담에 나타난 동굴의 형상들을 살펴보았다.

3. 일본 전설민담 속 동굴의 형상

일본의 동굴형상에 관한 연구로는 일본의 환경민속학자인 노모토 간이치(野本寬一, 1937~현재까지)의 성과가 있었다. 그는 일본의 신앙에 있어서 동굴이 차지하는 중요성을 지적하면서 오랫동안 파도의 힘으로 해안가 절벽에 생긴 해식동굴의 성격유형을 ①신 탄생의 굴 ②의사(擬死)재생의 굴 ③저승의 굴 ④무장(武將)재생의 굴 ⑤태양 재생의 굴로 분류하여 분석하였다.[30] 이 분류는 해식동굴에 나타난 신성성과 참롱(參籠)칩거 및 죽음과 재생의 신앙에 특히 주목한 것인데, 본고에서 수집 검토한 문헌과 구전에 나타난 동굴은 다음과 같이 전설민담 나름의 이미지를 형성하고 있었다.

---

29) 김동욱 옮김, 〈회룡굴의 설생〉, 『국역 학산학언 1』, 보고사, 2006, pp.102~106.
30) 野本寬一, 「海蝕洞窟 誕生と再生の龍り處」, 『海岸環境民俗論』, 白水社, 1995, pp.464~492.

일본의 전설민담에 나타난 동굴형상은 신(신령)이 깃든 동굴, 이물이 거주하는 동굴, 저승 통로의 동굴, 지옥굴, 부와 안락을 주는 동굴이 추출되었다. 이 관념들은 한국의 것과 많이 유사한데 특이한 것은 동굴을 지옥으로 관념하였다는 것이다. 지옥은 죽은 영혼들이 가는 곳이기에 저승으로 파악할 수 있으나 영혼 중에서도 이승에서 악행을 저지른 사람이 가는 불교성이 강한 관념으로, 일본인의 인식을 대표하는 것이라 볼 수 있다. 또 하나 일본 동굴의 형상을 살피는 데 있어 지적해 둘 것은 한국과 같이 자손번영을 기원하는 동굴도 일본의 동굴에서 나타났는데, 이 자손번영의 욕구를 보상한다는 동굴의 이미지는 동굴 안에 전능한 신의 존재를 인식하는 것이 전제된다. 그런데 한국의 경우는 '득남'에 대한 강렬한 욕구를 드러내는 '기자치성굴'로서의 면모를 보인다는 점이 일본의 경우와 달라, 한국의 것은 '기자치성굴'의 이미지로 살폈고, 일본의 경우는 신령이 깃든 동굴로 살피고자 한다.

일본 동굴의 형상으로는 우선 뒤에서 자세하게 서술될 유명한 후지산의 분화로 생긴 '히토아나 (人穴)'라는 용암동굴이 있다. 이 굴 안에 아사마 대보살이 있는 것으로 믿어졌는데, 그런데 이 신은 신불적인 존재이고 이것과 성격이 다른 토속신이 있는 동굴로는 시즈오카현(静岡縣) 이즈시(伊豆市)의 다가타군(田方郡) 다지마촌(對馬村)에 있는 풍혈(風穴)이다. 이즈에 돌풍이 부는 원인은 이 동굴에 바람신이 있어 사람이 볼 수 없는 26시 사이에 여기저기 다녀 눈에 띄지 않기 때문으로, 폭풍우 때 바람을 잠재우기 위해 이 동굴에 기도하더라도 소용이 없는 것으로 믿어졌다.[31] 풍혈은 지형상 동굴 내외에 생기는 기온차나 기압차로

---

31) 日本傳說叢書刊行會,〈風穴〉,『日本傳說叢書 伊豆の卷』, 秀英舍, 1917, p.324

바람이 일어 빠른 속도로 동굴 밖으로 새어 나오는 동굴을 일컫는다.[32] 이렇게 자연환경에서 비롯된 현상을 바람신이 일으킨다고 여긴 것이다.

　동굴과 토속신의 관련은 시마네현(島根縣) 마쓰에시(松江市) 가시마초(鹿島町)에 있는 구케도(潛戶)라는 동굴에서도 찾을 수 있다. 이 동굴에서는 가시마초의 제신인 사다오카미(佐太大神)가 탄생하였는데 이 신은 굴 위에서 떨어지는 물을 마시며 자랐다고 하여 그 물을 유수(乳水)라고 하였고 젖이 나오지 않는 여성은 이 물을 받아 쌀미음을 만들어 아이에게 먹였다고 전해진다.[33] 사다오카미란 일반적으로 『고지키(古事記)』와 『니혼쇼키(日本書紀)』(이하 기기記紀라고 칭함)에 등장하는 사루타히코(猿田彦)신이라 여겨지고 있다. 이 신은 천손 하강 때 천손을 지상으로 인도한 신인데 가시마초 지역과 연결됨으로써 동일 신으로 토착화한 듯하다. 또한 미야자키현(宮崎縣) 남부 니치난시(日南市)에 있는 굴은 굴 자체가 우도 신궁(鵜戶神宮)인데 기기(記紀)에 기록된 천황가의 초대 천황인 진무(神武)천황의 조부인 야마사치히코(山幸彦)와 해신의 딸 사이에 태어난 우가야후키아에즈(鵜葺草葺不合)라는 신이 태어난 곳으로 여겨지고 있다. 이 굴속의 물도 유수(乳水)라고 불리고 근대에 이르기까지 육아에 주술의 힘을 발휘한다고 믿어졌다.[34]

　이상의 두 지역의 동굴에서는 신화시대 신들의 탄생지와 맺어짐으로써 토속신으로 정착하고 아이의 성장을 지켜주는 신성한 공간으로 신앙해 온 특징을 볼 수 있다. 이 밖에도 가나가와현(神奈川縣)에 있는 에

32) 〈風穴〉. yahoo.co.jp ウィキペティア
　https://ja.wikipedia.org/wiki/%E9%A2%A8%E7%A9%B4(검색일: 2020.12.09)
33) 野本寬一, 앞의 논문, pp.485~486.
34) 野本寬一, 앞의 논문, p.486.

노시마(江ノ島)의 이 와야(岩屋) 동굴은 대대로 자손이 끊이지 않도록 머물러 기도하는 신성한 공간이었다.[35] 이상의 자손번영에 효험이 있는 동굴들은 신들의 영역에다가 인간의 현세적 욕구들이 뒤섞여 만들어진 형상들이다.

한편 동굴에 사는 이물인 대사(大蛇)를 퇴치하는 이야기는 전설로 더러 전해진다. 그 한 사례를 들자면 14세기경의 역사서인 『아즈마카가미(吾妻鏡)』 1203년(建仁3年) 6월 1일조에 가마쿠라(鎌倉時代, 1185-1333) 막부의 2대 쇼군(將軍)인 미나모토노 요리이에(源賴家)의 명으로 가신인 와다 다네나가(和田胤長)가 이토가사키(伊東ヶ崎)에 있는 동굴 안 대사(大蛇)를 죽였다는 기사가 있다.[36]

일본인들이 상상한 동굴 속 이물로는 야마우바(山姥)와 덴구(天狗) 같은 상상의 동물도 있다. 이 이물들은 산중에 사는 것으로 전해지는데 동굴을 거처로 삼은 것이 자료에서 확인된다.[37] 야마우바는 야만바라고도 하는데 입이 귀까지 찢어지고 눈이 번쩍이는 요괴로 모습을 드러낼 때도 있고 아름다운 여성으로 나타날 때도 있다. 원래 아이를 낳도록 하는 삼신할머니의 이미지도 있었고 복덕신의 이미지도 있었으나[38] 점차

---

35) 野本寬一, 앞의 논문, p.486.

36) 『吾妻鏡』, 1203년(建仁3年) 6월 1일조. http://www5a.biglobe.ne.jp/~micro-8/toshio/azuma.html(검색일: 2019.02.18)

37) 나가노현의 아게로산(揚龍山. 현재 나기소다게南木曾岳을 말함) 봉우리 가까이에 있는 암굴에는 '야마우바의 석좌(石座)'라는 돌이 있다고 전해진다.(日本傳說叢書刊行會, 앞의 책, 信濃の卷, 〈伊東ヶ崎洞穴〉, 1917, p.250. 또한 시즈오카현 미하마촌(三濱村. 현재의 미나미이즈정南伊豆町) 고우라(子浦)에 있는 덴구산(天狗山) 중턱에는 동굴이 세 개나 있는데 모두 덴구가 살았고 근세가 되어 석불이 놓였다고 전한다. (日本傳說叢書刊行會, 앞의 책, 伊豆の卷, 〈天狗窟〉, 1917, p.348)

38) 福田アジオ, 福田より子 외 5인, 『日本民族大辭典下』, 吉川弘文館, 2000, p.752.

요괴의 성격이 강해진 것으로 보인다. 덴구는 일본의 수행자 모습을 하고 코가 피노키오처럼 돌출해 있고 입은 새 주둥이 모양이며 어깨에 날개가 달려 날아다닌다는 이물이다. 산신의 이미지도 있는데 한국의 도깨비와 같이 심술궂은 요괴의 이미지로 많이 전해진다. 야마우바든 덴구든 전설민담에서 그들의 거처지인 동굴은 신성한 동굴의 이미지가 많이 퇴색되어 있다고 볼 수 있다.

일본의 전설민담에 나타난 동굴의 이미지 가운데 특징적인 면모를 보이는 또 하나는 '저승 통로의 동굴'이다. 저승은 이계(異界)로 볼 수 있지만 죽은 사람의 영혼이 간다는 곳이다. 이것의 전통에는 전술한 바 있듯이 이자나기의 신이 아내 이자나미를 만나러 황천국을 왕래할 때 지하 동굴을 통과하였다는 신화가 있었는데, 전설민담에서는 황천혈(黃泉穴)'의 이야기가 있다. 시마네현(島根縣)에 있던 이즈모군(出雲郡) 우가향(宇賀鄕)에 전해지는 동굴로(『이즈모국 풍토기(出雲國風土記)』)[39] 우가향 북쪽 해안가에 깊이를 알 수 없는 암굴이 있는데 만약 꿈속에서 이 굴 근처를 갔다면 그 사람은 반드시 죽는다고 하여 예로부터 '황천의 고갯길(黃泉坂)', 혹은 '황천혈'이라 했다고 한다. 공포의 장소로 여겨졌던 이 황천혈은 지금 시마네현 히라타시(平田市)에 있는 이노메 동굴(猪目洞窟)로 여겨지고 있다. 실제로 이 동굴 앞에 서 있는 팻말에는 황천혈의 이야기가 적혀 있는 것이 인터넷으로도 확인할 수 있다. 여기에서 인골 등이 발굴된 것을 볼 때 일찍이 동굴장(洞窟葬)으로 이용되었고 따라서 황천길로 인식되었던 것으로 추정된다.

---

39) 植垣節也校注・譯, 「出雲國風土記」, 『風土記 新編日本古典文學全集5』, 小學館, 1998, p.213. 「出雲國風土記」은 8세기에 편찬된 지방지(地誌)이다.

이밖에 아이누민족에서도 저승으로 통하는 동굴 이야기가 많이 채집되고 있다.[40] 동굴 안 저편에 죽은 이들이 가는 저승이 있다고 관념되었는데 이야기는 일반적으로 다음과 같이 전개되고 있다.

어느 한 사람이 어떠한 계기로 해변의 동굴에 들어가게 되었는데 굴 안쪽 깊숙이 들어가자 점차 밝아지면서 경치가 좋은 한 마을이 나타났다. 그곳의 사람은 이 세상과 다름없이 생활하고 있으나 그들에게는 이 사람이 보이지 않았다. 이 사람은 죽은 지 얼마 되지 않은 친척이나 연고자를 만나고 나서 그곳이 저승임을 안다. 그리고 그들의 도움으로 다시 동굴을 통해 이 세상으로 돌아왔다.

여기서 동굴은 저승으로 가는 길목으로 인식되고 있다. 이 저승 통로 동굴은 주로 해변이나 강변에 위치하는데 이것은 아이누인이 해변이나 강변을 생활의 근거지로 삼은 것과 관련할 것이다. 저승에서 망자들의 생활이 인간세계와 다름이 없다고 생각한 데서는 아이누민족의 타계관을 엿볼 수 있는데 이에 대해서는 별고에서 고찰할 생각이다.

다음은 '지옥굴'에 관해 살펴보겠다. 시즈오카현의 후지산 기슭에는 화산 분화로 생긴 용암동굴이 많다. 그 가운데 히토아나(人穴)라는 동굴은 14세기경의 역사서인 『아즈마카가미(吾妻鏡)』에 따르면 후지산의 신령인 아사마 대보살(淺間大菩薩)이 좌정해 있다는 영험한 곳이다. 아사마 대보살은 후지산을 신앙대상으로 한 아사마 신앙과 불교가 습합하여 붙여진 명명이다. 이 역사서에는 다음과 같은 기록이 있다. 닛타 다다쓰네(新田忠常. 1167~1203),[41] 통칭 시로(四郎)라는 무장이 주

---

40) 知里眞志保, 「あの世の入口-いわゆる地獄穴について」, 『和人は舟を食う』, 北海道出版企畵センター, 2000, pp.138~183.

41) 본명은 닛타 다다쓰네(仁田忠常)이고 '다다쓰나(忠綱)'라고도 한다. 12세기 말에서

군인 미나모토노 요리이에의 명을 받고 부하 다섯을 데리고 히토아나
를 탐사하러 갔다. 그가 굴로 들어갔을 때 강으로 가로막힌 굴 안 저편
이 갑자기 밝아지면서 괴이한 것이 보이자 금세 부하 4명이 죽었고 시
로는 급히 하사받은 주군의 칼을 물속에 던져서 살아나왔다. 그래서 고
로(古老)가 전하기를 히토아나에는 아사마 대보살이 있다고 하였다는
것이다.[42] 이 기록은 후지산 신의 영험을 드러내려 한 것으로 보이는데
이것의 영향을 받았다는 사본인 『후지노히토아나조시(富士の人穴草
子)』(1527년 이전 필사)[43]에서는 사건에 변이가 일어났다. 즉 닛타 시
로가 굴속으로 깊숙이 들어가자 여덟 개 용마루로 된 화려한 대궁전이
나타났고 이윽고 후지산 대보살의 화신인 대사(大蛇)가 나타나서는 주
야 3번씩이나 받는 고통에서 벗어나고 싶다며 칼을 요청하였다. 그래서
주군의 칼을 내어주자 대보살은 이번은 동자의 모습으로 변해 지옥의
여러 형상과 육도(六道)를 안내하고 마지막에는 극락세계를 보여주었
다. 그리고 동굴의 비밀을 발설하지 말라고 주의시켰으나 시로는 주군
의 명에 그만 발설을 하여서 41세 나이로 죽고 말았다는 내용으로 변화
되어 있다.[44] 내용은 대부분 지옥 순례로 먼저 저승의 강을 건너고 험악

13세기 초두의 무장이다.

42) 『吾妻鏡』, 1203년(建仁3年), 6월 3일~4일조. http://www5a.biglobe.ne.jp/
~micro-8/ toshio/azuma.html (검색일: 2019.02.18)

43) 『후지노히토아나소시(富士の人穴草子)』와 관련된 책이 처음 보이는 것은 야마시
나 도키쓰구(山科言繼)의 일기인 『言繼卿記』이다. 이것의 1527(大永7)년 정월 26
일자에 '후지노아나노 모노가타리(ふじのあなの物語)'라는 글이 있다. 이것으로 봐
서 『후지노히토아나소시』 이전에 이미 이야기는 성립해 있었고 그것이 필사된 것
으로 보인다. 國立國會図書館デジタルコレクション https://dl.ndl.go.jp/info:ndljp/
pid/1919173 (검색일: 2020.12.09)

44) 原豊二, 「鳥取縣立博物館藏 『富士の人穴草子』 翻刻と解題」, 『山陰研究』, 第2号, 島
根大學法文學部山陰研究センター, 2009, pp.61~90. 『富士の人穴草子』는 메이지시

한 산, 칼산, 육도(六道)의 갈림길도 지나 지옥도에서는 죄인들이 처참하게 심판을 받는 것을 목도하고 그런 후 축생도, 수라도, 염라청을 돌아보는 내용으로 장황하게 이야기되고 있다. 이 책의 사본은 에도시대(江戸時代, 1603~1686))에서 메이지시대(明治時代, 1868~1912)까지 서사(書寫)되고 또 간행되어 이본이 다수 전해지고 있어[45] 에도인에게 히토아나를 지옥 동굴로 각인시키는 데 역할이 컸음을 알 수 있다. 그런데 이 히토아나는 수행자로 명망이 높은 가쿠교(角行, 1541~1646)가 후지산에서 다년간 수행을 끝내고 후지강(富士講)을 펼친 이후 18세기 후반부터는 그 신자들이 정토의 땅으로 방문하는 장소로 유행을 했다고 한다.[46] 종교인들 사이에서는 히토아나가 지옥동굴에서 정토동굴로 이미지가 확장된 양상이 흥미롭다. 그러나 그렇다고 해도 정토는 저세상의 이상향임에는 틀림이 없다.

그 외에 지옥 동굴의 형상으로 사이타마현(埼玉縣) 히키군(比企郡)에 있던 후루데라무라(古寺村) 촌락 근처에 위치하는 이와다레(岩だれ)라는 동굴이 있다. 이 동굴 안에 뚫린 수혈(竪穴)은 지옥으로 이어졌다고 전해진다.[47]

끝으로 '부와 안락을 주는 동굴'은 일본의 거의 전 지역에서 전승되는 〈완대혈전설(碗貸穴傳說)〉, 〈지장 정토(地藏淨土)〉, 〈가쿠레자토(隱れ里)〉 설화에서 확인할 수 있다. 〈지장정토〉를 제외한 두 설화는 전자가 연못, 후자는 산속으로 공간의 변동도 있으나 동굴로도 나타난다. 〈완대

대까지 사본과 간행물이 상당히 많고 내용의 편차도 있다.

45) 山本志乃, 「富士の聖地と洞穴「人穴」と「御胎内」にみる近世庶民の信仰と旅」, 『富士山と日本人の心性』, 岩田書院, 2007, pp.229~250.

46) 山本志乃, 앞의 논문, pp.233~235.

47) 日本傳說叢書刊行會, 앞의 책, 北武藏の卷, 〈岩だれの洞穴〉, pp.177~178.

혈전설〉이란 마을에서 떨어진 산속 동굴에서 그릇이 나오는 이야기로 그릇이 필요할 때 그곳에 가서 기원하면 이튿날 그릇이 나왔고, 사용 후는 반드시 갖다 놓아야 하는데 어느 마음씨 고약한 사람이 그릇을 빌리고서 돌려놓지 않자 그 후로는 두 번 다시 나오지 않았다는 내용이다.[48] 여기서 그릇은 경제적 윤택함을 상징하고 있으며 정직과 거짓에 따른 부의 창출과 상실이 이야기의 의미이겠는데 이것이 동굴의 공간에서 이루어지고 있다. 이러한 관념에는 일종의 동굴 속 영적 힘이라는 신화적 요소가 잔류하기는 하지만 이미 전승자들은 경제적 욕구와 도덕적 윤리를 호소하는 공간 이미지로 공유하고 있다.

이와 비슷한 선악의 구성으로 이루어진 〈지장 정토〉[49]는 땅에 뚫린 구멍 속의 세계를 다루었는데 여기서는 청빈과 탐욕, 친절과 부친절의 두 성격을 대조 기반으로 한 부의 획득과 상실[50]을 동굴의 공간을 통해 전달되고 있다.

〈가쿠레자토〉의 동굴 이야기로는 가고시마현 기카이지마(喜界島) 섬에 전해지는 전승이 있다. 이 설화에서는 바위의 구멍이 가쿠레자토, 곧 은리(隱里)이다. 바위 구멍 안에는 새로운 세계가 펼쳐져 있고 그곳에서 밭을 경작하는 남성이 구멍으로 들어온 소의 도움으로 경작할 수 있었다며 소 주인에게 돈을 듬뿍 건네고는 돈이 필요할 때는 오라고 하였다. 그러나 밖에 나가서는 절대 말해서는 안 된다고 주의 주었으나 이 금기를 어긴 소 주인은 쌓은 부를 잃고 다시 가난해졌다는 내용인데,[51]

---

48) 日本傳說叢書刊行會, 앞의 책, 信濃の卷, 〈碗貸穴傳說〉, pp.243~244 등.
49) 〈지장 정토〉의 내용은 본서의 〈제1장 일본전파를 통해 본 〈도깨비방망이〉 설화의 국제성〉을 참조.
50) 關敬吾, 〈地藏淨土〉, 『日本昔話大成4』, 角川書店, 1978, p.116.
51) 가고시마현(鹿兒島縣) 기카이지마(喜界島)에 전해지는 〈가쿠레자토〉의 전체 내용

여기서 바위 구멍의 별세계는 부를 가져주는 원천이 되어있다.

4. 전설민담에 나타난 동굴 이계관념 비교

(1) 동굴 이계관념의 동질성

지금까지 한일 양국의 전설민담에 나타난 동굴의 형상 제반 양상을 각각 표출해 보았다. 양국은 내용을 전달하는 구체적인 표현에서는 서로 다르지만 많은 부분을 공유하고 있다. 공유하는 것과 지역적인 차이를 정리해 보면 다음과 같다.

공유하는 것으로는 먼저 동굴 안 깊숙이나 동굴 안 저편에 현실계와 다른 별세계가 있다는 관념이다. 그 별세계는 성스러운 신의 세계, 이물의 세계, 저승세계, 부와 안락을 주는 이상향 등으로 나타난다. 신의 세계는 동굴에 신령이 존재하거나 깃들어 있다는 생각이다. 이물의 세계는 신성과 반대되는 신기하거나 괴기한 존재가 있다는 생각이다. 저승세계는 사람들이 죽으면 가는 곳이라는 생각이다. 부와 안락을 주는 이

은 다음과 같다. 기카이지마 섬 동쪽 시토오케(志戸桶) 해안에 있는 큰 바위 옆에 소를 묶어 둔 남자가 있었다. 하루는 개미들이 수없이 몰려와 소를 끌고 바위의 구멍으로 들어갔다. 이 남자는 끈을 당겼으나 구멍 속으로 빨려 들어갔는데 그 안은 넓은 들이 있었다. 들에서는 한 사내가 경작을 하고 있었는데 사내가 이 남자를 보자 구멍으로 들어온 소로 경작을 할 수 있었다며 돈을 듬뿍 주고 돈이 필요하면 언제든 방문하되 밖으로 나가서는 이곳을 절대 말해서는 안 된다고 했다. 남자는 점차 돈이 쌓여 마을에서 제일 부자가 되었다. 그런데 술기운에 그만 발설하여 친구와 함께 바위 있는 곳으로 갔지만 바위 구멍은 막혀 있었다. 그로 남자는 다시 가난해졌다. 關敬吾, 〈隠れ里〉, 『日本昔話大成10』, 角川書店, 1981, pp.273~274.

상향은 인간에게 요구되는 재물 같은 것을 내려주거나 안정되고 평화
로운 사회를 제공해 주는 공간이라는 인식이다. 이 이상향의 동굴은 신
적인 힘이 발휘되는 측면에서는 '신의 세계'의 동굴과 유사하나 신성의
성격은 약하고 현실계에서 발생하는 사람들의 욕구를 충족해 주는 유
토피아 같은 공간이다. 이러한 이상향의 동굴이 양국의 설화에서 모두
나타나는 것이다. 이상에서 보면 한일의 전설민담 속 동굴은 어느 하나
의 이미지로 고정되지 않고 여러 이계 형상을 지녔음을 파악할 수 있다.

  다음은 동굴 안에는 동굴의 주인이 있다는 관념이다. 주인이란 인간
세계에서는 그의 선악을 불문하고 하나의 세계를 맡아 이끌거나 책임
지고 통괄하는 개념을 지닌다. 이것으로 유추해 볼 때 동굴은 사람들이
사는 인간계와 동등한 하나의 세계로 인식되었음을 엿볼 수 있다. 다만
인간계에서는 선악의 여러 유형의 인물이 공존하는데 동굴의 이계에서
는 신성한 존재(聖)가 있는 동굴과 이물(俗)이 있는 존재로 이분화되어
있다. 신성한 존재로는 한국에서는 굴에 산 지 2천 년 된 굴신, 천지조화
의 신, 산방덕 암굴의 여신, 지혜의 신, 산신범 등이 상상되었고, 일본은
후지산의 제신인 아사마 대보살, 가시마초 제신인 사다오카미, 신화 속
의 신인 진무천황의 부친인 우가야후키아에즈, 풍신 등이 상상되고 있
었다.

  그런 반면에 이물 주인으로는 한국에서는 이무기, 구렁이, 용, 지네
등 어둡고 습기를 좋아하는 이물들이고, 이 외에 구미호와 꼬리가 다섯
자 불알이 다섯 자인 새 등이 상상되었다. 일본에서는 대사(大蛇), 야마
우바, 덴구 등이 상상되었다. 이 이물 중 뱀과 뱀 모습을 본뜬 구렁이(大
蛇)와 이무기, 그리고 야먀우바와 덴구 등은 신화시대에서는 신성한 존
재로 여겨졌지만 전설민담에서는 이물로 격하된 것으로 이것들이 거주

하는 동굴은 공포감을 조성하는 공간으로 인식되었다.

신이 존재하거나 신령이 깃든 동굴은 대개 민중의 세속적 욕구를 충족해 주는 공간으로 상상하였고, 이물이 거주하는 동굴은 인간에게 해악을 가져주는 공간으로 관념되었다. 세속적 욕구로는 득남과 자손 번성, 지혜, 부, 안락 등이며 해악은 농경, 돌풍 같은 자연재해나 여성 제물 같은 피해 등이다.

그리고 또한 공유하는 것은 이계 동굴이 지닌 도덕적인 관념이다. 좋은 심성을 가진 사람에게는 부와 복을 안겨주지만 나쁜 심성을 가진 자에게는 가차가 없다는 관념이다. 이러한 관념은 '부와 안락을 주는 동굴'에서 뚜렷이 표상된다. 한국의 〈연이와 버들도령〉에서 동굴은 효성을 다하는 의붓딸과 구박하는 계모에 대해 항상 의붓딸의 편에 서서 영력(靈力)을 발휘한다. 〈보물 남포〉에서 동굴은 부지런히 사는 사람과 일확천금을 노리는 사람에게 상응하는 상벌을 내리고 있다. 일본의 〈완대혈전설〉에서는 정직과 거짓, 〈지장 정토〉에서는 청빈과 탐욕 및 친절과 부친절에 대해 각각 보상과 응징을 가하고 있다. 이렇게 도덕적 관념이 표상되는 동굴은 교훈 제시의 기능을 담당하는 것도 양국이 서로 공통하고 있다.

(2) 동굴 이계관념의 다양성

양국의 전설민담에 나타난 동굴 이계 관념의 지역적 다양성은 앞에서 살핀 동굴의 주인 형상에 이미 나타나 있다. 신성한 존재의 형상이 한국에서는 각 지방 토지에서 형성된 토속신인 특징을 보인다. 특히 산방덕 암굴 여신은 산방산의 전설을 낳은 제주도 토속신앙으로 숭앙을 받는 존재이고, 산신범은 한반도에 서식한 호랑이의 재난에서 벗어나기 위해 산신으로 신앙한 범의 이미지에다가 자식을 점지한다는 신앙이 연결된 존재이다. 이러한 신들이 산방산의 굴과 범어굴에 깃들어 있다고 신앙함으로써 동굴은 신성한 공간으로 고착되었다.

일본은 다소 자료의 미흡함이 있기는 하지만 대체로 아사마 대보살과 같은 신불 관련의 신과, 사루타히코(사다오카미)나 우가야후키아에즈 같은 기기(記紀)신화 속 신들이 토착신으로 정착하여 각각 '히토아나', '구케도 동굴', '우도신궁 굴'에 깃들어 있다고 믿어졌다. 전자의 '히토아나'는 지옥과 정토의 굴, 뒤의 두 동굴은 자손번영의 굴로 신앙하였다. 토속신으로는 이즈의 풍혈에서 돌풍을 일으키는 바람신이 있었다.

이물 형상을 살피면 한국에서는 어둡고 습한 곳을 좋아하는 습성을 지닌 동물이 많다. 일본도 뱀과 같이 그러한 이물이 있기는 하지만 야마우바와 덴구는 반드시 그러하다고는 할 수 없고 옛날이야기나 기담괴담 등에 자주 등장하는 일본인에게 친숙한 상상 동물이다.

동굴 이계 관념의 지역적 다양성으로 또한 주목할 수 있는 것은 일본의 것과 비교하면 한국 동굴의 이미지는 상대적으로 어두운 면보다 밝은 면이 더 강하게 나타난다는 것이다. 밝은 이미지는 지혜, 자식(특히 남자아이), 부(富), 안락, 결연 등 현실에서 요구되는 조건들이 실현되도록 이미지화된 동굴이다. 제주도 쌍용굴의 '지의 석주', 경북의 범어굴과 삼척의 한선굴과 진안의 화엄굴과 같은 기자치성굴, 〈연이와 버들도령〉과 〈보물 남포〉, 〈태평동〉 등에서 나타난 결연과 행복, 부, 안락을 주는 동굴이 그러하다. 저승굴도 공포를 자아내는 동굴이 아니고 민중들이 현실에서 결핍된 의식(衣食)과 오락을 누릴 수 있는 굴이고, 인간세계와 같이 사회를 이루며 살아가는 선조의 영혼이 모여있는 동굴이다.

이것에 비하면 일본의 동굴은 어두운 저승이나 지옥의 공간으로 더욱 표상되고 있다. 우가향의 '황천혈', 후지산의 '히토아나', 히키군의 '이와다레 동굴'은 지옥으로 이어지거나 동굴 자체가 지옥으로 죽음의 공포, 죄악의 참상들이 이미지화된 동굴들이다. 습기 차고 어두워서 공포를 느끼게 하는 동굴의 생태와 어울리는 저승과 지옥굴의 이계를 상상하였다고 볼 수 있다.

5. 비교검토를 통한 논의의 종합

이상에서 비교 검토한 결과를 바탕으로 서론에서 거론된 신화와 관련지어 양국의 전설민담에 나타난 동굴형상이 각기 어떤 전통을 계승하고 변이하였는지 그 특징을 언급하고 마무리하고자 한다.

한국의 동굴은 전술한 것과 같이 의식(衣食), 지혜, 자식 점지(득남), 부, 결연, 또한 이상적 촌락 등과 연관 지어 그려지는 경향이 짙다. 이러한 것은 인간 생활에서 긴요한 것으로 동굴은 이것이 획득되는 공간으로 관념되었다. 동굴이 이렇게 긍정적으로 그려진 것은 단군신화에서부터이다. 웅녀는 동굴에서 인간이 되고자 하는 원망을 성취하였고 그로 천손인 환웅과 결혼하고 고조선의 시조인 단군을 낳을 수 있었다. 단군신화에서 동굴은 천상과 지상을 연결하고 결합하여 국가가 탄생하도록 발판을 만든 중요한 기능을 하고 있다. 그러나 전설민담 속 동굴은 그러한 우주관이나 국가와 같은 세계관은 후퇴하고 동굴이라는 소세계(小世界)의 신성으로 좁혀지면서 지혜를 바라고, 득남을 원하고, 부귀를 누리고, 가난이나 병화의 고통이 없는 사회를 꿈꾸는 현실적인 문제들을 반영하는 방향으로 진행해 왔다. 이같이 동굴에 대한 관념 변화는 민중들이 현실에서 결핍된 욕구를 투영하였기에 나타난 결과라고 볼 수 있다.

한편 일본의 전설민담에서 인상 지우는 저승 통로의 동굴은 이자나기의 황천 방문 신화의 계통을 이어받은 것이다. 그러나 신화에서의 천상, 지상, 지하(저승)의 경계 공간 같은 우주관은 사라지고 동굴의 신성은 자손번영의 대상으로 바뀌고 지옥으로 세밀화되어 죽음이나 죄악에 대한 공포, 선악에 따른 재앙이나 혜택과 같은 이미지를 지닌 동굴로 이동해 왔다. 그리고 그와 더불어 '부'와 '안락'에 대한 민중의 욕구가 반영되는 동굴로 전설민담에서는 표출되고 있다.

이상으로 본고에서 얻은 결론을 종합하면 한일의 전설민담에 나타난 동굴은 민중의 소망을 관념화한 여러 이계의 모습이라는 동질성이 있고, 그리고 사회생활에서 파생되는 삶의 행복에 현실조건의 충족을 우선하느냐 선악에 따른 인과응보의 윤리성을 우선하느냐는 가치관의 농담에 따라 얼마간 동굴의 모습에 차이를 보임을 알 수 있었다.

제5장
일본인의 해양이향관(海洋異鄕觀) 고찰
-제주인 이여도 관념과의 비교 시점에서-

1. 머리말

본 연구는 제주인에게 전승되어 온 이여도는 관념상의 섬이고 그 표
상은 보편성을 지니고 있다는 견지에서, 섬나라 일본인이 해양에 지녔
던 이향관의 비교를 통해 필자의 견지를 견고히 하고자 하는 것이다. 이
글 핵심어의 하나인 '이향(異鄕)'은 사람들이 구상한 이 세상 안의 다른
가상의 세계이거나 이 세상에 존재하지 않는 상상화된 세계를 말한다.
예를 들면 동굴 깊숙한 곳 혹은 땅 밑에 죽은 사람의 안식처가 있다는
'타계(他界)', 산속에 신선이 산다는 '선경', 바닷속에 용왕이 있다는 '용
궁' 등과 같이 초현실적 공간을 지칭하는 것이다.

바다가 삶의 터전이었던 제주인이 그려온 해양 이향[1] 가운데서도 이

---

1) 이를테면 동해의 바다에 있다는 '벽랑도', 배를 타고 석 달 열흘 꼬박 가야 난병을 치
료하는 약을 구할 수 있다는 '녹일국', '용궁' 등이 있다.

여도는 매우 독특하다고 할 수 있다. 척박한 환경의 체험에서 사고되었을 제 형상의 관념들을 중층적으로 담아내고 있기 때문이다. 이 이향은 중국 원나라 지배 때 공마진상이라는 역사적 현실과도 관련되며 여러 과제를 안고 있어서 적잖게 학계의 관심을 받아왔다. 그런데 일제강점기 때 제주 출신인 강봉옥[2] 및 조선 연구자인 일본인 학자 다카하시 도루(高橋亨)의 제주민요 채집[3]을 시작으로 연구가 거듭되었으나 수중 암초인 '이어도'의 발견으로 인해 그 실존 유무나 형성의 문제, 중층적 이상(理想)관념의 구체성, 파랑도와의 관련 등이 명확한 결론에 이르지 못한 채 의견이 분분하여 왔다. 그러므로 기존과 다른 시각에서 접근해 볼 필요성이 요구되는데, 일찍이 이여도가 안고 있는 이러한 제반 문제에 주목한 김영돈(金榮墩)은 민요와 설화에 나타난 이여도의 이미지가 일본 고대인들이 바다 저편에 있다고 상상한 '도코요향(常世鄕)'이나 오키나와에서 현재까지도 신앙되고 있는 '니라이 가나이'와 유사하여 이여도는 그러한 해양 정토들과 같은 맥락에서 해석되어야 한다는 한 방안을 제시한 적이 있다.

김영돈은 한국의 해양 타계관을 고찰하면서 그 관련성을 부분적으로만 언급하였는데, 이 글에서는 '도코요향'과 '니라이 가나이' 두 이향 심층에 깔려 있는 이미지, 특히 자주 지적되고 있는 중층적이면서 명암의 상반된 이미지에 주목하여 그 특징을 표출하고자 한다. 해양 이향의 하나에 여러 관념을 복합하고 더구나 생(生)과 사(死)와 관련된 명암의 이미지가 함께 표상되고 있는 일본의 두 이향은 이여도가 지닌 공통된 특

2) 강봉옥, 「濟州島의 民謠 五十首-맷돌 가는 여자들의 주고밧는 노래-」, 『개벽』, 제32호 2월, 개벽사, 1923, p.40.
3) 高橋亨, 『濟州島の民謠』, 寶蓮閣, 1974, pp.54~55.

징으로, 섬나라 사람들이 사고한 보편적 관념이었다고 생각된다. 이러
한 보편적 관념을 양국의 해양 이향의 비교를 통해서 분명히 하고자 하
는 것이 본고의 목적이다.

아울러 본고에서는 일본인의 해양 이향의 하나로 '뇨고노시마'에 관
해서도 고찰을 하고자 한다. '뇨고노시마'는 여인들만이 산다는 향락의
섬으로 이미지화되면서 또한 죽음의 상반된 관념이 내포되어 있다. 따
라서 이에 관한 고찰은 본고에서 표출될 해양 이향의 명암의 중층적 이
미지를 선명히 할 뿐만 아니라 과부의 섬으로 인식되어 온 이여도의 관
념이 해양인의 공통된 인식하에 형성된 것임을 입증해 줄 논거가 될 것
이다.

2. 일본 고대인이 상상한 도코요

(1) 중층적 이미지

도코요(常世)는 8세기 무렵의 문헌에 자주 나타나고 그 이후는 아
주 드문 것을 보면 일본의 고대인들이 지닌 이향의 관념이었음을 알 수
있다. 『일본국어대사전』에 따르면[4] '영구히 변하지 않는 것. 언제까지
나 지속되는 그러한 상태'를 말하며 '도코요노쿠니(常世の國)'와 같다
고 되어있다. 그래서 도코요노쿠니의 항목을 펼쳐보면 '고대 사람이 바

---

4) 日本國語大辭典 第二版 編集委員會, 『日本國語大辭典 第二版』, 第9卷, 小學館, 2001,
   p.1187.

다의 저편 지극히 먼 곳에 있다고 생각한 상상의 나라, 현실의 세상과는 모든 점에서 다른 땅이라고 생각한 나라로, 나중에 불로불사의 이상향, 신선경이라고도 여겨진 나라'라고 해석되어 있다. 즉 바다 저편에 구상된 현실계와 다른 영원세계인 도코요는 후대로 내려오면서 불로불사의 선경의 모습도 띠게 되었다는 것이다. 도코요의 이러한 사전적 의미는 그 연구 측면에서의 동향을 이해하는 데 도움이 되는데 다음에서 연구 동향을 개괄적으로 짚어 보고 도코요의 이미지를 탐색해 나가기로 한다.

우선 도코요의 형성에 관해서 보면 대표 연구로서 오리쿠치 시노부(折口信夫, 1887~1953)에 따르면 도코요의 원래 의미는 도코요(常夜), 곧 항상 어두운 국토(네노쿠니根國 또는 도코야미노쿠니常暗國라고도 함) 내지는 사자(死者)의 나라였는데 동음이의의 '요'에는 요(米), 곧 곡물=富의 의미 또는 요(齡)의 의미가 있어 그에 연상되어 장수의 나라, 풍요의 나라가 되었다고 하였다.[5] 그리고 이 장수·풍요의 나라는 아스카(飛鳥)·후지와라(藤原)의 시대(592~710) 무렵 '귀화인이 가져온 도교 낙토해중의 선산(仙山) 신앙과 점차 밀착됨으로써' 신선계로 이상화되었고,[6] 나라 시대(710~794)에는 선녀와의 연애담이 더해져 '연애의 무하유향(無何有鄉)'인 곳으로 생각하게 되었다고 하였다.[7]

즉 원래 어두운 나라에서 풍요장수의 나라로 이미지 변화를 겪은 전

5) 折口信夫, 「古代生活の研究(常世の國)」, 『古代研究(民俗學篇1)』, 折口信夫全集 第二卷, 中央公論社, 1965, pp.29~41.
6) 折口信夫, 「國文學の發生(第四稿)唱導的方面を中心として」, 『古代研究(國文學篇)』, 折口信夫全集 第一卷, 中央公論社, 1965, p.130.
7) 折口信夫, 「國文學の發生(第三稿)まれびとの意義」, 『古代研究(國文學篇)』, 前揭書, 1965, p.61.

통의 도코요는 더욱이 신선사상의 외래영향으로 신선경이 되었다는 것이다. 이 오리쿠치의 견해는 이후 많은 연구자에게 수용되면서 도코요에 대한 연구가 활기를 띠게 되었다. 그런데 그 가운데 고대문학을 연구한 쓰기타 마사키(次田眞幸, 1909~1983)나 사이고 노부쓰나(西鄕信綱, 1916~2008)는 도코요(常世)의 '요(世)'는 상대특수가나사용(上代特殊仮名遣)에 있어 모두 을(乙)류이므로 『고지키(古事記)』의 도코요(常夜)의 '요(夜)'는 갑(甲)류로서 『니혼쇼키(日本書紀)』에서 읽은 것과 동일하게 도코야미(常暗)라고 읽어야 하고,[8] 그러므로 언제나 어두운 세계를 말하는 도코야미(常暗)와는 다르게 도코요(常世)는 밝은 세계를 의미한다고 하였다.[9] 이 쓰기타·사이고의 주장 이후 도코요의 해석에는 상당 부분 수정이 가해지게 되었다. 역사학자인 와다 아쓰무(和田萃, 1944~현재까지)도 도코요를 밝은 세계의 의미로 이해하면서 일본 고대에는 중국에서 유행한 불로불사와는 다소 의미가 다른 '영원한 생명, 젊음의 원천'[10]인 도코요의 신앙이 있었는데 외부에서 전래된 문화요소가 부가되어 신선사상이 덧칠해진 도코요가 되었다고 하였다.[11] 와다의

---

8) 『고지키』에서 '常夜'가 등장하는 단락은 다음의 부분이다. 황실의 조신(祖神)으로 숭앙되는 아마테라스가 동생인 스사노오의 난폭함에 참다못해 '아메노이와야도(天石屋戶)'라는 동굴에 들어가자 천상세계인 '다카노하라'와 지상세계인 '아시하라노나카쓰쿠니(葦原中國)'가 완전히 어둠에 휩싸이고 그로 인해 '언제나 밤(常夜)'이 지속되었다고 하는 부분이다.(『古事記』上卷,「天照大御神と須佐之男命」, p.63). 이 '언제나 밤(常夜)'을 도코요(とこよ, 常夜)라고 처음 읽은 것은 에도시대 『고지키』의 연구자인 모토오리 노리나가(本居宣長, 1730~1801)이었다. 오리쿠치는 모토오리의 견해를 이어받아 '도코요'로 읽고 그 이미지를 분석했다.

9) 西鄕信綱, 『古事記 注釋(第一卷)』, 平凡社, 1975, p.322; 次田眞幸,「第一章「常夜」と「常世」『日本神話の構成と成立』, 明治書院, 1985, pp.3~5.

10) 和田萃,「神仙思想と常世信仰の重層-丹波·但馬を中心に-」, 上田正昭 編, 『古代の日本と渡來の文化』, 學生社, 1997, p.618.

11) 和田萃, 앞의 논문, pp.1~202, pp.603~619. 일본에 도교가 유입된 시기는 4세기 후

견해는, 오리쿠치의 논의와는 명암의 간격이 있고 신선사상 유입 이전
에 일본 고대의 영원사상이 있었다고 보는 견해이지만 도코요의 의미
확대라는 측면에서는 기본적으로 동일하다. 그런데 근래 고고학적 지식
을 응용한 논의들에서는 일본 열도에 신선사상의 도래 이전에 도코요
에 대한 관념이 과연 존재했을까 하는 의문을 던지며 일본의 토착적 관
념에서 생겨난 것이라고는 볼 수 없고,[12] 4세기부터 여러 차례에 걸쳐서
한반도에서 이주해온 '도래인(渡來人)'에 의해 도코요 신앙이 전래되었
을 것이라고 하였다.[13]

　도코요는 그 의미와 형성에 있어서는 이상과 같이 여러 의견이 제시
되면서 수정, 발전되어 왔다. 이렇게 기존의 해석에서 차이를 보인 주된
원인은 현존의 가장 오래된 역사서인 『고지키』(712)를 비롯한 『니혼쇼
키』(720), 『만요슈(萬葉集)』(8세기), 「풍토기(風土記)」 일문(逸文)[14] 등
에 나타난 도코요의 이미지가 하나로 머물지 않고 여러 개로 중첩해 있
는 양상이기 때문일 것이다. 문헌들의 글귀에서는 이미지를 파악하기
어려운 부분도 있는데 그러한 것은 기존의 해석을 참조하면서 이제부

반부터이며 대륙에서 도래한 사람들에 의해 전파되었다.(下出積與, 『道敎と日本
　　人』, 講談社, 1975, p.34)
12) 三浦佑之, 「神仙譚の展開-蓬萊山から常世國へ-」, 『文學』 9-1, 岩波書店, 2008, p.84.
13) 荒竹淸光, 「新「常世」考-常世神の分布と考古學的知見を通して-」, 『古代の日本と渡
　　來の文化』, 明石書店, 2004, p.148.
14) 이상의 자료들 중 본문 관련 내용은 모두 小學館에서 간행된 新編日本古典文學全集
　　을 참조했다.
　　山口佳紀·神野志隆光, 『古事記』, 新編日本古典文學全集1, 小學館, 1997, pp.1~462.
　　小島憲之·木下正俊他, 『萬葉集』, 新編日本古典文學全集7, 小學館, 1998, pp.1~526.
　　小島憲之·直木孝次郎他, 『日本書紀』, 新編日本古典文學全集2-4, 小學館, 1994-
　　1999, pp.1~582.
　　植垣節也, 『風土記』, 新編日本古典文學全集5, 小學館, 1998, pp.1~629.
　　이하 출판사와 전집 명칭의 표기는 생략하기로 한다.

터 도코요의 이미지를 사례를 통해 확인해 보면 다음과 같다.

　① 사후의 세계(死國)
　② 곡령의 고향 · 풍요의 나라
　③ 부와 장수의 나라
　④ 불로불사의 나라
　⑤ 애정 교환의 장소

　문헌에 나타난 도코요의 이미지는 다섯으로 추출된다. ①사후의 세계는 죽은 사람의 영혼이 간다는 곳인데 이에 대해서는 다음 절에서 살펴보기로 한다.

　②의 곡령(穀靈)의 고향으로서 풍요 나라의 이미지는『호키국 풍토기(伯耆國風土記)』일문에 전하는 아와시마(粟嶋)의 지명유래에서 찾아볼 수 있다. 호키국은 현재의 도토리현(鳥取縣) 중서부 일대이고, 아와시마는 현재 도토리현의 아와시마(粟島)로 이즈모국(出雲國) 즉 시마네현 동부와 접경지였다.

　고을(오미군相見郡을 말하는데 도토리현에 있었던 마을-주 필자) 관청 서북 방향에 아마리베노사토(餘戶里)라는 마을이 있다. 그곳에 아와시마(粟嶋)가 있다. 스쿠나히코노미코토(少日子命)가 조를 파종하였을 때 조가 많이 영글었다. 그래서 조의 줄기에 올라탔는데 그 탄력을 받아 도코요노쿠니(常世國)까지 건너갔다고 한다. 그로 연유하여 아와시마라고 한다.

여기서 스쿠나히코노미코토(이하 스쿠나히코라고 약칭함)라는 인물은『고지키』에 의하면 거위 털로 만든 옷을 입고 아메노카가미노후네(天乃羅摩船)라는 배로 파도의 마루를 타고 이즈모의 미호(美保) 곶에 건너와 오쿠니누시노카미, 곧 대국주신(大國主神)을 도와 이즈모국을 건설한 신이다. 그리고 나라를 만든 후 '도코요노쿠니'에 건너간 것으로 되어 있다.[15] 한편『니혼쇼키』에서는 스쿠나히코나(少彦名)라는 이름으로 대국주신과 천하를 경영하여 백성과 가축의 병 치료법을 정하였고, 새와 짐승과 곤충의 재난을 막기 위한 주술법(禁厭法)을 정하였으며, 그런 후 구마노(熊野, 시마네현島根縣)[16]의 곳으로 가서는 '도코요노쿠니(常世鄕)'에 건너간 것으로, 보다 구체적으로 기록되어 있고, 별전(別傳)에서는 아와시마(淡島)에 이르러 조의 줄기에 올랐는데 탄력을 받아 건너서 '도코요노쿠니'에 다다른 것으로 되어있다. 이 별전의 내용은[17] 앞의 풍토기의 기술과 유사하다.

즉 스쿠나히코는 바다를 통로로 일본의 바깥 세계로부터 와서는 국가 건립과 백성의 안녕에 힘을 보탠 후 자신이 왔던 곳으로 돌아간 것으로 형상화되어 있다. 조의 줄기를 타고 튕길 만큼 소인(小人)으로 나타나는데『호키국 풍토기』에서는 조 파종 후 수확할 즈음 도코요로 간 것으로 되어있다. 조는 당시 오곡의 하나로 주요 곡물이었다.[18] 그러므로 스쿠나히코는 조 농사 이래 농경문화와 관련된 곡령의 신을 상징화한 것으로 해석되고 있다.[19] 이 스쿠나히코의 성격에 관해 오리쿠치는 날을

---

15) 『古事記』, 上卷, 「大國主神」, pp.94~95.
16) 구마노(熊野)는 와카야마현(和歌山縣)에 있는 구마노(熊野) 지역을 가리킨다는 설도 있는데 통설에 따른다. 또한 아와시마도 통설을 따랐다.
17) 『日本書紀』, 卷第一, 「神代上[第八段] 一書第五-第六」, p.103.
18) 『風土記』, 「逸文(伯耆の國)」, 頭註6, p.489.
19) 小學館編, 『日本大百科全書 12』, 小學館, 1986, p.940.

잡아 도코요로부터 바다를 건너와 사람들에게 풍요를 가져다주는 '마레비토(珍客, 貴人)', 즉 손님신으로서 정의한 바 있다.[20] 곧 도코요는 바다 저편에 있는 신이 거주하는 곳이고 그 신은 곡식을 지배하는 영(靈)으로 일정한 시기에 방문하여 일본인에게 혜택을 준다는 관념이다.

곡령이 머무는 도코요가 풍요의 나라로 뚜렷하게 인식된 것은 『히타치국 풍토기』(721)에서 확인할 수 있다.[21] 이 풍토기에서는, 히타치국 (지금의 이바라키현茨城縣의 옛 지칭)은 풍족한 산물을 제공해 주는 산과 바다와 광활하고도 기름진 토지를 지녀 사람들이 모두 넉넉히 지내는 곳이라며 히타국을 도코요에 견주고 있다. 도코요는 삶을 영위하는 데 있어 모든 것이 갖추어진 이상적인 국토로서 상상되고 있었음을 읽을 수 있다.

③의 이미지에 관해서는 『니혼쇼키』의 고교쿠천황(皇極天皇, 재위 642~645) 3년(644년) 7월조에 기록된 한 사건[22]에 주목해 보자. 그것에 의하면 동국(東國)의 후지노카와강(富士川) 주변에 사는 오우베노오(大生部多)라는 사람이 무당들을 끌어들여 귤나무 혹은 산초나무에 기생하는 누에와 닮은 벌레를 가지고 부와 젊음을 가져다주는 도코요의 신이라며 받들기를 권하였다. 그러나 도시 사람이고 시골 사람이고 재물을 던져 넣고는 재산만 탕진하여서 하타노 가와카쓰(秦河勝)가 백성을 현혹시킨다며 이들을 진압시켰다는 사건이다. 하타노 가와카쓰는 도래인(渡來人)으로서 쇼토쿠태자와 함께 당시 교토문화 건설에 막대한 영향을 끼친 인물로 알려진다. 따라서 위의 내용에서는 신문화(불

---

20) 折口信夫, 「國文學の發生(第三稿) まれびとの意義」, 앞의 책, 1965, p.55.

21) 『風土記』, 「常陸國風土記」(總記), pp.356~357.

22) 『日本書紀』, 卷第二十四, 「皇極天皇」, pp.93~94.

교)의 건설에 방해되는 구문화(토속신앙)를 퇴치하는 역사적 사건이 배
경에 있다고 말해진다.[23] 여하튼 이 사건에서 알 수 있는 것은, 도코요에
는 부의 신이자 젊음을 관장하는 신이 존재하고 그 신이 부와 장수를 가
져다준다는 신앙이 당시에 있었다는 것이다.

④의 이미지로는 익히 알려진 다지마모리(田道間守)라는 사람이 천
황의 명을 받고 도코요에 가서 비시향과(非時香菓)라는 과실을 구해왔
다는 이야기가 있다.[24] 비시향과는 때를 가리지 않고 항상 향기를 발한
다는 과실로 신선경에 있다는 불로장생하는 선약으로 해석되고 있다.
불로장생의 도코요 이미지는 또한 우라시마코(浦島子)의 전설에서도
찾을 수 있다. 우라시마코는 바다 가운데에 있다는 섬의 해궁(海宮)에
가서 해신의 딸과 즐거운 나날을 보내고 돌아왔다는 전설로, 그가 갔다
는 해궁은 '蓬山', '仙都', '神仙之堺'(『단고국 풍토기』, 8세기)로도,[25] '蓬
萊山'(『니혼쇼키』)로도 표기되어 있다.[26], '蓬山'와 '仙都'은 모두 고훈
(古訓)으로는 도코요, '蓬萊山'는 도코요노쿠니라고 읽었다.

⑤의 애정교환 장소의 이미지도 우라시마코의 전설에서 볼 수 있다.
이 전설의 다른 버전은 『만요슈』(권2)에 실려 있다. 우라시마코가 해궁
인 도코요에서 해신의 딸과 부부가 되어 살다가 잠시 다녀오마고 돌아
와서는 받아올 때 열지 말라는 화장합을 어리석게 연 데 대한 개탄의 노

---

23) 『日本書紀』, 卷第二十四, 「皇極天皇」, 頭註19, ❖ 印, pp.93~94.
24) 비시향과를 구하러 다지마모리가 간 도코요는 만리의 파도를 넘고 약수(弱手, 곤륜
    산 밑에 있다는 못)를 건너서 있는 '신선의 비구(秘區)'로 속인(俗人)이 갈 수 없는
    곳으로 되어있다. 그러므로 비시향과는 신선경에 있다는 불로장생하는 선약으로 해
    석되고 있다. 현재의 감귤로 이해된다. 『日本書紀』, 卷第六, 垂仁天皇(九十年 二月),
    pp.335~337.
25) 『風土記』, 「逸文(丹後の國)」, 「筒川の嶼子(水江の浦の嶼子)」, pp.476~477.
26) 『日本書紀』, 卷第十四, 「雄略天皇(二十二年 七月)」, p.207.

래가 비교적 간결하게 기록되어 있다.[27] 그런데 이와 달리 『단고국 풍토
기』일문에서는 해신 딸과의 뜨겁고도 애달픈 사랑이 짙게 그려지고 있
다. 두 부부가 이별하는 단락은 애절함이 극에 달하고, 귀향 후 화장합을
열은 우라시마코의 비탄은 처절하다.[28] 도코요는 영원히 사랑스러운 여
인과 애정을 교환할 수 있는 환락경이었는데 우라시마코는 순간의 어
리석음으로 인해 그 환락을 누리지 못한 전설적 인물로 전해지고 있다.

이렇게 해서 도코요의 다의적 이미지를 대표적인 사례들을 통해 표출
해 보았다.

(2) 명암의 상반된 이미지

도코요는 풍요 · 장수 · 불로불사 등 인간이 간절히 바라는 밝은 이미
지와 상반되게 죽은 이가 간다는 타계의 형상도 함께 지니고 있다. 『니
혼쇼키』의 진무천황(神武天皇) 즉위전기(卽位前紀)조에 등장하는 미
케이리노노미코토(三毛入野命. 이하 미케이리노라고 함)는 일본의 초
대 천황으로 알려진 진무천황의 친형으로 진무천황의 동정(東征)에 동
행한 인물이다. 진무천황은 천손하강신화의 주역인 니니기노미코토의
증손에 해당하고 어머니는 해신의 딸로 전해진다. 진무천황의 군사가
히무카(日向. 규슈九州)에서 출진하여 해로로 고우치(河內. 오사카부
大阪府)를 거쳐 야마토(大和. 현재의 나라현奈良縣 소재)를 향해 진군
하다가 구마노(熊野. 와카야마현和歌山縣 新宮市 新宮 주변) 부근의 바

---

27) 『萬葉集』, 卷第九, pp.414~417.
28) 『風土記』, 「逸文(丹後の國)」, pp.473~483.

다에서 폭풍을 만나 난파하려 할 때 함께 진군하던 또 다른 친형인 이나이노미코토(稻飯命)가 탄식하며 바다로 뛰어들자 미케이리노도 원망을 하며 '나의 어머니와 이모는 모두 와타쓰미, 곧 해신이다. 그런데 어찌 파도를 일게 하여 나를 익사시키는가?' 하고 파도의 마루(穗)를 밟고 '도코요노쿠니(常世鄕)'에 가 버린 것으로 되어 있다.[29] 미케이리노는 『고지키』에서는 미케누노미코토(御毛沼命)로 되어 있고 진무천황의 동정과 관련된 사적 기록 없이 진무천황의 계보 서술 단락에 '미케누노미코토는 파도의 마루를 밟고 도코요노쿠니에 건너갔고, 형인 이나히노미코토(稻氷命)는 죽은 어머니의 나라인 바다(海原)로 들어갔다.'라고만 되어 있다.[30] 오리쿠치의 해석에 따르면 미케누노미코토가 간 도코요는 와타쓰미노미야, 곧 해신의 궁(海神宮)이라고도 생각되기에 미케이리노가 건너간 곳은 '사국(死國)'이라고 생각해도 좋을 것이라고 했다.[31] 그런데 여기서 유의해 볼 것은 『고지키』에서 이나히노미코토가 뛰어든 바다는 '海原'으로 되어 있는 것인데 일반적으로 해신궁이라면 바다의 밑을 인식하지만 바다의 저편으로도 볼 수 있다는 것이 종래의 해석이다. 미케이리노나 이나히노미코토는 모두 진무천황의 형제이다. 그들이 익사하면서 망모(亡母)가 있는 바다의 도코요로 간 기술에서 볼 수 있듯이 도코요는 야마토 정권의 창조주를 낳은 선조의 영혼들이 머무는 곳이라는 인식도 이 신화에서 아울러 읽을 수 있다.

또한 타계로서의 도코요의 이미지는 당시 일상의 사생활을 엿볼 수 있는 오토모노 사카노우에노 이라쓰메(大伴坂上郎女)가 남긴 노래에

---

29) 『日本書紀』, 卷第三, 「神武天皇(卽位前紀戊午年六月)」, pp.202~203.
30) 『古事記』, 上卷, 「日子穗々手見命と鸕葺草葺不合命」, p.138.
31) 折口信夫, 「妣が國へ·常世へ」, 『古代硏究(民俗學篇1)』, 앞의 책, 1965, p.12.

나타나 있다.[32] 이 여인은 아스카·나라 시대의 귀족이자 가인(歌人)으로 그가 옛 도시에 있던 장원(莊園)인 도미노쇼(跡見庄)에 가 있을 때 집을 지키고 있는 딸에게 보낸 노래가 『만요슈』에 실려 있다. 딸에 대한 그리움을 읊은 노래인데 그 첫머리에는 딸의 전송을 받을 때의 모습을 떠올리며 '도코요에 간다는 것도 아니건만 문밖에서 슬픈 얼굴을 하여 배웅하였네'라는 구절이 있다. 교통이 발달하지 않은 때 먼 길의 여행은 항상 위험이 도사리고 있으므로 딸이 걱정하였고 그래서 그러한 딸의 모습을 그리면서 어머니가 읊은 것이다. 이 노래에 나타난 도코요는 타계로 보는 것이 여러 학자의 견해이다. 죽음과 연관된 공포를 지닌 도코요의 신앙이 생생하게 전해진다.

지금까지 살펴본 것과 같이 도코요는 풍요·장수·불로불사의 이상적인 낙토이고 동시에 죽은 이가 가는 사후세계인 양면적 형상을 지니고 있음을 뚜렷이 관찰할 수 있다.

(3) 중층적 이미지 형성에 관한 문제

'도코요'의 표현이 언제부터 사용되었는지는 현존의 문헌으로는 천착할 방법이 없으나 일본의 고대인들은 바깥 바다 저 멀리에 이 세계와 다른 세계가 있을 것으로 생각했다. 그곳은 이 세계에서는 누릴 수 없는 것들이 충족되어 있다고 인식했다. 도코요가 곡령이 머무는 곳이라는 측면에서 본다면 그 관념은 상당히 오래전부터 있어 온 것으로 고대의 농경시대로까지 거슬러 올라갈 수 있을 것이다. 그러나 문명이 발달하

---

32) 『萬葉集』, 卷第四, p.355.

지 않은 척박한 환경에서 굶주림의 고통은 견디기 힘들었을 것이고 따라서 배고픔이 채워지기를 바라는 소망은 그 훨씬 이전의 시대부터 있었을 것이다. 인간에 있어서 죽음에 대한 두려움의 인식은 원초적이라 할 수 있겠으나 그에 못지않게 살아야 한다는 생의 욕구도 또한 본질적인 것이다. 그 생의 욕구는 바다 저편에서 이주해 온 해안 거주의 시대라면 한층 더 절실했을 것이다. 『고지키』, 『니혼쇼키』, 「풍토기」 등에 기록된 도코요 신앙지의 분포는 서일본에서는 서쪽의 바다(동해), 동일본에서는 태평양 측에 많고 그 대부분은 바다와 하천에 면해 있다.[33] 도코요는 열악한 환경에서 생활하던 해민(海民)이 꿈꾸던 이향이었음을 말해주고 있다. 궁극적으로 먼 옛날의 해민들은 바다 저편에 풍요한 이상 세계가 있다고 생각하였고, 그것은 어느 사이엔가 늘 풍요로운 도코요의 이상향으로 발전을 하였다. 그리고 이렇게 탄생한 도코요는 바다에 또 따로 인식되던 타계(他界)와 같은 사상과 결부되었고 나아가 불로불사의 사상까지 흡수됨으로써 8세기 문헌들에 복합적인 모습으로 나타나게 되었다고 볼 수 있다. 인간이 간절히 바라는 풍요·장수·불로불사의 여러 밝은 이미지들이 표면화하면서 도코요는 상대적으로 타계의 이미지가 옅어진 양상이다.

---

33) 荒竹清光, 앞의 논문, 2004, p.145.

3. 류큐인이 상상한 니라이 가나이

(1) 중층적 이미지

류큐는 현재 오키나와라고 불리지만 일본 메이지 정부가 류큐번을 폐지하고 오키나와현을 설치하기(1879) 이전까지 존립해온 해양왕국이었다. 오키나와 본도 나하(那覇)에서 3만 2천 년 전의 인골이 발견되고 있는 것[34]을 보면 그들의 섬 생활은 유구하였음을 짐작할 수 있다. 그러나 농경생활에 접어든 것은 10세기 무렵으로 비교적 늦은 편이었고 작은 소국(小國)시대를 지나 통일된 류큐왕국이 건설된 것은 15세기였다. 그리고 제2 쇼시(尚氏)왕조의 쇼신(尚眞) 대가 되어서 아마미 대도와 미야코 및 야에야마 제도를 통합하여 본격적으로 중앙집권적인 고대국가가 형성되었다. 15세기 이후부터 중국, 조선, 일본을 비롯한 동남아시아와 활발한 해상무역을 행함으로써 동북아와 동남아를 잇는 해양무역왕국으로서 위상을 떨쳤는데, 그와 함께 문화적인 측면에서도 융합의 양상이 짙어지다 17세기에 사쓰마번의 지배하에 놓이게 되고서는(1609) 일본본토문화의 영향을 강하게 받았다.[35] 그러나 그러한 가운데서도 류큐번이 폐지되기까지는 해양왕국으로 존속해 있었기에 비교적 류큐의 토착적 문화와 사고는 현존하는 문헌자료와 구전설화, 제례 등에 남아 있다. 그 문화 양상의 하나가 바로 니라이 가나이의 신앙이다.

니라이 가나이는 바다에 상상된 이향이다. 류큐인이 상상한 우주는

---

34) 外間守善,『沖繩の歷史と文化』, 中央公論新社, 2016, p.3.
35) 外間守善, 앞의 책, 2016, pp.19~92.

'오보쓰 가구라'라는 천상계가 있고, 한국의 신당 제사장과 유사한 우타
키(御嶽)가 있는 산속(마을 주변의 산림이나 구릉지를 포함) 영적 세계
가 있다. 야에야마(八重山)의 고미(古見) 등지의 풍년제 때 나타나는 아
카마타와 구로마타의 신이 있다는 지하세계[36]도 있다. 이러한 이향세계
의 구상과 더불어 섬의 사면이 바다로 둘러싸인 지형적인 특성으로 말
미암아 관념화된 해양 이향은 그들의 정신세계에서 중요한 위치를 차
지한다.

　니라이 가나이의 어원부터 살펴보도록 하자. 대표적인 오키나와의 연
구가인 호카마 슈젠의 정의에 따르면 니라이는 근원의 의미인 '니(根)'
와 지리적 공간을 나타내는 접미어 '라', 그리고 방위를 나타내는 접미
어 '이'가 결부된 말로 '바다 저편에 있는 근원지'를 의미하고, 가나이는
운(韻)을 맞추는 의미 없는 첩어라고 보았다.[37] 류큐 최고(最古)의 신가
집(神歌集)인 『오모로소시』(1531~1623년 간 편찬)에서는 니루야 가나
야, 미루야 가나야[38] 등의 표현이 나타나고, 류큐왕조의 정사(正史)인
『류큐국유래기(琉球國由來記)』(1713)에서는 '기라이카나이'라고 표기
되고도 있다.[39] 이 '기라이카나이'는 『류큐국구기(琉球國舊記)』(1731)
에서는 '儀來河內'라는 한자를 대고 있다.[40] 그러나 첩어 없이 단독으로

36) 比嘉政夫, 「常世神と他界觀」, 『古代の日本2 風土と生活』(竹內理三 編), 角川書店,
　　 1971, p.234.
37) 外間守善, 앞의 책, 2016, pp.153~154.
38) 外間守善 校注, 『おもろさうし(上)』(卷三, 97. 卷七, 391), 岩波書店, 2015, p.87,
　　 p.272.
39) 琉球王府　編 · 伊波普猷 外 2人 編, 「田 · 陸田(見二五穀之記一)」, 『琉球國由來記』
　　 (卷三), 琉球史料叢書 第1, 1940, p.82.
40) 原田禹雄 譯注, 「事始記 1 水田 · 陸田」, 『琉球國舊記』(卷之四), 榕樹書林, 2005,
　　 p.173.

니라이, 니루야, 니레, 치루야, 다리로 등이 사용되는 사례도 있고 지역에 따라 명칭이 달리 표현되고 있다. 니라이 가나이는 아마미 대도에서 야에야마 제도에 이르는 신앙으로 신앙의 표현에 있어서는 각 지역적 특색을 보이지만 류큐 바깥의 바다에 구상된 이향 관념이라는 것은 공통한다.

류큐인이 지닌 니라이 가나이의 관념은 도코요처럼 복합적인 양상을 띠면서도 이동(異同)이 있다. 눈여겨볼 이미지는 인류의 생명원이면서 문명 발달에 있어 중요한 벼의 종자가 있는 곳이라는 것이다. 옛날 류큐 제도(諸島)을 만들었다는 아마미쿠(阿摩美久. 아마미쿄, 아마미코, 아마미키요 등의 변형이 있다) 신은 '기라이카나이'에서 볍씨를 가져와 지넨웃카(知念大川. 현재 오키나와현 난조시南城市 소재), 다마구스쿠에다(玉城親田, 현재 난조시南城市), 다카마시노마시카마노타(高ましのましかまの田) 논에 처음으로 심었는데 이것이 곧 논의 시작이라고 『류큐국유래기』(권1)에서는 전한다.[41] 이 자료에서는 그 외 벼의 발생지를 아마미쿠가 하늘에 올라 오곡종자를 가져왔다거나 하는[42] 등 오곡생성의 유래가 혼재하기도 하는데 후술하듯이 천상세계의 관념은 류큐왕국의 정치성이 개입된 현상으로 이해되며 니라이의 볍씨 생산지의 사고는 다른 자료, 예컨대 『류큐국구기』에서도 비슷하게 나타나고 있다.[43] 또한 아미미 대도에 구비로 전승되는 창세신화에서도 여럿 확인되는데[44] 그

---

41) 『琉球國由來記』(卷三), 앞의 책, p.82.
42) 『琉球國由來記』(卷一), 앞의 책, p.19.
43) 原田禹雄 譯注, 앞의 책, 2005, p.173.
44) 이를테면 아마미 오시마 다쓰고(龍鄕) 아키나(秋名)의 창세신화에서는 네리야라는 곳에서 볍씨를 가져오고(정진희(2013) 『오키나와 옛이야기』 보고사, p.25. 이하 동일함), 아마미의 도쿠노시마(德之島)의 창세신화에서는 바다에서 온 네리야의 여신

대부분은 바다에서 가져오는 것으로 되어있다. 즉 니라이 가나이는 볍씨의 생산지로서 풍요로운 곳이라는 생각, 그리고 그곳의 신이 류큐를 방문해 와 볍씨를 주거나 류큐 제국 시조들이 가져와 나라를 일으켰다는 생각들이 저류하고 있다.

　니라이 가나이의 또 다른 중요한 이미지로는 화신(火神)의 거주지로서 불의 발생지라는 것이다. 화신은 불을 관장하고 있어 집의 수호신으로 간주되고 여행에 나설 때나 출산, 관혼상제, 그 외 연중행사에 어느 신보다 먼저 보고하고 감사를 드리는 신이다.[45] 화신은 일반적으로 긴마몬이라고 호칭된 것이 문헌을 통해 알 수 있다. 정토종의 승려인 다이추 상인(袋中上人, 1552~1639)이 류큐 체재 중에 썼다는 『류큐신도기(琉球神道記)』(1605)에서는 시네리큐라는 남신과 아마미큐라는 여신이 천상에서 내려와 류큐 제도(諸島)를 만들고 사람을 살게 한 이후에 수호신들이 나타났는데 이때 불이 없어 긴마몬이라는 수호신이 용궁에서 불을 가져왔다고 했다. 그리고 이 신은 해저에 궁이 있고 음양의 2신인데 하늘에서 내려온 신은 기라이 가나이 긴마몬이고, 바다에서 올라온 신은 오보쓰 가구라 긴마몬이며 둘 모두 변재천이라고 했다.[46] 여기서 주의가 되는, 긴마몬을 변재천이라 한 것은 저자가 승려의 입장에서 쓴 것에 비롯된 것으로 보인다. 그뿐만 아니라 류큐 제도의 창시자가 천

이 그의 자식에게 벼와 보리의 파종과 수확시기를 가르쳐주고 있다(p. 28). 오키노에라부지마(沖永良部島)의 창세신화에서는 창세주인 시마코다 구니코다가 니라가시마에 있는 니라가신에게 벼 종자를 받아오고 있다(pp.31~32). 이상의 이야기에서 말해지는 네리야나 니라가시마는 니라이 가나이의 또 다른 표현이다.

45) 鳥越憲三郎, 『琉球宗教史の研究』, 角川書店, 1965, p.146.

46) 良定, 『琉球神道記』(卷第五), 明世堂書店, 1973, pp.76~77. 國立國會圖書館デジタルコレクション http://dl.ndl.go.jp/info:ndljp/pid/1040100 (검색일: 2019.10.02)

상에서 하강했다는 천상계 창조주의 사상은 류규왕국의 중앙집권화와
왕권강화 시대에 비롯된 질서로 보고 있는 것에[47] 유의할 필요가 있다.
한편 긴마몬은 창조주가 아니고 류큐의 수호신이라는 것, 해저 용궁에
거처하고 그곳에서 불을 가져왔다는 것에서 니라이 가나이는 해저로
인식되었음도 파악할 수 있다.

그런데 두 음양 중 천신과 해신의 긴마몬에 대한 기술은 다른 책의 내
용과는 거리가 있다. 왕명으로 편찬된 류큐국의 정사(正史)인 하네지
조슈(羽地朝秀, 1617~1676)의 『주잔세이칸(中山世鑑)』(1650)에서는
천신이 오보쓰 가구라 긴마몬이고 해신은 가나이 긴마몬이라 하였고,[48]
18세기 류큐의 유학자이자 역사가인 사이타쿠(蔡鐸, 1644~1724)가 편
찬한 류큐국의 정사(正史)인 『주잔세이후(中山世譜)』(1701)에서도 같
은 기록이 이어지고 있어,[49] 화신은 각별히 가나이 긴마몬으로 호칭되
고 있었음을 알 수 있다. 가나이 긴마몬은 봄3월, 여름6월, 가을9월, 겨
울12월 네 차례에 출현하여 국가 장수와 국왕을 축복한다고 『주잔세이
칸』에 기록되어 있다.

곡물과 불은 인간의 생명을 확보하는 데 필수적이므로 그러한 생명력
을 초래하는 니라이 가나이는 영력(靈力)이 충만한 곳이라고 류큐인은
생각했다. 예컨대 『오모로소시』에서는 사제자인 신녀(神女)가 니루야
가나야(니라이 가나이)의 주신을 찬양하며 '니루야세지', 곧 니루야의
영력을 국왕에게 주도록 기원하고 있다. 기원을 하면 화신이 니루야 가
나야에 가서 전달하고 그러면 아마니코 게사니코의 신이 감동하여 기

---

47) 外間守善, 앞의 책, 2016, p.157.
48) 諸見友中 譯注, 『譯注中山世鑑』, 榕樹書林, 2011, p.36.
49) 原田禹雄 譯注, 『蔡鐸本 中山世譜』(世譜卷之一 總論), 榕樹書林, 1998, p.35.

일을 정해 신전에 출현하게 된다. 그러면 국가와 국왕은 번영한다고 축
원한 것이다.[50] 이 신가에서는 니루야 가나야의 주신은 아마니코 게사
니코이고, 화신은 그 사신으로 신녀의 기도를 전달하는 신으로 되어있
다. 아마니코는 류큐의 창조주인 아마미코를 일컫는다.

궁극적으로 곡물의 풍요로운 기운, 불의 생산력, 그리고 류큐 선조신
(先祖神)의 영력이 충만한 성역이 니라이 가나이라는 생각이다. 그리고
이곳의 신들은 때를 잡아 류큐를 방문하여 생산과 풍요를 주고 국가와
국왕을 수호하고 번영시키며 류큐인을 지켜준다고 믿은 것이다.

그 밖에 니라이 가나이의 이미지로는 어린이에게 생명을 주는 근원지
로도 인식되었고,[51] 그에 반해 작물의 해충이나 재해를 초래하는 몹쓸
병(惡病)도 그곳에서 온다는 생각을 했는데,[52] 다음에서 각별히 주목하
고 싶은 것은 죽은 이의 영혼이 간다는 사후세계이다.

(2) 명암의 상반된 이미지

곡물 생산지인 풍요의 땅, 불의 발생지, 선조신의 거주지, 생명력의 근
원지 등으로 이미지화된 니라이 가나이는 류큐인들에게 무한한 혜택을
주는 영력이 충만한 밝은 관념지이다. 이와 상반되는 타계의 이미지에

---

50) 外間守善 校注,『おもろさうし(上)』(第一, 40), 岩波書店, 2015, pp.44~46.
51) 狩俣惠一,「南島說話と他界觀-八重山諸島における幼な子とニライカナイ-」,『日本
　　文學の傳統』, 三彌井書店, 1993, pp.153~154.
52) 仲松彌秀,『村と神』, 梟社, 1990, p.79; クライナーヨーゼフ,「南西諸島における神觀
　　念,他界觀の一考察」,『南西諸島における神觀念』, 未來社, 1977, p.15; 前城直子,「他
　　界の原像「ニライカナイ」との機能的構造的對比」,『國士舘短期大學紀要』, 10號, 國
　　士舘短期大學, 1985, pp.47~48.

관해서는 구다카지마(久高島)에서 장례식 때 부르는 장송곡에 주목해
보자. 구다카지마는 오키나와 본토 동해상에 위치하고 류큐의 창조신이
태초에 강림한 성역(聖域)으로 여겨지는 섬이다. 장송곡은 이 지역민
의 시조신인 파가나시를 받드는 사제자가 죽었을 때 부르는 것인데 류
큐의 사진작가로 명망이 높은 히가 야스오(比嘉康雄, 1938~2000)가 구
다카지마에 장기간 왕래하면서 목격한 것이다. 그는 이 장송곡에서 류
큐인의 생사관(生死觀)을 엿볼 수 있다고 했다. 구다카지마의 장송곡을
현대어역이 된 것만을 한국어로 옮겨 적으면 다음과 같다.[53]

      수명이 되었습니다
      티라반타에 왔습니다
      개펄에는
      파도가 인다
      파도치는 개펄은
      연기가 피어오른다
      니루야류추에 와서
      하나야류추에 와서
      금잔을 받자
      은잔을 받자

  히가 야스오에 따르면 1·2행은 '수명이 다 되어 장지(葬地)에 왔습

---

[53] 比嘉康雄, 『日本人の魂の原郷　沖縄久高島』, 集英社, 2000, pp.40~46.
　　「年が余りました / ティラバンタにきました / 干潟は / 波が立つ / 波の干潟は / 煙
　　が立つ / ニルヤリューチューにきて / ハナヤリューチューにきて / 金盃をいただ
　　こう / 銀盃をいただこう」(원문의 행 구분은 필자가 임의로 /로 나타냈다)

니다'라는 의미이다. 3~5행은 '사체가 부패해서 녹아 가는 모양을 찰랑 거리는 개펄 작은 파도에 비유하여 읊은 것'이다. 6행은 용해된 육체에서 빠져나온 혼이 연기가 되어 비상하는 것이고, 7행과 8행의 '니루야 하나야'는 '니라 하라'와 같은 의미로 '혼이 진좌하는 저 세상'을 말한다. '니라 하라'는 니라이 가나이와 같은 말이고, 류추는 용궁을 말한다.[54] 그리고 9 · 10행의 금잔과 은잔을 받는 것은, 니라 하라에는 이 세상 시원의 신인 '니라이 대주(大主)'와 '아가리대주(東がり大主)'가 있다고 여겨지고 있으니 혼이 저 세상에 도착하여 이 두 신으로부터 받는 것이라고 해석하고 있다.

또한 2행의 티라반타 가운데 '티라'는 태양, '반타'는 단애절벽(斷崖絶壁)으로, 즉 태양이 저무는 육지 끝이라는 이미지를 지닌다. 단애절벽은 육지와 떨어진 외해(外海) 즉 이계(異界), 곧 이 세상과의 경계로, 따라서 구다카지마의 풍장(風葬)풍습에서 옛날온 그곳에 사체를 두는 장지였다고 한다. 그리고 육체를 빠져나온 혼은 동쪽 태양이 떠오르는 곳으로 바로 가는 것이 아니라 태양이 저무는 궤도를 따라 '티다가아나'라는 일몰 구멍으로 들어가서 땅속을 돌아 동방 저세상에 간다고 구다카지마 섬사람들은 생각했고, 남은 뼈는 혼이 빠져나간 껍데기로 생각한 생사관(生死觀)을 지니고 있었다고 하였다.

히가 야스오가 지적한 구다카지마 섬사람들의 생사관은 일반적으로 사람이 죽으면 저세상으로 가서 일정한 시기를 지나면 신이 되어 돌아와 류큐인를 수호한다는 류큐인의 사령신(死靈神) 신앙과도 관련이 있는데, 아무튼 니라이 가나이는 죽은 이가 가는 곳이고 류큐 조상의 영이

---

54) 比嘉康雄, 앞의 책, 2000, p.111.

머무는 사후세계로 여겨졌음을 사제자의 장송곡을 통해 엿볼 수 있다.

이렇게 사후세계로서의 니라이 가나이의 관념은 조상들의 안락한 영면과 더불어 그 영적 영력이 미치는 류큐이기를 바라는 류큐인의 염원 표출의 하나일 것이다.

(3) 중층적 이미지 형성의 문제

니라이 가나이에 대한 관념은 많은 부분에 있어 도코요의 이미지에 상통한다. 곡물 생산지로서의 풍요로운 땅, 인간에게 생명력과 문화의 혜택을 주는 근원지, 죽은 이의 영이 머무는 곳, 그리고 선조의 영력이 깃든 성역 등의 내용이 상통하는 것이다. 그에 반해 양자의 사이에는 이질적인 면도 있는데, 불의 발생지나 재해를 초래하는 근원지 같은 니라이 가나이의 독특한 관념 등이 그러한 것이다. 특히 주목되는 것은 때를 정하여 도코요/니라이 가나이에서 방문해 온다는 '손님신'에 대한 생각이 동일하게 나타나면서도 도코요의 경우는 니라이 가나이에 비해 다소 약하고 어느 쪽인가 하면 일본 고대인들의 시선은 그들이 거주하는 바깥, 바다 건너편을 향해 선망하는 자세라면, 류큐인의 시선은 류큐 내부에 두고 외부에서 방문해오는,[55] 소위 크라이너 요제프(Kreiner Josef, 1940~현재까지)가 지적한 '내방신'[56]의 관념이 더 강하게 나타나는 차

---

55) 도코요와 니라이 가나이에 대한 관념 차이에 대한 필자의 견해와 같은 선행 논문이 있다면 그것을 밝히지 못한 것은 필자의 불찰이다.

56) クライナーヨーゼフ, 앞의 논문, pp.11~26. 크라이너는 류큐의 신관념을 류큐의 외부로부터 방문해오는 '내방신'과 류큐 토착신인 '체재신'으로 나누어 고찰한 바가 있다. 이를테면 니라이 가나이에서 방문해오는 손님신과 같은 것은 내방신이고, 우타키에 좌정한 신 같은 것은 체재신으로 보았다.

이가 있다. 그리고 도코요가 비교적 신선경과 같은 이미지가 짙어진 것에 비해 니라이 가나이는 류큐인에게 혜택을 주는 선조 내지 조상의 신이 머무는 이미지가 더 표출된다. 이러한 차이는 도코요가 신선사상의 영향에 따른 일본 고대인의 낭만적 이향이었다면 니라이 가나이는 주민들의 생활에 밀착된 축원적 신앙인 것에 그 요인을 찾을 수 있다.

니라이 가나이에 중첩된 여러 관념의 선후를 밝히는 것은 도코요처럼 어려운 작업이겠지만 그러나 인간의 힘으로는 어쩔 수 없는 거친 바다나 태풍과 같은 자연재해 등 열악한 섬의 환경으로부터 오는 두려움과 고통은 류큐인에게 생존의 문제를 심각하게 고민하게 하였을 것이다. 그래서 다른 무엇보다 빈곤에서 탈출하고자 하는 절실한 의식이 이상의 풍요세계를 탄생시켰을 것이다. 그러한 풍족함에 대한 류큐인의 절박한 의식은 많은 류큐의 창조신화와 짝이 되는 볍씨 도래의 신화로 치환되어 나타나고 있다고 볼 수 있다. 결국 니라이 가나이의 형싱에 있어서 바다 저 멀리 풍요한 니라이 가나이의 원상(原象)이 먼저 형성되고, 그런 후 이 형상에다 명암의 여러 관념이 결부됨으로써 중층적 이미지를 깊게 한 것은 아닌가 한다.

4. 여인국인 뇨고노시마

지금까지 고찰한 도코요와 니라이 가나이가 인간의 본질적인 문제인 생과 사의 고뇌에서 형상화된 이향이라면 이 장에서 다루는 여인국의 관념은 인간이 지닌 신비로움에 대한 호기심이나 남성의 성 해방 환상에 의해 탄생한 것으로 볼 수 있어, 그 성격이 많이 다르다. 그러나 여인들만이 산다는 뇨고노시마(女護嶋)는 일본인이 상상한 또 하나의 해상 이향으로, 이에 대한 고찰은 이여도의 또 하나의 형상인 '과부의 섬'을 이해하는 데 시사적이라 할 수 있다. 온전한 여인국이라고는 할 수 없어도 도코요에서도 여성과 환락을 즐기는 용궁의 형상이 있었는데 뇨고노시마는 그것과는 다르게 독자적으로 구축된 환락경이었다. 그리고 그곳은 환락경이면서도 한 번 가면 다시는 돌아올 수 없는 정토로서 해양 이향에 대한 일본인의 명암 이미지의 중층성이 잘 나타나고 있어 살펴볼 여지가 있다.

여인국의 관념은 상당히 역사가 깊다. 중국의 『산해경』(해외서 경)에 무함(巫咸)의 북쪽에 여자국(女子國)이 있다고 기록되어 있고,[57] 또 익히 알려져 있듯이 『삼국지』의 「위서(魏書)」 동이전(東夷傳) 동옥저,[58] 『후한서(後漢書)』 동이전 옥저에도 여국이 소개되어 있다.[59] 동옥저는 함경도의 동해안 지대에 있었던 나라이다.

이러한 기록들의 영향일 것으로 생각되는데, 여인국이라면 동방 해중과 관련되는 기록들이 눈에 띈다. 예컨대 『삼재도회(三才圖會)』(1607)에서는 동남(東南) 해상에 있다고 했다.[60] 『본초강목(本草綱目)』(1596)에서는 부상국(扶桑國)의 동쪽에 여국이 있어 함초를 생산하여 식용한다고 하였다(제32권, 鹽麩子 附錄).[61] 부상국에 대해서는 『산해경』(해외

---

57) 郭璞주 · 정재서 옮김, 『산해경』, 민음사, 1985, p.231. 또한 같은 책의 '대황서경'에도 '有女子之國'(p.301)의 기록이 있다.

58) 陳壽 저 · 김원중 옮김, 『(정사)三國志 4 魏書』, 신원문화사, 1994, p.318.

59) 范曄 저 · 李賢 주 · 진기환 역주, 『(原文 譯註) 後漢書 10』, 명문당, 2019, p.249.

60) 왕기, 『삼재도회(三才圖會)上』(人物, 一二卷, 女人國), 三才圖會集成, 제1권, 민속원, 2014, p.827.

61) 鈴木眞海 譯, 『頭註 國譯本草綱目 第08冊』, 春陽堂, 1929~1933, p.576.

동경)에 동방의 해중에 부상이라는 나무가 있는데 아홉 개의 태양이 아래가지에 있고 한 개의 태양은 윗가지에 있다며 태양의 운행과 관련된 기록을 남기고 있다.[62] 그러나 그곳이 어디인지는 여러 설이 있는 가운데 부상국은 일본국으로 받아들이는 경향이 생겨났다. 일본 동쪽에 여인국이 있다는 이야기들이 나돌았음을 추측할 수 있는 것이 일본을 다녀온 후 기록한 신숙주의 『해동제국기(海東諸國記)』(1471)의 「海東諸國總圖」와 「日本本國之圖」이다. 이 지도들에서는 미치노쿠(陸奧)의 동남해상에 여국을, 또 그 동남해상에 여귀(女鬼)들이 산다는 나찰국(羅刹國)의 그림이 그려져 있다. 뒤의 자료에서는 여국에 '路陸奧十三里', 나찰국에는 '有鬼食人'이라고 적혀 있다.[63] 미치노쿠는 현재 아오모리, 이와테, 미야기, 후쿠시마의 일대를 이르는 태평양에 면해 있는 해안지역이다.

1719년 통신사의 제술관으로 일본에 갔을 때 쓴 신유한의 『해유록(海遊錄)』에도 여인국에 관한 이야기가 있다. 신유한이 일인(日人) 우삼동(雨森東, 1668~1755. 雨森芳洲를 이름)과의 필담에서 동해 가운데 여인국이라는 곳이 있다고 하는데 아느냐고 물으니, 우삼동은 천백 년 이래 말만 전해오지 뱃길로 여러 나라와 왕래하여도 한 번도 그런 곳을 볼 수 없었다고 하고서, 일본의 동남쪽 바다에 팔장도(八丈島)라는 섬에 여자가 많고 남자는 열에 두셋밖에 되지 않으므로 속칭 '여자향(女子鄕)'이라 하는데 예부터 전해오는 여인국이란 여기서 나온 말인 것 같다고 했다는 것이다.[64] 비록 우삼동의 생각으로 기술되고 있으나 일본의

---

62) 정재서, 앞의 책, 1985, p.246.
63) 신숙주 저 · 이을호 역, 『海東諸國記 · 看羊錄』, 양우당, 1998, p.7.
64) 신유한 저 · 김찬순 옮김, 『해유록』, 도서출판 보리, 2006, p.286.

동남쪽 해상 가운데 위치하는 팔장도라는 섬이 여인도로 비정되고 있었음을 살필 수 있다. 팔장도는 후술할 '하치조지마'를 이르며 일본 본토의 동쪽에 위치하는 이즈반도(伊豆半島)에서 동남쪽으로 뻗어있는 이즈제도(伊豆諸島)의 하나이다.

이상에서 중국과 한국의 문헌에 나타난 사례를 통해 여인도 관념의 역사가 장구하고 동방 해상에 위치한다는 여인도는 점차 일본의 동남 해상으로 인식하게 되었고, 일본에서는 동남 해상에 있는 팔장도, 곧 하치조지마가 여인국으로 비정되고 있었던 것을 살펴볼 수 있었다.

그런데 이들 문헌에서 보여주는 여인도에 대한 관심은 그에 뒤지지 않게 일본의 본지에서도 실로 대단하였음을 국문학자인 요시에 히사야(吉江久彌)의 「뇨고노시마고찰(女護嶋考)」에 제시된 여인국 관련 사료들을 통해 짐작할 수 있다. 불경을 위시하여 일본의 옛 사전·지지·지도의 문헌들과 문학작품이 폭넓게 거론되고 있는데 이 작품들을 검토한 요시에의 논의에 따르면, 여인국의 일본적 표현인 뇨고노시마의 개념은 원래 한적(漢籍)의 기사가 없이는 생겨날 수 없고 중국 자체에도 그 실체가 있었던 것은 아니다. 여인국의 내용은 자유롭게 첨삭되고 변동될 수 있는 성질의 것이었다. 최초는 모권제 나라의 잔영이 강하게 남아 있었다고 생각되는데 이윽고 불교의 나찰국의 개념이 유입되게 되고 그러한 과정에서 그들의 이미지가 일본에도 전해졌고,[65] 일본에서는 '여자향'의 하치조지마 등에서 얻은 요소가 부가되어 상호작용이 일어

---

65) 일본에서 문헌상으로 나찰국은 12세기의 『곤자쿠모노가타리슈(今昔物語集)』 및 13세기의 『우지슈이모노가타리(宇治拾遺物語)』에 번역되었다. 번역에서는 『대당서역기(大唐西域記)』 등에 실린 석가여래본생담으로 이야기되지 않고 승가라라는 사람이 하사받은 나라를 승가라국이라고 한 국가건설유래담으로 되어있다.

나 어느 시기까지는 내용이 풍성해진 현상이 있었다. 그러다가 동여국 (東女國)을 일본에서 찾다가 하치조지마를 생각하는 사람들이 생겨났 고 하치조지마와 결부되자(뇨고노시마가 하치조지마와 결부되는 것은 『고에키조쿠세쓰벤(廣益俗說辨)』(1717)부터라고 했다), 뇨고노시마는 나찰국과 별개의 것으로 인식하는 경향이 생겨나게 되었다[66]고 하였다.

즉 일본의 뇨고노시마는 중국의 여인도와 불경의 나찰국의 영향으로 탄생하였고 후대가 되어 '여인향'이라는 실존한 하치조지마와 결부됨으 로써 점차 하치조시마로 인식하게 되고 여귀가 사는 나찰국과는 구별 되게 되었다는 것이다. 상상의 세계를 현실의 특정 지역으로 비정하고 자 한 일본인의 의식은 이여도를 이어도로 보고자 하는 의식과 공통하 지 않는가.

그러면 뇨고노시마는 구체적으로 어떠한 이미지로 관념되었는가. 지 도상에 여귀가 산다는 나찰국의 경우에는 '남성이 가면 두 번 다시 돌아 오지 않는다'는 글이 붙는 것이 통례로서 일반적으로 '여도(女嶋)'로 표

---

66) 吉江久彌, 「女護嶋考」, 『佛敎大學硏究紀要』, 55號, 佛敎大學學會, 1971, pp.21~22. 요시에의 가설을 구체적으로 제시하면 문헌상에서 뇨고노시마의 표현이 확인되는 것은 국어사전의 일종인 『분메이본세쓰요슈(文明本節用集)』(1474)이다. 이 문헌에 는 「外國島名-女護嶋」와 같이 기록된 것을 보면 그 당시는 외국의 것으로 생각을 하 였다. 그러나 뇨고노시마의 표현은 일본에서 형성된 것 같고 그 발생은 명확하지 않 지만 하치조지마에서는 장녀를 니요코(によこ仁與吾)라고 하였으니 이에 假借字 로 했을 것이라는 기존의 설을 일단 따르지만, 나찰국의 전설에서 따온 것이거나 여 자가 지키는(護る) 섬이라는 모권제 잔존의 의미로 붙여진 가능성도 있다. 뇨고노시 마가 나찰국과 결부되는 것은 『와칸산사이즈에(和漢三才圖會)』(1712)인 듯한데 이 문헌의 기사에서는 나찰국의 이미지가 추정될 뿐이고, 명확히 표기되는 것은 『조호 고류이다이세쓰요슈(增補合類大節用集)』(1717)이다. 또한 하치조지마는 『호조고 다이키(北條五代記)』(1491년경 집필, 1659년 성립)에서부터 여인국처럼 기록되지 만 이것이 뇨고노시마와 결부되는 것은 『고에키조쿠세쓰벤(廣益俗說辨)』(1717)까 지 내려와야 한다고 했다. (吉江久彌, 앞의 논문, pp.1~62)

기되고 '뇨고노시마'로는 표기되지 않았다고 요시에는 지적했다. 그런
데 문학에 나타난 나찰국도 남성이 가면 두 번 다시 돌아오지 못한다는
인식이 있었던 것 같고, 그와 마찬가지로 뇨고노시마도 여귀의 이미지
까지는 아니나 그곳에 간 남자는 다시는 돌아오지 않는다는 인식이 있
었던 것으로 보인다. 에도시대 남성의 자유분방한 호색생활을 작품화하
여 우키요조시라는 새로운 고전소설의 경지를 개척했다고 평가되는 이
하라 사이카쿠(井原西鶴)의 『호색일대남』(1682)을 통해 그것을 확인해
보자.

작자 이하라 사이카쿠는 당시 상업이 융성한 오사카의 부유한 조닌
(町人, 도시에 거주한 상공인들을 지칭함)출신으로 알려지고 따라서
『호색일대남』은 그들 상인의 생활풍속을 바탕으로 창작된 작품이라 할
수 있다. 서민들에게 상당히 수용되었던 것으로 보이는 만큼 뇨고노시
마의 인식에 대한 단적인 사례로 볼 수 있겠다. 내용은 당대 손꼽히는
기녀와 대부호의 남성 사이에서 태어난 요노스케라는 주인공이 7세 때
성에 눈을 뜨면서부터 60세에 이르기까지 갖은 호색 방탕한 생활을 누
리고는 끝내 그러한 일상도 싫증이 나서 마지막에는 호색환(好色丸)이
라는 배를 만들어 이즈국(伊豆國)에서 뇨고노시마로 출범을 하였는데
그 후 그의 자취는 더 이상 알 수 없게 되었다는 내용이다.[67] 호색한으로
묘사되는 요노스케가 여인들만이 산다는 뇨고노시마로 간다는 구성은
뇨고노시마에 대한 당시 남성들의 이상향으로서 정착해 있어 독자들과
함께 공유할 수 있음으로써 가능한 설정이다. 요노스케가 이즈국에서

---

67) 麻生磯次·富士昭雄 譯注, 『好色一代男』, 對譯西鶴全集1, 明治書院, 1983,
pp.1~290.

출항했다고 하여 그가 하치조지마를 향해 출발했다고 생각할 필요는 없다. 앞에서도 서술하였지만 뇨고노시마가 하치조지마와 연결된 것은 18세기 이후의 일이었기 때문이다.

이 이야기의 결말에서는 요노스케는 뇨고노시마로 출항한 후 행방을 알 수 없게 되었다고 했는데, 이는 결국 요노스케가 이 세상에 다시는 돌아오지 않았다는 것을 의미하고, 이로써 요노스케가 향한 뇨고노시마에 대한 당시의 이상이 마냥 향락적인 것만이 아니었음을 짐작할 수 있다. 이에 전술의 요시에 히사야도 뇨고노시마의 고찰에서 뇨고노시마를 향한 요노스케 출항의 의미를 거론하면서 뇨고노시마는 '남성에게는 최대의 환락경인 반면, 재차 살아서 돌아오지 못하는 죽음의 장소[68]'이었다고 지적하였다. 뇨고노시마가 하치조지마로 비정되면서 여인도의 색채는 짙어지지만, 일본인이 해양이향을 구상함에 있어 이상과 죽음의 현실이라는 명암의 양면으로 관념한 것은 이 뇨고뇨시마에서도 엿볼 수 있는 것이다. 이렇게 보면 죽음의 섬인 이여도에 '과부의 섬'의 이미지가 중첩된 것도 이해할 수 있는 것이다.

5. 제주인 이여도 관념과의 비교

도코요나 니라이 가나이, 그리고 뇨고노시마의 관념과 유사한 것이 제주인이 품은 이여도이다. 이여도의 섬은 이여도(離汝島), 이허도(離虛島), 이어도, 여도 등의 명칭으로도 불리고 전해오는 내용도 약간씩

---

68) 吉江久彌, 앞의 논문, p.54.

다르다. 우선 이여도는 중국 원(元)나라 때 공마를 바친 역사적 사실과 관련되고 있다. 즉 공마진상을 갔던 사람들이 많이 돌아오지 않으므로 항로 중간에 있는 이여도라는 섬에 표류하여 가 있다는 애달픈 사연이다. 이러한 역사적 슬픔이 있어서인지 제주민요에서 이여도는 중국의 남쪽 강남으로 가는 바닷길의 반쯤 거리에 있다고 하였고,[69] 이여도 가는 길은 저승길이며 이여문은 저승문이라고 하였다.[70] 또 이여도에 핀 연꽃이 좋아 구경하려니 돌아오지 못한다고 하였다.[71] 즉 이여도는 저승의 섬이고 연꽃이 만발한 정토로 관념하였다. 그뿐만 아니라 이여도는 여인들의 환대를 받는 '과부들의 섬'이라고 하였고,[72] 그런가 하면 전복과 미역이 많이 나는 곳이고[73] 바다의 수평선과 같이 평토(平土)섬으로 항상 운무로 싸여있고 사시사철 봄기운의 온화한 이상향이라고 하였다.[74]

곧 이여도는 풍요의 낙원 섬이자 선경이면서 환락의 섬이고 죽은 이가 머무는 저승, 정토이기도 하는 제 이미지를 지니고 있다. 이러한 다의의 이미지는 한꺼번에 형성되었다고 볼 수 없고 여러 차례에 걸쳐서 중층하게 되었을 것이다. 물론 어느 관념이 앞서고 나중에 유입되었는지는 제한된 자료로 용이하게 풀 수 있는 문제는 아니다. 그러나 제주인은 일찍부터 동해의 바다에 오곡이 나고 가축이 자라는 풍요의 나라

---

69) 김영돈, 『濟州道民謠硏究 上』(6번 자료), 일조각, 1965, p.5.
70) 김영돈, 앞의 책, 1번 자료, p.4.
71) 김영돈, 앞의 책, 7번 자료, p.6.
72) 진성기, 「이어도」, 앞의 책, pp.34~36.
73) 김영돈, 앞의 책, 924번 자료, p.242.
74) 강봉옥, 앞의 논문, p.40.

인 '벽랑국'을 상상하였다.[75] 또 영등할멈이 죽음이라는 희생의 결과로 섬의 안녕과 풍작을 가져다주는 신으로 거듭나서 좌정해 있는 '외눈박이 섬나라'도 구상하였다.[76] 바다 저 멀리 상상한 '녹일국'은 난병을 고치는 정명수가 있는 나라이었다.[77] 이렇게 빈곤이 없는 풍족한 나라, 질병의 두려움이 없는 장수의 섬을 꿈꾸었던 것이다. 제주 연구자인 현용준은 고대 한국 민족의 해양타계관를 연구하는 자리에서 이여도의 이전에 제주인에게는 죽음의 섬이라는 관념이 있었고, 그것에 한 번 가면 살아 돌아오기 어려운 공마진상의 역사적인 사실이 덧씌워지고, 나아가 선경에 대한 관상(觀想) 같은 것과도 결부되어 형성된 것이 이여도라고 지적한 바 있는데[78] 필자도 전적으로 동의한다. 다만, 현용준 지적의 타계관만이 아니라 이여도의 이전에 바다 저 멀리에 풍요하고 장수하는 이향들을 상상하였고, 그러한 상상이 이여도 관념 형성의 원상이 되었다고 본다. 그리고 그러한 밝은 이미지의 이여도가 뼈아픈 역사적 경험과 결부됨으로써 점차 죽음의 섬, 타계의 이미지가 강렬하게 인식되게 되었고, 또한 일부 선경이나 여인도의 관념도 가세하게 되었다고 볼 수 있다.

이와 같이 이여도가 지닌 이향의 양상은 일본 고대인의 도코요와 류큐인의 니라이 가나이와 여러 면에서 공통한다. 그 가장 큰 특징이 중층과 명암의 상반된 이미지이고, 그리고 중층적 이미지의 형성 양상이다. 이 유사성은 섬나라라는 동일한 환경 속에서 해양민족 각자의 사유가

---

75) 진성기, 「삼성혈(三姓穴)」, 앞의 책, pp.31~32.
76) 「영등할망」, 한국향토문화전자대전 디지털제주시문화대전, http://jeju.grandculture. net/?local=jeju (검색일: 2019.12.21)
77) 진성기, 앞의 책, p.190.
78) 현용준, 「고대 한국민족의 해양타계관」, 『巫俗神話와 文獻神話』, 집문당, 1992, p.467.

빚어낸 문화적 현상으로밖에 생각할 수 없다. 공통된 내용을 정리하면 다음과 같다.

첫째, 중층적 이미지에 있어서 도코요, 니라이 가나이, 이여도의 세 이향은 모두 풍요의 낙원, 선경, 타계라는 복합적인 모습이다. 이여도와 도코요에 있어서는 환락 섬의 형상이 공통하고 있다. 풍요의 구체적인 내용은, 이여도에서는 전복과 미역이 많이 나는 곳으로 해녀들이 처한 현실성이 반영되는 모습이다. 도코요는 곡령이 머무는 곳이고, 또한 기름진 땅과 풍족한 산물의 바다 및 산을 지닌 히타치국과 같은 형상이다. 니라이 가나이는 볍씨의 생산지다. 곡령으로 상징되는 스쿠나히코노미코토는 바다를 건너와서 국가건립과 백성의 안녕에 힘을 보탠 신이고, 니라이 가나이에서 볍씨를 가져오는 신은 류큐 제도의 시조이거나 국가경영을 돕는 신들이다. 이러한 손님신의 관념은 이여도에서는 나타나지 않음에도 풍요에 대한 회구 관념은 서로 공통한다. 풍요한 세 이향은 바다 저 멀리에 구상되어 있어서 섬사람들이 바다에 관념하던 또 다른 타계나 선경과 결부되는 것은 아주 자연스러운 과정이었다. 이로 인해 세 이향은 다음의 특징인 명암의 양상도 지니게 되었다.

둘째, 이여도의 타계 관념은 공마진상을 가서 돌아오지 않은 사람들이 머무는 곳, 흐드러지게 핀 연꽃을 구경하느라 오기를 잊는 정토로 나타난다. 도코요는 일본의 시조신인 진무천황 형제의 영이 머무는 곳이고, 또한 먼 타지 여행을 떠날 즈음 엄습해 오는 죽음의 공포세계로 이미지화되어 있다. 니라이 가나이는 죽은 선조의 영혼이 깃든 곳인가 하면 인간의 생명을 부여하는 근원지이자 인간생활에 재해를 초래하는 근원지이기도 하다.

이같이 세 이향이 구체적으로 표현되는 모습은 다양하지만, 관념의 유사점은 다음의 선경의 면모에서도 나타난다. 사시장춘(四時長春)에 운무로 싸인 평탄한 섬은 이여도이다. 도코요는 불로장생으로 상징되는 비시향과의 과실이 나는 곳이며, 불변의 애정을 성취하는 '蓬萊山', '仙都'의 모습이다. 니라이 가나이는 화신이 머물고 생명력이 충만한 곳이다.

그리고 영원한 사랑을 획득할 수 있는 환락섬의 형상 역시 선경의 이미지이다. 그런데 환락의 섬은 죽음이 가로막고 있다. 과부의 섬인 이여도는 환락과 죽음이 교차하는 곳이다. 바다에 상상된 뇨고노시마에서도 환락과 죽음이 뒤섞인 섬이다. 이렇듯 명암의 상반된 성격이 공통하게 나타나는 것을 보면 명암의 중층적 이미지는 해양문화가 낳은 일반적 사유체계로 봐도 크게 틀리지 않을 것이다.

셋째, 중층적 이미지의 형성에 있어서도 도코요, 니라이 가나이, 이여도의 세 이향이 지닌 가장 본질적인 성격은 풍요의 세계이다. 거친 풍랑과 자연재해, 척박한 토지의 혹독한 현실에서 충족되지 못하는 넉넉함에 대한 희구는 섬사람에 있어서는 무엇보다 절실하였을 것이다. 도코요에 있다는 곡령이나 니라이 가나이의 벼 생산지 같은 관념, 그리고 그곳의 신들이 섬을 방문하여 혜택을 준다는 생각은 그것을 단적으로 표출하고 있다. 전복과 미역이 많은 이여도도 또한 공통된 사고에서 비롯되었다. 이러한 본래의 관념이 하나의 형상으로 형성되자 거기에 망망한 대해로부터 오는 죽음의 공포심, 나아가 저승관, 정토관, 더 나아가서 선경관 등의 환상들이 점차 복합하게 되고 그러한 과정을 통해 세 지역의 각기 대표적인 해양 이향으로 자리를 잡게 된 공통점을 유추해낼 수 있다. 다만 이러한 동질적인 이미지 형성을 지니면서도 이여도에서는 신의 존재나 손님신의 내방 관념으로까지는 승화하지 않은 특징을 보이는데 그 주된 원인은 고통스러운 역사가 덧씌워짐으로 인해 슬픔의 섬으로서 짙게 인상 지어 왔기 때문이다.

이상과 같이 일본인의 해양 이향 관념과 비교해 본 결과 이여도는 해상에 구축된 환상의 섬으로서, 제주인이 관념한 해양 이향으로서의 위상은 흔들리지 않을 것이다.

제2부
소설문학

제6장
『화사』와 『다마스다레』 수록
<네 꽃의 쟁론>

1. 머리말

지금까지 한국과 일본의 문학 비교연구는 여러 장르에 걸쳐 다양하게 이루어졌으나 결코 활발하였다고 할 수 없고 연구된 분야도 근현대 문학이나 신화, 설화를 비중 있게 다루는 경향이 많았다. 고전문학의 분야가 부진한 데는 고전 원문에 대한 이해의 어려움이 큰 원인으로 작용했을 것이다. 비교대상국의 고전 해독을 위시해 비교할 시대의 사회 문화사 및 문학사적 배경의 이해 등 다른 일반연구보다 시간과 노력을 많이 들어야 실질적인 연구 효과를 올릴 수 있는 분야인 것이다. 용기와 끈기가 있는 연구자만이 성과를 제대로 거둘 수 있고 그만큼의 보람도 느낄 수 있다. 비교문학을 더욱 풍성하고 흥미롭게 하기 위해서는 고전 전문의 연구가들의 적극적인 참여가 무엇보다 요구되는 실정이다. 이 글은 이러한 문제의식을 가지고 조선시대와 에도시대(江戸時代, 1603~1867)에 출간된 문학작품을 다루어보고자 하는 것이다.

조선과 에도는 사회문화적으로 서로 닮은 점이 많다. 관학으로서 유학(주자학)을 채택하였으며, 상업과 출판업이 발달하였고, 문학의 독자층이 서민에까지 파급되었다. 12차례에 걸친 조선통신사의 왕래로 문화교류도 빈번하였다. 그리고 양 시대의 당대 지식인들은 독서 및 문학의 창작을 즐겨 중국 서적의 번역이나 번안이 활발하게 이루어진 시기이기도 하였다. 이러한 시대적 상황을 고려한다면 양 시대 문학 사이에는 서로 영향 관계가 예상된다. 영향 관계가 아니더라도 작품 상호 간의 유사점을 발견할 수 있을 것이며, 유사점이 도출된다면 양측의 차이점도 아울러 드러나게 될 것이다. 이렇게 연구가 차곡차곡 진행되면 나아가 동아시아 문학의 보편성과 지역적 특수성을 밝히는 데 더욱 다가설 것이다.

조선시대와 에도시대의 문학에 관한 선행연구를 살펴보면, 우선 소설 분야에서는 김시습(金時習, 1435~1493)의 『금오신화(金鰲新話)』와 아사이 료이(淺井了意, 1612~1691)의 『오토기보코(伽婢子)』(1666)의 고찰[1], 『금오신화』와 우에다 아키나리(上田秋成, 1734~1809)의 『우게쓰 모노가타리(雨月物語)』(1776)의 고찰 등을 들 수 있다.[2] 이들 전기문학(傳奇文學)의 연구는 그 영향 관계에 관한 검토가 주를 이루었다. 이

---

1) 한영환, 『한·중·일 소설의 비교 연구』, 정음사, 1985.
　　이상복, 「『伽婢子』研究-『金鰲新話』와의 關聯性을 中心으로-」, 경남대학교 석사학위논문, 1993.
　　김대식, 「전등신화 금오신화 가비자의 비교연구」, 『학술논총』, 제3집, 한국교육재단, 1995, pp.29~39.
2) 신두헌, 「傳奇小說 『剪燈新話』·『金鰲新話』と 『雨月物語』」, 『祥明女大論文集』, 제21집, 상명여자대학교, 1988, pp.153~186.　김인규, 「金鰲神話와 雨月物語의 比較研究-『李生窺墻傳』과 「淺芽が宿」(잡초의 무덤)을 중심으로-」, 『김봉택교수정년기념 日本學論叢』, 博而精, 1999, pp.273~289.

외에 고소설의 비교로서는 박지원(朴趾源)과 히라가 겐나이(平賀源內, 1728~1779)의 작품 분석을 중심으로 한 18세기 풍자문학의 대비와, 한·일에 수용된 『수호전(水滸傳)』에 관한 고찰이 있었다[3]. 다음은 시가 분야에서는 고산 윤선도(尹善道, 1587~1671)와 하이진(俳人)인 마쓰오 바쇼(松尾芭蕉, 1661~1738)[4], 김삿갓과 마쓰오 바쇼의 시세계를 비교한 연구가 있었다[5]. 그리고 조선통신사와 에도 문학과의 교류에 관한 연구가 진행되었다[6]. 이상에서 보면 비교의 대상은 익히 알려진 작품이나 작가로 한정된 경향이어서 외연을 확장하여 연구될 필요가 절실하다.

『화사(花史)』는 조선 선조(宣祖, 재위 1567~1608) 때의 임제(林悌)의 저작으로 가전체 소설(假傳體 小說)로 분류되는 작품이다. 이것과 비교할 『다마스다레(多滿寸太禮)』는 1704년에 간행되었다. 이 작품이

---

3) 金一根, 「(公開講義)十八世紀風刺文學の韓日對比考察-朴趾源と平賀源內を中心に-」, 『國際日本文學研究集會會錄』 7, 國際日本文學研究集會議錄, 1984.
　康尙淑, 「韓日間『水滸伝』の受容をめぐって-上田秋成の「噲」と許筠の「洪吉童伝」を中心として-」, 건국대학교 박사학위논문, 1983.
　김영철, 「「紫女」의 방법考-「만포사저포기」와의 관련 가능성-」, 『韓國學論集』, 제20집, 한양대학교 한국학연구소, 1992, pp.199~226.
4) 유옥희, 「孤山尹仙道와 松尾芭蕉의 自然觀의 比較研究」, 『經營經濟』, 제29집, 계명대학교 산업경영연구소, 1996, pp.119~139.
5) 張庚鶴, 「放浪詩人金笠と俳人芭蕉」, 『日本學』, 제13집, 동국대학교 일본학연구소, 1994, pp.39~67.
　김인숙, 「韓日文學의 比較研究-金笠과 松尾芭蕉의 詩世界를 中心으로-」, 『三陟産業大論文集』, 제25집, 삼척산업대학, 1992, pp.155~171.
6) 김태준, 「日東紀遊와 西遊見聞-서두름과 지리함의 비교 문화론」, 『比較文學』, 제16집, 한국비교문학회, 1991, pp.70~100.
　朴昌基, 「朝鮮時代 通信使와 일본 荻生徂徠門의 문학 교류-1711년 使行時의 交流를 중심으로-」, 『日本學報』, 제27집, 한국일본학회, 1991, pp.305~328.
　朴贊基, 『조선통신사와 일본근세문학』, 보고사, 2001 등.

출판된 당시 일본문학계에서는 현실주의적 풍속소설인 우키요조시(浮世草子)[7]가 크게 유행하였다. 풍속소설의 성황에는 미치지 못하나 동시기에 초현실적인 세계를 다룬 '괴이소설(怪異小說)'도 속속히 간행되었는데, 『다마스다레』는 그러한 문학사적 배경에서 태어난 작품이다. 27편의 단편이 수록되어 있고, 그 태반은 『전등신화(剪燈新話)』・『전등여화(剪燈餘話)』 등 중국의 전기문학(傳奇文學)과 일본의 고전에 수록된 기이담을 제재로 번안된 것이다. 작자는 쓰지도 히후시(辻堂非風子)이다. 이 작품은 일본에서 그리 알려진 작품은 아니다. 문학 관련의 사전에서 간략하게 소개된 적이 있고, 단독연구로는 수록 이야기들의 출전을 밝히고 작자의 창작 의도를 고찰한 기고시 오사무(木越治)와 박연숙(朴蓮淑)의 논문 두어 편 정도이다[8]. 이외에 에도시대의 괴이소설을 논한 전반적인 논문에서 간혹 언급될 정도였다. 이같이 일본문학사의 전면에 나서지 못하였으나 당대 문인들의 번안 기법이나 집필의식, 당시의 문학사적 흐름(특히 괴이소설의 흐름) 등을 파악할 수 있는 이점이 있어 관심을 가지고 세심하게 살필 필요가 있는 작품이다.

　이 글에서는 27편 중 〈네 꽃의 쟁론(四花の爭論)〉을 비교의 대상으로 다룰 것이다. 기존 자료의 번안으로는 보이지 않아 창작의 독자성이 돋보이는 한 편이다. 『화사』와는 생산된 지역이 다르고 내용도 서로 다르

---

7) 井原西鶴의 처녀작인 『好色一代男』(1682)을 선두로 하여 이후 약 100년간에 조닌(町人)의 호색생활이나 경제생활 등을 그린 현실주의적 풍속소설들을 다량으로 간행되었는데 이 소설들을 총칭하여 우키요조시라고 한다.

8) 木越治, 「『玉すだれ』をめぐって」, 『日本文學』, 31—7號, 日本文學協會, 1982, pp.1~10.
　朴蓮淑, 「『多滿寸太禮』と『新語園』」, 『日本文學』, 48—12號, 日本文學協會, 1999, pp.19~28.

다. 즉 〈네 꽃의 쟁론〉은 제목이 말해주듯 네 가지 꽃이 서로 각자의 우열을 언쟁하는 이야기이고, 『화사』는 꽃 나라의 역사를 그렸다. 현재의 시점으로는 서로 간에 아무런 영향 관계도 추정되지 않는다. 그런데 두 작품은 모두 화초를 소재로 삼고 있다. 화초를 문학의 소재로 삼은 것은 두 나라의 고전문학에서 희귀한 일도 아니어서 특별히 비교할 만한 대상이 되지 못한다. 그러나 양 작품 간의 유사성은 소재에 그치지 않고 소재를 이용하는 수법이나 이야기의 구성법, 그리고 수사(修辭)적인 문장에까지 미치고 있어 가볍게 보아 넘길 수 없다. 이 문학적 특징들을 비교하면 조선과 에도의 소설에 드러나는 공통점과 상이점의 한 양상을 밝힐 수 있을 것이다.

2. 내용의 개요

『화사』는 잘 알려진 작품이라 〈네 꽃의 쟁론〉의 개요만을 소개하기로 한다.

옛날 이즈모(出雲)의 지역에 세속을 떠나 수행에 힘쓰는 승려 렌조(連藏)가 있었다. 그는 꽃을 좋아하여 암자의 사방에 사계절의 화초를 심어 애완하였다. 언제부터인가 네 사람이 서로 날을 바꾸어가며 공물과 땔감을 가지고 나타나서 승려를 보살피며 경문을 경청했다. 그중 한 사람은 백발의 노인으로 늘 푸른 옷을 입고 있었다. 또 한 사람은 아름다운 용모의 동자로 머리카락이 흐트러져 있었다. 또 한 사람은 한창때의 여성으로 우아하며 머리를 땋아 올리고 늘 자주색 옷을 입고 있었다. 나머지 한 사람은 홍색 옷을 입고 있는 어린 법사였다. 어느 날 네 사람은 한꺼번에 출현해서 경문을 듣다가 여성이 먼저 앞으로 나서며 말했다. "나는 百花의 長으로서 사람의 마음을 위로하는데 무례하게도 아랫자리에 앉혀 있다. 구양수(歐陽脩)도 모란을 꽃의 왕이라 하였고, 후지와라노 이에타카(藤原家隆, 1158~1237)도 그의 와카(和歌)에서 나를 읊었다. 중국과 일본의 유명한 시인·가인이 나의 이름을 중히 여기니 범속한 화초가 미칠 바가 아니다."라고 했다. 이어서 어린 법사가 말을 이었다. "연꽃은 꽃의 군자(君子)로서 주무숙(周茂叔)이 즐겼다. 여러 부처와 보살도 연꽃 위에 앉고, 최고의 경전에도 묘법연화(妙法蓮花)를 표제로 삼는다. 두보(杜甫), 이백(李白), 한퇴지(韓退之)의 한시나 와카에도 읊조려져 모든 시인·가인이 사랑한다. 나야말로 사람들에게 뒤떨어지지 않는다."라고 했다. 그러자 동자가 말했다. "굴원(屈原)은 추국(秋菊)의 영락(落英)을 먹고, 도연명(陶淵明)은 동리(東籬)에서 국화를 사랑했다. 형주(荊州)에 있는 국담수(菊潭水)로 30여 채의 집이 장수를 누리고, 자동(慈童)은 팔백세(八百歲)의 나이를 먹었다. 왕형(王荊)과 후지와라노 사다이에(藤原定家, 1162~1241) 등이 읊었고, 옛날 사람들이 나를 가지고 만든 한시와 와카는 다 헤아릴 수 없다. 이러한 성화(聖花)를 아랫자리에 앉히는 것이 무섭지 않은가."라고 했다. 마지막으로 노인이 말했다. "나는 추운 겨울이 싫어 봄을 좇아 핀다. 그래서 매화를 형(兄)이라 하고 산다(山茶)를 동생(弟)이라 한다. 청향유미(清香幽美)하여 능파(凌波)의 선인(仙人)이라고 들었다. 귀문(貴文)의 한시나 와카로 읊조려 성현의 위안물이 되었다. 대개 초목은 성할 때 사람의 마음을 위로하는 것이라 귀천고하(貴賤高下)가 있을 리 없다. 여러분은 임시의 생을 받아 낙엽 되는 것을 슬퍼하여 집착을 남기고 있다. 부처가 말씀하신 초목국토실개성불(草木國土悉皆成佛)의 금언을 믿고 존귀한 렌조(連藏) 스님을 만나 극락왕생의 길로 삼으라."라고 하고 사람들을 위로하였다. 이윽고 네 사람은 사라졌다. 이들 이야기를 듣고 있던 렌조는 자신이 꽃에 집착해서 꽃 요정이 나타났다는 생각이 들어 집착을 버렸다. 그러자 그 후 네 사람은 나타나지 않았다. 렌조는 수행에 전념하자 두 동자가 와서 보살펴 주었다. 묘케(妙慶)라는 고승이 산길을 헤매다가 렌조를 만났다. 렌조의 나이는 100여 세라고 하며 범상한 모습으로 보였다. 묘케가 세상에 전하겠다며 렌조가 입은 나뭇잎의 옷을 달라고 하자 동자들이 렌조를 비호했다. 묘케는 뺏다가 찢어진 옷 한쪽만을 가지고 돌아왔다. 다음 해 봄에 다시 렌조의 암자를 방문하니 그의 모습은 보이지 않고 창가에 한시가 씌어 있었다. 그것을 유품으로 가지고 와서 세상에 전했다고 한다.

3. 작자와 성립

『화사』의 작자에 대해서는 지금까지 여러 견해가 제기되었다. 그 필사본에 임제(林悌) 저라고 쓰인 것, 『화사』의 총론 부분에 남성중(南聖重) 자신이 작자임을 밝힌 것, 노경(盧兢)의 작품이라 하는 것 등의 이본이 있어 의견이 분분했다. 그간의 연구를 간략하게 짚어보면 일찍이 임제를 저자로 하는 필사본(고려대학교 도서관 소장본 등)이 일반적으로 유포해 있어서 작자를 임제로 여겨왔다. 그 후 남성중 자신이 작자임을 밝힌 필사본(현재 서울대학교 규장각 소장)이 발견되어 서지 등 여러 방면에서 고증이 이루어져[9] 남성중의 작자설이 유력시되었다. 이 설은 공주의 노경의 필사본(이가원 소장본)이 발견되어 새로운 설이 제창되어도[10] 여전히 건재했다. 그런데 근래에 들어 『화사』에 보이는 정치비판의 의식이 임제 그것에 부합하다는 등에 역점이 주어지고 임제의 작자설이 재차 거론되면서[11] 거의 정설로 인정받고 있는 듯하다. 물론 작자를 확정 짓기 어려워 미상이라는 견해를 가진 입장도 있다.[12]

임제에 관한 연구는 많이 이루어져 여기서는 비교에 필요한 사항만 선행연구[13]에 힘입어 간단히 서술해 둔다. 임제는 명종 4(1549)년에서 선조 20(1587)년까지 생존했던 전라도 나주 출신이다. 조부가 절도사, 아버지가 오도절도사와 평안 병사의 직을 역임하였고, 숙부가 승문원 정자, 장제(長弟)가 성균관 진사에 종사한 문무관 출신의 가계를 가진다. 임제도 29세 때 승문원정자(正字)에서 39세 때 예조정랑 겸 사국지제교(史局知製敎)에 이르기까지 여러 관직을 거쳤다. 3세 때 아버지를 잃고 숙부의 도움으로 성장했다. 그래서 임제의 성격 형성에는 숙부의 영향이 크다고 한다. 학문에 뜻을 둔 것은 20세부터이고 그전까지는 주색에 탐닉해 있었다고 한다. 학문은 대곡(大谷)선생 성운(成運)에게 배웠다. 특히 중용에 심취해 형성된 인생관은 당시의 동서 정쟁의 혼란한

9) 金光淳, 「「花史」의 作者 再攷」, 『국문학』, 14호, 한국어문학회, 1966, pp.207~222.

10) 李家源, 「「花史」의 作者에 對한 小攷」, 『成均』, 통권11호, 집문당, 1960, pp.27~29.

11) 鄭學城, 「花史」, 『韓國古典小說作品論』(金鎭世篇), 집문당, 1990, pp.31~45.
    윤주필, 「林悌·權韠의 방외인문학 사조와 초기 소설사의 행방」, 『古小說史의 諸問題』, 省吾蘇在英敎授還曆記念論叢刊行委員會編, 집문당, 1993, pp.554~558 등.

12) 曺喜雄, 『고전소설 연구자료 총서 Ⅰ 古典小說異本目錄』, 집문당, 1999, pp.536~537.

13) 蘇在英, 「白湖林悌論」, 『민족문화연구』, 8호, 고려대학교 민족문화연구소, 1974, pp.81~108. 林熒澤, 「白湖 林悌의 年譜」, 『韓國漢文學과 儒敎文化』, 아세아문화사, 1991, pp.229~241 등.

시기에 어느 당에도 속하지 않은 그의 초연한 자세에 잘 나타나 있다. 그런 탓에 관직을 얻지 못하고 당쟁 격화에 환멸을 품어 자주 산수를 찾아 방랑했다고 한다. 쾌활하고 호방한 성격을 지녀 당시 유명한 기녀들과의 일화도 남기고 있다. 39세에 임종할 때까지 1000여 수의 시와 가전문학인 『수성지(愁城誌)』 등을 남기고 있다. 『화사』는 당쟁이 격화된 선조 11(1578)년경부터 집필된 것으로 지적되고 있다. 물론 집필의 하한선은 임제가 타개한 선조 20(1587)년이 된다.

한편 『다마스다레』의 작자인 쓰지도 히후시에 대해서는 알려진 바가 거의 없다. 교도(擧堂)라는 문인이 쓴 것으로 보이는 그 서문에 의해 노슈(濃州) 곧 기후현(岐阜縣) 오가키(大垣) 출신인 사실만 알 따름이다. 교도(擧堂)에게는 하이카이(俳諧) 작법서인 『마키바시라(眞木柱)』(1697)와 우키요조시인 『신부샤모노가타리(新武者物語)』(1709)의 작품이 있다. 『다마스다레』에는 〈네 꽃의 쟁론〉처럼 몇 명이 모여 담론을 벌이는 이야기가 두어 편 더 있어 작자의 취향을 가늠할 수 있겠다. 간행은 『화사』보다 약 130년 뒤인 1704년 정월이다.

4. 소재의 의인화

『화사』와 〈네 꽃의 쟁론〉에 공통되는 점의 하나는 화초를 소재로 삼고 있다는 것인데, 그저 화초 그 자체를 작품에 등장시킨 것이 아니라 의인화하여 이야기를 진행하는 점이 닮았다. 그럼 구체적으로 어떤 화초를 의인화하였는가. 『화사』부터 살펴보면 이것에는 80여 명의 이름이 나오므로 주된 등장인물만을 들면 다음과 같다.

	도(陶)	동도(東陶)	하(夏)	당(唐)
왕	열왕(매화)	영왕(매화)	문왕(모란화)	명왕(연화)
왕비	계씨(계수)	매씨(매화) 양귀인(버들)	위자(모란화)	
승상	오균(흑죽)	이옥형(오얏꽃)	김대위(작약)	두약(藪茗荷)
신하	진봉(소나무) 백직(잣나무)	양서(버들꽃) 석우(역풍)	형초(풀)	강리(물풀) 황화(국화)

『화사』는 도(陶), 하(夏), 당(唐)의 세 나라의 열왕, 영왕, 문왕, 명왕이라는 네 왕조의 역사이야기이다. 네 군주 가운데 열왕과 영왕은 매화꽃을, 문왕은 모란꽃을, 그리고 명왕은 연꽃을 각각 의인화하였다. 또 각국의 왕비나 신하는 봄, 여름, 가을에 피고 지는 화초나 초목들을 의인화하였다. 이렇게 보면 춘하추의 세 계절에 피고 지는 꽃 중에서 그 계절을 가장 잘 상징하는 매화, 모란, 연꽃을 도, 하, 당의 군주로 삼고, 그 외의 화초를 신하로 의인화한 것임을 알 수 있다.

〈네 꽃의 쟁론〉은 도입과 결말 부분에 렌조(連藏)와 묘케(妙慶)의 두 승려가 등장하나 이들은 조역에 불과하다. 주역은 논쟁을 벌이는 여성과 어린 법사와 동자와 노인이다. 이들은 각각 모란꽃, 연꽃, 국화꽃, 수선화를 의인화한 것이다. 『하이쿠세시기(俳句歲時記)』(角川文庫)[14]에 의하면 모란꽃과 연꽃은 여름을, 국화꽃은 가을을, 수선화는 겨울을 대표하는 기고(季語)[15]이다. 따라서 여름가을겨울에 피고 지는 화초 가운

---

14) 일본의 전통시가인 하이쿠(俳句)에 들어있는 기고(季語)나 기다이(季題)(주 15를 참조)를 모아둔 책.

15) 하이쿠(俳句)를 읊을 때는 계절을 상징하는 단어를 하나 넣는 것이 바람직하게 여겨졌는데, 이 계절의 상징어를 기고라 한다. 기고는 명치(明治) 말 이후는 기다이(季題)라고 했다.

데 그 계절을 가장 잘 상징하는 네 가지 꽃을 의인화하여 등장인물로 삼았다.

이처럼 두 작품은 창작의 소재로서 사계절을 잘 상징하는 화초를 골랐고, 그것을 의인화하여 표현수단으로 사용한 창작기법이 서로 공통하다.

5. 계절 이행과 관련된 구성법

『화사』와 〈네 꽃의 쟁론〉은 내용에 있어 서로 이질적인 성격이므로 이야기를 구성하는 형식이 다르다. 전자는 역사기술적인 구성이며, 후자는 사건중심적인 구성이다. 언뜻 봐서 아무런 관련이 없을 듯한 두 작품의 구성에 유사한 창작수법을 발견할 수 있다.

『화사』는 도, 동도, 하, 당의 4왕조를 각 1장으로 해서 4장으로 나눌 수 있다. 각 장은 다음과 같은 사실이 연월 순서에 따라 기술되었다.

> 1장 도나라 열왕의 선조·출생·즉위-사적-왕의 죽음
> 2장 동도　영왕의 즉위-사적-왕의 죽음과 도나라 멸망
> 3장 하나라 문왕의 선조·출생·즉위-사적-왕의 죽음과 하나라 멸망
> 4장 당나라 명왕의 선조·출생·즉위-사적-왕의 죽음과 당나라 멸망

왕의 사적 부분에서는 한 사건이 끝나면 그 바로 다음에 「사신왈」이라 하며 사건에 대한 작자의 주관적인 평이 붙어있다. 또 한 나라의 이야기가 끝나면 「사신왈」로 왕의 치세와 망국에 대한 평이 붙어있다.

이처럼 각 장은 나누어서 생각하면 4왕조 각각의 독립된 이야기가 된다. 그러면서 각 장은 유기적으로 하나의 이야기로서 연결되어 있다. 도나라의 열왕이 사망하면 다음 왕조인 동도 영왕의 즉위가 제시되고, 영왕이 죽고 도나라가 멸망하면 또 다음 왕조인 하나라 문왕의 즉위가, 하나라가 멸망하면 당나라 명왕의 즉위가 제시되고 있다. 그리고 당나라에서 이야기를 끝내기 위해 명왕이 사망할 때 왕위를 동리처사(東籬處士)인 황화(黃華)에게 물려주려고 하나 황화가 이를 거절함으로써 결국 당나라는 망하고, 4왕조의 이야기도 끝이 난다. 이야기의 마지막에는 『화사』의 총론으로서 사신의 평이 붙어있는데 화초에 비견해 품성이 뒤떨어지는 인간을 풍자하고 있다. 이렇게 해서 『화사』는 마무리되어 있다. 이상의 구성 체제는 지적되어 오듯이 제왕본기를 모방하고 있다.

그런데 위의 4왕조의 구성은 또한 계절의 이동과 그 이동에 따른 화초의 영고(榮枯)와 관련이 있다. 즉 도, 하, 당 세 나라는 매화, 모란, 연꽃이 피고 지는 춘하추의 세 계절에 비유해서 설정되었다. 그뿐만 아니라 열왕 및 영왕에서 문왕으로, 또 명왕으로, 그리고 명왕이 황화에게 왕위를 물려주려고 한 왕조의 교체는 봄에서 여름으로, 또 가을로 계절이 이동하는 것에 따라 매화, 모란꽃, 연꽃, 국화의 네 꽃이 순서로 피고 지는 자연현상에 비유되었다. 더욱이 각기 네 군주의 생애에 대한 기술을 보면, 즉위에서 사적으로, 사적에서 사망으로 진행하는 순서는 매화와 모란과 연꽃이 각각 꽃을 피우고 성황의 시기를 맞이해서는 이윽고 지는 꽃 생애의 이동에 비유되었다. 이처럼 계절에 따른 화초의 영고를 이용한 고도의 기교에 의해 『화사』는 구성되어 있다.

한편 〈네 꽃의 쟁론〉은 『화사』의 일국(一國)에 해당할 정도의 짧은 이야기이지만 완전한 고소설의 체재를 갖췄다. 작품의 내용은 도입부, 전개부, 결말부의 세 단락으로 나눌 수 있다. 도입부는 화초를 좋아해서 암자의 사방에 사철의 꽃을 심어 완상하는 승려 렌조가 있는 곳으로 일반 사람과 다른 모습을 한 네 사람이 나타나는 장면까지이다. 전개부는 네 꽃의 의인이 자신의 품위가 우수함을 주장하고 마지막에는 노인(수선화)이 언쟁을 정리하고 각각 흩어져 사라지는 부분이다. 결말부는 재차 렌조의 이야기로 시선을 돌려서 렌조가 꽃에 대한 애착을 버리고 수행에 정진하여 신선이 되고, 렌조를 만난 승려 묘케가 그의 일화를 세상에 전한다는 부분이다. 이상의 3단 구성을 보면, 도입부와 결말부는 등장인물도 인간이고 현실성을 띠며 서로 연결되어 있다. 그 반면에 전개부는 초현실적 세계를 그린 이질적인 성격을 띠고 있다. 따라서 도입부와 결말부의 사이에 전개부가 삽입된 것처럼 보이나 어디까지나 이 이야기의 중심은 꽃들이 언쟁하는 전개부이다. 꽃들의 언쟁을 주축으로 해서 도입부과 결말부가 구성되었다고 봐야 할 것이다.

이 글에서 주목하는 부분도 바로 이 전개부이다. 되풀이하지만 전개부의 내용은 모란꽃, 연꽃, 국화꽃, 수선화의 의인인 여성, 어린 법사, 동자, 노인의 네 사람이 순서대로 자기에 대해 읊은 기존의 시문이나 와카를 들면서 품위의 우월을 주장하고, 노인이 최후에 그 언쟁에 대해 결론과 같은 정리를 하고 각자 사라지는 것으로 되어있다. 언뜻 봐서 아무렇게나 나열되어 있는 것처럼 보이는 네 사람(네 꽃)의 배열은 실은 여름에서 가을, 겨울로 이어지는 계절의 이행을 따르고 있다. 일반적으로 계절에 따른 배열을 한다면 『화사』처럼 봄의 상징이라 할 수 있는 매화꽃부터 먼저 끄집어내는 것이 순서인데 여기서는 여름의 상징 꽃인 모란부터 열거하고 있다. 이렇게 배치한 데는 이유가 있다. 모란은 구양수(歐陽修) 이래 꽃의 왕이라 인식되어 온 화초이다. 꽃 중에서도 가장 뛰어난 네 가지 꽃이 모여 왕좌를 두고 자기의 우수함을 주장하는 논쟁에서 그 시작을 자르는 역할로는 화왕인 모란이 가장 잘 어울리기 때문이다.

그런데 모란을 먼저 낸 이상, 다음에 매화를 낸다면 계절의 순서가 맞지 않아 구성상 정리가 되지 않는다. 그래서 모란 다음은 연꽃, 국화, 수선화라는 식으로 여름, 가을, 겨울의 세 계절을 좇아 피고 지는 꽃의 순서로 나열한 것이다. 그리고 수선화의 뒤에 매화를 내어도 좋으나 그래서는 계절의 시작을 알리는 봄이 최후의 순번이 되어 계절의 순서에 균형이 맞지 않는다. 게다가 언쟁을 정리하는 역할로서 봄의 매화는 무리가 있다. 언쟁의 정리자로서 수선화는 잘 어울린다. 사계절을 사람의 인생에 비유하면 겨울은 노인에 해당된다. 그래서 논쟁을 마무리하는 역할로서 인생의 경험이 풍부한 노인을 수선화의 의인으로 하여 언쟁 최후의 순번에 둔 것이다. 이처럼 네 꽃의 배열은 작자가 잘 궁리를 해서 이루어진 것이다.

『화사』는 제왕본기 형식을 빌리면서 춘하추의 계절에 빗대어 도, 하, 당의 세 나라를 설정하고, 동시에 봄여름가을의 계절 추이에 따른 꽃의 영고에 비유해서 삼국의 네 왕조의 흥망을 그렸다. 〈네 꽃의 쟁론〉은 여름가을겨울의 계절 추이의 순서를 고려하여 네 꽃의 의인을 배열하여 네 꽃의 우열논쟁 이야기를 그린 것이다.

6. 고사 · 시문 편철에 의한 수사적 문장

두 작품의 유사성은 문장의 수사에까지 이르고 있다. 『화사』에서 꽃

나라의 역사이야기를 엮은 말이나 단편적인 사건은 대부분 창작하는 바의 내용에 어울리는 시문이나 고사가 적힌 기존의 서적 등에서 발췌한 것이다. 〈네 꽃의 쟁론〉에서도 동일한 방법을 취하고 있다. 아래에 인용한 『화사』는 도나라의 첫머리로, 열왕(매화)의 인물과 출생에 관해 서술한 것이다. 밑줄 친 지적인 말들이나 사건은 대개 '매화(梅)'의 표현이든 시구, 혹은 출생에 관련한 이질적인 고사 등을 끌어와서 열왕의 이야기로 엮고 있다.[16]

陶烈王姓梅、名華、字先春、羅浮人也。(1)其先、有佐商者、爲高宗調鼎羹、以功封於陶、(2)中世爲楚大夫屈原所擯、避居 (3)闔廬城、子孫因家焉。數世、至 (4)古公楂、娶 (5)武陵 (6)桃氏女、生三子、王其長也。桃氏生有美德、(7)于歸之日、宜其室家、詩人稱美之。甞夢遊瑤池、王母賜丹實一枝、飮之有娠。(8)生之日、有異香經月不散、人謂香孩兒。(밑줄은 필자가 그음)

도(陶)나라의 열왕(烈王)은 성이 매(梅)요 이름은 화(華)며 자(字)는 선춘(先春)이라 하였으며 나부(羅浮)의 사람이었다. 그의 선조에 상(商)나라를 도운 자가 있었는데 그는 고종(高宗)의 재상(宰相)이 되어 공으로 도(陶) 땅에 봉(封)을 받았더니 중세(中世)에 초(楚)나라의 대부(大夫) 굴원(屈原)이 쫓긴 바와 같이 되어 함려성(闔廬城)에 피한 것으로 인연하여 자손이 대대로 이에 살았다. 몇 대가 지나가고 고공사(古公楂)에 이르러서 무능(武陵)의 도씨(桃氏) 딸을 취하여 아들 셋을 낳았는데 왕

---

16) 이 부분의 출전 검증은 文璇奎譯, 『花史』, 『國學叢書5』(통문관, 1964)를 참조하였다. 원문과 번역문의 인용도 이 역서에서 가져왔다. 이하 동일함.

은 그 큰 아들이었다. 도씨는 낳아서부터 아름다운 덕이 있어서 그가 시집가는 날에 당하여는 반드시 그의 집을 빛나게 할 것이로다라고 시인(詩人)이 칭송한 바였다. 그는 일찍이 요지(瑤池)에 가 놀다가 왕모(王母)가 붉은 열매 하나를 줌을 받아먹는 꿈을 꾸고 나서 임신하여 왕을 낳을 때에 이상한 향기가 풍겨 그것은 달이 지나도록 사라지지 않았다. 그러기에 때의 사람들은 그를 향해아(香孩兒)라고 불렀던 것이다.

(1)은 열왕의 선조에 관한 서술인데, 「상(商)」은 중국 은나라의 국명이었다. 열왕의 선조가 고종의 재상이 되었다는 것은 『서경(書經)』의 상서(商書) 설명편(說命篇)에 나오는 고종이 신하 설에게 재상이 되어주길 바라는 단락에 「若作和羹,爾惟塩梅味」라는 「梅」의 글자가 있는 것에 관련지어 열왕의 선조 이야기로 꾸몄다. (2)는 중국 전국시대의 초나라의 대부 굴원이 유형된 사건을 말한다. (3)「함려(闔廬)」는 중국 춘추시대의 오나라(吳) 왕의 이름이나, 오나라가 당초 일어난 땅(현재 中國江蘇無錫縣梅里)이 매화로서 유명하였던 것에 연유하여 그것을 지명으로 삼았다. (4)는 중국 주나라(周)의 문왕 선조인 고공단보(古公亶父)의 이름을 흉내 냈고, (5)는 도연명의 「도화원기(桃花源記)」에 나오는 복숭아꽃이 많은 가상의 지명이다. (6)의 열왕의 어머니가 아이를 세 명 낳았다는 것은 『시경(詩經)』의 소남(召南) 표유매편(摽有梅篇)에 있는 「摽有梅,其實三分」의 구를 이용하였다. (7)은 『시경』의 주남(周南) 도요편(桃夭篇)에 있는 「桃之夭夭 灼灼其華 之子于歸 宜其室家」의 시구에 의거한다. (8)의 열왕이 태어났을 때 이상스러운 향기가 떠돌았다는 것은 송나라(宋)의 태조(太祖) 출생 때의 일화(『송사(宋史)』, 본기, 태조)를 끌어와서 열왕의 출생담으로 바꾼 것이다.

다음은〈네 꽃의 쟁론〉의 예문을 든다.

　童子(菊)の云、／「各其威をまして我身の德を述給ふ。誰とてもいは
れなき身はあらじ。①屈原が秋菊の落英をくらひ、②淵明／が東籬の
下に菊を愛す。自然の醇精、たれかもてあそんで看執せざらん。それ
のみならず、③荊州の菊潭水、／三十餘家の長壽をたもち、慈童八百
の齡をふる。④王荊公が詩に／千花萬草凋零後、始見閑人把二一枝一／
されば、⑤定家卿の歌に、／此里の老せぬ千世はみなせ川せき入る庭
の菊の下水／又、／白かねと金のいろに咲まがふ玉のうてなの花にぞ
有ける／その外、古人これを愛し、家々の詩歌かぞへがたし。／かゝ
る聖花を下に置むはいかに。恐れなからん／や」(「／」의 표시는 본 논문
이 저본으로 한『다마스다레』본문의 개행(改行)을 나타낸다. 밑줄은 필
자가 그음)

　동자가 말하기를, "각자는 위엄을 더해서 자기 몸의 덕을 이야기하신
다. 누구든 까닭 없는 몸은 없다. 굴원이 국화의 낙영을 먹고, 도연명이 동
리 밑에서 국화를 사랑했다. 자연의 순정, 누가 사랑하며 집착하지 않겠
는가. 그뿐만이 아니라 형주의 국담수로 30여 채 집의 장수를 누리고 자
동은 800세의 나이를 먹었다. 왕형의 시에서는 「千花萬草凋零後,始見閑
人把二一枝一」라고 읊조렸고, 데이카의 와카에서는 「이 마을의 ／ 늙지
않는 천년은 ／ 미나세가와 강 ／ 끌어들인 정원의 ／ 국화 밑에 흐르는 물」
라고 불렀다. 또한 「은빛 색과 ／ 금빛 색으로 ／ 뒤섞여 핀 ／ 장엄하고 화려
한 ／ 꽃이어라」라고 읊었다. 그 외에 옛사람이 국화를 사랑하고 집집마다
읊은 시가가 다 헤아릴 수 없다. 이러한 성화를 아래에 두는 것은 어찌 된

일인가. 두렵지 않은가"[17]

이것은 동자(국화)가 자신의 우월을 주장하는 단락이다. ①은 굴원이
유죄되었을 때 만든 「이소(離騷)」에 있는 시구이다. ②는 도연명의 「음
주(飮酒)」 20수 가운데에 제5수의 5구를 발췌하였다. ③은 중국의 수나
라 때 붙여진 형주(荊州)의 국담(菊潭)(河南省 南陽市의 서북에 위치)
지명유래의 고사에다가 주(周)나라 목왕(穆王)과 자동(慈童)의 일화를
이은 것이다. ④는 왕안석(王安石)의 시 「화만국(和晚菊)」의 7구와 8
구이며, ⑤는 후지와라 데이카의 「국화(菊)」 제목으로 읊은 와카이다.
이렇듯 대부분 국화와 관련된 고사와 한시, 와카를 가지고 와서 문장을
엮어나갔다.

위에 든 예문은 한국의 것은 매화를, 일본의 것은 국화를 소재로 한
각기 다른 단락을 가지고 왔는데, 다음에는 같은 소재의 연꽃을 다룬 단
락을 들어 검증해 보도록 하겠다.

『화사』
唐明王姓白、名蓮、字芙蓉。(10)其先有丈十丈者、隱居華山。父
名菡萏、始居若耶溪。(11)母何(荷)氏、嘗見菖蒲生花、光彩絢爛、呑
之、有娠而生。美顔色如天人、(12)有出塵離世之趣、守淨納汙之量、
又樂水、常居水中、號爲水中君子、或謂之曰、水眞人。…德水元年、
(13)開井田、(14)行錢幣

당(唐)나라 명왕(明王)의 성은 백(白)이고 이름은 연(蓮)이었으며 자는 부용(芙蓉)이라 했다. 그의 선조에 장십장(丈十丈)이라는 자가 있었는데 그의 화산(華山)에 은거(隱居)하였었다. 그의 부친의 이름은 함담(菡萏)이라 했고 처음엔 야야계(若耶溪)에 살았다. 모친 하씨(何氏)는 광채(光彩)가 찬란한 창포(菖蒲)의 꽃이 핀 것을 보고 그것을 입에 넣어 삼키고서 아이를 잉태하여 왕을 낳은 것이었다. 왕의 얼굴은 아름다워 마치 천인(天人)과도 같았고 탈속적(脫俗的)인 의취(意趣)가 있었으며 정갈한 것을 생명으로 하면서도 더러운 것을 용납(容納)하는 아량(雅量)이 있었다. 그리고 그는 물(水)을 좋아하여 항상 물 가운데에 있었다. 그러기에 그를 수중군자(水中君子) 혹은 수진인(水眞人)이라고 불렀다.…덕수 원년(德水元年)에 정전(井田)의 법을 열고 전폐(錢幣)를 쓰기 시작했다.

〈네 꽃의 쟁론〉

小法師の云やうは、「仰はさる事に候へども、千草萬木何れを尊とし何れを卑しとせん。／抑、⑥荷葉は花の君子として周茂蓮符の樂となる。それのみならず、諸佛諸菩薩も蓮花に座せしめ、一切の／經王にも妙法蓮華を以題號とす。されば、／⑦點溪に荷葉は疊青錢／とは、杜甫が句なり。⑧荷花嬌として欲語／とは、李白が詩なり。⑨退之は、／太華峰頭玉井の蓮／といへり。又歌にも、／⑩浪に入海より西の夕日こそ蓮の花の姿なりけり／其外、世々の詩人歌人もて遊ばずといふ事なし。いかに我等こそ人々におとらめや」となごやかに申せば、

어린 법사가 말하기를, "말씀하신 대로이나 모든 초목의 어느 것을 귀중하다 하고 어느 것을 비천하다 하겠는가. 대개 연꽃은 꽃의 군자로서

주돈이가 읊고 사랑했다. 그뿐만 아니라 여러 부처와 보살도 연꽃 위에
앉아 계시고, 최고의 경전에서도 묘법연화(妙法蓮花)를 표제로 삼았다.
그러하니 「점계(點溪)에 하섭(荷葉)은 첩청전(疊青錢)」이라고 읊은 것
은 두보의 시이다. 「하화(荷花)는 교(嬌)로 말하려 한다」라고 읊은 것은
이백의 시이다. 한퇴지는 「태화봉두옥정(太華峰頭玉井)의 연꽃(蓮)」이
라고 읊었다. 또 와카에도 「파도 속으로 / 기우는 바다 저편 / 석양이야말
로 / 연꽃의 / 모습이로다」라고 읊었다. 그 외에 세상의 모든 시인 가인이
흥겹게 애완을 한다. 정말로 나야말로 그대들에게 뒤지겠는가" 라고 나
근나근하게 말을 하자,

『화사』의 인용문은 연꽃의 의인인 명왕의 선조나 그 출생에 관한 내
용이며, 〈네 꽃의 쟁론〉은 연꽃의 의인인 어린 법사가 자신의 우월을 내
세우는 단락이다. 두 인용의 밑줄 친 부분이 기존의 지식을 이용했다
고 생각되는데, 그 가운데 주목되는 것은 이중의 밑줄을 그은 부분이다.
두 작품의 이중선 용례는 연꽃에 관련되는 동일한 시문이나 비슷한 취
향의 시문을 동시에 활용하고 있다. 즉, 『화사』의 (10)과 〈네 꽃의 쟁론〉
의 ⑨는 한퇴지의 「고의(古意)」라는 제목의 칠언절구의 제1구와 제2구
에 해당하는 「太華峰頭玉井蓮 開花十丈藕如船」을 이용했다. 또 (12)와
⑥은 다음에 인용하는 주돈이의 「애련설(愛蓮說)」을 근거하고 있다. 즉
〈네 꽃의 쟁론〉에서는 주돈이의 이름을 직접 언급하며 「애련설」에 관해
말하고 있다. 『화사』에서는 묘사하는 명왕의 자태나 성격의 구사가 「애
련설」에 읊은 연의 생태(하선부분)를 이용하고 있다.

水陸草木之花。可愛者甚蕃。晋、陶淵明獨愛菊。自李唐來。世人盛
愛牡丹。豫獨愛蓮之出淤泥而不染。濯清漣而不妖。中通外直。不蔓不

枝。香遠益淸。亭亭淸植。可遠觀而不可褻玩焉。豫謂菊、花之隱逸者
也。牡丹、花之富貴者也。<u>蓮花之君子者也</u>。噫。菊之愛。陶後鮮有聞.
蓮之愛。同豫者何人。牡丹之愛。宜乎衆矣。(『周濂溪集』卷八、叢書集
成簡編所收)

　　이상이 연꽃과 관련한 시문구를 함께 이용한 용례인데, 그 이외의 것
을 더 살펴보면 다음과 같다. (14)와 ⑦은 연잎을 엽전에 비유해서 읊은
시를 이용했다. 이것에 관한 한시로선 〈네 꽃의 쟁론〉에도 들고 있는 두
보의 「절구만흥구수(絶句慢興九首)」의 제7수의 승구가 있고, 또 당나라
때의 시에 「何葉出水如靑錢」(문선규가 지적), 「新荷貼水小如錢」(『圓機
詩學活法』, 卷19, 百花門)의 시구가 있다. 『화사』에서는 물 위에 떠있는
연잎의 모습이 마치 엽전과 같다고 읊은 이러한 취향을 가진 한시를 참
조하여 명왕이 엽전의 화폐를 주조하여 사용했다는 식으로 환골탈태하
고 있다. 조선과 에도라는 환경이 다른 지역에서 창작되었는데도 이렇
듯 동일한 시구 또는 닮은 취향의 한시를 이용했다는 우연성은 매우 흥
미롭다. 작품을 만듦에 있어서 두 나라 문인의 기호(嗜好)의 유사성을
엿볼 수 있는 것이다.

　　이중선 이외의 출전도 함께 제시해 두고자 한다. 명왕의 출생을 둘러
싼 일화인 (11)는 양(梁)나라 무제(武帝)의 어머니 장씨가 창포 꽃을 먹
고 임신해서 무제를 낳았다는 무제 출생담을 바탕으로 한다(문선규가
지적). (13)은 물 위에 떠있는 연잎을 밭 모양에 견주어 읊은 시에서 가
져왔다(예를 들면 「江南曲」의 「江南可採蓮 蓮葉何田田」, 문선규가 지
적). 〈네 꽃의 쟁론〉의 ⑧은 이백의 「녹수곡(淥水曲)」의 전구이며, ⑩는
후지와라노 다메이에(藤原爲家, 1198~1275)가 읊은 와카(和歌)이다.

이상에서 검토한 바와 같이, 꽃에 관한 많은 지적 요소를 엮어 수사적 문장을 이루었다는 점에서 두 작품의 공통점을 발견할 수 있다.

그런데 기존의 지식을 작품화하는 수법에서는 『화사』는 기존 지식을 교묘하게 엮어 새로운 이야기로 환골탈태하였으나, 〈네 꽃의 쟁론〉은 유명한 시문의 작자성명까지 명기하면서 시 그 자체를 그대로 도입하고 있다. 다른 꽃들에 비해 자신의 품위가 뛰어나다는 우월성을 따지는 논쟁이므로 자신에 관해 읊은 유명한 시인 가인의 이름까지 제시하여 우월의 타당성을 증명할 필요가 있었겠지만, 그렇다 하더라도 선행지식을 이용하는 방법에 있어서는 아직 미숙하다고 하지 않을 수 없다.

이 수사적인 문장과 더불어 또 하나 주목해야 할 공통점이 있다. 양 작품에 보이는 장면마다 적절히 활용된 많은 고사 · 시문의 지식은 작자 자신이 암기해 둔 지식의 이용이 아니었다는 것이다. 가령 앞의 인용문 중에 『화사』의 (10)과 〈네 꽃의 쟁론〉의 ⑨는 한퇴지의 「고의(古意)」의 시에서 섭취하였는데, 이 시의 제목이 연꽃에 관한 것이 아니기에 특별히 이 시 전체를 암기하고 있지 않으면 연꽃에 해당하는 구만을 적절히 발췌해오기는 어렵다. 그 외의 꽃에 관한 시구의 경우도 방대한 시를 집록한 개인시집을 일일이 보고 골라내기는 사실상 불가능하다.

말하자면 양측의 작자는 모두 소재나 주제별로 고사시문을 엮은 유서(類書)를 이용했다는 것이다. 『화사』의 지식이 중국 유서인 『사문유취(事文類聚)』에서 발췌했다는 것은 이미 김창룡에 의해 지적되어온 바이다.[18] 필자도 그의 견해에 전적으로 동의한다. 임제는 개인시집을 이용한 것이 아니라 손쉽게 이용할 수 있는 『사문유취』의 화초부(花艸部)

---

18) 김창룡, 『韓中假傳文學의 硏究』, 개문사, 1985, pp.120~122.

에서 화초에 관한 일련의 지식을 가지고 와서 꽃 나라 역사의 이야기를 엮은 것이다. 이러한 자료의 이용방법은 〈네 꽃의 쟁론〉에서도 공통하게 나타난다. 이전에 일본 연구자는 〈네 꽃의 쟁론〉에 보이는 지적 요소가 『태평광기(太平廣記)』에 의거할 가능성이 있음을 제기한 적이 있었다.[19] 그러나 『태평광기』는 유서이지만 방대한 양을 실어놓아 책의 입수도 어려울 뿐 아니라 한문이라서 이용하기에 쉬운 자료는 아니다. 필자는 이에 의문을 품고 조사한 결과, 『태평광기』 등의 유서에서 여러 내용을 발췌하여 다시 제목별로 편성한 일본어 번역의 유서인 『신고엔(新語園)』(아사이 료이淺井了意 저, 1681)을 참조했음을 밝힐 수 있었다.[20] 에도 시대의 문인들은 작품을 만듦에 있어 지적인 요소들을 많이 이용하였는데 그 지적 요소는 중국의 원서에서도 취하였지만, 원서의 지식을 발췌하여 읽기 쉽게 한 유서번역본을 애용한 것이다. 이같이 〈네 꽃의 쟁론〉은 번역 유서를 이용한 한 단계를 더 거친 차이는 있으나 이용하기 편리한 유서를 이용하였던 것이고, 이러한 창작방법이 『화사』와 공통해 있다. 조선과 에도 작가의 창작 자세의 유사성을 여기서도 엿볼 수 있는 것이다.

7. 역사상 및 사회상의 비유와 몽환적 기담의 지향

이상과 같이 소재의 의인화, 계절 추이에 따른 구성법, 수사적 문장의

---

19) 木越治, 앞의 논문.
20) 朴蓮淑, 앞의 논문.

기법에 있어서 두 작품은 공통한다. 그러나 이러한 공통된 창작기법을 이용하여 만들어진 내용은 각기 다르며 작가가 의도하려는 바도 상이 하다. 서로 다른 환경에서 쓰인 작품이므로 그 차이는 오히려 당연하다 고 할 수 있을 것이다. 이제 그 차이점에 대해 비교해보고자 한다.

『화사』의 창작 의도에 대해서는 종래 크게 두 방향으로 언급해 온 듯 하다. 하나는 화초를 군주와 신하에 비유해서 국가의 흥망성쇠를 논하 여 당시의 사회상과 정치상을 비판했다는 시각이다. 또 다른 시각은 이 작품이 여기적(餘技的)으로 쓰였다는 것이다. 전자의 대표적인 견해들 을 들면 다음과 같다. 먼저 김태준의 견해이다.

> "작자가 「花史」를 초(草)잡은 동기는 시사(時事)에 느낀 바를 서술코 자 한 욕구와 설총의 「화왕계」에서 힌트를 얻었는지 모른다."[21]

다음은 김광순의 견해이다.

> "花卉를 國家君主에 比해서 中國史實에 假託시켜 나라의 興亡盛衰를 논한 것이니, 當時의 政治相과 社會相을 批判하고, 帝王의 治亂治國思想 을 主題로 한 政治批評小說의 性格을 띠고 있으니…"[22]

또한 『한국고전소설해제집』에서는 다음과 같이 말하였다.

---

21) 김태준 著·박희병 校注, 『증보조선소설사』, 한길사, 1990, p.75.
22) 金光淳, 『擬人小說研究-李朝 擬人小說의 性格을 中心으로-』, 경북대학교 박사학위 논문, 1964, p.106.

"작가는 이 소설에서 봄, 여름, 가을, 겨울 등 네 계절에 비유하여 네 개
의 나라를 설정하고 여기에 매화, 돌매화, 모란꽃, 연꽃 등 꽃 왕들을 등장
시켜 이 꽃들이 피고 지는 모습을 통해 우선 봉건왕조의 흥망성쇠를 보
여 주었다. 또한 간신들을 가까이하여 부화방탕한 생활을 하면서 충신들
을 배척하고 국방에 관심을 돌리지 않는 왕들을 비판하였으며 홍 · 백 ·
황 세 당파의 알력을 통하여 봉건적 신분제도에 대한 불만을 표시하였
다."[23)

한편, 여기적(餘技的)인 의도를 내세운 견해는 조수학이다.

"花史는 君臣上下와 國家의 榮枯盛衰를 歷代史實에 假託하여 敍述한
것으로 어떤 諷刺的 目的意識下에 이루어진 것이 아니고 餘技的으로 이
루어진 作品 가운데 諷刺性은 附隨的으로 이루어진 것이다."[24)

확실히 조수학이 지적한 것처럼 『화사』에서는 여기적 취향을 읽을 수
있다. 첫째로는 일반의 고전소설과 달리 식물을 의인화하는 특이한 표
현법을 이용하여 마치 사람들이 펼치는 이야기처럼 그럴싸하게 사건을
진행시킨 점이다. 둘째로는 봄여름가을의 세 계절에 빗대어 나라를 설
정하고 그 각 계절을 상징하는 네 꽃의 의인을 네 왕조에 비유해서 네
왕조의 흥망을 꽃들의 영고성쇠를 통해 나타낸다는 신기하고도 기묘한
구상을 꾀한 점이다. 셋째로는 화초에 관련된 여러 지적 요소를 가져와
서 장면마다 적절하게 짜 맞춤으로써 고도한 수사적인 문장을 노렸다

---

23) 『한국고전소설해제집』下, 고전문학실편, 보고사, 1997, p.572.
24) 曺壽鶴, 「花史에 미치는 花王戒의 影響 與否」, 『국어국문학연구』, 제14집, 영남대학
교국어국문학회, 1972, p.154.

는 점이다. 이러한 특징들에서 지적 구성과 수사법을 즐긴 작자의 흥취를 엿볼 수 있다. 그런데 오로지 작가의 여기적 취향을 우선시하여 작품을 보다가는 주된 목적이 간과될 우려가 있다. 설총의 「화왕계」 이후 가전류에 나타나는 감계(鑑戒)의 비유는 『화사』에도 여전히 계승된 것으로 보인다. 전술했던 임제의 처지를 생각한다면 역사와 현실사회에 품은 그의 생각을 피력하려고 했을 것이다. 작가가 주장하고 싶은 말은 네 군주의 치국치란에 따라 국가가 흥망하는 장면마다 둔 「사신왈」 또는 충훈자의 말, 그리고 총론을 통해서 나타나고 있다. 그것을 정리하면 다음과 같다.

> 도   집과 국가의 흥망은 부부간에서 시작된다.
>   제왕의 흥륭은 보좌하는 신하의 충절에 있다.
>   군주는 재능 있는 신하를 등용하고 신하를 신용해야 한다.
> 동도   군주가 사치하고 충언을 따르지 않으면 망국한다.
>   군주가 미인에 현혹되고 사치하면 망국한다.
> 하   당쟁을 타파해야 한다.
>   호색은 몸과 집과 국가 멸망의 원인이다.
> 당   제왕의 길은 불교를 배척하고 유학의 경전을 숭배해야 한다.
>   간신을 멀리해야 한다.
> 총론   공명을 버려야 덕성(德性)이 완성된다.

그는 우선 세 나라와 네 군주의 흥망성쇠를 논했는데, 흥하게 되는 요건으로는 부부관계와 군신 간의 신의와 충성을 들고, 그 위에 사치방탕의 근절, 붕당의 타파, 유교 이념의 숭배를 들었다. 이 요건들은 충족되지 않으면 또한 망국을 초래하는 요인이 된다는 것을 역설적으로 강조하고 있다. 이상에서 말한 흥망의 요인들은 이전의 역사가 증명해 준 것임에도 불구하고 현재에도 실제 왕실의 음탕과 사치가 행해지고 신의가 없어지며 자기 쪽의 주장과 실리만을 내세워 사화와 당쟁이 빈번히 벌어지고 있으니 개탄하지 않을 수 없다는 것이다. 한편 총론을 통해서는 순수함과 희생정신을 지닌 꽃(자연)을 평가하며 그와 대조적으로 말과 공을 앞세우는 인간(사회)을 비판하고 있다. 이처럼 『화사』는 흥망의 역사를 직시하고 당시의 사회와 인간사에서 느낀 생각을 꽃 나라 흥망의 역사적 허구를 빌어 말하려 했다고 볼 수 있다.

한편 〈네 꽃의 쟁론〉의 창작 의도에 대해서다. 기고시 오사무(木越治)는 네 꽃의 의인이 각자 자신에 대해 읊은 시문고사를 들면서 우월을 논쟁하는 내용에 대하여,

> "현학적으로 장식되어 있긴 하나 그 논쟁은 의외로 단순하고, 결국은
> 이러한 지적 구성을 즐기는 것으로만 보인다. 작품에 이용된 「知」라는 것
> 이 그만큼의 필연성을 가지지 않는다고 표현해도 좋다."[25]

라고 하고, 결론적으로 이 작품은 "수사적인 문체 혹은 작품의 지적인 구성을 지향한" 것이라 했다.

기고시가 지적한 '지적 구성'의 지향은 『화사』의 집필 태도와 일면 상통하는 바가 없지 않다. 다만 이 작품은 어디까지나 괴이소설집의 한편으로 창작된 것을 잊어서는 안 된다. '괴이소설'의 본질을 간과한 채 수사적 문장과 지적 구성만을 내세워서는 작품의 전체상을 제대로 파악

---

25) 木越治, 앞의 논문, p.9.

했다고 할 수 없다. 물론 많은 시문구나 와카로 꾸며진 문장은 화려하며 기술적이다. 언쟁도 전혀 격렬하지 않고 우월을 다툰 후의 승리 측도 없다. 그뿐 아니라 렌조 승려가 꽃 요정의 출현이 자신의 꽃 취향의 집착에 있다고 집착을 버리는 교훈적인 자세도 크게 부각되고 있지 않다. 그렇다고 작품을 현학적 여기로만 읽어서는 곤란하다.

〈네 꽃의 쟁론〉은 꽃 요정들이 언쟁을 펼치는 환상적인 분위기로 충만해 있다. 이 환상적 분위기는 결말부의 신선이 된 렌조의 후일담까지 이어지고 있다. 말하자면 괴이소설집에 어울리는 몽환적 기이담을 집필하는 데 작가의 의도가 있었다고 봄이 마땅하다. 그러므로 구성과 내용과 수사가 잘 어우러진 흥미로운 한편이 완성된 것이다.

이렇게 두 작품의 창작 의도를 살펴보니, 공통한 의인의 표현기법을 사용했음에도 〈네 꽃의 쟁론〉에서는 『화사』와 같은 역사성과 사회성을 전혀 읽을 수가 없다. 그 원인은 무엇인가. 그 원인은 일본 작품이 쓰인 시기가 어느 시대보다 안정된 시기라서 사회를 응시하는 작가의 비판 정신이 없었던 데서 찾기보다는, 장르 선택의 차이에서 찾아야 한다. 『다마스다레』가 간행된 동시기에 출현한 괴이소설에는 사회성이 반영되는 작품이 거의 없다. 이 시기의 괴이소설의 저류에는 전통적인 불교적 인과사상이 흐르고 있을 뿐이다. 요컨대 창작기법의 유사성을 지녔더라도 작품의 지향한 바가 달랐기 때문에 양측의 작품은 서로 다른 내용의 작품이 된 것이다. 『화사』는 인간사회의 문제점을 비유적으로 나타내는 가전체 소설로 창작된 것이고, 〈네 꽃의 쟁론〉은 기이하기에 충격을 주고 흥미를 주는 괴이소설로 창작된 것이다.

이렇게 해서 종래 그리 활발하지 못한 한·일 고전문학, 특히 조선과 에도의 문학작품을 선택하여 그 공통점과 차이점을 비교해보았다. 양국문학에서 발견되는 동이(同異)의 현상은 비단 이 두 작품에 한정되지 않을 것이며 두 나라의 작품에만 나타나는 양상도 아닐 것이다. 동일 문화권 내에 있는 중국의 문학까지 시야를 넓혀 작품을 발굴하여 그 문학적 현상들을 밝히는 노력이 계속 진행되어야 하겠다.

제7장
『천예록』과 『신오토기보코』

1. 머리말

일본 문학의 흐름을 관망해 볼 때 에도 시대(1603~1868) 전기(前期)에는 기이한 이야기를 수록한 괴이소설집이 다량 출판되었다. 한국 문학계에서도 잘 알려진 1666년에 간행된 아사이 료이(淺井了意)의 『오토기보코(伽婢子)』를 위시하여 그러한 작품들이 속속 출간되었다. 『오토기보코』는 중국의 신괴담을 번안한 작품으로 이후 그를 모방한 중국 문학의 번안 계통의 작품들이 쏟아져 나왔고, 이에 연동하여 에도 시대 전기소설의 정점이라 할 수 있는 『우게쓰 모노가타리(雨月物語)』(1776)도 탄생하게 되었다. 이렇게 에도 전기의 100여 년간에 출간된 작품들은 '괴이소설(怪異小說)'이라 명명하며 연구되고 있다. 필자는 이 에도 전기에 유행을 불러온 괴이소설에 주목하고 문학사적인 배경, 전개양상, 내용상의 특징, 설화와 괴이소설 간의 관계 등을 다년간 살펴 왔다. 최근에는 이전 논의를 발판으로 지역 간의 비교문학으로 연구를 확장하는 과정에서 『천예록(天倪錄)』을 접하게 되었다. 18세기 초반에 성립된 이 작품은 야담으로 규정되지만 작품을 지배하는 것은 기이한 이야기들이다. 초현실성이라는 그 내적 질서의 특징으로 봐서는 시대를 거슬러 올라가서는 『수이전(殊異傳)』이나 일연(一然, 1206~1289)의 『삼국유사(三國遺事)』의 계통을 잇고, 가까이로는 15세기 김시습(金時習, 1435~1493)의 『금오신화(金鰲新話)』와 16세기 신광한(申光漢, 1484~1555)의 『기재기이(企齋記異)』의 흐름을 계승하고 있다. 따라서 야담 중에서도 특이한 작품으로 지적되어온 것도 이상할 것이 없다.

『천예록』를 읽으며 문득 떠오른 것이 이 글에서 비교 대상으로 삼은 『신오토기보코(新御伽婢子)』(이하 『신오토기』라 한다)였다. 두 작품 사이에는 서로 어떤 영향 관계도 발견되지 않고 각자의 지역에서 독자적으로 산생한 것이다. 그럼에도 민간에 떠도는 기이한 이야기를 채록한 점을 비롯해 유사점이 다수 발견된다. 『신오토기』에 관해서는 얼마 전에 번역을 낸 적이 있고,[1] 그때 작품을 해제하는 자리에서 두 작품의 유사점과 차이점을 간략히 언급했었다. 이 글에서는 그 同異를 보다 상세하게 검토해 나가고자 하는데, 이러한 비교분석을 통해서는 17·18세기 즈음 각 지역에서는 어떠한 이야기들이 구전되었으며, 작자들은 그 소재들을 어떠한 취지로 작품으로 만들었고, 기이(奇異)에 대한 그들의 생각은 어떠하였는지 등도 살펴볼 수 있을 것이다.

---

1) 박연숙 역주, 『신오토기보코』, 인문사, 2012. 이 책은 2019년에 복간되었다(박연숙 옮김, 『신오토기보코』, 지식을만드는지식). 역자는 작업 과정에서 이전 판의 오류를 바로잡고 주석을 더 상세하게 달았다.

2. 작자와 성립

『천예록』의 저자에 관해서는 연구의 처음에는 수촌(水村) 임방(任埅, 1640~1724)과 이산보(李山甫)의 증손인 이상우(李商雨, 1621~1685) 등의 설이 제기되었다.[2] 그 후 작품 내부의 기록과 저작의 외적 환경 관계의 정밀한 검토를 통해 저자는 임방임이 규명되었다.[3] 임방은 1663년 24세에 진사시에 합격하고 송시열 문하에서 수학하였다. 의금부도사(義禁府都事), 호조정랑(戶曹正郎), 호조참의(戶曹參議), 우부승지(右副承旨), 도승지(都承旨), 좌참찬(左參贊) 등 여러 관직을 역임하였고, 당쟁이 극심했던 17세기 말에서 18세기 초엽에는 노론 중심인물의 한 사람으로 정계의 주도적 역할을 한 인물로 알려진다. 그런 만큼 그의 인생은 부침이 많았고 말년 또한 신임사화(辛壬士禍, 1721~1722)에 연루되어 유배되었다가 유배지에서 객사하였다. 유년 때부터 호학하여 많은 서적을 모으며 독서를 했고,[4] 부친 임의백(任義伯, 1605~1667)의 외직

---

2) 大谷森繁, 「『天倪錄』解題」, 『朝鮮學報』, 第九十一輯(『한국야담사화집성』, 第四卷, 泰東, pp.385~390).
   陳在敎, 「『雜記古談』의 著作年代와 作者에 대하여」, 『계간서학보』, 제12호, 한국서지학회, 1994, pp.61~74.
   李慎成, 『天倪錄研究』, 보고사, 1994, pp.13~42.
3) 김동욱, 「천예록 연구」, 『반교어문학』, 제5집, 반교어문학회, 1994, pp.161~167.
   陳在敎, 「『天倪錄』의 作者와 著作年代」, 『서지학보』, 제17집, 한국서지학회, 1996, pp.41~68.
4) 「人多有癖. 癖者病也. 余無他癖. 而唯癖於書. 雖蠹編斷簡. 獲之. 愛勝金璧. 亦嘗自病. 而已成膏肓. 莫可醫也. 自在童孺. 見有賣書者. 至解衣而買之. 父兄之所賜與朋友之所贈遺. 及宦遊京外之所印得. 歲加增益. 雖家貧位卑. 不能稱意收聚. 而性癖旣深. 所鳩儲. 已至一天三百餘卷矣」, 載籍錄序, 『수촌집』, 권8, 韓國文集叢刊 149, 민족문화추진회, 1995, p.182. 「終身無一區宅. 於物無所嗜好. 唯耽書到老不衰. 殆忘寢食.」 兪拓基, 〈諡狀〉, 『수촌집』, 권13, p.278.

에 함께 하여 영남, 호서, 해서 등 여러 지역을 두루 다녔으며, 그 자신도 영광군수, 원주목사, 밀양부사 등 외지에서 경험을 쌓은 것들이『천예록』의 자료수집에 도움이 되었던 것 같다.

『천예록』은 임방의 이러한 평소의 호학과 독서, 자료수집의 열정으로 이루어진 것인데, 대부분 수집된 자료가 정리된 시기에 대해서는 김동욱은 임방이 관직을 떠나 비교적 한가한 생활을 할 수 있었던 50세(숙종 15년, 1689, 기사환국으로 사직하고 6년간 교외에서 거주), 67세(숙종 32년, 1706, 몇 달간 여주에 거처), 70세(숙종 35년, 1709, 밀양부사직을 면하고 3년가량 전원에 돌아감)의 세 시기로 대강 잡았다. 그 후 진재교는 임방이 병신년(1716)에 사위 이원곤의 옥사에 연루되어 의금부에서 취조받을 때 들은 이야기인 제38화를 근거로 하여 1716년에서 임방이 죽은 1724년 사이에 최종적으로 완성된 것으로 추정했다.

이 작품은 필사본으로 남아있다. 김준형의 연구에 따르면[5] 일본 천리대 소장본 61편과 이영복(李榮福) 소장본 44편이 가장 많은 화수(話數)를 보유하고 있다. 이밖에도 버클리대 소장본『해동이적(海東異蹟)』, 천리대 소장본『어우야담』, 동양문고본『고금소총(古今笑叢)』 등에 일문이 실려 있고 가장 많은 화수를 보유한 앞의 두 본에 없는 것들도 있다고 한다. 또한 최민열본『송사재신정묘기(宋思齋新定廟記)』의 한글본도 있어 당시의 사람들에게 상당히 읽힌 것으로 추정된다.

한편『신오토기』는 서문의 끝에 「天和三年 無射良辰日 洛下寓居書」라 적혀 있으며, 간기(刊記)에도 「天和三歲 亥 九月上旬」이라고 판각되

---

5) 金埈亨,「『天倪錄』 原形再構와 享有樣相 一考」,『한국한문학연구』, 제37집, 한국한문학회, 2006, pp.459~501.

어 있다. 덴와(天和)는 1681년 2월~1684년 2월에 사용한 연호이다. 이 시기의 천황은 제112대 레이겐 천황(靈元天皇, 재위 1663~1687)이다. 무사(無射)는 음력 9월을 말하며 양진일(良辰日)은 길일(吉日)을 뜻한 다. 즉 판행은 1683년 음력 9월이 된다. 판행까지의 수집 기간에 대해서 는 서문에서 「가까이는 도읍지에서 보고 멀리는 시골 벽촌에서 들은 세 상의 불가사의한 슬프기도 무섭기도 기묘하기도 괴이하게도 생각되는 갖가지를 반고지(半古紙) 한편에 적어 어릴 때부터 모았다」라고 하고 있듯이 어릴 때부터 줄곧 수집해 온 것임을 알 수 있다. 1683년 간행본 은 동경대학 교양학부 부속도서관 및 동 대학의 총합도서관 가테이문 고(霞亭文庫), 교토대학 부속도서관 등지에 소장되어 있다. 이 작품은 그 간행 이후 1727년에 표지의 제목은 그대로 두고 내제(內題)와 간기 를 바꾼 『오토기다이코쿠노쓰치(御伽大黑の槌)』와, 1782년에는 표지 의 제목까지 바꾼 『가이단센카이카가미(怪談仙界鏡)』가 두 차례 간행 되었다. 초판본은 『천예록』편찬에 대한 진재교의 가설을 받아들인다면 약 30~40년 앞서게 된다.

작자에 관해서는 서문에 「낙하우거(洛下寓居)」라 서명(署名)되어 있 을 뿐이다. 낙하는 당시 서울인 교토(京都)를 일컫는다. 실제로 권6의 〈자업자득의 과보〉에서는 작자가 교토에서 그 외곽으로 나들이하는 장 면이 장문에 걸쳐 있어 교토가 거주지였음을 짐작할 수 있다.

그러면 이 낙하우거는 누구인가. 이에 관해서는 책의 편집자이자 판 권을 지닌 출판업자 니시무라 이치로에몬(西村市郎右衛門)이거나, 혹 은 낙하우거와 같은 사람들이 자료를 수집하고 니시무라가 편집했을 것이라는 설이 제기되었다.[6] 작자와 출판업자 니시무라를 연관 짓는 근거는 다음과 같다. 본 책이 출간된 당시에 니시무라의 출판이 활발하여 많은 책이 간행되었는데 출판된 도서 중에는 서문이나 작품의 성격이 비슷비슷한 것들이 있었다. 그중의 한 부류가 괴이한 이야기를 실은 작품들인데『신오토기』는 첫 작품이고 이에 서명된 '낙하우거'가 같은 시기의 작품에 표기되고 있는 것이다. 이를테면『소기쇼코쿠 모노가타리(宗祇諸國物語)』(1685)의 '落下旅館',『아사쿠사슈이 모노가타리(淺草拾遺物語)』(1686)의 '落下寓居',『고쇼쿠쇼코쿠신주온나(好色諸國心中女)』(1686)의 '落下寓居' 등과 같은 것이다. 그리고 이 서명의 표기도 그러하거니와 3년이란 짧은 기간에 한 개인이 엮기에 버거울 정도로 작품이 잇따라 출간이 되고 있으니 작자와 수집자, 편집자의 관여설이 제기된 것이다. 그러나 아직껏 작자에 대한 확정적인 근거를 내세울 만한 자료는 발견되지 않고 있다.

3. 체재상의 특징

(1) 서명(書名)

'천예록'이란 서명은 언뜻 봐서 이해하기 어려운데 이에 관해서는 이 책을 역주한 정환국이 쉽게 풀어놓았다.

---

6) 野田壽雄, 「西村本の浮世草子」, 『近世小說史論考』, 塙書房, 昭和36(1961).

'천예(天倪)'란 '하늘의 끝' 또는 '자연의 분기'라고 풀이되는데, 이는 『장자(莊子)』에서 유래한 말로 천지자연의 어떤 상태와 현상을 뜻한다. 인간의 이성으로서는 쉽게 이해하기 어려운 자연의 기이한 현상이나 인간 세상에서 벌어지는 신기한 사건들을 기록했다는 의미이다.[7]

서명이 유래된 출처와 그에 담긴 의미까지 언급하고 있어 책 내용을 어느 정도 짐작할 수 있겠다. 인간의 이성으로는 납득하기 어려운 자연이나 인간 세상에서 발생하는 기이한 일을 기록했다는 '천예'의 의미는 이 작품 내부에서도 찾아볼 수 있다. 즉 작자는 기이한 이야기를 실은 후 곧이어 평을 달아 '이러한 기이한 일은 일상적인 이치가 아니다'라 하고(제20화, 제40화, 제46화),[8] 그것은 또한 만물의 변화(제20화)라고 하였다. 일상적인 이치가 아닌 일이 '인간'과 '물(物)'에 일어나는 것을 자연의 현상이라고 보았기 때문에 '천예'의 제목을 내세운 것임을 알 수 있다.

한편 『신오토기』의 서명은 그에 앞서 1666년에 간행된 『오토기보코』에서 차용하고 있다. 『오토기보코』는 『전등신화(剪燈新話)』을 비롯해 중국의 지괴(志怪)·전기(傳奇)류를 번안한 것이다. 따라서 『신오토기』도 그러한 계통의 내용일 것으로 받아들이기 쉬우나 그렇지가 않다. 이 책의 서문에서는 「고려(조선), 중국의 머나먼 곳은 가지 않아서」 알지 못하고, 「가까이는 도읍지에서 보고 멀리는 시골 벽촌에서 들은 세상의 불가사의한」 이야기를 모았다고 하듯이, 일본 각지에 떠도는 일본의 이

---

7) 정환국, 『교감역주 천예록』, 성균관대학교 출판부, 2006, p.23. 『천예록』의 텍스트는 달리 표시하지 않는 한 이 책을 참조했다.
8) 정환국, 앞의 저서에 필자가 임의로 설화순서를 붙였다. 이하 동일함.

야기를 모아놓은 것이다. 따라서 서명의 '新'에서는 중국계 번안에 대한 일본 민간에 전하는 실화(實話)를 실었다는 의미의 표명을 읽어낼 수 있다.

(2) 화수(話數) 및 평어

『천예록』(천리대본)은 서문과 목차 없이 서명(書名)에 이어서 바로 본문이 시작된다. 본문에는 이야기마다 7언으로 된 제목(제57화는 8언)이 달려 있다. 제목의 일부에는 내용의 이해를 돕기 위해 제목 위에 4언의 글자가 첨가된 것도 있다.[9] 이야기의 편 수로는 천리대본 61편 및 이영복본 44편이 가장 많은 이야기를 싣고 있고, 이영복본에는 천리대본에 누락된 1편이 있다. 이 누락된 1편(〈智異山路迷逢眞〉)은 천리대본의 체재상에서 원래 천리대본의 제1화를 장식하는 이야기로 추정된다. 그밖의 편 수에 대해서는 이 작품 후대의 여러 서적에 초록된 일문 중에도 앞의 두 이본에 없는 이야기가 있어 지금까지 알려진 62편을 웃돌 것으로 추정된다. 다만 이 글에서는 기존에 알려진 일정한 체재를 지닌 62편을 대상으로 논의를 전개하기로 한다.

이 책 체재의 특징으로서는 먼저 내용이 비슷한 이야기가 둘 나란히 실려 있고, 그런 다음에 "평왈(評曰)"이라는 형식을 갖추어 본문에서 한 칸을 내려 두 이야기에 대한 작자의 소감이 놓여 있다.

『신오토기』의 체재는 6권에 6책으로 엮어져 있다. 각권에는 권1 8편, 권2 10편, 권3 9편, 권4 8편, 권5 7편, 권6 6편으로 모두 48편이 수록되어

있다. 일반적으로 여느 책의 체재와 마찬가지로 책의 맨 처음에는 서문을 두고, 그다음에는 목차를 두었다. 본문에서는 각 이야기에 따라 한자어 제목 [이를테면 「男自慢」(권1)]을 붙이고 'おとこじまん'과 같이 일본어 읽기를 달았다. 당시 괴이소설들이 일반적으로 일본어와 한자어를 병기하는 것을 볼 때『신오토기』의 제목 표기의 의도는『오토기보코』를 의식하여 고급 읽을거리로 만들고자 함에 있었을 것이다.

또 많은 이야기에는 장면에 부합하는 삽화가 하나 혹은 둘 삽입되어 있다. 삽화는 1면일 경우도 있고 2면에 걸쳐 있는 경우도 있다. 삽화의 삽입은 출판업이 확립된 당시에는 진귀한 것이 못 된다.

『신오토기』 체재의 또 하나의 특징은 이야기의 끝에 평어(評語)가 달려 있다는 것이다. 평어는 본문과 구분하여 두 칸 정도 내려 작은 글씨로 판각되어 있다. 이러한 평어가 붙어 있지 않은 이야기라도 본문에 이어서 바로 평을 가하고 있다.

『천예록』의 평어와 함께 그 사례를 하나씩 들어 본다.[10]

> [천] 정염과 윤세평 두 분의 일은 믿을 만하다. 신선술을 가지고 있지 않았다면 어찌 천 리를 지척처럼 볼 수 있었단 말인가? 옛날 난파(欒巴)가 술을 뿜어 촉(蜀) 땅의 불을 끄고, 옥자(玉子)가 눈을 들어 천 리를 보았다고 하는데, 지금 위의 일을 보면 그것만이 기이한 일이 아닌가 보다. 중국에 갔다가 오랑캐 나라의 언어를 통달하거나, 벌로 변해 벌레가 된 사람을 쓴 일은 옛날에도 들어보지 못한 것이다. 누가 우리나라에 신선이 없다고 하겠는가! 기이하고도 기이한 일이다.(제3화 및 제4화)

---

10)『천예록』은 인용문 앞에 [천],『신오토기보코』는 [신]으로 표시한다.

[신] 중국에서는 옛날 미간척(眉間尺)이라는 자의 목이 7일 밤낮으로
솥에 삶겨도 짓무르지 않고 입에서 검을 토해 내어 생전의 원한
을 사후에 갚았다. 일본에서는 소슈(相州)의 미우라노 아라지로
요시모토가 호조에게 패해 목이 잘렸으나 그 목이 사흘 동안 죽
지 않고 있었는데, 오다하라 구노에 있는 소세이사(總世寺)의 선
사가 그 목을 향해,

생시인지도 꿈인지도 모르는 한숨의 잠이라
이 세상 시간일랑 동틀 녘 하늘처럼 사라지리니

라며 읊고 공양을 하니 금방 살이 썩어 죽었다고 한다. 조그마
한 일이라도 악행을 저지르지 말고 선행을 쌓아야 한다는 것이
다.(권1 〈말하는 촉루〉)

  평어에서 작자들이 말하고자 하는 바는 일률적이지 않다. 때로는 교
훈적인 입장을 가지고 이야기의 의미를 부여하고자 하고, 또 때로는 기
이한 사건에 대한 의문을 드러내고, 그런가 하면 사건에 대한 다른 이의
평만을 싣고도 있다. 이야기 수집의 과정을 적고 마는 경우도 있다. 그러
한 가운데 적잖이 드러내 보이는 것이 위에 인용한 평어이다. 『천예
록』에서는 정염과 윤세평이 행한 초현실적 사건이 믿을 만한 일임을 주장
함으로써 기이한 이야기를 싣는 입장을 대변한다. 『신오토기』에서는 본
문 주제와 비슷한 중국과 일본의 이야기를 더 들면서 세교(世敎)적 자
세로 해당 이야기에 대한 의미를 부여한다. 그럼으로써 괴이소설집이
갖는 의의를 부여하고 있다.

(3) 권말의 체재

책을 엮음에 책의 얼굴과 같은 첫머리를 장식할 이야기를 고르는 데 신중을 기하는 것은 동서고금의 어느 장르에 불문하고 다를 바가 없을 것이다. 『천예록』의 제1화와 제2화는 신선과 선계에 관한 내용이다. 이 두 이야기가 여느 이야기보다 앞에 놓여 있는 것은 단지 작자의 개인적인 취향으로 보기는 어렵고, 아마도 그것은 지괴 · 전기류의 보고(寶庫)라 할 만한 북송(北宋) 때 이방(李昉)의 『태평광기(太平廣記)』의 체재를 염두에 두고 선별된 것은 아닌가 한다. 『천예록』과 『태평광기』의 관련에 대해서는 뒤에서 다시 언급할 것이므로 여기서는 양자 간의 관계를 지적하는 것으로 그치고자 한다.

한편 『신오토기』의 맨 처음을 장식하는 이야기는 〈남자의 자만〉이다. 내용은 어느 귀족의 저택에 거처하는 미남자가 자신의 용모를 자만하다가 정처 모를 여인에게 홀려 뜻 모를 죽음을 맞이한다는 것인데, 서사적 편폭도 갖추고 구조의 짜임새도 있고 괴기적 성격까지 잘 살려 내고 있다. 그 완성도로 인해 책의 제1화로서 선택되었을 것이다.

그런데 이와 같이 책의 서두 체재에서 보이는 한 · 일 상호 독자적인 이야기 선별 의도와는 다르게 권말의 구성에서는 공통된 의도가 간취된다. 『천예록』에서는 제61화와 제62화가 권말의 이야기인데 둘 모두 세종 때의 이야기로 되어 있다. 제61화는 성균관의 유생들이 모두 봄 소풍을 나가고 없는데 시골 유생이 혼자 성묘를 지키고 있다가 세종에게 발탁되어 현달하게 되었다는 내용이다. 제62화는 영남의 우(禹) 아무개가 명경과에 급제하였으나 한미한 시골 출신이라 오래도록 말단직에 머물러 있었는데 우연찮게 승정원의 무너진 담장으로 경복궁에 들어가 거기서 마주친 사람과 주역을 논했는데 그 사람이 바로 임금이어서 발탁되어 팔좌의 반열에까지 올랐다는 내용이다. 두 편 모두 재능은 있으나 때를 만나지 못하다가 뜻밖의 관직을 얻게 된 기이한 사건을 다루고 있다. 또한 이야기의 이면에서는 성균관 유생들의 해이에 대한 시골 유생의 올바른 처신, 고위관료의 천학(淺學)에 대한 시골 출신의 학식을 대비해 심상치 않은 내용을 담고도 있는데, 그러나 작자의 주안은 성군 세종에게 더욱 쏠려 있다.

　(전략) 홀로 양재를 지킨 일은 으레 실천한 법도였기에 임금의 부름을 받고 칭찬을 받았으며, 함부로 내원으로 들어간 일은 원래 무람없는 일인데도 임금의 환영을 받고 은근한 접대를 받았으니 남다른 은총을 입은 것이다. 시 한 구절을 대답한 것으로 곧장 그 재주를 알아보고 급제의 명을 내렸고 『주역』의 오묘한 뜻을 풀이하는 것으로도 대번 경학에 조예가 깊음을 알고 여러 번 발탁한 끝에 현관이 되게 하였으니, 세종의 밝은 지혜가 아니면 어찌 이렇게 될 수 있었겠는가? 이는 진실로 천고에 드문 경우이리라. 세상에서 이 두 사람이 경험한 예는 매우 기이한 일이라고 하지만 나는 성조(聖朝)께서 감식이 남달라, 성세의 인덕이 만들어낸 결과라고 생각한다. 세종이 지금까지 동방의 요순(堯舜)으로 칭송되는 것이 그럴 만한 이유가 있어서다. 아, 거룩하도다!

　두 선비의 특이한 출세가 기이한 일이라고 세상에서는 평하지만 그것은 세종의 남다른 감식안과 인덕이 빚어낸 결과라고 작자 나름의 해석을 내리고 있다. 그리고 성현 군주를 마음껏 칭송하고 있다. 말하자면 이러한 성현 군주의 존재, 그리고 그럼으로써 한미한 선비들이 성은을 입게 된 은총 이야기를 권말에 편집함으로써 최종적으로는 경사스럽고도 좋은 내용으로 책을 마무리하고자 하는 의도가 있었던 것이라 볼 수 있다.

『신오토기』의 최종권말에는 〈묘닌전〉의 고승전이 구성되어 있다. 묘닌(明忍, 1576~1610)은 일본의 진언율종을 중흥한 인물로 알려지는데 그 행적이 짧으면서도 알차게 담겨 있다. 어린 시절의 영특함에서 시작하여 출가의 경위, 율종의 재흥, 쓰시마(對馬)에서의 임종, 그리고 그가 남긴 마키노오산(槙尾山)의 사이묘사(西明寺)에 보존되어 있는 유품의 일까지 빠짐없이 기록되어 있다. 특히 율사가 임종 때 보살들의 내영을 맞으며 극락왕생한 일이 기이하게 그려져 있다. 이러한 율사의 임종에 대하여 작자는 '좀처럼 보기 드문 진귀한 일'이라 추켜세우고, 율사를 중국 송나라 때 율종 대사인 영지원조(靈芝元照 1048~1116)가 재생한 것 같다고까지 평하고 있다. 율사의 빛나는 행적과 극락왕생의 경사스러운 내용으로 책을 마무리하려 한 의도를 읽을 수 있는 대목이다. 이 묘닌 고승담은 『신오토기』에 수록된 인과응보적인 대부분의 내용과 많이 다른 양상을 보이는 한편이라고 할 수 있다.

(4) 기록의 수집 경위

또한 양 작품을 비교해 볼 수 있는 것은 이야기 내에서 그 이야기 수집의 과정을 밝히고 있는 대목이다. 수집은 여러 과정을 통해서 이루어졌는데 그 가운데 양 작품 사이에 공통하고 있는 것은 ①직접 사건을 목격한 사람에게 들은 것, ②목격자를 만난 사람에게서 들은 것, ③몇몇 중개자를 거치며 들은 것, ④세간에 떠도는 이야기를 작자가 직접 들은 것, ⑤세간에 떠도는 이야기를 누군가에게서 전해 들은 것 등이다. 그 반면에 ⑥사건을 몸소 겪은 사람에게 들은 것과, ⑦기록물에서 가지고 온 것은 『천예록』에 있고, ⑧작자가 직접 사건을 목격한 것은 『신오토기』에만 보인다. 이상의 수집 과정들을 다음에 구체적으로 살펴보도록 한다.

① 직접 사건을 목격한 사람에게 들은 것

[천] 선사는 얼굴이 넓고 큰 데다 풍채가 헌걸차, 한 번만 보아도 대번 비상한 사람임을 알 수 있었다. 풍수가인 김응두(金應斗)가 젊었을 적에 직접 그를 뵈었다며 나에게 이와 같이 말해주었다.(제6화)

[신] 아이를 치료하러 간 의원이 직접 보고서 이야기한 것이다.(권1의 〈두꺼비의 사령〉)

[신] 이러한 일은 전해 듣지 않고 틀림없이 목격했기에 온몸이 오그라들 정도로 무섭고 처참했다고 그 일을 직접 본 사람이 이야기를 했다.(권3의 〈여자의 몸체가 변한 독사〉)

『천예록』의 제6화에서는 수일선사의 신이한 행적을 둘 싣고 있다. 하나는 선사가 호승(虎僧)과 이야기를 나누는 내용이고, 다른 하나는 한 사건에 잘못 끼어들어 죽게 된 서리를 선사가 재판자인 사또의 꿈을 통해 선처를 구함으로써 서리의 목숨을 구한 이야기이다. 이 선사의 행적을 선사를 만난 김응두가 작자에게 전해준 것으로되어 있다. 『신오토기』의 첫째 것은 어린아이가 무심하게 두꺼비를 돌로 쳐 죽인 후 급사하여서 보니 아이의 머리맡에는 두꺼비의 사령이 웅크리고 있었다는 내용인데, 이야기의 수집 과정은 이 아이를 치료하러 가서 목격한 의원이 직접 전해준 것으로 되어 있다. 둘째의 것도 잘못 타고난 전생의 운명 탓에 산 채로 뱀이 되어 간 여자를 목격한 자가 전해 준 것으로 되어있다.

② 목격자를 만난 사람에게 들은 이야기

> [천] 가평(加平) 사람들은 노소를 막론하고 모두 이 일을 이야기한
> 다. 유생의 친구에게서 직접 전해들은 어떤 길손이 내게 이와
> 같이 이야기해 주었다.(제2화)
>
> [신] 이 이야기는 호쿄보가 직접 진술했다고 교토의 시주가 말했
> 다.(권3의 〈사후의 질투〉)

이 예들은 사건을 당한 당사자를 만난 자가, 혹은 사건이 벌어진 것을
목격한 사람이 다른 이에게 사건을 전한 것을 작자가 들은 경우이다. 즉
목격자와 작자 사이에 중개자가 개입된 경우이다. 『천예록』의 이야기
는 유생이 신선 세계를 탐방한 내용인데, 유생은 자기의 체험을 친구에
게 들려주고 친구는 다시 어떤 길손에게 이야기한 것을 작자가 들은 과
정을 취하고 있다. 『신오토기』의 이야기는 하녀를 사랑하는 남편을 둔
오사카의 어느 부인이 병사한 후 장례를 치르기도 전에 관에서 나와 하
녀의 목을 잘라 관 속으로 가져간 내용이다. 부인의 장례식을 치르러 간
승려 호쿄보가 직접 보고 혼간사의 시주에게 말했는데, 작자는 또한 이
시주에게 들은 것으로 되어 있다.

③ 몇몇 중개자의 단계를 그치며 들은 것

> [천] 서평의 자손이 직접 서평에게서 이 이야기를 듣고 사람들에
> 게 전해준 이야기이다.(제13화)
>
> [신] 지난날, 마쓰마에에 내려간 사람이 다음과 같은 이야기를 했
> 다. ……집주인이 말했다. "얼마나 세월이 흘렀는지 모르겠으
> 나 저희 조부가 들려준 이야기는 이러합니다" …이러한 이야
> 기였다고 한다. (권4의 〈소라고둥〉)

이 수집과정은 ②보다 사건이 전해지는 과정에 중개자가 더 개입된 경우다.『천예록』의 제13화는 서평의 집에서 먼 친척이 귀신 부리는 것을 서평이 목도한 이야기다. 이 이야기가 작자에게 전달되는 경로는 '서평(목격자)-서평의 자손-사람들-작자'의 단계를 거치고 있다. 한편『신오토기』의 〈소라고둥〉은 마쓰마에에서 일어난 일인데 소라고둥이 산속에 서식하다가 대량으로 산을 뚫고 나와 바다로 흘러 들어가는 바람에 산사태가 발생하여 번영하던 마을이 한순간에 쑥대밭이 되었다는 내용이다. 이 이야기가 작자의 귀에까지 미친 과정은 '(사건)-여관집 주인의 조부-여관집 주인-마쓰마에의 여행자-작자'의 경로가 된다.

　④ 세간에 떠도는 이야기를 작자가 직접 들은 것
　　[천] 세상에 이런 이야기가 전해진다.(제11화)
　　[천] 지금도 경주에서는 '궤짝 제독(櫃提督)'이라 하여 우스개 이
　　　　야기로 전해지고 있다.(제22화)
　　[신] 이때에 조닌(町人)에게도 거의 같은 그러한 일이 있었다는 것
　　　　이다. 세상에서는 '머리 자르는 벌레'라는 것이 비행하며 눈에
　　　　보이지 않게 검은 머리카락을 먹는다고 소문이 자자했다.(권2
　　　　의 〈머리 자르는 벌레〉)
　　[신] 세간에서는 이 무덤을 안총(雁塚)이라 하였다. 지금까지도 고
　　　　적(古跡)으로 남아 있다.(권2의 〈안총의 고적〉)

이 수입 과정은 사례가 가장 많다.『천예록』의 제11화는 고려 때 과거 보러 가던 선비가 덩굴에 뒹굴고 있는 해골을 묻어주었는데 과거에서 장원했다는 내용이다. 제22화는 몇 년 전에 경주의 제독이 관기의 꾀에 넘어가 벌거벗은 채 궤짝에서 나와 사람들의 웃음거리가 된 내용이다.

『신오토기』의 〈머리 자르는 벌레〉는 사무라이 두 사람이 자신도 모르는 사이에 머리가 잘려 나가 대머리가 된 일로 항간이 시끄러웠다는 내용이다. 〈안총의 고적〉은 사무라이가 자신이 죽인 기러기 암수의 애정을 보고는 출가하여 죽은 기러기의 무덤을 만들어 주었다는 '안총' 고적에 관한 전설이다. 이 네 이야기는 모두 작자가 세간에서 화제가 된 것을 수입했다고 밝히고 있다.

⑤ 세간에 떠도는 이야기를 누군가에게서 전해 들은 것
　[천] 지금도 맹산 사람들은 그녀가 살던 마을을 '좌랑촌'이라 부른다고 한다.(제17화)
　[신] 이 일이 이 지방에 퍼져 나가 사마노스케 유녀는 '고양이가 먹다 남긴 음식'이라는 별명이 붙어 체면을 잃게 되었다고 한다.(권1의 〈고양이가 먹다 남긴 유녀〉)

『천예록』의 제17화는 평안도 관찰사의 자제와 기생 옥소선과의 사랑 이야기가 사람들의 입에 오르내린 것을 작자가 누군가를 통해 전해 들은 것으로 되어 있다. 『신오토기』의 이야기도 사마노스케라는 유녀가 사랑한 미남자를 알고 보니 고양이의 변신이었다는 소문이 나가사키(長崎)의 마루야마(丸山) 환락촌에 나돈 것을 작자가 전해들은 것으로 되어 있다.

다음은 『천예록』에만 나타나는 수집 경로이다.

⑥ 사건을 몸소 겪은 사람에게 들은 것
　최 첨사는 자신이 젊었을 적에 직접 귀신을 만나 거의 죽을 뻔하다

가 겨우 살아난 이야기를 들려주었는데, 정말 기이한 일이 아닐 수
없었다. 내가 더 구체적으로 들려달라고 했더니 그가 자세하게 이
야기해 주었다.(제38화)

제38화는 최 첨사가 흉가에 들어가 괴변을 경험한 내용인데, 작자가
사위 이원곤의 옥사에 연루되어 감옥에 있었을 때 주고받은 것으로 되
어 있다.

　⑦ 기록물에서 가지고 온 것을 밝히는 이야기
　　이 글은 택당(澤堂)이 기록한 이야기로, 제목은 '최생우귀록(崔生
　　遇鬼錄)'이다.……택당의 기록은 여기까지이다.(제33화)
　　자신(성완)이 직접 기술한 내용이므로 상당히 자세하다.(제34화)

제33화는 신학사라는 사령(死靈)에게 끌려 다닌 최생의 이야기
로 택당의 기록물에서 가져온 것으로 되어 있다. 택당은 이식(李植
1584~1647)의 호이다. 제34화는 성완(成琓 1639~?)이 기록한 맹도인
(孟道人)이라는 혼령에게 홀린 성완의 이야기다. 『신오토기』에서는 본
문 이야기가 기록물에 의거했다고 명시한 것은 없고 평어에서 유사한
이야기를 제시한 경우에만 옛 문헌의 출처를 밝히고 있다.
　다음은 『신오토기』에만 나타나는 수집의 경로이다.

　⑧ 작자가 직접 사건을 목격한 것
　　이런 어이없는 일에 오늘 놀이의 흥이 깨져 보아야 할 꽃도 못 보고
　　우리 일행은 곧바로 집으로 돌아와 버렸다.(권6의 〈자업자득의 과
　　보〉)

나는 지난해에 사카모토(坂本)에 있는 라이코사(來迎寺)에 참배했
을 때(후략) (권4의 〈독버섯〉)

〈자업자득의 과보〉는 작자가 교토 외곽으로 꽃구경을 나갔다가 수영
달인이라는 사람이 고기그물의 말뚝에 걸려 죽는 것을 목격한 내용이
고, 〈독버섯〉은 라이코사에서 독버섯에 관련한 괴이한 일을 직접 목격
한 내용이다.

이상에서와 같이 『천예록』이나 『신오토기』가 자료수집의 경로를 밝히
고 있는 것은 이야기에 신뢰성을 확보하기 위해서이겠는데 이러한 서
술 방식들이 모두 독자적으로 고안된 것은 아니다. 『천예록』은 야담잡
기류의 전통적 형식을 이어받았으며, 『신오토기』도 일본 기존의 설화집
등의 전통적 형식을 계승한 것이라 볼 수 있다.

4. 이야기의 소재

이 장에서는 이야기를 구성하는 주요 등장인물, 시공간적 배경, 기이
한 소재에 대해 비교해 보고자 한다.

『천예록』에서는 실명이 거론되는 이야기와 그렇지 않은 이야기가 반
반씩 나누어진다. 실명이 거론되는 이야기에서는 사건의 주체자가 역사
적인 인물이거나 역사적 인물의 주변에 일어난 일화를 다룬다. 이러한
이야기의 경우 익명의 이야기에 비해 인물 일화의 성격이 강하게 나타
난다.

『신오토기』에서는 익명 인물인 이야기가 약간 더 비중을 차지한다.

그런데 실명을 든 것이라도 최종권말의 '묘닌'을 제외하고는 역사적으로 확인되지 않는 이름들이다. 승려일 경우는 잘 알려지지 않은 한 조사하기도 쉽지 않다. 이 밖의 등장인물도 아명이거나 당시 흔히 편의적으로 사용된 이름들이다. 이를테면 관직에 따라서는 '…로쿠에몬(六右衛門)' '…안자에몬(安左衛門)' '…스케(介)' 등이고, 일반 가정에서 호칭된 것으로는 '…(오니)시치로(七郎)' 등이다. 권1의 〈요괴녀의 머리채〉에서는 동경 아사쿠사(淺草) 주변에 사는 고라 아무개의 가신인 '오다 사부로에몬(太田三郞右衛門)'이라는 인물이 등장하는데 이 역시 통명(通名)이므로 그 실존이 확인되지 않는다. 일본의 에도 시대에는 하류 계층의 무사일 경우 대개 성명이 없거나 붙이지 않았다. 무사 밑의 계급인 농공상(農工商)은 유서 있는 집안을 제외하고는 이름을 가지지 않았다. 『신오토기』에 가명(假名)이 다수 등장하는 것은 비교적 낮은 신분을 등장인물로 선택했기 때문이다. 익명의 이름은 가상의 인물일 가능성도 배제할 수 없다. 이러하기에 『신오토기』는 인물 일화보다 사건 중심적인 성격이 강한 특징을 보인다.

등장인물의 계층을 살펴보면, 한국의 것은 양반층을 많이 다루었다. 익명인 경우도 선비·무사·군수·어사·경주 제독관·평안도관찰사·진사·벼슬아치·유생 등 양반이다. 양반층을 제외하면 심약(의원)·역관 등의 관리가 보이고 세속을 벗어난 고승·거사·처사 등도 있다. 하층민으로는 서울 백성·시골 백성·기녀·무당 정도가 등장한다. 기녀와 무당은 그 부정적인 측면보다 기녀의 절의, 참무당의 능력을 가진 인물로 그려진다.

일본의 이야기는 8편에서 승려를 다루었고, 사무라이도 7편에서 채택했다. 사무라이의 경우는 어느 영주의 가신이나 은둔 사무라이, 하급

사무라이, 직업을 잃은 사무라이, 무명 사무라이와 같이 하층 부류에 속한다. 사무라이의 아들 및 아내라는 불특정인도 각 1편씩 보인다. 상공인도 6편에서 나타난다. 그 외에 남자 · 유복한 사람의 아들딸 · 사람의 부인 · 노모 · 기녀 · 젊은이 · 나그네 · 여관 주인 · 농부 · 주민의 아내 · 고기잡이 · 승려의 시중 · 아무개 등이다. 승려가 주요 인물로 여러 번 등장하는 것은 종교적 신비의 소유자인 점과, 당시 망자의 장례를 치르는 일과 혼령의 명복을 비는 일을 맡고 있어서 괴기스러운 일을 접할 수 있는 입장에 있었기 때문일 것이다. 승려나 일부의 사무라이를 제외하면 일반 서민층의 이야기인 점이 한국의 것과 크게 다르다.

다음에 시공간적 배경에 관한 것이다.

함경도 : 함경도, 함경도 고을, 명천군의 칠보산
평안도 : 평양(3), 평안 · 맹산, 벽동군
황해도 : 연안부
경기도 : 서울(18+추정2), 가평군, 강화, 미원
강원도 : 동해안, 관동, 운곡, 원주
충청도 : 취재하지 않았음
전라도 : 호남(2), 임실군, 전주, 남원, 태인현
경상도 : 영남, 울산, 고성, 경주, 통영 해변, 안동, 새재 · 안동
제주도(3)
연경(1)

『천예록』에서 다룬 지역인데, 이야기 내에서 장소의 이동이 있는 경우도 있고 지역을 알 수 없는 경우도 있어, 총 62편에는 일치하지 않는다. 지역을 살펴보면 서울 및 그 교외가 20편으로 가장 많다. 경상도가

그다음의 순서가 된다. 제주도는 3편을 다루었다. 그와 달리 충청도는 한 지역도 없고 황해도는 한 곳을 취재했다. 연경도 1편 있는데 역관이 그곳으로 가서 겪은 이야기라 결국 한국의 이야기다. 이렇게 보면 자료의 취재는 서울 및 부근을 중심으로 하면서 가급적 각 지역의 이야기를 모으고자 했던 것 같다.

『신오토기』에 나타나는 지역은 다음과 같다.

> 홋카이도(北海道)지역 : 마쓰마에(松前)
> 도호쿠(東北)지역 : 야마가타(山形)
> 간토(關東)지역 : 이바라기(茨城), 도쿄(東京, 3)
> 주부(中部)지역 : 후쿠이(福井), 나가노(長野), 기후(岐阜, 2)
> 긴키(近畿)지역 : 교토(京都, 18), 오사카(大阪, 5), 시가(滋賀, 4), 나라
> (奈良, 3), 미에(三重), 효고(兵庫)
> 주코쿠(中國)지역 : 돗토리(鳥取), 야마구치(山口)
> 시코쿠(四國)지역 : 취재하지 않았음
> 규슈(九州)지역 : 규슈(1), 사가(佐賀), 나가사키(長崎), 구마모토(熊
> 本)
> 서쪽 지역(1)

총 48편에서 이야기를 둘 싣고 있는 〈독버섯〉에는 두 지역이 나타나므로 모두 49개 지역이 된다. 교토가 18편으로 압도적인 비중을 차지한다. 그리고 교토에서 가까운 오사카, 시가, 나라, 미에, 효고 등 긴키 지역을 14편으로 나타난다. 도쿄는 3편이고, 교토에서 거리가 멀리 떨어진 규슈는 4편이다. 홋카이도도 1편 있다. 불특정한 지역으로서 서쪽 지역(西國, 긴키 지역 이남)이 1편 있다. 이로써 『신오토기』에서도 작자의 소

재지 교토를 중심으로 비교적 가까운 거리에서 이야기를 수집했고, 나
머지는 외딴 지역에서 가져왔음을 볼 수 있다.

두 작품의 시대적 배경은 연대를 명시한 것을 들어 보면 다음과 같다.

『천예록』
제1화 중종(中宗) 때(1506~1544)
제2화 인조(仁祖) 때(1635)
제5화 1696년
제8화 1594년 / 1644년
제10화 만력(萬曆) 33년 선조 을사년(1605)
제11화 고려 때
제14화 효종 갑오·을미 연66간(1654~1655)
제15화 정축년(1637)
제16화 병자 정묘년 호란(胡亂) 때(1636)
제17화 성종(成宗) 때(1469~1494)
제25화 광해군 시절(1608~1623)
제33화 경술년(1670)
제38화 병신년(1716)
제44화 천계(天啓) 연간(1621~1627)
제51화 숭정(崇禎) 경진년(1640)
제57화 선조(宣祖) 연간(1567~1608)
제59화 세조(世祖) 때(1455~1468)
제60화 연산군(燕山君) 때(1494~1506)
제61화 세종 때(1418~1450)
제62화 세종 때

『신오토기』	
권2의 〈수난으로 변한 독사〉	만지(万治) 3년(1660)
권3의 〈여자의 몸체가 변한 독사〉	덴와(天和) 2년(1682)
권3의 〈들에 떠도는 불덩이〉	간분(寛文) 때(1661~1673)

권4의 〈선경〉	간분 9년(1669)
권4의 〈단발머리 여우〉	덴와(1681~1684)인 지금
권5의 〈인어의 평〉	간분 2년(1662)
권6의 〈태신궁(太神宮)의 수호〉	덴와 3년(1683)
권6의 〈묘닌전〉	게이초(慶長) 15년(1610)

『천예록』에서 가장 떨어진 시기는 고려로 1편이다. 그 나머지는 세종에서 숙종 때까지의 이야기이다. 가장 가까운 시기는 제38화에 나타나는 병신년(1716)이다. 이로 보건대 임방이 생존한 때는 물론이고 그 탄생에서 멀리 떨어지지 않은 앞 시대가 책의 배경이 되어 있음을 알 수 있다.

시대의 설정에서 『신오토기』의 사정도 크게 다르지 않다. 이 작품의 간행(1683년 음력 9월)에서 가장 시기가 떨어진 것은 〈묘닌전〉으로 게이초 15년(1610)이다. 반면에 〈태신궁(太神宮)의 수호〉는 이 작품의 간행과 같은 해로 되어있다. 그리고 연대가 명시되어 있지 않으나 "아주 최근에"(권3의 〈여자의 몸체가 변한 독사〉), "지금으로부터 멀지 않을 때의 일입니다"(권5의 〈침향합〉)와 같이 당대를 의식하여 엮어지고 있는 것이다.

마지막으로 양 작품에 사용된 소재에 대해 검토하기로 한다.

검토에 앞서 이제부터 소재별로 서술해 나감에 따라 소재 분류 방법에 대해 잠시 언급해 두고자 한다. 이야기에 따라서는 동일한 소재라도 다른 양상으로 나타나는 경우가 있다. 예를 들어 한 묶음으로 나란히 실려 있는 《천예록》의 제43화 〈훼열영정종견보(毀裂影幀終見報)〉와 제44화 〈의출원향즉피화(議黜院享卽被禍)〉를 보도록 하자. 제43화는 백악산(白岳山)의 신당(神堂)에 모셔진 백악신녀의 영정을 권석주가 훼

손하여 이를 원통하게 여긴 신녀가 그에게 보복한다는 내용이다. 제44화는 한 선비가 서악서원(西岳書院)에 모셔진 김유신의 위패를 빼내려다가 원망을 사서 김유신의 꿈을 꾼 후 죽어 버렸다는 내용이다. 이처럼 두 편 모두 혼령의 신령스러움을 가볍게 여긴 탓에 화를 당한 내용이기에 소재는 혼령이 부리는 기이함이라 볼 수 있다. 그런데 제43화에 구상된 혼령은 신(神)이고, 제44화에 구상된 혼령은 실존한 인물(선조)이다. 이렇게 동일한 혼령 소재가 각각 다른 모습으로 그려져 있을 경우는 그에 부합하는 분류를 할 수밖에 없다. 즉 제43화의 혼령은 신인(神人)으로 분류될 수 있고, 제44화의 혼령은 조상혼으로 분류될 수 있다.

그런데 제57화 및 제58화를 보면 둘 모두 천장(天將)인 관우의 묘당 설립과 그의 음우에 관한 이야기다. 관우는 촉(蜀)나라의 무장으로서 충절과 무력의 위풍으로 일찍이 중국에서 무신(武神)으로 신격화되었는데, 한국에서도 신격화된 존재로서 유입되어 구전되었다. 그러므로 본 이야기 2편은 실존 인물이더라도 관우 신인(神人)에 대한 이야기로 볼 수 있다.

한편 제37화·제38화는 흉가에서 요괴들을 만나는 이야기다. 또한 《신오토기》권2의 〈흉가에서의 용맹〉도 흉가에서 요괴를 만나는 이야기다. 그런데 두 작품의 차이는 한국의 것이 흉가에서 요괴의 괴변을 목격하는 내용이라면, 일본의 것은 요괴를 물리친 사무라이의 남다른 용맹을 표출한 것이다. 그러므로 한국의 것은 요괴, 일본 것은 용력으로 분류될 수 있다.

이상과 같이 소재의 특성이나 그 사용된 양상 등을 고려하여 행한 분류표에서는 초월적인 존재인 신인(神人)과 선인(仙人)(선경)을 맨 앞에 두고, 그다음에 인간, 동식물, 혼령을 두었다. 그리고 그에 포함되지 않은 것은 명부(冥府), 요괴, 기보(奇寶, 일본의 것은 생령, 요괴, 꿈, 광물체, 명검)의 순으로 그 아래에 열거했다.

천예록	신오토기
神人	神人
백악신녀 제43화	樹神　　　　권2-10
관운천장 제57화 · 제58화	기부산 산신 권4-3
	태신궁 신　　권6-1
仙人(선경) 제1화 · 제2화	
	仙人(선경) 권4-1
인간	
高僧 제5화 · 제6화	인간
異人(方士)	高僧 권6-6
도술 제3화 · 제4화	異人
환술 제15화 · 제16화	變身
재해예견 제9화 · 제10화	生中 권2-1 · 권2-7 · 권3-1 · 권6-3
귀신다스림 제13화 · 제14화	死後 권3-9
變身 제19화 · 제20화	分身 권1-1
勇力 제55화 · 제56화	勇力 권2-3
義俠 제51화 · 제52화	業報 권6-2
名巫 제49화 · 제50화	
戀愛 제17화 · 제18화	동물
譏弄 제21화 · 제22화	고양이　　권1-8
愚人 제23화 · 제24화	거미　　　권2-2
悍人 제25화 · 제26화	여우　　　권4-2
賢婦 제59화 · 제60화	닭　　　　권6-4
賢君 제61화 · 제62화	기러기　　권2-9
	두꺼비　　권1-3
동물	거북이　　권3-7
뱀　　　제39화 · 제40화	소라고둥 권4-6
여우 제47화	인어　　　권5-2
이리 제48화	머리 자르는 벌레 권2-8

천예록	신오토기
혼령	식물
조상혼	독버섯　　권4-5
못자리　　　제27화 · 제28화	혼령
제사 · 생신　제29화 · 제30화	명복부탁 권1-5 · 권1-7 · 권5-3 ·
장례부탁　　제41화	권5-5
遷葬　　　　제42화	집착
복수　　　　제44화	질투　　권3-3
보은 · 음우　제11화 · 제12화	집념　　권6-5
혼령의 만남　제45화 · 제46화	연모　　권2-4 · 권2-6
혼령의 홀림　제33화 · 제34화	복수　　권1-4 · 권5-1
冥府 제7화 · 제8화	生靈　　　권3-5 · 권4-4
요괴	요괴
할미요괴　　제35화	요괴녀　　권1-2
두억신　　　제36화	식인노파　권2-2
마마귀신　　제31화 · 제32화	빗속의 아이 권3-4
홍가의 요괴 제37화 · 제38화	거인　　　권3-6 · 권4-7
	火車　　　권1-6
奇寶 제53화 · 제54화	
	꿈　　　권3-2 · 권5-4
	광물체　권3-8 · 권5-6 · 권5-7
	명검　　권4-8

　표에 열거한 차례에 따라 소재 수용의 양상을 구체적으로 검토해 보기로 한다.

　먼저 신인(神人)인 관우천장과 백악신녀에 관한 것인데, 이에 대해서는 앞서 언급한 바가 있어 재론하지 않는다. 『신오토기』를 보면 수신(樹

神), 긴부산(金峯山) 산신, 태신궁 곧 이세신궁(伊勢)의 신 등이 등장한
다. 수신과 긴부산 산신의 이야기에서는 신들이 신령을 업신여기는 사
람을 엄벌하고, 태신궁 신의 이야기에서는 신심이 두터운 사람을 수호
한다는 내용이 그려져 있다. 선인(仙人), 선경은 괴담기담에서는 단골
소재로 등장하는 만큼 양 작품에서도 빠짐없이 다루어지고 있다. 고승
(高僧) 소재는 『천예록』에서는 회언(熙彦)선사 및 수일(守一)선사의 기
이한 행적과 입적이, 『신오토기』에서는 묘닌 율사의 일본율종재흥의 행
적과 기이한 임종이 이야기된다. 이인(異人) 소재는 『천예록』에서는 다
수 채록되어 있다. 예컨대 서울에서 멀리 떨어진 영남 조령과 호남에서
벌어진 사건을 훤히 내다보았다는 정염(鄭礏)과 윤세평(尹世平)(제3
화 · 제4화), 헝겊 조각을 나비로 바꾸고 마을의 난리를 예견한 무사(제
15화), 정묘호란의 위급한 와중에도 길가에서 아랑곳하지 않는 이인(제
16화), 귀신을 다스리는 신통력을 가진 이인(제13화 · 제14화), 동해 어
촌에서 해일을 예견한 거사(제9화), 신장(神將)과 비범한 승려의 대화
에서 물난리를 예견한 시골 백성(제10화) 등, 도술 환술 신술에 관련된
이인들의 이야기다. 그 가운데 재해 예견에 관한 소재는 『신오토기』 권4
의 〈소라고둥〉에서는 사람의 맥을 통해 마을 산사태를 예견했다는 내용
으로 삽화(揷話)로서 이야기된다.

변신(變身)도 두 작품에 공통으로 나타나는 소재다. 『천예록』에서는
고성(高城)의 벼슬아치의 아버지가 홍어로 변하거나, 김유의 집안사람
인 100세가량의 노인이 멧돼지로 화(化)한 이야기가 실려 있다. 반면
에 『신오토기』에서는 뱀으로 변하는 내용이 다수인 특이성을 보인다.
구체적으로는 남편이 변심하자 아내가 뱀으로 화(化)하여 보복하거나
(권2-1), 병들어 죽어 가면서도 남편을 향한 집착으로 뱀이 되거나(권

6-3), 전세의 인연에 의해 50세가량의 여인이 연못 주인인 뱀으로 변하
거나(권3-1), 물난리에 떠내려가는 전답에 집념하다가 뱀이 되었다는
내용(권2-7) 등이다. 이 변신담들은 살아생전에 축생도에 빠진 이야기
로 되어 있는데, 이와 달리 애인에게 죽임을 당한 여인이 뱀으로 변하여
애인을 죽이는 이야기(권3-9)는 사후에 변신하는 사례다. 또한『신오토
기』에 아주 이색적인 변신 소재로 한 남자가 자신의 용모에 자만하여 스
스로 여자의 분신을 만들어 내어 사랑하다가 최후를 맞이한 이야기가
있다(권1-1).

용력(勇力)의 소재도 두 작품에 동일하게 나타난다.

『천예록』에 있는 의협(義俠), 명무(名巫), 기롱(譏弄), 우인(愚人), 한
인(悍人), 현부(賢婦), 현군(賢君) 같은 소재는 현실적이지만 현실에서
좀처럼 보기 어려운 희소성을 지닌 것이다. 이러한 현실적인 소재는『신
오토기』에서는 나타나지 않는다.

연애(戀愛)를 소재로 한 이야기는『천예록』에서는 신분에 차이가 있
는 남녀의 만남과 이별과 재회 그리고 행복한 가정 구축 같은 전개를 밟
는 현실적 애정담이다. 그러나 사대부의 자제와 기녀 간의 연애가 일회
적인 사랑으로 끝나는 것이 아니라 정식 부부로서 부귀영화까지 누린
다는 것이 기이한 소재로 간주되어 채택되었다고 볼 수 있다. 이에 반해
『신오토기』에 실린 연애 소재 이야기는 변심이나 애정 집착, 질투 등으
로 야기된 기괴한 내용들로 구성되어 있다.

동물 소재로는 한국의 경우 둔갑하는 여우와 이리의 2편과, 무모하게
죽임을 당해 앙갚음하는 뱀의 2편이 있다. 일본의 경우는 인간으로 둔
갑하는 고양이, 거미, 여우, 닭의 이야기가 있다. 거미와 닭의 둔갑은 좀
처럼 접하기 어려운 소재다. 또한 부부애를 다룬 기러기, 돌로 맞아 죽어

앙갚음하는 두꺼비의 이야기도 역시 독특한 소재다. 동물 소재로서 더욱 흥미로운 것은 소라고둥의 괴변과 머리를 잘라 먹는 벌레에 관한 것이다. 소라고둥은 산속에 서식할 리 없는데도 마쓰마에(松前)에서는 실제로 산속에 서식한다는 속설이 있어 형성된 괴이한 전설이다.[11] 한편 인어에 관한 것은 '인어공주' 같은 환상적인 내용이 아니라 그 출현이 자연재해의 징후로 볼 것이냐 아니냐를 따지는 에도인의 담론 이야기가되어 있다. 이렇듯 독특한 동물담이 다수 채록되어 있는 것을 『신오토기』의 큰 특징으로 지적할 수 있다. 그 밖에 한국의 작품에서 좀처럼 볼수 없는 독버섯의 기이한 생장을 다룬 것도 1편 있다.

혼령도 양 작품에 자주 이용된 소재다. 한국적 특징을 보이는 것은 꿈속 혹은 현실에 조상혼이 나타나서 제사나 장례, 묫자리, 천장(遷葬) 등을 부탁하는 것이다. 이 조상혼에 관련된 특징은 뒤에서 다시 언급될 것이다. 한편 보은을 소재로 한 이야기는 전례에 보기 드문 해골의 보은을다룬 것(제11화)이 있다. 『신오토기』의 혼령들은 자신의 명복을 부탁하기 위해 사람(주로 승려)에게 나타나거나 죽어서까지 집착, 질투, 집념,연모에서 벗어나지 못해 출현한다. 『천예록』에 있는 혼령의 복수(제44화) 같은 소재도 싣고 있는데 그 내용은 무도한 남자에게 비운의 죽음을 당한 사람이 해골이 되어 남자에게 복수한다는 것으로(권1-4), 내용이 상이하다. 일본의 혼령 소재에서 흥미로운 것은 아버지를 죽인 원수에게 복수를 벼르다가 원수를 갚지 못한 채 죽은 아들이 혼령이 되어 돌아와 복수를 한다는 내용(권5-1)과, 남편의 바람에 견디지 못한 아내가

---

11) 朴蓮淑, 「『新御伽婢子』考-民話・傳說との關連として-」, 『人間文化研究年報』, 第21號, お茶の水女子大學 人間文化研究科, 1998, pp.2-55~62.

산 채로 생령이 되어 남편을 해한다는 내용이다.

끝으로 『천예록』에 보이는 명부나 마마귀신, 염병을 퍼뜨리는 두억신, 기보(奇寶) 같은 소재는 일본의 기존 기이담의 작품들에서 자주 이용되지만 『신오토기』에서는 취급되지 않았다. 반면에 인간의 머리카락을 지닌 요괴녀, 식인 노파, 눈 세 개에 코와 귀가 없는 빗속의 아이, 악행을 저지른 사람이 죽으면 저승에서 불타는 수레가 와서 잡아끌고 간다는 화차(火車) 등은 매우 독특한 소재라 할 수 있다. 그리고 광물체에 관한 이야기를 3편이나 취급하고 있는데 교토 시조(四條)의 들녘에 떠돌아다니는 소겐비(宗玄火)의 불덩이(권3-8), 꿈결에 밤에 찾아오는 남자의 길을 인도하는 여인의 일념 불덩이(권5-6), 수확 철에 새 쫓는 소리를 외치면 그에 반응하여 빛줄기가 입에 날아드는 광물체(권5-7) 같은 것도 좀처럼 만나기 어려운 진귀한 소재다.

이상에서 살펴왔듯이 『천예록』과 『신오토기』에서는 다양한 소재를 폭넓게 취급하고 있다. 신인, 선인(선경), 고승, 변신, 동물, 혼령, 요괴 등의 대분류 항목은 양 작품에 공통적으로 나타나는 것이지만 양국 지역의 사회문화적 배경이나 민족의 성향에 따라 내실화된 이질적인 내용으로 꾸며져 있다. 그리고 『천예록』의 조상혼, 현부, 현군의 소재, 『신오토기』의 머리 잘라 먹는 벌레, 소라고둥, 화차, 애정에 얽힌 생령의 소재들은 각 문화적 특성에서 양산된 독자적인 묘미를 보여 주는 것이다.

이상으로 다채롭고도 기이한 소재들을 작품화한 양 작품을 통해서는 17·18세기의 조선 시대와 에도 시대 무렵에 화젯거리가 된 괴담기담과 그 향유의 양상들을 추정해 볼 수 있다. 그리고 그와 동시에 소재 취재에 고심한 양 시대 작가들의 편집 자세도 파악할 수 있다.

5. 내용의 비교

지금까지 살펴 온 특징들 외에 내용 측면에서 비교되는 요점을 정리해 두고자 한다. 먼저 『천예록』의 내용이다.

첫째, 도·불·유·무속적 성격의 이야기를 함께 다루고 있다는 것이다. 예를 들면 작품의 권두를 장식하는 두 편은 신선과 선계에 관한 내용이고, 그다음의 두 편은 정염과 윤세평의 도술 이야기다. 재해 예견(제9화·제10화)과 방사(方士)(제15화·제16화), 관우의 사당 건립 및 음우신조(제57화·제58화) 같은 것도 도교적인 이야기다. 그 반면에 희언선사 및 수일선사의 이야기(제5화·제6화)는 고승의 영험을, 한 처사와 홍내범의 저승 탐방담(제7화·제8화)은 저승의 공포를, 해골 이야기(제11화)는 혼령의 보은을 내용으로 한 불교적인 이야기다. 그리고 민간의 무속적 신앙에 바탕을 둔 것으로는 영험한 무당과 굿의 이야기(제49화·제50화), 마마귀신과 두억신의 이야기가 있다. 유교적 성격의 이야기에는 조상혼, 정열(貞烈) 내지 열녀(烈女), 현군(賢君)을 주제로 한 것이 있다. 조상혼에 관한 이야기는 상례나 제례에 관한 것으로 유교 문화에서 후손들이 경험할 만한 내용이다. 유교적 성격의 이야기 중에서 주목하고 싶은 것은 정열·열녀를 다룬 것이다. 지혜와 절의로 명문가 자제와의 사랑을 성취하여 신분 상승하는 기생 옥소선과 일타홍의 이야기(제17화·제18화)가 있으며, 여색을 좋아하는 한명회를 간파하여 칼을 부채 대용으로 듦으로써 정처(正妻)의 지위를 획득한 선천(宣川) 좌수의 딸 이야기(제59화)도 있다. 또한 썩은 쇠고기조각을 겨드랑이에 끼워서 연산군의 탐욕을 물리친 젊은 선비의 아내 이야기(제60화)도 있는데 당시 상당히 화젯거리가 되었던 것으로 보인다. 그런데 이와는 대조적으로 성질이 괴팍하고 난폭한 성하창(成夏昌)과 우상중(禹尙中)의 아내에 관한 이야기(제25화 · 제26화)에서는 현처(賢妻)의 사회적 바람이 역설적으로 표현되고 있다. 그리고 현군 세종의 남다른 감식안과 지혜로움에 관한 이야기도 유교 사회에서 이상으로 한 성군의 모습을 돋보이게 하는 것으로 주요하게 취급되고 있다. 이와 같이 여러 신앙적 이념과 관련된 내용 가운데 유교적 이야기가 단연 큰 비중을 차지하는 것은 이 작품이 탄생한 시기의 사회적 상황과 무관하지 않을 것이다.

둘째, 여성에 관한 이야기가 적으나마 있는데 대체로 활동적이며 지혜롭고 마음 씀씀이가 뛰어난 인물로 그려져 있다는 것이다. 위에서 서술한 옥소선과 일타홍, 선천좌수의 딸, 선비의 아내들은 그 마음가짐이나 슬기로움으로 신분 상승한 기재(奇才)로 인상 지어지고 있다. 그뿐만 아니라 신분 상승까지는 아니지만 관청에서 부당하게 무당을 제거하려는 데 맞서 당당하게 자신의 능력을 시험해 보이고 인정을 받은 무속인도 신분적으로 하나같이 불리한 입장에 놓여 있으면서도 적극적으로 자신들의 삶을 헤쳐 나간 인물로 묘사된다. 이는 『천예록』의 몇몇 남성들이 소극적이면서도 위선적이고 융통성이 없는 인물로 묘사되는 것[12]과 대조적이라 할 수 있다.

셋째, 이 책이 편찬된 바로 앞선 시기의 대외적인 전쟁 속, 혹은 전후에 일어났을 법한 기이한 사건들이 다수 채록됨으로써 작품에 현실성이 부여되고 있다는 것이다. 예컨대 제2화에서는 선계에 간 유생이 잠

---

12) 자신의 직함과 자리를 믿고 거드름을 피우며 여색을 멀리하던 어사나 제독관이 순식간에 관기들에 속아 망신을 당하거나(제21화 · 제22화), 굴러들어온 횡재와 여복을 얼빠지게 놓치거나(제23화 · 제24화), 무지막지한 부인에 억눌려 기를 펴지 못하거나 하는 남성들이다(제25화 · 제26화). 이러한 남성들은 자신의 옹졸함과 완고한 성질 때문에 출세의 길까지 막혀 버린 인물이다.

시 고향에 돌아와 있을 때 곧 난리가 있을 것이라며 선계로부터 부름을 받고 다시 선계로 건너갔다는 시기가 1685년으로 되어 있는데 여기서 난리는 병자호란(1636)을 염두에 둔 것임을 알 수 있다. 제8화에서 이 야기되는 장티푸스로 인한 죽음은 임진왜란(1592) 때 전염병이 창궐한 시대적 배경이 있고, 제15화와 제16화에서 이야기되는 난세의 일은 병 자호란과 정묘호란이 배경이 되어 있다. 그리고 제57화와 제58화에 이 야기되는 관운장의 혼령담도 임진왜란 후 명나라의 요청으로 관왕묘 (關王廟) 설립이 추진된 시대적 상황이 있었던 것이다.

다음은『신오토기』의 내용적 특징이다.

첫째, 불교적 성격을 지닌 이야기가 상당한 비중을 차지하고, 신도(神 道)에 얽힌 이야기도 있다. 자만(自慢), 인과(因果), 연모집착(戀慕執 着), 극락왕생(極樂往生), 애착(愛着), 발심(發心) 등에 관한 이야기들 이 불교적인 내용임은 덧붙일 필요가 없을 것이다.[13] 불교적 이야기를 논하는 데 주목해 볼 것은 권4의 〈선경〉이다. 내용은 한 젊은이가 장생을 바라고 영험하다는 도가쿠시산(戶隱山)에 들어가서는 신선을 만나 정담 을 나눈 후 집에 돌아오니 선계의 하루였던 시간이 이 세상에서는 50년 이나 흘러 있었다는 도교적인 이야기다. 그런데 선경을 경험하고 돌아온

---

13) 자만 : 〈남자의 자만〉〈교만의 과실〉〈일생을 망친 꿈〉〈긴부산 신의 엄벌〉
인과 : 〈두꺼비 사령〉〈요괴 닭〉〈말하는 촉루〉〈늙은 거미 요괴〉〈화차(火車)를 묶은 벚나무〉〈여자의 몸체가 변한 독사〉〈들에 떠도는 불덩이〉〈자업자득의 과보〉
연모집착: 〈여자의 생목(生首)〉〈살아서의 원한〉〈남편을 찢은 두 아내〉〈작은 뱀으로 변한 핏방울〉〈거울에 비친 세 얼굴〉〈사후의 질투〉〈사체(蛇體)의 왕생〉〈어두운 밤에 가는 일념〉
극락왕생: 〈사후의 혈맥〉〈회향을 부탁하는 망자〉〈침향합〉〈성령회(聖靈會)〉〈묘닌전〉
애착: 〈수난으로 변한 독사〉〈집을 배회하는 혼령〉
발심: 〈안총의 고적〉

젊은이가 끝으로 내뱉은 말은 불로장생에 대한 욕구의 허망이다.

　가령 선계에서 오천 세, 팔천 세 장수한다 한들 인간에게는 열 해, 스무
해 정도밖에 생각되지 않아요. '신선이 죽지 않는다 하여 무엇을 한다는
말인가?'라는 말은 맞는 말입니다. 장생도 마음에 차는 것을 모르면 단명
보다 못해요. 어설프게 이 길에 맛 들어 악취(惡趣)에 떨어졌었군요. 그
저 범인(凡人)에게는 불도의 길을 찾는 게 나아요.

　결국 이 이야기는 불도의 소중함을 말하는 것으로 끝을 맺는다.

　신도에 관련되는 내용은 나무에 정령이 있다는 속설을 다룬 〈수신 엄
벌〉, 오랜 신앙을 자만하고 금단의 장소를 침범한 죄로 덴구가 된 〈긴부
산 신의 엄벌〉, 태신궁의 영험을 다룬 〈태신궁(太神宮)의 수호〉 등에서
찾아볼 수 있다. 이상에서 서술한 신불에 관한 이야기들은 교회(教誨)
적 성격이 짙다.

　둘째, 여성에 관한 이야기를 채록하는 데는 여자는 질투나 애욕의 소
유자로서 부정적인 면을 드러내는 측면이 있다. 예컨대 〈남편을 찢은 두
아내〉(권3) 이야기를 보자. 내용은 어느 한 남자가 교토와 에도에 각각
처를 두고 다니다가 두 여자에게 찢겨 죽는다는 이야기다. 그런데 평어
에서는 이 이야기와 대조되는 옛이야기를 가져와서는 남자에 대한 평
을 달아 놓았는데 그 평의 내용이 질투한 여자에게 쏠려 있는 것이다.
즉 옛이야기는 남편에게 버려진 여인이 남편을 원망하지 않고 혼자 삭
히는 동안에 다시 남편의 사랑을 되찾았다는 내용인데, 평은 질투로 남
편을 찢은 두 아내에 대해서,

이러한 진정한 마음이 없었던 것이지. 여자의 한심한 마음에서 저렇게 무섭고도 괴이한 짓을 저지른 것이다.『시경(詩經)』에는 〈종사(螽斯)〉편을 두어 질투하지 않은 여자를 전해 교화했지만 그래도 두려워하며 삼가야 할 일이다.

라며 남자의 비도덕적 행위를 나무라기는커녕 여자의 질투만을 힐책하고 있는 것이다.

이와 마찬가지로 〈거울에 비친 세 얼굴〉(권4)은 첩을 여럿 둔 한 상인이 한 첩의 거울에 다른 여자들 얼굴이 동시에 비치는 것을 보고 여자가 실성하여 죽게 되자 그제야 잘못을 깨닫고 출가한다는 내용인데, 작자는 이에 대해서도 남자 출가 전후의 시비는 따지지 않고 여자에게만 비판을 가하고 있다.

모든 세상살이는 마음 하나에 따라 악취(惡趣)에 떠돌기도 하고 선취(善趣)에 태어나기도 하는 것이다. 여자는 자신의 아집으로 인해 더욱더 아집 속에 빠져들어 억겁(億劫)의 어두운 곳을 헤맸는데, 남자는 보리(菩提)의 마음을 일으켜 산속 깊숙이 들어가 오랫동안 수행을 쌓아 불도를 깨달은 도인이 되었다.

이렇게 작자의 여자에 대한 비판적 자세는『천예록』이 여성의 절의, 슬기, 활달한 모습을 그린 것과 대조적이다.

셋째, 명소 기록적인 성격을 지니고 있다.『신오토기』는 이야기의 생산지나 전승지를 밝혀 작품에 신빙성을 주고자 노력하는 가운데 이야기와는 직접적인 관련이 없는 명승고적에 대하여 상세하게 적어 놓은 경우가 있다.

> 교토 시조 기타오미야의 서쪽에는 그 옛날 준와 대왕의 별궁이 있었다. 여기를 사이인이라 했다. 그 후 다치바나 황후가 살았다고 한다. 세월이 많이 흘러 궁전은 모두 없어지고 이름만 남아 지금은 시골 농부의 거처가 되었다. 그 남쪽의 진쇼사에는 존엄한 지장이 안치되어 있었다. 항상 3월이 되면 대염불이 시작되고 그사이에는 교겐(狂言)이 상연되어 원숭이 가면을 쓴 남자가 밧줄을 타며 곡예를 했다. 찻집이 늘어서 참배객이 줄을 이었다.

이것은 권3의 〈들에 떠도는 불덩이〉의 서두에 기록된 글이다. 이야기는 교토 진쇼사의 옆 소나무 숲에 떠도는 괴이한 불덩이의 유래에 관한 것이지만 내용에 직접 관련이 없는 사이인(西院)의 고적과 진쇼사의 흥성에 대하여 서술되고 있다. 명소 기록적인 성격은 이뿐만이 아니다. 〈사후의 혈맥〉(권1)에서는 교토의 햐쿠만벤(百万返), 〈야밤의 거인 법사〉(권3)에서는 우슈 기타사가에노쇼[羽州 北寒河江庄, 현재 야마가타현(山形縣) 사가에시(寒河江市)의 하치만 신사(八幡神社)], 〈단발머리 여우〉(권4)에서는 교토 니시노토인(西洞院)에 있는 야나기노미즈(柳の水)의 명수(名水)에 대해서 각각 기술되어 있다. 더욱이 〈자업자득의 과보〉(권6)에서는 은어잡이의 명인이 은어를 잡으러 물속에 들어가서는 말뚝에 걸려 죽는 광경을 작자가 목격하는 것이 주된 내용이지만 이야기의 맨 끝에 짧게 진술되어 있을 뿐이다. 그런 반면에 대부분 작자가 교토를 나와서 사가(嵯峨)를 소요하는 동안에 구경한 명승고적에 관한 서술이 차지하고 있다. 도행에서 소개되는 사찰이 무릇 16개이고 사찰

사이사이에 지나는 다리와 연못, 마을까지 낱낱이 기록되어 있다. 마치 교토 외곽의 명소 안내기와 같은 인상을 남기고 있는 것이다.

6. 편찬의 의도

『천예록』과『신오토기』에 실린 이야기는 대부분 전문(傳聞)이나 목격담 형식으로 이루어져 있다. 과연 그 견문의 취지를 액면 그대로 받아들여도 되는 것일까?

『신오토기』의 서문에서는 '교토에서 보고 시골벽촌에 사는 사람들로부터 직접 듣고 하여 이야기를 모았다'고 견문에 입각한 것임을 적고 있다. 또한 서문에서는 기존의 책에서도 고금의 이야기를 가져왔다고도 밝혔는데, 책에서 가져왔다는 이 말은 필시 '평'에 기록되어 있는 전례의 삽화들일 것이다. 왜냐하면 본문에서는 출처가 전혀 언급되지 않을 뿐 아니라 이야기의 말미에는 견문 형식으로 마무리가 되어

있기 때문이다.

그런데 본문에서도 문헌에서 소재를 얻었다고 생각되는 것들이 있다. 즉 〈사후의 혈맥〉(권1), 〈사후의 질투〉(권3), 〈집을 배회하는 혼령〉(권6), 〈안총의 고적〉(권2), 〈묘닌전〉(권6) 등인데,[14] 이 가운데 〈사후의 질

---

14) 〈사후의 혈맥〉, 〈사후의 질투〉, 〈집을 배회하는 혼령〉은 가타카나본(片仮名本)『인가 모노가타리(因果物語)』(1661)에서 취재하였다. 当麻晴仁,「『新御伽婢子』考-片仮名本『因果物語』との關係-」,『靑山語文』, 22號, 1992, pp.57~67)
또 〈안총의 고적〉은『가와치카가미명소기(河內鑑名所記)』(1679), 〈묘닌전〉은 필사본『묘닌율사의 행장(明忍律師之行狀)』에서 각각 소재를 가져온 것으로 추정된다. 朴蓮淑,「『新御伽婢子』考-民話·傳說との關連を中心として」,『人間文化研究年報』,

투)를 들어 검토해 보도록 하자. 내용을 요약하면 다음과 같다.

가슈(河州, 오사카부의 동부)에서 어떤 여자가 죽었다. 혼간사(本願寺)의 승려 호쿄보(法教坊)와 여러 승려들이 초청되어 내일 낮에 운구하여 장례를 치르고자 불전에 시신을 안치하고 모두들 그 방에서 잤다. 그런데 그날 밤, 갑자기 시신이 관 속에서 나와 방 안의 등불을 전부 꺼 버렸다. 여행에 지쳐 모두 잠든 가운데 한 승려가 그것을 지켜보았으나 무서워서 소리를 내지 못했다. 이튿날 주인이 일어나 열쇠를 찾아 하녀를 불렀으나 대답이 없었다. 하녀의 방에 가 보니 목 잘린 몸체만 있었다. 관이 열린 것이 수상하여 안을 들여다보니 죽은 여자가 하녀의 머리채를 잡아 쥔 채 있었다. 나중에 들으니 이 여자는 남편이 하녀에게 눈길을 줬다고 심하게 질투하다가 죽었다는 것이다. 그곳에 초청되어 간 호쿄보가 직접 이야기했다고 절의 시주가 말했다.

부인의 질투로 일어난 해괴한 사건이다. 이 사건을 작자는 사건을 직접 목격한 호쿄보로부터 들은 혼간사의 시주에게서 들었다고 했다. 그런데 이와 유사한 이야기가 승려 스즈키 쇼산(鈴木正三, 1579~1655)의 포교 목적으로 편찬된 『인가 모노가타리(因果物語)』(1661) 상권 〈질투심한 여자가 죽어서 후처를 죽이다 付 하녀를 죽이다〉에 실려 있다. 이 야기의 전문을 옮기면 다음과 같다.

오슈[奧州, 후쿠시마(福島)·미야기(宮城)·이와테(岩手)·아오모리(青森)·아키타(秋田) 일대]에서 어떤 여자가 죽었다. 염습을 하고 시신

을 관에 넣어 두었는데 관 속에서 손이 나온 채 있었다. 사람들이 소스라
치게 놀라고 있는데 바로 그때 그 집 안에 있던 하녀가 '앗' 하고 소리를
질렀다. 그래서 가 보니 하녀의 목은 없고 몸체만 있었다. 괴이하여 관을
열어 보니 망자가 하녀의 목을 깨물고 있었다. 이것은 평소 질투의 집념
이 저지른 것이다. 구도화상(愚道和尙)이 젊은 시절 봤다고 말했다.[15]

여기서는 오슈의 이야기로, 전한 사람은 구도화상으로 되어 있다. 『신
오토기』는 이 소재를 이용하여 장소와 이야기의 전달자를 바꾸고 내용
의 편폭도 늘려 한층 괴이하게 옮겨 놓은 것임을 추정할 수 있다.

한편 『천예록』에서는 기존 문헌자료를 이용했을 때는 그것을 밝히고
있으나 그 외의 이야기에서는 명확히 전거(典據)를 내세울 만한 것이
발견되지 않는다. 그러나 그렇다고 순수하게 견문에만 의거한 것으로
돌리기에 석연치 않은 것들이 있다. 이를테면 〈염라왕탁구신포(閻羅王
托求新袍)〉(제7화)는 황해도 연안에 사는 한 처사가 죽을 때가 되지 않
았는데 염라왕에게 잡혀가서는 저승을 둘러보고 환생한, 소위 저승 탐
방담이다. 이 저승 탐방 소재는 『금오신화』 등에 그 선례가 있기는 하지
만, 『천예록』에서 나타나는 저승의 망자나 염라왕으로부터 이승에 전해
달라며 전언을 부탁받는다는 모티프는 오히려 『태평광기』의 〈석증(釋
證)〉에 빈번히 보이는 유형임에 주목하고 싶다. 그와 마찬가지로 〈보살
불방관유옥(菩薩佛放觀幽獄)〉(제8화)도 홍내범의 지옥 탐방 이야기인
데 신불을 불신하여서 저승에 끌려가는 모티프는 선례가 많지만 보살
불이 지옥 구경을 시켜준다는 모티프는 흔하지가 않은 것이다. 이러한
유사 모티프도 실은 『태평광기』의 〈석증〉에 실려 있는 것이다.

---

15) 『因果物語』, 古典文庫, 第185冊, 1971, p.299.

즉 지옥 탐방담은 조선시대 문인들이 즐기는 화젯거리였던 것으로 추정이 되는데 특이한 모티프 도입이라는 세밀한 점에 유의하면 순전히 주변에서 들은 것으로는 생각되지 않고 『태평광기』 같은 독서를 통해 얻은 지식을 마치 조선 땅에서 일어난 사건처럼 재구성한 것은 아닌가 하는 것이다.

이렇게 생각해 보면 여우가 계집아이로 변해 이회(李檜)를 희롱하는 이야기(〈배부효호석견방(背負妖狐惜見放)〉, 제47화)도 작자 자신은 『태평광기』나 소설가류(小說家類)에 흔히 보이는 것이라 하고는 있지만, 역시나 중국류의 이야기에서 착상을 얻어 이회의 이야기로 꾸민 것이라고 볼 수 있는 것이다. 그리고 이회 이야기의 다음에 실린 〈수집괴리한개악(手執怪狸恨開握)〉(제48화)에서 이리가 김수익의 아내와 꼭 닮은 여인으로 변신하여 아내인 척하여서 진짜 아내를 구별하느라 곤혹을 치렀다는 내용도 『천예록』 이전의 작품에서는 잘 발견되지 않는 흔치 않은 소재다. 그런데 이러한 동물 변신담도 『태평광기』(권제447, 〈狐〉1)에 기록되어 있는 것이다.

결국 『천예록』의 일부 이야기는 기존의 문헌에서 취재 수용했을 가능성이 높은데, 만약 그렇다면 그 편찬 자세에서 작품의 의도를 추정해 볼수 있다. 본 작품은 종래 야담으로서만 읽히고 연구되어 왔다. 그도 그럴것이 이야기의 태반 정도가 당대 실존 인물의 일화로 꾸며져 있고 전문(傳聞)이란 형식을 갖추고 있는 점이 여느 야담과 다를 바가 없는 것이다. 그럼에도 야담류에 귀속하기에는 괴이한 성격이 농후하고 기이함이 작품 전체의 질서가 되어 있는 것은 간과할 수 없다.

그러므로 『천예록』의 구성 체재에 주목을 해 보면 먼저 신선이나 선계의 이야기가 나타나고, 다음은 도술, 고승, 지옥에 관한 이야기가 나열되어 있다. 이러한 체재는 『태평광기』의 신선(神仙) / 방사(方士)·도술(道術) / 이인·이승(異人·異僧) / 석증(釋證) 등의 순서에 그대로 호응한다. 물론 『천예록』의 전체 구성이 『태평광기』에 대응하고 있다고는 할 수 없다. 그러나 『태평광기』를 의식한 구성 체재임은 틀림이 없을 듯하다. 『태평광기』(500권)는 북송의 이방 등이 주축이 되어 지괴·전기, 인물 일화들을 집성·출판한 것이다. 고려 시대에 유입되어 조선 시대의 문인들에게 크게 이목을 끌었던 것은 주지의 사실이다. 이에 대한 조선 문인들의 남다른 관심은 그 축약본인 『태평광기상절(太平廣記詳節)』[성임(成任) 편찬, 1462], 『태평광기』의 자료에다가 자국 역대 자료를 보탠 『태평통재(太平通載)』[성임(成任) 편찬, 1492], 그리고 언해본인 『태평광기언해(太平廣記諺解)』 등이 속속 편집된 것으로 나타난다. 더욱이 『태평통재』의 편자 성임의 자서에 의하면, "이 책은 처음은 신선, 불가로 시작하여 중간에는 귀신, 지괴가 나오고, 해학으로 끝난다"[16]라고 했다. 이러한 『태평통재』의 이야기 구성 순서가 『천예록』과 그런대로 유사하고 기이한 성격도 공통하고 있는 것은 유의할 부분이다. 『태평광기』와의 친밀성을 말해 주는 것으로 볼 수 있다.

　그러나 『천예록』에 등장하는 인물은 모두 자국 사람들이며 이야기도 그들의 이야기다. 그리고 앞선 시대의 문헌에 기록되지 않은 조선 당대 역사적 인물들의 기이한 일화가 많이 채록되어 있다. 이렇게 실존한 조선 문인들의 일화 성격을 드러내는 편집 자세의 이면에는 그렇게 하는 것이 유교적 이념의 시대 상황에서도 크게 벗어나지 않고 유희적이

---

16) "成任自序曰, 是書, 始於先佛, 中於鬼怪, 終於戲諧謔", 金烋, 『海東文獻總錄』, 學文閣, 1969, p.803.

기 이전에 역사 기록적인 성격을 띨 수 있다고 생각했기 때문일 것이다. 그러나 그것은 어디까지나 작품의 표면에 나타나는 양상이고 실제로는 기존의 서적에서도 소재를 가져와 조선이야기로 재창작하면서 흥미로운 서사물을 만들고자 했으며, 중국의 것에 대한 자국의 기이한 이야기를 편찬하고자 한 의도가 있었다고 볼 수 있다. 요컨대 『천예록』은 야담과 전기(傳奇) 소설의 성격을 함께 지닌 작품이라 할 수 있다.

『신오토기』도 중국의 지괴·전기류에 대한 일본의 기이담을 편찬하려는 편집 의도를 가지고 있었다. 이야기의 수집에는 직접 견문한 것도 있고 기존의 문헌 자료를 이용한 것도 있다. 그러나 기존의 문헌 자료를 이용했다고 하더라도 그것은 어디까지나 일본의 항간에 전승되는 이야기인 것이다. 그리고 수집한 자료들을 편집함에서는 시대적 배경을 되도록 당대로 잡아 현실성을 부여하고 또한 교훈성과 괴이성이 공존하는 읽을거리로 만들려고 했다고 볼 수 있다. 이와 같이 『신오토기』의 편집 의도, 수집 과정, 편집 방법의 특징은 『천예록』에 공통하는 부분이 많은데, 다만 명승고적의 정보를 담아 실용성도 겸비하고자 한 의도는 『천예록』에서는 찾을 수 없는 차이점이라 할 것이다.

제8장
한국 지괴·신괴전기(志怪·神怪傳奇)의 전개 양상
-일본과의 비교 전망-

1. 머리말

이 글의 제목으로 단 '지괴'의 명칭은 중국의 학술 용어에서 따온 것이다. '신괴전기' 또한 唐의 전기소설(傳奇小說)의 하위분류인 '신괴소설'이라는 용어에서 빌러 붙인 것이다.[1] 중국의 지괴는 주로 육조시대(六朝時代, 222~589)에 유행한 단형의 괴이한 이야기를 모아놓은 작품들이며, 신괴소설은 지괴의 소재에 문학적 수식을 가한 주로 당나라 때 유행한 서사문학이다. 물론 이 두 계통의 작품들은 유행 시기를 지난 후

---

1) 唐의 전기소설은 많은 작품이 창작되어 그 내용에 따라서 애정(愛情)류, 신괴(神怪)류, 호협(豪俠)류, 역사(歷史)류 등으로 분류되고 있다. 郭箴一은 『中國小說史』(臺灣商務印書館, 1974, p.85)에서 신괴, 애정, 호협으로 나누었다. 李輝英은 『中國小說史』(香港 東西書局, 1970. 박희병, 『韓國傳奇小說의 美學』, 돌베개, 1997, p.35)에서 신괴소설, 애정소설, 호협소설, 역사소설로 나누었다. 정범진은 『中國文學史』(학연사, 1994, p.170)에서 신괴류, 애정류, 풍자류, 호협류로 나누었다. 그 외의 분류안은 박희병, 위의 책을 참조.

대에까지 꾸준히 출현하였다.

'지괴'의 용어는 한국문학계에서도 그대로 받아들여 논문에 자주 언급되고 있는데, '신괴전기'의 경우는 그 용어의 이용 사례도 별로 없을 뿐 아니라 이에 관한 연구도 찾아보기 힘들다. 그도 그럴 것이 한국문학사에서 신괴전기라고 인정될 만한 작품을 찾으면 손에 꼽을 정도이다. 애정전기나 역사전기(이를테면 몽유록전기) 같은 작품들은 많이 창작되었고 특히 애정전기는 16·17세기의 문학계를 주름잡을 만큼 한국문학사에 끼친 영향이 대단하였다. 그러므로 그에 관한 연구도 상당히 활발하여서 문학사에서 그 존재가치를 따지면 대우를 받을 만한 자격이 충분하다 할 것인데 문제는 연구자들의 시선이 편중되다 보니 한국의 전기문학이라 하면 마치 애정전기를 가리키는 듯한 인상을 받는 것은 필자만의 생각인가. 기존 연구의 경향이 이러하니 작품을 여러 시각으로 접근할 기회가 차단되고 있는 듯하다. 이를테면 『금오신화』는 전기소설로 뭉뚱그려 언급되는 경향이 짙고, 혹은 그 단편들을 독립시켜 애정전기 또는 몽유록전기로서 분석되는 경우가 많았다. 필자의 시각으로 보면 한국의 신괴전기는 단편으로서 독자적인 출현을 보이는 것도 있으나 굵직한 작품들은 작품집의 형태로 나타나는 특징을 보인다. 『금오신화』나 『기재기이』는 단편들이 수록된 작품집이다. 이들의 작품집 안에는 애정전기 성격을 지닌 이야기도 있고 몽유록전기 성격을 지닌 이야기도 있다. 그러므로 신괴전기라고 하면 그들의 이야기를 포함한 작품집의 범주까지 포괄하게 된다.

그럼 한국문학사에서 신괴전기라고 인정될 만한 작품은 얼마나 되는가. 이 글의 본론에서 구체적으로 언급되겠지만 우선 연구의 시야에 들어온 것은 나말여초의 『수이전』의 〈최치원〉, 조선 전기의 『금오신화』

· 〈설공찬전〉 · 〈대관재몽유록〉 · 『기재기이』 · 〈최고운전〉, 조선 후기의 『천예록』 · 『삼설기』 등이다. 작품의 수가 많다고 할 수 없고 출현의 공백기도 있는데 그러나 나말여초부터 조선 후기까지 출현하였다. 문학의 흐름을 바라보는 시각을 전환하면 애정전기나 몽유록전기로만 주목받던 작품들이, 또한 『천예록』 같은 야담으로 취급되어 온 작품이 새로운 분류범주에 들어오게 된다. 이들의 작품은 국내외의 선행 전기문학을 의식하며 모방과 창조, 소재 및 내용의 추이를 보이며 전개되고 있었다. 작품이 적어 엉성하나마 그 전개 양상의 파악이 가능하지 않은 것도 아니다.

한편 괴이한 이야기를 다룬 지괴문학은 한국문학사에서는 『수이전』이 유일할 것이다. 지금까지 이에 관한 계통적 연구가 미진한 것도 작품의 한미함에 비롯되었다고 볼 수 있다. 그러나 지괴서(志怪書) 단독의 출현이 없을 따름이지 지괴는 사서(史書) · 불교 관련 서적 · 야담잡기 등 다른 글쓰기 방식으로 지속해서 엮어져 왔다. 시기별에 따라 그 성행과 저조의 현상이 나타나고 시대의 흐름에 따라 지괴에 대한 문인들의 인식에 의한 내용의 변화가 일어나며 전개되었음을 파악할 수 있다. 지괴문학은 전기문학의 형성과 발전에 발판을 만들어주었고, 17세기 이후 성행한 소설에 소재나 모티프를 제공해주기도 하였다. 한국에서는 독립적인 장르를 형성하는 데까지 나아가지 못하여 문학사에서 차지하는 위치도 좁을 수밖에 없지만, 그 역사적 흐름을 파악하는 것은 문학의 저변을 폭넓고도 깊이 있게 이해할 수 있는 작업이 된다. 지괴문학과 신괴전기는 초현실이라는 미적 세계를 다루었다는 공통점이 있고, 그와 동시에 문학사의 전개상에서 개별적인 차이점도 발견되어 이 자리에서 함께 논의할 근거는 마련되는 셈이다.

이 글은 앞으로 지괴·신괴전기 계통의 일본 문학과 비교할 목표로 작성된 것이다. 비교문학연구에 관심을 두고 한국문학의 문턱에 막 들어선 필자가 그 문학사적 전개 양상의 윤곽을 제대로 드러낼 수 있을지 부담스럽기도 하고 걱정도 된다. 그러나 필자는 지금까지 이 계통의 일본 문학을 연구해 왔으므로 그 관점에서 한국문학의 흐름을 바라보니, 중국에서는 한 시기의 문학계를 주름잡았고 그 영향력은 일본의 문학에까지 미치어 일본에서도 독자적인 장르를 형성하며 흥행하였는데 한국 문학계에서는 저조한 현상을 보인 이유가 무엇인지에 대한 궁금점이 더했다. 전근대의 한·일 문학이 중국 문학의 일방적 수입이라는 공통된 상황에 있었음에도 이 장르의 형성 전개에서는 뚜렷한 차이를 보인다. 이러한 양국의 문학사적 현상을 비교하고자 하는데 그것을 위해 우선 한국문학에서의 그 전개 양상을 대략이나마 잡아둘 필요가 있었다. 비교라는 과제를 염두에 두고 접근하였기에 작품을 바라보는 시각은 국문학자와 다소 다를 수 있는데 그러한 부분은 이에 관한 논의를 이끌어냄으로써 되돌아볼 기회를 마련하고 미흡한 곳은 보완해가며 차후의 연구로 발전해가고자 한다.

지괴와 신괴전기의 흐름을 고찰함에 있어 시대 구분은 나말여초·고려 중후기·조선 전기·조선 후기의 네 단계로 나누었다. 이 구분은 두 장르의 흐름이 다음과 같이 시기별로 파악되는 데 근거를 둔 것이다. 나말여초는 지괴 및 신괴전기가 수록된 『수이전』의 작품집이 출현한 때였다. 고려 중후기는 지괴서사가 다른 형태의 글쓰기를 통해 흥행하고, 그에 반해 신괴전기는 뚜렷한 모습을 드러내지 않은 시기였다. 조선시대는 전 시대에 왕성하였던 지괴의 세력이 축소되어 다른 장르에 편입되고 신괴전기가 본격적으로 전개된 시기인데, 임·병란을 거친 17세기를 기점으로 그 이전인 전기(前期)는 신괴전기가 가장 왕성하게 창작되고 문학적인 성숙을 보인 황금기였다. 17세기부터인 후기(後期)는 신괴전기의 생산이 저조하고 후반으로 가면서 초현실성이 급격히 약화하고 현실적 기담이 강화된 작품집이 나타난 때였다. 지괴도 전기(前期)에 비해 현실적 사건이 부가되며 이야기의 흥미가 중시되고 장편화의 현상이 나타난 시기였다. 다음에서 우선 시대별 전개의 개요를 정리하도록 한다.

나말여초: 지괴는 애초 신화, 전설, 설화로 구전하고 일부는 사적(史籍)이나 지리지 등에 수용되었을 텐데『수이전』이 그러한 구전이나 문헌에서 지괴를 채집하여 실었을 것이다. 수록된 내용은 비범한 역사적 인물에서부터 혼령의 활약, 이류교합, 불귀신, 도술, 해달의 정기, 예언, 토지신, 관음의 영험 등 신성하거나 괴기스러운 흥밋거리이다. 후대에 전하는 자료에 따르면 서사의 길이는 대부분 짧고 개중에는 인물형상화에 뛰어난 것이 있기는 하나 거의 사건만을 전달하는 기록체이다. 그 가운데 최치원이 죽은 여인의 혼령과 사랑을 나눈다는〈최치원〉은 서사의 편폭을 일정하게 갖추고 인물의 형상이 구체적이며 문식이 가해진 신괴전기이다. 신괴전기가 이 시기에 이미 존재하였음을 확인할 수 있는 유일한 자료이다. 이 시기에『수이전』이 나올 수 있었던 요인으로는 견당유학생들의 현지 체험, 내세관과 윤회화복을 내세우는 불교의 성행, 정사(正史)에 빠진 역사적 사실을 보완한다는 문인의식의 전통 등이 있었음을 들 수 있다.

고려 중후기: 이 시기에 서사문학의 주도권을 잡은 것은 지괴였다. 지괴는 독자적인 문학서의 모습으로 출현하지 않고 사서, 영웅서사시, 불교관련서적, 시화잡기류 등의 글쓰기를 통해 왕성하게 전해졌다. 따라

서 지괴는 역사와 불교사의 서술 방식과 분리되지 않은 것과 인물 일화 서술인 것이 있다. 사서인 『삼국사기』에서는 비현실적 내용의 수용을 최대한 자제하면서 나라를 창조하는 정당성을 강조하고 나라의 흥망을 평가하며 인물이나 역사적 사건에 유가적 평가를 내릴 때 지괴를 이용하였다. 창조주를 둘러싼 신성한 탄생이나 호국에 관계하는 신이한 일은 수용하였고, 망국과 관련된 괴기한 사건도 흡수하였다. 열전에서는 충(忠), 효(孝), 열(烈), 의(義)에 들어맞는 기이한 사건을 수록하였다. 『삼국유사』에서는 정사(正史)에 누락된 삼국 역대왕의 신성한 행적을 실재한 역사로서 기록하였고, 불교적 신비와 영험을 드러내는 데 지괴가 활용되었다. 『해동고승전』에서도 불교적 신비의 일환으로 고승들의 신이한 행적을 수집하였다. 영웅서사시인 「동명왕편」에서는 고구려의 창조주 해모수, 주몽, 유리왕의 신성(神聖)한 영웅적 행위들을 점철하여 역사화하는 데 이용하였다. 지괴는 '신성(神聖)'이나 '신비(神秘)'의 의식 하에 받아들여지고 역사적 사실로서 또한 종교적 상징으로서 수용된 것이다. 한편 시화잡기인 『보한집』에서는 역사나 종교적 측면으로서가 아니라 공부하는 이에게 파적거리를 제공하고자 책의 끝부분에 괴이한 이야기들을 수록하였다. 그리고 괴이한 이야기의 마지막에는 유가적 해석을 붙이고 그 허탄함에 빠지지 말라는 경계(警戒)의 말을 붙였다. 지괴가 '흥미'와 '교훈' 거리의 대상이 되었으나 그 문학적 본질을 의식한 수용 태도는 아니었다. 『역옹패설』에서는 명공경(名公卿)의 음덕이나 청렴을 드러내는 방편으로 지괴 몇 편을 취급하였다. 이같이 이 시기의 지괴는 역사적 사실의 실증으로, 불교 신비의 증명으로, 유교 이념의 평가로 이용되었는데 이것은 불교 세력이 지속되고 과거제도의 실시 및 성리학 유입에 따른 유교적 사고가 확대된 사회적 배경과 무관

하지 않다.

조선 전기: 이 시기는 나말여초에 잠시 출현한 신괴전기가 본격적으로 전개된 때이다. 신괴전기는 문학계의 전면에 등장하고, 지괴는 이전 시대까지 사서 · 불교관련서적 · 시화잡기의 글쓰기 방식을 빌며 성행한 기세가 축소되어 역사서에서는 분리되고 불교관련서적에서는 포교 일방에 치우치고, 그 반면 시화잡기의 맥을 이은 야담잡기에서는 적극적으로 편입되었다.

신괴전기의 전개를 본격화한 작품은 15세기의 『금오신화』이며, 이어서 16세기의 『기재기이』가 출현했다. 신괴전기가 『수이전』 시대에서는 지괴서에 끼여 있는 모양새였으나 이 두 작품은 여러 편의 신괴전기를 묶은 작자에 의해 창조된 단편집이다. 합리적 유교 중심의 정치사회적인 배경 속에서 비현실적 창작품의 출현을 보게 된 것은 당시 작자의 창작에 대한 열의와 도전정신, 아울러 여가적 창의성의 발동에서 요인을 찾을 수 있다. 『금오신화』은 영귀교환 · 지옥 탐방 · 용궁 탐방의 환상적 전기성을 최대한 살리며 해학성을 겸비하고 남녀 간의 신의(信義)나 절의(節義)를 교묘하게 담아 감동을 주는 문학적 형상화가 최대한 발휘된 작품이다. 말하자면 '흥미'와 '교훈'이 작품 내에서 자연히 발현되는 성숙한 창작물이 탄생한 것이다. 『기재기이』는 꽃 나라와 선계의 탐방이라는 새로운 소재를 확대하며 전기적 흥미를 살리고 있으면서 경세(警世)의 내용과 선도(仙道) 사상이 표면화하고 있다. 한편 이 시기에 나타난 신괴전기의 또 다른 현상은 단편의 작품들이 독자적으로 나타나 읽혔다는 것이다. 〈설공찬전〉 · 〈대관재몽유록〉 · 〈최고운전〉 등이 그것이며 각기 귀신담 · 몽유담 · 영웅담의 형식을 취한다. 〈대관재몽유록〉은 이후 〈원생몽유록〉(1568), 〈금생이문록(琴生異聞錄)〉(1591) 등의 몽유록전기를 양성시키는 데 공헌을 하였다. 이 몽유록전기의 후속 작품은 몽유라는 환상을 형식만으로 도입하고 역사적 사건을 둘러싼 작가의 심각한 고민과 감회를 담는 것이 중심이었기에 기이함을 주안으로 하는 신괴전기에서 이탈하여 새로운 장르가 형성되었다. 그러한 신괴전기와 몽유록전기의 분리 사이에 〈대관재몽유록〉이 있었다. 〈최고운전〉은 신괴한 설화 여러 개를 편성하여 이상적 영웅담으로 형상화한 것이며 사회성도 비친다. 등장인물의 영웅 행위에다 현실성과 사회성이 정면으로 부각된 영웅전기의 전 단계 양상을 보인다.

　이 시기의 지괴는 유교이념 중심의 사회적 배경과 신괴전기 전개의 문학사적 배경에 위축되어 독립적인 장르를 형성하지 못한 채 야담잡기에 편입되어 구성의 한 부분으로서 위치하게 되었다. 전시대의 시화잡기에서 행한 유교적 평가는 점차 약화되고 『용재총화』와 『청파극담』에서는 지괴의 서사적 흥미에 관심을 두고 많이 채택되었다. 이들 작품에 늦은 16세기의 『용천담적기』에서는 세밀한 인물 및 배경 묘사, 대화체가 섞인 사건의 전개를 보인 장편적인 지괴도 나타났다. 그러나 이야기의 마지막에 편자의 평결을 마련하여 이야기의 허구성을 평가하거나 편자의 사회적 비판의 방편으로 이용되는 등 야담잡기의 속성에서 벗어나지 못하고 있다.

　조선 후기: 신괴전기는 조선 전기에서 서사문학계의 대세를 잡던 위세는 꺾이고 17세기 무렵 부상한 애정전기나 영웅전기, 몽유록전기의 단편들에 그 주도권을 내주었다. 신괴전기는 그 형식과 내용이 이웃 장르의 외피를 장식하거나 내부의 모티프로 흡수되어가는 경향이었는데, 그런 와중에 18세기에 『천예록(天倪錄)』(1553)이 나타났다. 신선, 도술, 지옥탐방의 기존 소재는 물론 원한 맺힌 구렁이, 마마귀신, 두억신(頭抑

神), 뜻밖의 횡재 등 새로운 내용을 다채롭게 실은 작품집이다. 그 체재
가 이야기 끝에 평결이 붙거나 자료의 수집과정을 밝히는 야담집의 형
태를 취하지만 괴이한 이야기를 중심으로 모았고 기존 자료를 이용하
여 재창작한 것으로 추정되는 이야기도 있다. 이야기의 완성도가 높은
장형은 말할 필요도 없고 지괴적인 단형의 단편도 단순한 기사거리를
뛰어넘어 괴기적 흥미를 위한 긴장감 높은 구성과 세밀한 묘사가 궁리
되어 있다. 그 편집의 배경에는 『태평광기』를 의식하여 우리나라의 괴
담기담을 담고자 한 의도가 있었을 것으로 추정된다. 『천예록』을 전후
하여 문학 향유층의 확대와 더불어 현실주의적 경향의 작품이 성행하
는 문학사적 상황에 따라 이전까지 한문으로 사대부의 전용물이던 신
괴전기는 대중적 독자층을 의식해 소재와 내용에서 이질적인 단편들과
함께 묶이면서 작품집에 변화를 초래하게 되었다. 19세기 중반에 신괴
전기의 최후 양상을 보이는 방각본 『삼설기(三說記)』(1848)가 출현하
였다. 총 9편으로 이루어진 이 작품집에는 선계탐방 · 지옥탐방의 초현
실적 기존 내용을 위시해 현실공간에서 벌어지는 우습고 별난 이야기
및 동물우화까지 수용하고 있다. 신괴전기는 이 작품에 와서 '신괴'의 오
락적 성격은 골계적이면서 희한한 기담과 우화로 확대되고, 교훈적 성
격은 사회의 부조리한 면을 풍자적 기법으로 들춰내는 내용으로 확장
재편되면서 그 전통적인 모습이 변질되었다.

이 시기의 지괴는 앞 시기에 이어 야담잡기에서 구성의 한 위치를 확
고히 차지하고 있었다. 내용은 짧고 기록적인 것이 주류를 이루는데 그
가운데 신괴전기에 비견될 만한 작품도 나왔다. 특히 『기문총화』의 제
205화는 현실적 사건의 폭을 대폭 늘리고 다수의 등장인물이 빚어내는
사건 여러 개를 시간적 흐름에 따라 진행시킨 소설적 구성을 갖추었다.

이야기의 최후에는 편자의 평결이 붙어있기는 하나 극히 간략하며 형식에 불과하였다. 이 시기의 지괴서사 발전의 한 현상을 여실히 보여주는데, 다만 전기성(傳奇性)이라는 강력한 구속력이 없는 야담잡기에 편입됨으로써 구성의 일부로 존재할 따름이었다.

2. 나말여초

문학의 탄생은 어느 민족이나 마찬가지로 원시적 신화로부터 시작되는데, 신화란 원래 초월적 존재의 신이한 행적을 다루고 있다. 이 신이한 행적의 이야기는 신화시대를 넘어 전설이나 설화의 시대로 옮겨지면서 특정 지역이나 사물, 혹은 인간과 결부되어 신성성이 약해지고 기이하거나 요괴스러운 측면이 강화되게 되었다. 입에서 입으로 전해지던 신화와 전설, 설화는 문자 시대에 접어들자 가문이나 씨족의 계보(系譜), 나아가 국가가 형성된 후는 사서(史書) 및 준사서 또는 지지(地誌) 등에 그 모습이 약간 변형되면서 기록되었다. 이들에 유입된 것은 신이한 행적 혹은 괴이한 사실 그 자체를 후세에 남기고자 채용된 것은 아니었다. 가문씨족 계보의 경우는 신화적 이야기나 초월적 영웅이야기를 통해 신으로부터 계승한 신성한 혈통이라는 것, 또 선조들이 영웅적 활약을 한 위대한 가문씨족이라는 것을 후세에 전하고자 한 것이다. 사서의 경우는 천상계의 혈통을 이어받은 국조의 국가통치의 정당성을 내세우려는 목적이 있었다. 지지의 경우는 고을의 산물, 지세, 지명의 유래 등을 담는 것이 의도였으므로 그 의도와 관련이 있어서 실었다. 즉 신화와 전설, 설화는 가문씨족의 우월함, 국가통치의 정당성, 고을의 특색을 드러내는 데 효과적이었기에 이용된 것이다. 지괴문학의 원천은 구전을 비롯해 그러한 기록문자화 한 자료에서 찾을 수 있다.

항간에 구전되고 기록화된 신화, 전설, 설화는 후대에 내려와서 변화된 사회적 환경과 작가의 의식적 요구로 인해 지괴서로 엮어지게 되었는데, 이것이 소위 지괴 문학의 탄생이었다. 지괴 장르가 동아시아 문학사에서 뚜렷한 모습을 드러낸 것은 중국의 육조시대(六朝時代)이며 그 명맥은 청말 · 민초까지 이어졌다.[2] 지괴 문학은 또한 한편에서는 당송에 발생한 전기문학(傳奇文學)에 소재를 제공하며 그 발전과 융성을 촉진했다.

'신이(神異)'하며 '기괴(奇怪)'한 이야기를 모은 지괴서가 한반도에서도 일찍이 출현하지 않았을 리 만무하나 자료가 남아 있지 않아 상세하지 않고, 다만 후대의 문헌 기록에 의하면 나말여초에 『수이전(殊異傳)』이 편집, 유통해 있었던 듯하다. 문헌 자료에서는 '신라수이전(新羅殊異傳)', '수이전', 고본'수이전', '신라이전(新羅異傳)' 등을 언급하고 있어[3] 어느 형태로든 존재했음에 틀림이 없다. 그 정확한 편찬 시기와 저자에 대한 이견(異見)이 분분하지만,[4] 최치원(崔致遠) 저작, 박인량(朴寅亮)

---

2) 齊裕焜 著 · 李騰淵 譯, 「『中國古代小說演變史』-第1章 志怪 · 傳奇小說 槪要-」, 『中國小說研究會報』, 第18號, 1994, p.5.

3) 『殊異傳』: 覺訓의 『海東高僧傳』, 권1, 釋阿道 및 釋法空. 一然의 『三國遺事』, 권4, 寶攘梨目. 『三國史節要』, 권2 및 권8. 權文海의 『大東韻府群玉』, 권8,9,12,15.
『新羅殊異傳』: 成任의 『太平通載』, 권20, 권68. 徐居正의 『筆苑雜記』, 권2. 『大東韻府群玉』, 纂輯書籍目錄 및 권15.
고본『수이전』: 『三國遺事』, 권4, 圓光西學.
『신라이전(新羅異傳)』: 『三國遺事』, 권4, 寶攘梨木.

4) 이에 대한 기존 논의는 다음의 논문들에 정리되어 있다.
지준모, 「〈新羅殊異傳〉 연구」, 『어문학』, 제35집, 1976, pp.207~247.
金乾坤, 「『新羅殊異傳』의 作者와 著作背景」, 『정신문화연구』, 제11집, 1988,

보완, 김척명(金陟明) 개작 쪽에 무게가 실리는 듯하다. 김척명에 의해 개작된 『수이전』이 고려 초반까지 유통되고 있었던 것이다. 불교의 전승 시기인 통일신라 그리고 그에 이은 고려 초반도 불교사상이 뿌리를 내리고 있었던 때이다. 교리의 전파를 위해 저승담, 영험담, 고승담, 전생담 같은 기이한 것을 담은 불교설화와 그로 파생한 신괴한 설화가 성행하였을 터이다. 그러므로 신괴한 이야기에 대한 거부감은 별로 없었을 것이며 그 수용이 자연스럽게 이루어졌을 것이다. 또한 『수이전』 편찬의 배경에는 나말(羅末)에 늘어난 견당유학생들이 유학지에서 접한 지괴서나 전기문학에 자극을 받아 스스로의 편집으로 이어졌을 것이다. 더욱이 지괴 수집은 정사(正史)에 누락된 역사적 사실을 보완한다는 전통이 있었기에, 역사적 전환기에 역사를 되돌아보거나 소실을 방지하기 위한 편찬의 의욕도 배경의 하나로 작용했을 것이다.

『수이전』[5]은 그 일문(逸文)이 전하지만 여러 연구자가 문헌을 통해서 수록되었을 작품들을 재현한 수고로 작품의 성향과 내용은 대략 추정할 수 있다. 일문은 모두 괴이하며 흥미로운 것들이다. 그중에서 〈최치원(崔致遠)〉은 최치원이 쌍녀분이라는 무덤에 묻힌 두 여인의 혼령과

---

pp.259~278.

김일렬, 「《殊異傳》의 성격과 그 소설사적 맥락」, 『古小說史의 諸問題』, 집문당, 1993, pp.423~431.

李劍國·崔桓, 『新羅殊異傳 輯校와 譯註』, 영남대학교출판부, 1998, p.217~238.

저자에 관한 대표적인 설은, ①최치원 저작, 박인량 보완, 김척명 개찬설(지준모의 논문), ②최치원의 〈신라수이전〉 외에 따로 박인량의 『수이전』이 존재, 김척명의 〈신라수이전〉 개작설(金乾坤의 논문), ③최치원의 〈신라수이전〉과 박인량의 『수이전』이 존재, 김척명의 〈신라수이전〉 개작, 김척명본과 박인량본 합권이 존재한다는 설(李劍國·崔桓, 위의 책) 등이 있다.

5) 자료는 李劍國·崔桓, 위의 책을 참조하였다.

만나 시를 주고받으며 사랑을 나누었다는 내용인데, 아름다운 문장에 삽입시를 적절히 배합하여 서정 높은 작품이 되도록 하였다. 남자 주인 공이 죽은 여인과 사랑을 나눈다는 소위 영귀교환(靈鬼交歡)의 지괴 소재[6]를 수용하여 인물의 형상을 구체화하고 문식을 가미한 전기(傳奇)로 발전한 것이다. 이 시기에 신괴전기의 유일한 자료로서 지괴와 공존한 역사적 사실을 보여주는 것이다. 신괴전기는 이 시기에는 이 자료 이외에 더 발견되지 않으며 그러한 사정은 고려시대까지 이어지고 있다. 따라서 신괴전기가 본격적으로 전개되는 것은 김시습의 『금오신화』 출현을 기다릴 수밖에 없다.

『수이전』에 수록된 지괴 중에 〈수삽석지(首揷石枏)〉·〈호원(虎願)〉·〈지귀(志鬼)〉의 3편은 남녀의 사랑을 다루면서 괴이한 사건을 두드러지게 한 것인데 그 내용에서는 서로 다른 양상을 보인다. 〈수삽석지〉의 최항은 사랑하는 애첩을 부모가 받아들이지 않자 애태우다가 죽었는데 사후 그의 혼령이 애첩에게 나타나 석남가지를 건네며 서로의 진실한 사랑을 부모에게 알리고 마지막에는 소생하여 애첩과 20여 년 동안 해로했다는 기이한 이야기이다. 신분의 차이에서 발생한 비극을 초현실성을 빌어 해피엔딩으로 전환하였다. 짧은 내용이면서 최항 사후 애첩에게 준 석남가지가 관속 그의 머리에 꽂혀있고 죽은 최항의 옷이 이슬에 젖고 신발이 신겨져 있는 일, 죽은 이가 소생하는 일 따위의 불가사의한 사건을 빈틈없이 채워 괴기스러운 분위기를 물씬 풍기게 했다. 〈호원〉은 신라 원성왕 때의 일이라 하며 김현과 호랑이 아가씨와의

---

6) 「영귀교환(靈鬼交歡)」의 소재는 『수신기(搜神記)』, 권2의 '營陵道人', 권16의 '談生妻鬼', '盧充幽婚' 등에서 볼 수 있다.

기이한 교합을 호원사의 연기설화로 엮어내고 있다. 이류교합(異類交合)을 다루면서도 남녀의 정감과 희생 그리고 이류 간의 신의를 곡진하게 담아냈다. 〈지귀〉는 비극적 사랑을 취급하여 한층 강렬한 인상을 준다. 지귀라는 백성이 선덕여왕을 사모하여 그 격한 감정으로 인해 마음의 불이 몸을 태우고 불귀신이 되었다는 내용으로 마치 지옥도를 보는 듯하다. 이것의 원설화인 〈술파가(術波伽)〉는[7] 애욕에 미혹된 우민(憂民)을 경계하기 위한 교리적 의도가 있었겠는데 그것이 신라의 민중 생활에 파고들어 역사적 인물과 연결되었다. 낮은 신분으로 이룰 수 없는 애틋한 사랑을 배려하는 선덕여왕의 인간미를 미화하면서 불교성을 줄이고 화재 예방의 풍속유래담으로 변화시킨 것이다. 심화(心火)로 인해 화귀(火鬼)가 된 불가사의한 사건에 초점을 두고 『수이전』에 수용되었을 것이다.

『수이전』은 역사적 인물과 관련된 기이한 사건들도 취재했다. 〈노옹화구(老翁化狗)〉와 〈죽통미녀(竹筒美女)〉는 둘 다 김유신의 경험담으로 되어있다. 전자는 김유신과 친분이 있는 노인이 호랑이, 닭, 매, 개의 순서로 변신을 거듭하고, 후자는 길에서 만난 나그네가 대나무통에서 두 여인을 내어 환담하고서는 다시 넣는 기이한 짓을 하는 이야기이다. 나그네는 자신은 서해에 있으며 아내와 함께 동해의 처갓집에 간다고

---

7) 인권환, 「「心火繞塔」설화(說話) 고(攷)-인도(印度) 설화(說話)의 한국적(韓國的) 전개(展開)」, 『국어국문학』, 제41권, 1968, pp.65~87. 〈術波伽〉는 『大智度論』, 卷14에 수록되어 있다. 〈지귀〉에서는 원설화의 어부가 신라 활리역(活里驛)에 사는 지귀로, 왕녀는 선덕여왕으로 전환되어 있다. 또 어부와 왕녀를 맺어주는 매개적 역할을 하는 어부 어머니의 삽화가 생략되어 있고, 그 나머지의 내용은 거의 같다. 원설화가 〈지귀〉로 전환되는 과정에는 불교설화의 민중화 단계가 있었고, 그 과정에서 술사가 불귀신을 진정시키는 일과, 술사의 주문을 벽에 붙여 화재를 방지하는 민중 풍속의 유래담이 덧붙여져 『수이전』에 수용되었다고 볼 수 있다.

했다. 좁은 대나무통에서 여인을 내었다 넣었다 하는 유사한 이야기는 중국의 지괴류 작품에 보이며,[8] 외래의 것이 김유신의 견문 이야기로 토착화한 것이다. 〈노옹화구〉의 변신 도술도 중국 지괴류 범주의 것으로 소재의 단순함으로 인해 항간에 흘러들었을 법하다.

한편 남다른 영민함으로 당태종이 보낸 향기 없는 모란꽃을 알아맞힌 선덕여왕의 이야기(〈선덕왕(善德王)〉)나, 용성궁 왕비가 낳은 알에서 태어난 탈해가 비범한 지혜로 부마에 오르는 이야기(〈탈해(脫解)〉)는 역사적 인물에 관한 지괴이다.

〈영오세오(迎烏細烏)〉은 해달의 정(精)인 영오와 세오 부부의 신화적 지괴이다.

〈원광(圓光)〉과 〈아도(阿道)〉는 고승전(高僧傳)의 형식을 취하나 고승의 도술이나 영험 따위를 다루지는 않았다. 앞의 내용은 원광을 비호하는 삼기산(三岐山) 토지신(여우)의 신술을, 뒤의 내용은 아도의 어머니인 고도녕이 신라 불법의 발흥에 대해 예언한 증험을 각각 다루었다.

다음, 〈보개〉는 민장사 관음의 영험을 다루었다. 보개가 장사를 나가 여러 해 동안 소식이 없자 그의 어머니가 민장사에서 7일 동안 기도를 했더니 아들이 돌아왔다는 것이다. 보개의 말에 의하면 폭풍으로 배가 중국 동남쪽에 닿아 그곳에서 종살이하던 중에 한 스님이 나타나서 고

---

8) 비슷한 내용에는 東晉·荀氏의 『靈鬼志』「外國道人」이 있고, 『法苑珠林』, 卷76 및 『太平御覽』, 卷359, 권737에 같은 것이 인용되어 있다. 이들의 원출전은 梁·吳均의 『續齊諧記』「陽羨」(『旧雜譬喩經』 卷上)이다. 원설화는 길 동행이 된 남자가 酒食의 그릇과 여자를 입안에서 토해내고 남자가 취해 잠이 들자, 여자는 입속에서 애인을 토해낸다. 이 애인은 또다시 자신의 연인을 토해낸다. 잠시 후 애인은 입에서 나온 연인을 입안에 넣고, 여자는 그 애인을 입안에 넣고, 술에서 깬 남자는 토해낸 여자와 식기를 자신의 입안에 넣는다는 복잡한 구성으로 이루어져 있다.

향으로 인도하였는데 도랑을 뛰어넘었다고 생각하자 고향에 닿아 있었다고 했다. 이야기의 끝에서는 천보(天寶) 을유(乙酉) 4년 4월 8일 신시(申時)에 중국 동남쪽을 떠나 술시(戌時)에 민장사에 도착했다고 하며 시공간을 정확히 밝혀 이야기의 신빙성을 꾀하였다.

이상에서 서술해온 바와 같이 『수이전』은 혼령의 활약, 이류교합, 불귀신, 도술, 해달의 정기, 남다른 지혜와 비범, 예언, 토지신, 관음의 영험 등 다양한 지괴를 싣고 있다. 이들은 길이의 편폭이 짧고 수식적 문체를 별로 가하지 않은 사건기록적인 서술이다. 이야기들은 처음은 하나하나 나름의 성격을 가진 채로 개별적으로 구전되거나 다른 책에 수용되기도 했겠는데, 『수이전』에서는 초현실적 질서로 통일되며 수용되었다. 그로 인해 신괴한 흥미의 서사 미적 본질을 형성하고 있다. 『수이전』이후 이러한 지괴서는 출현하지 않은 듯 전해지지 않는다.

3. 고려 중후기

고려 중기후기에 지괴나 신괴전기를 엮은 문학작품집이 존재했다는 사실을 확인할 수 있는 문헌적 자료는 발견되지 않는다. 광종 9년(958)에 과거제도가 실시되자 유학 경전의 시험과목에 편중되어 시문의 정통 한문학 외의 분야에 문인들의 관심은 적어졌을 것이다.[9] 그리고 고려

---

9) 성종(成宗, 재위 981~997) 5년에 "朕이 平素에 薄德함을 부끄러워하나 일찍이 崇儒함은 간절하여 周孔(周公·孔子)의 風을 일으키고자 하고 唐虞(堯舜)의 다스림에 이르기를 바라서 庠序로 이를 기르고 科目으로 이를 取하였다(朕素慙薄德 切崇儒 欲興周孔之風 冀致唐虞之理 庠序以養之, 科目以取之)"라 하여 유교적인 이상 정치를 표방하고 유교경전을 가르쳤고, 또한 문종(재위 1046~1083) 때 최충의 도(徒)를 비롯

후기에 송대 성리학이 유입되어 현실성을 기반으로 한 유교적 사고가 확대된 것[10]도 지괴서의 산생에 걸림돌이 되었을 것이다.

그러나 비록 오락을 추구하는 지괴서의 출현이 없었다 하더라도 이 시기는 어느 시기보다 지괴가 융성하던 시대였다. 지괴는 문인들의 다른 글쓰기의 방식을 통해 전해졌는데 사서, 영웅서사시, 불교관련서적, 시화잡기 등이다. 이 시대의 지괴는 역사나 신앙과 결부되어 역사적 사실로서 또는 종교적 상징으로 이용되었다. 일부 시화잡기에서는 흥밋거리로서 받아들여지기는 했는데 문학의 양식이라는 의식이 아니었다. 한낮 파적거리로 수용되거나 허탄함에 대한 유교적 해석을 내리는 방편으로 다루어졌다. 따라서 이 시대에 지괴를 다룬 편자들은 그가 채택한 글쓰기 방식에 나름대로 '괴이'에 대한 생각들을 밝히고 그 생각에 부합하는 범위 내에서 활용하였다. 이를테면 역사적 사실에 주안을 두는 정사(正史)를 편찬함에 있어서는 왕의 탄생과 치적을 기록하면서 기존 자료의 허탄한 부분은 가급적 줄이면서 유교적 이념을 강조할 때는 부득이 수용하였다. 준사서의 성격을 띤 유사(遺事)를 편찬할 때는 괴이에 대한 인식을 '신성(神聖)'의 측면으로 전환하여 정사에 누락된 역대 왕들의 신이한 사적을 적극적으로 실었다. 건국시조의 영웅적 자취를 찬양하는 서사시를 엮음에 있어서도 준사서 집필의 자세와 같았다. 불교관련서적의 경우는 불교의 신비를 꾀함에 있어서 역시 괴이의 '신성'한 측면을 강조하였다. 따라서 이러한 신성한 측면의 괴이를 받아들여 편

해 이후 12도의 사학이 설립되어 정식적으로 유교 경전의 교육이 이루어졌다. (『譯註 高麗史』, 권74, 선거2〈학교〉, 동아대학교 고전연구실, 太學社, 1987, pp.66~80)

10) 소인호, 「고려시대 전기의 유형적 특성」, 『고소설사의 전개와 서사문학』, 아세아문화사, 2001, pp.61~62.

찬한 작품 내의 지괴의 성격은 그로테스크하기보다는 신성하고 영험한 신이성(神異性)이 짙게 나타난다. 그 한편 시화잡기에서는 역사적 사실이나 불교적 사상을 드러내야 하는 의무에서 비교적 자유롭기에 '괴이'에 대한 인식의 전환을 요구받지는 않았다. 그러나 유가적 이념에서 평가되는 범주를 넘어서지는 않았다.

이제 이상에서 서술한 고려 중기후기에 있어서의 지괴의 전개 양상을 확인해 가기로 한다.

정사(正史)인 『삼국사기(三國史記)』에 수용된 것부터 살펴보도록 하자. 이것은 김부식(金富軾, 1075~1151)이 주동이 되어 1145년에 신라 고구려 백제의 역사를 기전체 형식으로 편찬된 것이다. 김부식은 이 역사서를 저작할 때 참고로 삼은 서적 중 고기(古記)에 대해 평하기를 '글이 거칠고 서투르며 뜻이 통하지 않을 뿐 아니라 사적(事迹)이 빠지고 없어지고 해서' '뒤 사람들을 권면하고 징계할 수 없다'고 하였다.[11] 김부식이 말하는 고기란 이규보(李奎報, 1168~1241)의 〈동명왕편(東明王篇)〉 서문에 기록된 『구삼국사(舊三國史)』일 가능성은 일찍부터 지적되었다. 그 서문에서 이규보는 『구삼국사』에 대하여 세상에 알려진 것보다 신비한 사적이 훨씬 많다고 하고 김부식이 역사를 편찬할 때는 세상을 바로 잡는 글이라 여겨 이상한 이야기를 많이 생략했다고 했다. 실제로 『삼국사기』의 고구려 본기 권제1 시조 東明王條의 기록을 〈동명왕편〉과 비교하면 주몽이 탄생하는 경위를 적은 단락에서는 아버지 해모수가 자신은 천제의 아들이라 하며 유화에게 접근한 일만이 간략하

---

11) 「進三國史表記」, 「又其古記 文字蕪拙 事迹闕亡 是以君后之善惡 臣子之忠邪 邦業之安危 人民之理亂 皆不得發路以垂勸戒」 번역은 신호열 역해, 『삼국사기』, 동서문화사, 2007, p.27을 따랐다.

게 기록되었다. 그것이 〈동명왕편〉에서는 해모수가 천제의 아들로서 하늘에서 하강하는 모습이 웅장하면서도 신비롭고 화려하게 기술되었다. 더구나 그 補注에서는 『구삼국사』의 기록일 듯한 천손 하강의 장면이 더한층 세밀하게 기록되고 있다. 이러한 신이한 사적에 대해 김부식은 '문장이 거칠고 바르지 않아' '후세에 교훈'이 되지 못한다고 하고 그 부분을 많이 생략한 것이다.

『삼국사기』는 사관(史官) 김부식이 「구삼국사」의 초현실적 사적에 기대는 사관(史觀)을 만족하지 않고 중세의 합리적인 역사의식을 가지고 쓴 역사서였다. 그러나 전해오는 삼국의 역사는 많은 부분이 신화나 전설, 설화였을 것으로 추정되며, 「구삼구사」도 그의 의존을 피할 수 없었던 것이고, 『삼국사기』도 허탄한 일들을 가능한 한 자제하면서도 이용하고 있다.

이 책의 체재가 本紀, 年表, 志, 列傳으로 구성된 가운데 지괴의 성격을 가진 자료는 삼국의 역사를 기록한 본기 및 인물의 전기인 열전에서 찾을 수 있다. 본기에서는 삼국 왕들의 탄생과 치적, 죽음의 일대기 사이사이에 넣어져 있다. 개국주인 신라 박혁거세나 고구려 동명성왕의 난생(卵生)을 둘러싼 서술이 그러하며, 다음에 든 박혁거세의 배우자가 되는 알영의 탄생과 신라 14대 임금인 유례이사금의 탄생 기사도 짧은 내용이지만 떼어서 『수이전』에 넣어도 손색이 없을 정도이다.

　　5년 봄 정월, 용이 알영 우물에 나타났다. 그 용의 오른쪽 갈빗대에서 여자아이가 나오므로 어떤 할머니가 이를 보고 이상히 여겨 주워다 길렀는데, 그 우물 이름을 따서 여자아이의 이름을 알영이라 지었다. 자랄수록 얼굴에 덕기가 있으므로 시조가 이를 듣고 맞아들여 비를 삼았다. 과

연 행실이 어질고 내조를 잘 하니 한때 사람들이 이성(二聖: 시조와 비를
말함)이라 일렀다.[12]

유례이사금(儒禮尼師今)이 즉위하였다. 유례이사금은 조분왕의 맏아
들이다. 어머니 성은 박씨이니 갈문왕 내음(奈音)의 딸이다. 박씨가 일찍
이 밤길을 걸을 때에 별빛이 입으로 들어오더니 태기가 있었고, 낳던 날
저녁에는 이상한 향기가 방 안에 가득하였다.[13]

또한 본기에서는 죽은 이의 혼령이나 산해의 정령 따위에 관한 서술
도 보인다. 신라 29대 무열왕 6년 10월에 왕이 백제를 공격하기 위해 당
에 파병을 요청하였으나 회보가 없어 걱정하자 그곳으로 선대의 신하
인 장춘과 파랑의 혼령이 나타나 진상을 알리고 사라지는 보국령(保國
靈)의 일,[14] 신라 49대의 헌강왕 5년 3월에 왕이 나라 동쪽을 순행할 때
모양이 해괴하고 의관(衣冠)이 괴상한 산해(山海) 정령을 목격한 일[15]
등이 그 사례이다.

나라가 망하거나 역사의 주요 인물의 죽음을 기록하는 부분에서도 괴
이한 전조(前兆)들이 서술되어 있다. 헌덕왕(809~826) 14년에 역모를
꾀한 웅천주 도독 헌창(憲昌)의 죽음을 미리 알리는 징조로 거대한 새

---

12) 『三國史記』, 新羅本紀一, 赫居世居西干, "五年 春正月 龍見於閼英井 右脇誕生女兒
老嫗見而異之 收養之 以井名名之 及長有德容 始祖聞之 納以爲妃 有賢行能內輔 時
人謂之二聖" 번역은 신호열 역해, 앞의 책, p.30.
13) 『三國史記』, 新羅本紀二 儒禮尼師今 元年,「儒禮尼師今立 助賁王長子 母朴氏 葛文
王奈音之女 嘗夜行 星光入口 因有娠 載誕之夕 異香滿室」번역은 신호열 역해, 앞의
책, p.62.
14) 『삼국사기』, 권제5, 신라본기, 제5 태종무열왕.
15) 『삼국사기』, 권제11, 신라본기, 제11 헌강왕.

가 청주 태수의 정사 남쪽 연못에 나타나 3일 만에 죽은 일,[16] 고구려 유리왕 29년에 북부여 멸망의 조짐으로 검은 개구리와 붉은 개구리가 싸워 북방(北方)의 색인 검은 개구리가 죽은 일,[17] 백제의 마지막 왕인 의자왕 19년 2월부터 이듬해 20년 6월까지 백제 멸망의 징조로 궁중의 괴목(槐木)이 사람의 곡성같이 우는 괴이한 사건들[18]이 이어진 일 등은 현실적으로 일어날 수 없는 일들이 역사적인 사실로 기록되고 있다.

본기에서의 이러한 비현실적인 기록은 창조주의 탄생이나 호국, 망국에 관련된 서술에 주로 보인다. 따라서 그 내용이 창조주의 경우는 신성하고, 호국의 경우는 신이하며, 망국의 경우는 스산하고 기괴한 것으로 기술된다. 기사는 극히 짧은 뉴스거리의 성격에 지나지 않으며 역사적 사실로 기록되었지 괴이 그 자체의 흥미를 인정하여 삽입된 것은 아니다.

한편 열전에서도 김유신을 영웅적 인물로 형상화하는 데 있어서 그가 적병들의 침략에 강개(慷慨)하여 하늘에 빌어 도인(道人)으로부터 방술의 비법을 배우는 은덕을 입거나 천관신(天官神)의 영기(靈氣)를 받은 보검(寶劍)으로 적군을 물리친다는[19] 신이한 내용이 삽입되었다. 이와 더불어 충(忠), 효(孝), 열(烈), 의(義)에 부합한 인물들을 다룰 때도 지괴는 활용되었다. 설총이 신문대왕에게 간사한 이와 정직한 이의 분

---

16) 신라 41대 헌덕왕(809~826) 14년에 웅천주 도독 헌창(憲昌)이 역모를 꾀하여 싸우기를 열홀 만에 승산이 없자 자결을 했는데, 그 패망(敗亡)의 조짐으로서 청주 태수의 정사 남쪽 연못에 나타난 이상한 새가 크기로 말하면 5자이고 빛은 검고 머리는 다섯 살쯤 된 아이만 하고 부리의 길이는 1자 5치, 사람 같은 눈을 가지고 위(胃)주머니가 닷되들이 그릇만 한 것이 3일 만에 죽었다.

17) 『삼국사기』, 권제13, 고구려본기, 제1 유리왕.

18) 『삼국사기』, 권제28, 백제본기, 제6 의자왕.

19) 『삼국사기』, 권제41, 열전, 제1 김유신 상.

별을 일깨우기 위해 들려준 〈화왕계〉[20]는 충절을 드러내는 것이다. 그 내용은 꽃의 왕으로 인식되어온 모란과 가냘프면서 화려한 장미, 그리고 늘 가는 머리를 힘없이 떨구며 피어있는 할미꽃을 각각 왕, 가인, 장부로 의인화하여 가인의 감언이설을 뿌리치지 못하는 왕에게 장부가 일침을 가하는 것으로 되어있다. 한편 다리의 살을 베어 굶주리고 병든 부모를 부양한 일상에서 흔치 않은 미덕을 보인 향덕과 성각(聖覺)의 이야기는[21] '효'의 전범으로 취급되었다. 설씨와 도미의 이야기[22]는 '열·의'의 사례로 실렸다. 설씨는 미천한 신분임에도 아버지를 대신하여 병역을 떠난 혼약자를 만날 기약 없는 긴 세월동안 한결같은 마음으로 기다린 기이한 행실을 보여주었다. 도미 역시 개루왕의 유혹에 아랑곳하지 않고 남편을 위한 절개를 지킨 일상에서 보기 드문 여성의 상을 실천하였다.

이렇듯 『삼국사기』에서는 역사적 사실을 증명하고 충효열 이념을 드러내는데 필요한 한도 내에서 지괴는 활용되었다.

사서의 이러한 태도와 달리 이규보(李奎報, 1168~1241)의 〈동명왕편(東明王篇)〉(1193)에서는 노골적이라 할 만큼 대담하게 기이한 이야기를 끌어들이고 있다. 저자는 〈동명왕편병서(東明王篇幷序)〉[23]에서 동명왕의 신이지사(神異之事)는 미천한 남녀 사이에도 이야기되며 〈구삼국사〉의 기록이 세상에 전하는 것보다 더 자세하다 하고, 공자가 괴력난신(怪力亂神)을 말하지 않았듯이 자신도 처음 이것이 '황당기궤(荒

---

20) 『삼국사기』, 권제46, 열전, 제6 설총.
21) 『삼국사기』, 권제48, 열전, 제8 향덕, 성각.
22) 『삼국사기』, 권 제48, 열전, 제8, 설씨, 도미.
23) 朴斗抱譯, 『東明王篇·帝王韻紀』, 을유문화사, 1974, pp.49~51을 참조했음.

唐奇詭)' 하여 믿지 않았다. 그런데 옛 기록을 탐독(耽讀)하고 음미하니 '鬼幻'이 '神聖'임을 알았고 국사를 편찬할 때 김부식은 이를 매우 간략하게 하였다고 하며 그 애석함을 표시하였다. 그리고 저자는 동명왕의 신이지사(神異之事)는 창국지신적(創國之神迹)임을 강조하고 이를 천하에 알려 우리나라의 근본이 성인(聖人)임을 알리고자 해서 이 시를 지었다고 그 동기를 분명히 했다. 우리는 여기에서 '괴력난신'을 '鬼幻'의 측면이 아니라 '神聖'의 측면으로 파악하려 한 중세인의 인식전환의 한 양상을 발견할 수 있다.

〈동명왕편〉에서는 해모수와 주몽, 유리의 신이한 행적이 오언(五言) 282구(句)로 점철되어 있다. 주몽의 신이한 탄생과 건국의 영웅적 행위들을 중심부로 하여 그 전반부에서는 천손의 혈통을 잇게 되는 해모수의 천손하강 및 그 혼인에 얽힌 사건들이, 후반부에서는 주몽의 후계자인 유리의 행적이 환상적으로 활사되어 있다. 그런데 이 서사시에서 우리가 잠시 주목하고 싶은 것은 서사형식을 띤 그 분주(分註)이다. 분주는 비록 서사시의 이해를 돕도록 시구의 사이사이에 삽입되어 있으나 지괴의 단편들이 모여 있어 지괴문학의 전개상 유의할 필요가 있다. 분주는 모두 39조(條)로 이루어져 있는데 간략하게 연대나 지명 등의 설명만의 것이 있는가 하면 일정한 내용을 갖춘 단편들이 있다.

하백이 말하기를 「왕이 진실로 천제의 아들이라면, 무슨 신이(神異)한 것을 가졌느냐?」하니 왕이 대답하기를 「한번 시험해 보십시오」라고 하였다. 이에 하백이 뜰 앞 물에서 몸을 변하여 잉어가 물결 타고 노니는데, 왕은 수달이 되어 그를 잡았다. 하백이 또 사슴이 되어 뛰어가니, 왕은 늑대가 되어 그를 쫓았다. 하백이 꿩이 되니 왕은 매가 되어 그를 치매, 하백은 그가 진실로 천제의 아들임을 알고는 예로써 혼례를 치렀다. 왕이 앞으로 딸을 데려갈 마음이 없을까 두려워서, 풍악을 잡히고 술자리를 차려 그에게 건하여 만취케 하여 놓고는, 딸과 함께 작은 가죽가마에 넣어 용거(龍車)에 실었는데, 같이 하늘에 오르게 하자는 생각에서였다. 그 수레가 물에서 뜨기도 전에, 왕은 곧 술이 깨어서는 그녀의 황금 비녀를 빼서 가죽가마를 뚫고, 그 구멍으로 빠져나와서 혼자 하늘로 올라가버렸다.[24]

이것은 해모수가 유화와의 혼인을 성사시키기 위해 하백과의 신술경쟁을 치르고 혼례 후 승천하는 단락이다.

시구의 사이에 끼어있는 분주들은 서로가 전혀 관련이 없는 별개의 내용이 아니라 동명왕을 둘러싼 영웅담으로 서로 유기적으로 연결되어 있다. 일찍이 이를 서사문학의 시각에서 바라보는 관점이 있었다.[25] 박두포(朴斗抱)는 개별 분주들이 〈동명왕편〉 창작에 관여했을 『구삼국사』의 동명왕본기의 전모(全貌)일 것이라고 여기고 그들을 엮어 그 재현을 시도했다. 그리고 "이 東明王記錄이 歷史物이 아니고 虛構 卽 文學

---

24) 「河伯大怒 遣使告曰 汝是何人 留我女乎 王報云 我是天帝之子 今欲與河伯結婚 河伯 又使告曰 汝若天帝之子 於我有求昏者 當使媒云云 今輒留我女 何其失禮 王慙之 將 往見河伯 不能入室 欲放其女 女旣與王定情 不肯離去 乃勸王曰 如有龍車 可到河伯 之國 王指天而告 俄而五龍車從空而下 王與女乘車 風雲忽起 至其宮」 번역은 박두포, 앞의 책, p.62를 따랐음.

25) 張德順, 「英雄敍事詩「東明王」」, 『人文科學』, 제5집, 연세대학교인문과학연구소, 1980, pp.101~123.
李在秀, 「朱蒙說話(東明王篇)論考」, 『論文集』, 제8집, 경북대학교, 1964, pp.67~81
朴斗抱, 「民族英雄 東明王說話考-舊三國史 東明王本紀를 資料로-」, 『國文學硏究』, 제1집, 효성여자대학교 국어국문학연구실, 1968, pp.5~47.
史在東, 「『東明王篇』의 戱曲的 性格」, 『공동문화연구』, 제1집, 한국공연문화학회, 2000, pp.119~181.

의 範疇에 들어가는 說話"로 인정하고, 인물이나 사건배경, 구성, 주제, 문체의 친밀성과 우수성으로 보아 문인의 의도적인 형상물이라고 하였다. 사재동은 나아가 분주들은 『구삼구사』의 기록 그 자체가 아니라 구비 · 문헌의 자료를 수집 정리하여 창작된 「東明王傳記」(가제)가 있었고 이를 자료로 하여 〈동명왕편〉이 집필되었으며, 「동명왕전기」는 다시 「東明王傳」(가제)으로 정리되었고, 이것이 〈동명왕편〉의 주석 · 해설로 재조직되었다 하고, 「동명왕전」은 구조와 구성 및 세련된 표현과 문체를 갖추고 있어 그 허구적 창작의 면에서 한국의 전기소설(傳奇小說) 중 신기소설(神奇小說)과 비교할 수 있다고 하였다.[26]

사재동이 추정한 「동명왕전」 존재의 가설은 매우 흥미로운 과제이다. 이 가설의 작품이 실존한다면 전기문학이 『수이전』의 〈최치원〉에서 조선 전기(前期)의 『금오신화』로 껑충 뛰어 출현하는 간격의 차이를 메울수 있고, 그뿐만 아니라 '지괴에서 전기로'의 발전과 '전기에서 지괴로'의 퇴보라는 일련의 과정을 파악할 수 있으려만, 애석하게도 우리가 확인할 수 있는 자료는 주석 · 해설로서 재편되어 서사시의 사이사이에 끼어있는 지괴의 단편임이 현재 상황이다.

〈동명왕편〉은 고구려 창조주들의 영웅이야기를 엮고자 하였기에 그들을 미화할 신이한 이적(異蹟)들을 적극적으로 수용하였다. 그것은 정사로서 대의명분에 따라 객관적인 사실에 입각해 엄준하게 기록하고자 허탄한 일을 소략한 『삼국사기』의 자세와 대조를 이루고 있다.

고려 중기후기에 있어서 지괴는 이렇듯 수용자의 의식과 그의 글쓰기 방식에 따라 다르게 이용되고 있었는데, '괴이'를 신성한 측면에서 파악

---

26) 사재동, 앞의 논문.

한 입장에는 일연(一然, 1206~1289)의 『삼국유사(三國遺事)』도 있다. 이 작품은 『수이전』의 속편이라 할 만큼 기이한 이야기를 다채롭게 모아놓았으나 역사와 불교사의 서술방식과 분리되지 않았다는 것이 『수이전』과 차이를 보인다.

『삼국유사』는 왕력(王曆), 기이(紀異), 흥법(興法), 탑상(塔像), 의해(義解), 신주(神呪), 감통(感通), 피은(避隱), 효선(孝善)의 9항목으로 구성되어 있다. 「왕력」은 삼국 및 가락국·후고구려·후백제에 관한 연표이므로 실제 내용은 「기이」부터 시작된다. 「기이」편은 고조선으로부터 후삼국까지의 역사를, 「흥법」편 이하는 불교의 사적(事跡)을 적은 것이다.

「기이」는 권제1에서 권제2까지에 붙여진 편명이다. 기이한 일을 기록한다는 이 편명을 본문 맨 처음에 둔 데는 의식적으로 기이한 이야기를 실었다는 편찬 의도가 반영되어 있다. 일연은 그 의도를 책의 서문에 해당하는 「기이 제일(紀異第一)」의 첫머리에서 분명히 밝히고 있다.

> 대체로 옛 성인들이 예악禮樂으로 나라를 일으키고 인의仁義로 가르침을 베풀려 하면 괴이, 완력, 패란(悖亂), 귀신에 대해서는 어디에서도 말하지 않았다. 그러나 제왕이 일어날 때에는 부명符命을 받고 도록圖籙을 받는 것이 반드시 보통 사람들과는 다른 점이 있었고 그런 뒤에 큰 변화가 있어 천자의 지위(大器)를 장악하고 [제왕의] 대업을 이룰 수 있었다.(중략) 그러므로 삼국의 시조가 모두 신비롭고 기이한 데서 나온 것이 어찌 괴이하다 하겠는가? 이는 「기이紀異」편을 모든 편의 첫머리에 싣는 까닭이며 의도이다.[27]

---

27) 「叙曰 大抵古之聖人 方其禮樂興邦 仁義設敎 則怪力亂神 在所不語 然而帝王之將興

저자는 먼저 옛 성인이 예악으로 나라를 다스리고 인의로 교화함에
있어서는 괴력난신을 말하지 않는다고 하고, 그렇지만 제왕이 나라를
일으키고 대업을 이룰 때는 보통 사람과 다른 큰 변화가 일어난다며 그
것을 중국의 여러 제왕의 신이한 행적을 들어(중략 부분) 확실히 하였
다. 그런 다음에 우리 삼국을 일으킨 시조의 신이한 탄생과 행적은 괴이
할 것이 되지 못하므로 그에 관한 것을 여러 편 맨 처음에 두는 것이라
며 그 의도를 밝히고 있다. 이같이 삼국의 시조에 얽힌 초현실적인 행적
들을 신이로 본 것은 〈동명왕편〉의 생각을 그대로 계승한 것이다.

이렇게 해서 엮어진 「기이」 편은 고조선으로부터 후삼국까지의 역사
를 서술하는 체재를 취하고 있으되 연도별로 역사 전체를 기술한 것은
아니고 편자가 관심 있는 단면을 57조에 걸쳐 서술하고 있다. 나라의 창
업과 흥망을 서술하는 가운데 창조주의 신이한 탄생과 비범한 능력, 초
월자의 도움 그리고 죽음 전후에 일어나는 괴변 등을 관심 깊게 수록했
다. 특히 「기이」 편의 중심을 이루는 신라의 경우는 시조 박혁거세에서
제56대 경순왕까지 역대 왕 대부분의 역사를 각 1편씩 38조에 걸쳐 기
록했는데, 치적에 관한 일은 짧고 역대 왕에 얽힌 혹은 즉위 동안에 발
생한 기이한 행적들로 채워져 있다. 하나의 사건을 1편의 이야기로 구
성한 것도 있고, 2,3개 혹은 그 이상의 사건을 연결하여 1편으로 엮은 것
도 있다. 개국 및 개국주의 탄생을 둘러싼 기이(난생, 이류교혼 등)나 망
국의 괴변징조 같은 것은 『삼국사기』와 겹쳐지는 부분이 많은데, 제8대
아달라왕(阿達羅王) 시대에 있었던 해달의 정기(精氣)인 영오세오(〈延

也. 膺符命受圖籙 必有以異於人者 然後能乘大變 握大器 成大業也 (중략) 然則三國
之始祖 皆發乎神異 何足怪哉 此紀異之所以漸諸篇也 意在斯焉」번역은 김원중 옮김,
『삼국유사』, 민음사, 2007, pp.33~34를 따랐음.

烏郎細烏女〉)의 신화적 지괴와 선덕왕의 비범한 지혜담(〈善德王知幾三事〉)은『수이전』에서 발췌하고 있다.

「기이」편은 역사 서술이기에 이에 이용된 왕들을 둘러싼 신이한 행적은 왕권의 위엄, 그리고 그 신성을 드러내고자 한 것이다. 다수의 사례가 보이는 호국신(護國神)에 관한 이야기도 조상신이나 귀신의 보호를 받는 신성한 국가임을 드러내고, 충신(忠臣)에 관한 기이한 이야기는 충직한 보필로 인한 강권한 나라임을 드러내고자 하였다. 괴변을 다룬 지괴는 그 원인이 왕들의 부덕과 음탕, 사치에 기인한다는 망국 초래의 상징으로 삼고 있다.

예컨대 역대 왕들의 신이한 행적으로는 다음과 같은 것이 있다. 제3대 노례왕과 탈해는 서로 왕위를 양보하며 성스럽고 지혜의 상징인 多齒경쟁을 해서 치아가 많은 노례왕이 먼저 왕위에 올랐다(〈第三弩禮王〉).[28] 제22대 지철로왕은 음경 길이가 한 자 다섯 치여서 짝을 찾기 어렵다가 키가 일곱 자 다섯 치나 되는 모량부 상공(相公)의 딸을 황후로 맞이했다(〈智哲老王〉). 제26대 진평왕의 키는 열 한자가 되었다. 왕이 내제석궁에 행차하여 섬돌을 밟는 순간 돌 두 개가 한꺼번에 부서졌다. 진평왕의 즉위 원년에는 천사가 내려와 상황(上皇)의 전달이라며 옥대를 건네주고 올라간 후 감히 고구려가 침범해오지 못했다(〈天賜玉帶〉). 알로 태어난 탈해는 붉은 용의 인도로 신라에 왔고, 하인이 마실 물을 떠 오다가 몰래 물맛을 보자 입이 잔에 붙었는데 탈해가 꾸중을 하고서야 입이 떨어졌다(〈第四脫解王〉). 제21대 비처왕은 비빈과 분향 수도승

---

28) 노례왕과 탈해의 다치(多齒) 경쟁은『삼국사기』제1권, 신라본기 제1,「유리이사금 (儒理尼師今)」에도 보이며 치아 개수가 상세하게 기록되지 않는데 일반 성인의 치아 개수보다 훨씬 많은 경이로움으로 왕의 덕(德)과 지혜를 드러내고 있다.

이 간통하여 목숨이 위태로워지자 연못에서 나온 노인이 바친 글로 위험을 넘겼다(〈射琴匣〉). 이렇게 多齒경쟁이나 거대한 음경, 신장의 이야기를 통해 왕권의 위엄을 드러내고, 천상의 옥대나 용신 비호의 이야기를 통해 왕권의 신성함을 표현했다.

또한 호국 지괴로는 제14대 유리왕 때에 일어난 미추왕의 혼령 이야기가 그 전형을 보여준다. 이서국(伊西國) 사람들이 금성(金城)을 공격해 막지 못하고 있자 죽은 미추왕의 혼령이 죽엽군을 끌고 와서 물리쳐주었다고 했다. 또 미추왕의 능에 김유신의 혼령이 찾아와서 군주와 신하가 옛 자신의 공을 잊고 죄 없는 자손을 죽인 것을 하소연하며 이 나라를 떠나겠다고 하자 왕이 백성의 안위를 걱정하며 노여움을 달래주었다(〈味鄒王 竹葉軍〉)고도 했다. 그 외에 제31대 신문왕 때에 용이 된 문무왕과 천신이 된 김유신으로부터 받은 만파식적이 영험을 일으키고(〈萬波息笛〉), 김유신이 적군에게 속아 유인되어 갈 때 세 호국여신의 도움을 받고 하는(〈金庾信〉) 등, 이들 호국의 지괴들은 신라가 비범한 선조나 귀신의 비호 아래 있는 신성한 국가임을 상징하고 있다.

충신 지괴로는 진지대왕의 넋과 도화랑(桃花娘)의 교합으로 태어난 비형랑이 왕을 보필하여 나라의 귀신을 쫓고(〈桃花女鼻荊郎〉), 제49대 헌강왕 때에 동해용의 아들이 왕의 정사를 보필하며 역신을 쫓고(〈處容郎 望海寺〉), 진성여왕 때에 중국 사신의 호위 궁사(弓士)인 거타지가 요괴 승려(여우)로부터 서해의 용왕을 구한 덕택에 순조롭게 나랏일을 마치고 용녀와 결혼한다는 이야기(〈眞聖女大王 居陀知〉) 등이 있다.

괴변 지괴로는 원성대왕 때에 지신과 산신이 나타나 해괴한 춤을 춘 일(〈元聖大王〉), 효공왕 때에는 영묘사(靈妙寺) 안 행랑에 헤아릴 수 없을 만큼 많은 까치집과 까마귀집이 형성된 일(〈孝恭王〉), 경명왕 때에 천황사 벽화 속의 개가 짖는 일(〈景明王〉) 등이 실려 있다.

『삼국유사』의 분량으로 볼 때 「기이」 편이 그 전반부라면 불교의 사적을 적은 흥법(興法)에서 효선(孝善)까지는 후반부에 해당한다. 흥법 편은 불교가 신라에 전해지고 공인되는 과정에 대한 기록으로 비교적 역사적 사실에 근거를 둔 자료를 모아두었다. 탑상(塔像) 편에서는 산, 사찰, 불상, 화상(畵像), 종(鍾) 등을 둘러싼 신이한 인연담이나 영험담을 담았다. 의해(義解)와 신주(神呪), 피은(避隱) 편에서는 고승들의 일대기 형식으로 신비스럽고 신통한 행적들을 수록했다. 감통(感通) 편에서는 일반 신자들의 진실한 신앙에 감응하여 일어나는 기적 이야기를, 효선(孝善) 편은 효도의 선행에 감응한 이야기를 모았다. 다음에 탑상과 감통 편에 실린 몇 이야기를 들어 유입된 지괴의 의미를 확인해 보겠다.

탑상에 관한 신이한 행적은 이미 『수이전』에 실린 민장사 관음 영험의 사례가 있었다. 거기서는 지괴의 흥미에 관심이 있었다면 『삼국유사』는 불교의 신비와 영험을 드러내기 위해 이용되고 있다. 탑상 편에 보이는 노힐부득과 달달박박의 이야기(〈南白月二聖 努肹夫得 怛怛朴朴〉)를 보자. 이 두 스님은 죽마고우로 신앙이 돈독하여 처자를 버리고 각자 백월산의 암자에 살며 불도를 닦았다. 그러던 어느 날 밤, 20세가량의 아리따운 여인이 나타나 숙박을 요청하였다. 박박은 이를 물리쳤으나, 부득은 중생의 뜻에 따른 것도 보살행이라며 묵도록 해주고 해산을 한 여인의 몸을 씻고 함께 목욕하다가 성불하여 미륵존상이 되었다. 여인은 관음보살의 화신이었다. 이윽고 박박도 노힐의 인도로 아미타불이 되어 백월산의 남사(南寺)에 각각 안치되었다는 내용이다. 두 스님의 신앙심과 그에 감응한 관음의 신이한 행적으로 이루어진 남사의 두 불상의 유래담이다. 흥미로운 것은 이 탑상의 연기담에 보이는 여인의 화신과 승려에 얽힌 삽화와 유사한 이야기가 일본의 에도 시대에 간행된 『다마스다레(多滿寸太禮)』(1704년)[29]의 괴이소설집(怪異小說集)에 보인다는 것이다. 이 책에는 7권에 총 27화의 단편이 실려 있는데, 권5에 수록된 「에코 율사가 마귀를 굴복시킨 일(永好律師魔類降伏の事)」이야기를 살펴보자. 이것은 덕이 지극히 높은 에코 율사가 여러 지방을 수행하는 중에 만나는 마귀들을 물리치는 몇 삽화로 이루어져 있다. 고승 영험담의 형식을 취하지만 중심은 여러 마귀가 부리는 변화무쌍한 괴기담에 있다. 그중 한 삽화는 다음과 같다. 미모가 수려한 20세가량의 여자가 밤에 수행 중인 율사의 암자를 찾아와서 자신은 이 산 아래에 살며 악인 무도한 남편이 해치려 하여 도망 왔으니 숨겨달라고 애원한다. 율사는 밤이 늦었기에 허락한다. 방에 들어온 여자는 몸에 향기가 진동하며 요염하다. 여자는 얼마 후 배가 아프다며 율사에게 어루만져달라고 한다. 계율을 엄히 지키는 율사는 여인의 소원대로 해주고, 이윽고 날이 샌다. 여자는 율사의 덕이 높음을 깨닫고 자신의 과거 이야기를 했다. 실은 자신은 오래 묵은 구렁이(大蛇)로 이전에 한 법승의 인도로 살생하지 않은 은혜를 입었으나 건무(建武)의 난으로 인해 이 땅이 악마 세상이 되어서 다시 살생하게 되었다고 하고 한탄을 했다. 여기까지가 그 대강의 줄거리이다. 이 이야기에서는 여인이 생물을 잡아먹는 구렁이로 설정되어 있으나 율사와 밤을 지새운다는 전반부의 전개 방식은 노힐부득과 흡사하다. 필시 동일 계통의 불교설화에서 파생한 성싶은데,[30]

---

29) 『다마스다레』에 대해서는 본서의 제6장에 소개되어 있다.
30) '노힐부득과 달달박박'의 전거(典據)로는 『법화영험전(法華靈驗傳)』의 제4단 「화성유품(化城喩品)」에 실린 『현응옥(現應錄)』 〈꿩이 사람이 되다〉 설화가 지적되고 있

일본의 것은 괴이소설집에 오락거리로 수용되었고, 『삼국유사』에서는 탑상의 연기 설화에 머물러 있다.

탑상 편에 수록된 조신 이야기는 당나라의 전기문학인 『침중기(枕中記)』(심기제, ?~800)의 영향이 크다는 것이 지적되고 있다. 당 전기가 신라 승려 조신의 이야기로 윤색되면서 수행을 방해하는 물욕과 애욕의 욕망을 일장춘몽의 방식으로 풀어 그 허무함을 깨닫게 했다. 깨달음의 경지에 이르게 해준 관음보살의 영험을 드러내고 정토사의 인연을 담아냈다. 전기문학이 사찰의 연기담으로 탈을 뒤집어씀으로써 불교설화로 위축되었다.

한편 감통 편에서 다룬 〈김현감호〉은 신라 원성왕 때 김현이 탑돌이를 하면서 만난 호랑이 처녀와 사랑을 나눈다는 내용으로, 이류교혼의 지괴 소재를 이용하여 불교 신앙의 응보를 신비화했다.

같은 감통 편에 실린 망덕사의 승려인 선율 이야기(〈선율환생〉)도 저승탐방이라는 지괴의 소재를 이용하여 불교적 신비화를 꾀했다. 선율 승려가 『대품반야경』을 만드는 데 힘써다가 명이 다하여 저승에 붙잡혀 갔으나 그 일을 마치도록 허락받아 환생했다는 내용이다. 신앙에 대한 감응으로 일어난 환생을 다루었다.[31]

고려 중기후기에 『삼국유사』 외에 지괴의 이용으로 불교적 신비화를 꾀한 것으로는 『해동고승전』이 있다. 고승의 영험담은 지괴문학의 한 구성 요소인데 다만 지괴에서는 고승의 기이한 행적을 흥미로서 드러

다. 김종철, 「고려 傳奇小說의 발생과 그 행방에 대한 再論」, 『어문연구』, 제26집, 충남대학교 문리과대학 어문연구회, 1995, p.536.

31) 남조(南朝) 때의 지괴문학인 『유명록(幽冥錄)』(유의경, 403~444)에 실린 〈진양(陣良)〉고사를 불교설화로 만든 것이다.

내고자 하나, 『해동고승전』은 불교적 이적을 다루고자 했다.

이상에서는 사서나 영웅서사시, 불서에 수용된 지괴의 양상을 살펴왔다. 다음에는 시화잡기에 수용된 것을 고찰하기로 한다.

시화잡기는 시에 얽힌 일화나 주변 잡기를 모아놓은 것으로 역사적 사실이나 불교적 사상을 드러내야 하는 긴장감이 없는 글쓰기 방식이다. 따라서 다음에 드는 최자(崔滋, 1188~1260)의 『보한집』(1254)은 지괴 그 자체를 인정하며 수용하고 있다. 지괴를 역사화하지도 종교화하지도 않았다. 따라서 그 성격은 신성이나 신비보다 괴기 쪽에 더 무게를 둔다.

저자 최자는 1212년(강종 1)에 문과에 급제하여 상주(尙州)의 사록(司祿)으로 처음 벼슬길에 올라 뒤에 국학학유(國學學諭), 한림학사, 승지, 문하시랑 등 여러 관직을 거쳐 동중서 문하평장사 판이부사에 오른 정치가이며 문인이었다. 고종 37년(1250)에는 몽골에 사신으로 다녀올 정도로 문장에 뛰어나 당대 문명을 떨치기도 했다. 과거시험을 거친 관료학자로서 괴이한 것에 대한 인식이 어떠했을지 짐작하기 어렵지 않은데, 『보한집』에는 11개가량의 지괴가 실려 있다. 시화 총 146화[32]에 비하면 결코 많은 것은 아니나, "이 책은 그저 자질구레한 글을 모아 한가로운 시간을 보내는 데 쓰려는 것이지 훌륭한 책을 만들자는 것이 아니"[33]였기 때문에, 지괴의 수용은 어느 정도 용인되었을 것이다. 지괴는 상권에서 3화, 중권에서 1화, 하권에서 7화를 찾을 수 있다. 특히 하권의

---

32) 상권 52편, 중권 46편, 하권 48편, 하권의 마지막 편은 발문에 해당함. 자료는 이상보 주해, 『보한집』, 범우사, 2001을 이용했고, 柳在泳, 『보한집』, 원광대학교 출판국, 1995의 원문과 해제를 아울러 참조했다.

33) 『보한집』 상권 1, 「此書欲集瑣言爲遺閑耳 非撰盛典也」. 번역은 이상보 주해, 앞의 책, p15를 따랐다. 이하 번역은 모두 이와 동일함.

마지막 즈음에 제39화~제40화, 제42화~제45화의 7화가 연속하여 실려 있다.[34] 이러한 엮음에 대하여 최자는 하권의 맨 끝에서 다음과 같이 밝히고 있다.

당(唐)나라 이조(李肇)의 국사보(國史補) 서문에, "귀신이 장막이나 발 쳐놓은 곳에 가까이 나타났다는 말은 모두 잘라 버린다"라고 했다. 구양공(歐陽公)이 〈귀전록(歸田錄)〉을 지을 때 이조의 말을 본받았다. 이는 고금 유자(儒者)들의 찬술(撰述)의 상식이 되었다. 이제 이 글이 감히 문장으로서 나라의 빛나는 것을 돕지도 못하고, 또 성조(盛朝)의 빠진 일(遺事)들을 골라 모아서 기록하지도 못하고, 다만 매만지기와 전각(篆刻)의 나머지로 쓰여진 작품들을 모아서 웃음거리 자료로 제공하는 바이다. 그러므로 책 끝에 몇 가지 음란하고 괴이한 일을 기록하여 새로 나오는 애써 공부하려는 이들에게 오락 겸 휴식거리로 한 것이다. 비록 방종(放縱)하는 내용 속에도 또한 몇 글자 속에는 감계(鑑戒)의 내용이 들어 있으니 읽는 사람은 자세히 알아야 할 것이다.[35]

저자는 글을 씀에 있어 鬼에 대한 고금의 유자들의 생각과 그 처리를 언급하면서 이 책은 결코 그러한 참된 글이 아니라 '웃음거리'를 제공하고자 하는 것이며, 따라서 괴이한 이야기를 실은 것도 '공부하려는 이들에게 오락 겸 휴식거리'를 제공할 목적이 있다고 지괴수용의 의도를 분명히 했다. 그리고 이 책의 방종한 내용 안에 귀감이 되거나 교훈의 뜻

---

34) 41화는 기생과 정숙공의 사랑에 관한 시화이다.

35) 「唐李肇國史補序云 敍鬼神近帷箔悉去之 歐陽公作歸田錄 以肇言爲法 此古今儒者撰述之常也 今此書 非敢以文章增廣國華 又非撰錄盛朝遺事 姑集雕篆之餘 以資笑語 故於末篇 記數段淫怪事 欲使新進苦學者 游焉 息焉 有所縱也 且有鑑戒存乎數字中 覽者詳之」, 번역은 p.298.

이 들어있다 한 데서는 괴이한 이야기로서 敎誡로 삼고자 한 생각이 있었음을 읽을 수 있다. 저자의 이러한 교훈적 의도는 이야기의 마지막에 붙인 평어에서도 잘 드러나고 있다.

> 한자(韓子)는 귀신을 이렇게 단정했다. "형태와 소리가 없는 것을 귀신이라 한다. 사람이 하늘에 거역하고 백성에게 어그러지고 만물에 맞지 않고 윤리(倫理)에 어그러지면 물건에 감동된다. 이에 귀신이 형태로 나타나고 소리에 의탁함으로써 응하게 되는 것이니 모두가 백성이 스스로 하는 것이다. 그러한즉 귀신에게 현혹됨은 오히려 자신이 속는 것이다."[36]

이것은 하권에 실린 이인보가 이물(異物)의 여인과 교정(交情)한 이야기의 끝에 붙인 평어이다. 저자는 한비자의 귀신론을 인용함으로써 자신의 생각을 대신해 보인 것인데, 그 생각이란 즉 괴이한 일은 허탄하며 따라서 그에 현혹되고 안 되고는 자신의 마음가짐에 달렸다고 하는 것이다. 결국 『보한집』에서 지괴를 모은 것은 '흥미'와 '교훈', 이 두 가지를 염두에 둔 것인데, 그러나 흥미와 교훈의 기능은 문학으로서의 지괴를 인정한 진지한 고민이 아니었음은 말할 필요도 없다. 지괴는 글공부하는 이들이 머리를 식힐 정도의 한시적 파적거리로 여겼을 따름이었고, 교훈은 지괴의 서사 내용 속에서 우러나오는 삶의 반성이기 이전에 유교적 입장에서 내린 객관적인 평가(허탄함에 대한 경계)에 지나지 않았다. 이렇게 해서 흥미와 교훈을 내세워 애써 지괴를 싣는 의미를 부여

---

36) 하권 42, 「韓子曰無形與聲者 鬼也 人有忤於天 有違於民 有爽於物 逆於倫 而感於物 於是鬼有托於形憑於聲以應之 皆民之爲也 然則感鬼者自欺也」, 번역은 p.288.

하고자 한 것이었다.

이러한 목적으로 수용한 지괴들의 내용을 살펴보면 다음과 같다. 먼저 각 권에 흩어져있는 지괴이다.

우선 현종 1년에 침입해온 거란을 물리치는 데 큰 공을 세운 강감찬에 얽힌 이야기를 들 수 있다. 한 사신이 밤에 시흥군(始興郡)으로 들어서는데 큰 별이 한 집으로 떨어지는 것을 보고 확인을 했더니 마침 그 집에 아기가 태어났다. 이상하게 생각한 사신이 아이를 데려다가 길렀는데 곧 강감찬이었다. 그 후 학식 높은 송(宋)나라의 사신이 강감찬을 보러 와서 오랫동안 사라진 문곡성(文曲星)을 여기서 본다며 계단 아래에 내려 절했다는 내용이다. 강감찬을 신비화시킨 이야기인데, 최자는 이 이야기에 대해 실로 황당하지만 고금의 벼슬아치들에 의해 전해왔고 임상국(任相國) 댁에 기록이 있어 여기에 싣는다고 했다(상권, 제5화).

이 밖에 이영간(李靈幹)이 임금과 박연(朴淵)에서 놀 때 갑자기 비바람이 일어나 공이 칙서(勅書)를 지어 못 속에 던져 용을 벌하였다는 일화(상권, 제15화), 박인량이 중국 사신으로 갔을 때 절강에서 성난 파도를 만나 오자서(伍子胥)를 위한 조위 시문을 지어 잠재운 일화(상권, 제19화) 등은 사대부 사회에서 시문에 대한 주술적 신앙으로 형성된 지괴이다.[37] 또한 김개인(金盖仁)이 술 취해 들판에 자다가 들불이 일자 집에 기르는 개가 강물에 자신의 몸을 적셔 불을 끄고 주인을 살린 후 자신은 타죽었다는 의구(義狗) 설화(중권, 제35화)는 『수신기』(권20)에서도 취급한 기담이었다. 또한 수선사(修禪寺)의 탁연법사(卓然法師)

---

37) 許永美, 「補閑集의 문학적 성격」, 경북대학교 석사학위논문, 1982, p.46.

가 계룡산 밑 촌락에서 괴이한 까치를 목격한 일화가 있는데(하권, 제34
화), 마을 주민의 말에 의하면, 7년 전부터 매년 새끼까치가 올빼미에 잡
혀 죽자 그 어미의 몸이 머리부터 점차 희어졌는데 올해는 그 액운을 벗
었는지 꼬리부터 다시 검어지고 있다고 했다. 법사가 이를 동료 중인 천
영사(天英師)에게 말했더니 그 스님은 "새의 머리를 한 사람"이라며 다
음과 같은 시를 읊었다고 했다. 「원통한 기운 머리에 쌓여 눈고개를 이
루고, 피 흔적 가슴에 베어 붉은 밭을 이루었다. 그가 만일 다른 집 아들
을 걱정하지 않았다면, 온 세상에 서릿발 같은 머리털이 하루아침에 검
어지리라」.[38] 이 시화(詩話)를 실은 최자의 의도는 비록 한갓 하찮은 조
류일지라도 자신의 몸을 돌보지 않은 어미로서의 위대함을 알리고자
함에 있었을 것이다.

　다음은 최자가 문제로 삼았던 하권의 마지막에 실은 지괴들이다. 제
39화와 제40화는 이승(異僧)에 관한 기담이다. 제39화는 묵행자(默行
者)라는 승려가 추운 겨울 냉방에서도 추운 기운을 느끼지 않고 10여
일 먹지도 않으며, 귀신의 침입을 예상하여 타지로 옮길 때는 성(城) 위
를 타고 벗어나는 등 신선 같은 일들을 행한 이야기이다. 『삼국유사』의
피은(避隱)에 넣을 수 있는 내용인데, 『보한집』에서는 종교의 신비로움
을 우상화한 것이 아니다. 최자는 『해동고승전』을 언급하며 「僧史」에 빠
진 것을 보충한다고 하고 있어 기이한 행위를 하는 인물전에 주안을 둔
것이다. 제40화는 칠양사(漆陽寺)의 중인 자림(子林)의 우행담이다. 그
는 임진강을 건널 때 다른 배에 탄 예쁜 어린 중을 보고는 바다에 뛰어

---

38) 하권, 제34화, 「怨氣積頭成雪嶺 血痕沾臆化丹田 渠如不惱他家子 四海霜毛一日玄」
　　번역은 p.271.

들었고, 또 밤에 나타난 두꺼비를 동료 중이 송나라 상인에게 산 유사 동물이라 하자 이를 은그릇 주고 샀다는 이야기로, 글공부에 머리를 식힐 파적거리를 제공하고 있다.

다음에 제42화~제45화까지는 괴담이다.

제42화는 승안(承安) 3년(1198) 무오(戊午)년에 사천감(司天監) 이인보(李寅甫)가 경주도제고사(慶州道祭告使)의 임무를 맡고 내려갔다가 돌아오는 길에 '신물(神物)'의 여인과 정을 통한 경험담이다. 소위 인귀교환(人鬼交歡)의 지괴이다. 이물(異物)하고 교정(交情)한다는 점에서는 〈최치원〉의 맥락을 잇지만, 〈최치원〉은 화려한 수사와 낭만적 흥취로 환상적 분위기를 자아내는데, 이쪽은 그로테스크한 사건을 리얼하게 전달하고 있다. 최자는 평어에서 이인보가 사람 아님을 알고도 정을 통했다고 나무라며 괴탄하기 짝이 없다고 하고, 한비자의 귀신론(위에 인용한 말)을 빌어 자신의 생각을 나타냈다.

제43화는 〈김현감호〉와 자주 비교되는 호승(虎僧)이야기이다. 두 이야기의 사이에 사건 전개는 비슷하되 등장인물이 김현 / 법사, 女虎 / 男虎의 차이를 보이며, 『보한집』에서는 男虎가 죽은 후 다시 생을 얻어 법사의 제자가 되고 후에 영험한 일엄사(日嚴寺) 법사가 된다는 진행이다. 〈김현감호〉의 신앙에 대한 감응의 이야기가 여기서는 일엄사 법사의 전생담(前生譚)으로서 이야기되는 것이다. 최자는 이 이야기에 대해서도 괴이하고 허탄하며 옛 기록에 호승이야기가 있다 하나 일엄사 법사만이 그에 해당하는 것은 믿기 어렵다고 비평했다.

제44화는 광화현(光化縣. 현재 태천군) 북쪽 연못에서 일어난 괴담이다. 이 연못에서 순채를 따는 사람이 종종 피해를 당해 금동이라는 백성이 낫을 들고 연못에 들어갔다. 연못 안에는 방 같은 곳이 있어 물이 전

연 없고 밝았다. 모래와 돌이 많은 가운데 활모양의 흙무더기에서 큰 조
개를 발견하고 따가지고 나왔다. 연못가에 두고 다시 들어갔는데 갑자
기 금속이 맞부딪치는 요란한 소리가 밖에서 들려 금동이 물 밖으로 나
오자 갑자기 뇌우가 쏟아져 무서워서 낫을 휘두르며 도망쳤다. 이 이야
기를 들은 한 서생은 「교령의 굴혈(窟穴)은 창해(蒼海)에 있는데, 순채
연못에도 있는지 없는지는 알지 못하겠도다. 이미 밑을 더듬고서 해를
제거하려 했다면, 무슨 일로 평지에서 두려워 돌아갔는지?」[39]라는 뜻의
절구(絶句)를 지었다고 했다. 최자는 이 냉소적인 시화를 평하여 서생
이 지조와 절개로 괴이한 일에 현혹되지 않았다고 하였다.[40]

　제45화는 밤에 산사(山寺)에서 겪은 두 가지의 괴이한 일이다. 그 하
나는 서백사(西伯寺)의 승통(承統)인 시의(時義)가 학생시절 봉령사

---

39) 하권, 제44화, 「蛟龍窟穴在蒼海 不知亦在蓴池非 旣能探底欲除害 何事平地怖畏歸」
　　번역은 p.292.
40) 연못에서 일어나는 괴이한 일은 일본 에도 시대의 괴이소설집에도 간혹 보인다. 『슈
　　이오토기보코(拾遺御伽婢子)』(1704년 간행) 권4의 제15화 「우라가미센자에몬이
　　수중에 들어가서 괴이한 일을 겪다(浦上專左衛門水中に入て怪を見る事)」는 에치
　　젠국(越前國, 현재 후쿠이현福井縣)의 가쿠젠손(かくぜん村)의 마을과 후타모손
　　(二面村)의 마을 사이에 있는 큰 연못에 일어난 괴담이다. 이 두 마을은 매년 3월 3
　　일에 찰밥 한 석을 해서 이 연못에 던져 넣었다. 그렇게 하지 않으면 마을 일대는 쌀
　　한 톨도 수확할 수 없었다. 젊은 무사들이 마을의 손해를 생각하여 연못을 확인하기
　　위해 들어갔다. 우라가미 무사가 먼저 들어간 후 연못의 물이 벌겋게 물들어 나머지
　　세 명도 뛰어들었다. 네 명 모두 무사하게 나와서 말하기를, 「물밑 한 칸 정도의 사방
　　에 하얀 돌이 쌓여있고 그 안에 나무토막 같은 물건이 하나 있을 뿐이었다. 괴물은
　　이것이다 싶어 자르려고 해도 무거워 들어 올릴 수 없었다. 나무토막 끝을 자르니 피
　　가 엄청나게 흘렀다. 자세히 보니 위에는 거북이의 등과 같이 딱딱하고 아래는 해파
　　리처럼 흐물흐물했다. 더이상 해가 없으니 찰밥을 넣지 않아도 된다」 하였다. 다음
　　해에 찰밥을 넣지 않았더니 예전처럼 쌀 한 톨 수확할 수 없었다. 이 이야기는 광화
　　현의 연못 괴기와 유사한 점이 많은데, 일본의 것은 괴기소설집에 넣어졌기에 현실
　　적인 해석이 가해지는 일 없이 괴담으로 성립해 있다.

(奉靈寺)에서 친구들과 술 마시며 환담하는 중에 홀연히 머리끝이 쭈뼛
설 엄숙한 소리가 창밖에서 들렸다는 것이다. 다른 하나는 법천사(法泉
寺)의 중이 밤에 누상에 누워있는데 갓을 쓴 사람과 머리를 풀어헤친 사
람이 옛 친구처럼 찾아와 둘이 시를 주고받거니 하다가 홀연 사라진 것
을 보았다는 내용이다.

이상에서 고찰한 것과 같이『보한집』은 파한거리로, 또 허탄한 괴설
에 대한 경계(警戒)로 괴담과 소화적 기담(奇談)을 수용하였다. 지괴수
용이 문학적 인식으로 행해진 것이 아닐지라도 '흥미'와 '교훈'이라는 지
괴의 본질을 언급하며 의식적으로 모아 실은 것은 지괴문학의 전개(展
開)를 살피는 시점에서는 간과할 수 없는 일이다. 이 책의 수용 자세가
이후 지괴서를 탄생시키는 기세로 이어졌더라면 한국문학사에서 차지
하는 위치도 달라졌을 테지만 거기까지는 힘이 미치지 못했다. 그러나
지괴가 조선 전기에 접어들어 그 세력이 축소되면서도 야담잡기에 적
극적으로 유입되어 구성 일부로 위치를 점유하게 되는 데는『보한집』의
선구적 역할이 컸다 하겠다.

이 시기 말에『보한집』에 이어 이제현(李齊賢, 1287~1367)의『역옹
패설』의 시화잡기도 나왔다. 지괴는 2,3편 실려 있기는 하나 다음 시대
의 야담잡기로 이어지는 중개적인 위치에 있으므로 짚고 갈 필요가 있
다. 지괴는 전집(前集)[41]의 명공경 언행 기록으로 전한다. 국초(國初)
에 서신일(徐神逸)이 화살 꽂힌 채 사냥꾼에 쫓기는 사슴을 구해주고

---

41)『역옹패설』의 전집(前集)에서는 조종세계(祖宗世系)와 명공경(名公卿)들의 언
행, 골계담을 실었고, 후집(後集)에서는 경사(經史)와 시화(詩話)를 엮었다.『역
옹패설』, 후집(後集), 서(序) 참조. 이제현 저,『역옹패설』, 민족문화추진회, 1997,
p.80~81.

그 은덕으로 자손 대대 재상이 되는 영화를 누렸다는 사슴의 보은 이야기,[42] 박세통(朴世通)이 백성들에게 도살당하려는 거북이를 살려주어 그와 아들 손자 3대가 재상 되는 은덕을 입었다는 거북이의 보은 이야기[43]가 있다. 또한 추밀(樞密) 한광연(韓光衍)은 음양설을 믿지 않고 마음대로 집수리를 했는데 이웃 사람의 꿈에 검은 의관을 입은 열 명 남짓이 험악한 얼굴빛으로 우리 집 주인이 공사로 편안하지 못하나 그의 청렴으로 인해 화를 주려 해도 하지 못한다고 했다. 이것을 수행자(隨行者)가 듣고 그들은 한광연의 집 토신이라 했다는 이야기가 있다.[44]

이상의 지괴들은 인물의 음덕(陰德)이나 청렴을 드러내는 중세인의 인식 틀에서 이용되었다.

4. 조선 전기

(1) 신괴전기

조선시대 이전까지는 지괴의 시대였다면 이 시기에 접어들어 그 기세는 꺾이고 신괴전기가 본격적으로 전개된 때였다. 신괴전기는 지괴의 초현실적 소재를 계승하면서 그 기록성의 범주에서 벗어나 등장인물을 구체화하고 줄거리와 구성을 탄탄히 하며 삽입시를 적절히 활용하여 문장을 아름답게 꾸미는 데 힘썼다. 작품으로는 15세기 김시습(金時習,

---

42) 이제현 저, 앞의 책, 전집2, p.40.
43) 앞의 책, 전집2, pp.40~41.
44) 앞의 책, 전집2, p.44~45.

1435~1493)의 『금오신화(金鰲新話)』을 출발로 하여 16세기 신광한(申光漢, 1484~1555)의 『기재기이(企齋記異)』(1553)가 출현하였다. 신괴전기의 단편도 산생(産生)했는데 앞의 두 작품 사이에 출현한 채수(蔡壽, 1449~1515)의 〈설공찬전(薛公瓚傳)〉 및 심의(沈義, 1475~?)의 〈대관재몽유록(大觀在夢遊錄)〉이 있었고, 『기재기이』 이후에는 〈최고운전〉이 나왔다. 조선 전기에 신괴전기의 출현이 본격화한 배경으로는 다음과 같이 상정할 수 있겠다.

첫째, 일찍이 괴이한 이야기를 모은 『수이전』의 전통이 있었다.

둘째, 『태평광기상절(太平廣記詳節)』(1462)과 『태평통재(太平通載)』(1492)의 편찬이 있었다. 이것에 대해서는 잠시 설명을 하도록 하겠다. 『태평광기상절』은 관료문인인 성임(成任, 1421~1484)이 고려시대에 전래한 것으로 추정되는 지괴·전기나 인물일화 등을 집성한 북송(北宋)의 이방(李昉, 915~996)이 편찬한 『태평광기』 500권을 50권으로 축약한 것이다. 현재 완본은 전하지 않고 일부분만 전하는데 목차가 온전히 남아있어 전체의 윤곽을 파악할 수 있다. 『태평통재』 또한 성임이 편찬한 것으로[45] 『태평광기』에 수록된 것과 우리나라 역대 서적에 기록된 것을 뽑아 모은 것이다. 이 책에 관해서 성임은 자서에서 "이 책은 처음은 신선, 불가로 시작하여 중간에는 귀신, 지괴가 나오고, 해학으로 끝난다"[46]고 하였다. 현재 전하는 일부에서 확인되는바[47] 지괴와 신괴전

---

45) 『태평통재』는 성임이 편찬하고 그의 사후 동료인 이극돈이 성종 23년(1492)경에 경상도 관찰사로 있을 때 간행한 것이다.

46) 「成任自序曰, 是書, 始於先佛, 中於鬼怪, 終於戲諧謔」 金烋, 『海東文獻總錄』, 學文閣, 1969, p.803.

47) 권7 「道術」, 권8 「方士」·「異境」, 권9 「異人」, 권18 「徵應」, 권19 「定數」, 권20 「感應」, 권21 「識應」, 권28 「俊辯」, 권29 「幼敏」·「器量」, 권65 「鬼三」, 권66 「鬼四」, 권67 「鬼

기 그 밖의 기이한 이야기가 주를 이룬다. 고려 말 신돈의 횡포가 극에 달하다가 실각한 이후로 불교는 점차로 기피되고 조선시대에 들어와서는 주자학을 관학으로 삼아 새로운 정치를 펼친 상황에서 이러한 유교적 이념에 반하는 비현실적인 이야기를 대폭 담은 책을 편찬한 데에는 그 나름의 이유가 있었을 것이다. 그 편찬 의도를 『태평광기상절』의 서문을 쓴 서거정(徐居正)의 글에서 어느 정도 유추할 수 있겠다.

서거정은 그 서문에서 성임의 동생인 성간(成侃)과 함께 『태평광기』에 대해 대화한 내용을 기록하고 있다. 서거정은, 자신은 일찍이 "(태평광기는) 패관(稗官)의 자질구레한 이야기와 여항(閭巷)의 비속한 말을 모은 것이니, 세상의 교화와는 관련이 없이 한갓 골계의 길잡이가 되는 것"[48]이라며 하찮게 여겼다. 그런데 성간이 이 책 읽기에 몰두하고 있는 것을 보고 성현의 가르침과 거리가 먼 책을 읽고 있다며 나무랐다. 그러자 성간이 자신의 편협한 생각을 질책하며 후술과 같이 이 책의 유익한 점을 언급하여, 그래서 비로소 자신은 이 책에 대해 깨달은 바가 있었다고 솔직히 진술하고 있다. 성간이 언급한 이 책의 유익한 점은 첫째, 폭넓게 공부하여 지식을 얻는 것이며, 둘째, 성현의 책 독서에서 쌓인 긴장감을 풀어준다는 것이다.[49] 둘째의 것은 파한거리로서의 효용을 말한 것인데, 성간이 보다 중점을 둔 것은 첫 번째의 기능이다. 성간은 유자

五」. 이래종, 「『太平通載』一攷」, 『대동한문학』, 제16집, 대동한문학회, 1994, p.132; 成任編, 李來宗, 朴在淵 정리영인자, 『태평통재』, 학고방, 2009, pp. i ~ ii.

48) 「大抵裒集稗官小說, 閭巷鄙言, 非有關於世敎, 徒爲滑稽之捷徑耳, 心竊少之.」 번역은 金長煥·朴在淵·李來宗 譯註, 『太平廣記詳節 一』, 학고방, 2005, p.54를 따랐음.

49) 「君子多識前言往行, 儒有博學而不窮, 能博而能約之, 庸何傷乎? 況張而不弛, 文武不 爲. 必皆聖賢而後讀之, 聘氣有所未周, 安能上下古今, 出入貫穿, 爲天下之通儒乎? 何 子之示狹也?」 金長煥·朴在淵·李來宗 譯註, 『太平廣記詳節 五』, 「徐居正序」, p.81.

(儒者)는 "天下之通儒"[50]가 되기 위해 폭넓은 지식을 습득해야 하고 그러한 책으로『태평광기』는 유용하다고 했다. 말하자면 성간은 박학을 위한 유용서로서의『태평광기』를 평가하였고 서거정도 그에 동의한 것이다. 이러한 두 사람의 대화를 통해 볼 때 성임도 그들과 동일한 견해를 가지고 앞의 두 서적을 엮었음을 추정할 수 있는 것이다.

그런데 성임이 막상『태평광기상절』을 편찬할 때는 주저함이 없지도 않았던 모양이다. 이 책에 실린 이승소(李承召)의 서문에 의하면, 성임이 편찬에 앞서 이승소를 향해 다음과 같은 말을 하며 걱정을 하였다. 그는 공자가 말하지 않은 '괴력난신(怪力亂神)'을 담은 이 책을 훗날 사람들이 '성인의 도를 해치는 책'이라고 비난하지 않겠느냐고 말한 것이다.[51] 그러자 이승소는 그에 응해서 오경에 실린 괴이한 기록들을 예로 들며 이러한 기록들이 실린 것도 천하의 이치가 끝이 없고 사물의 변화 또한 끝이 없으므로 한 가지 논리만을 고집할 수 없음을 전하고자 했던 것이라고 했다. 그는 이어서 아무리 비루한 길거리 이야기라도 모두 그 나름의 이치를 지니는 법이라 나를 일깨워주는데 이로움이 있으며 또한 무료함을 달래고 긴장을 풀어주는 도리를 지니고 있다고 한 것이다.[52] 이러한 이승소의 일깨움을 듣고 성임은 편찬에 한층 용기를 얻었

---

50) 여기서 "통유"란「문인 내지 학자로서 '輔君澤民'하는 데 필요한 일체의 학술, 즉 '天文・地理・音樂・卜무 등의 제반 학술을 닦아 현실 문제에 적극 대처할 수 있는 능력을 갖춘 儒者』를 말한다. 김장환,「『太平廣記詳節』편찬의 시대적 의미」,『中國小說論叢』, 제23집, 2006, p.197.

51)「怪力亂神, 夫子所不語, 後之人將指而議之曰, 此所謂'非聖之書', 則乃何?」. 金長煥・朴在淵・李來宗 譯註, 앞의 책,「李承召序」, 원문은 p.82. 번역은『太平廣記詳節 一』, p.56.

52)「聖人脩經, 皆存而不削, 豈無謂歟? 誠以天下之理無窮, 而事物之變亦與之無窮, 不何執一論也.(중략) 則雖街談巷說鄙俚之甚者, 皆理之所寓, 必有起予之益, 況於岑寂伊

던 것 같다. 그의 『태평통재』 편찬의 뜻도 또한 같은 맥락에서 이해할 수
있다. 이렇게 하여 두 서적은 세상의 교화와 관련 없다는 머뭇거림과 유
용성에 대한 격려가 상충하는 상황에서 유용성에 무게를 둠으로써 편
찬에 이르렀다고 볼 수 있다. '괴력난신'의 이야기를 방대하게 실은 이러
한 작품들의 등장이 있고서야 신괴전기의 출현이 가속화되었을 것이다.

셋째, 중국에서 유입된 전기문학의 영향이다.[53] 그중에 명나라 구우
(瞿佑)의 『전등신화(剪燈新話)』는 『금오신화』를 낳게 하는 결정적인 역
할을 했다.

이상에서 지적한 것과 같이 여러 문학사적 배경이 갖추어져 있었기에
이 시기에 신괴전기의 출현을 가능하게 했다고 볼 수 있다. 그런데 아무
리 문학사적 배경이 갖추어졌다 하더라도 유교 이념을 실천하는 조선
의 사회적인 배경 하에서 실제로 괴이한 이야기를 '창작'한다는 것은 그
리 순탄한 일이 아니었다. 『태평광기』, 『태평광기상절』, 『전등신화』 등
은 중국의 자료이며, 『태평통재』에 실린 우리나라의 것도 조선시대 이
전의 자료였다. 이들은 지식의 습득과 파한거리를 위한 자료일 뿐 당대
의 창조물을 만든다는 것은 시대적으로 용납되지 않았다. 김시습이 『금
오신화』를 짓고 석실에 감춘 일이나 채수가 〈설공찬전〉을 짓고 민중을
미혹하게 한다는 이유로 탄핵을 받고 파직당한 일은 비현실적인 상상
력을 발휘한다는 것이 순탄하지 않은 당시의 정황을 잘 말해준다. 16세
기에 간행된 『기재기이』도 작자의 소일거리로 써둔 것을 저자 사망 두

___

鬱之際, 得此而觀之, 則如與古人談笑戲謔於一榻之上, 無聊不平之氣, 將渙焉氷釋, 而
足以疎蕩胸襟矣. 斯豈非'一張一弛之道'乎?」. 金長煥·朴在淵·李來宗 譯註, 앞의
책, 「이승소(李承召) 서」, 원문은 p.82, 번역은 p.57.
53) 『태평광기』에 실린 전기문학이 그 대표적이다.

해 전에 제자들이 간행한 것에 지나지 않았다. 그러나 어려운 시대적 여건에도 불구하고 '창작'에 대한 열의와 도전정신을 가진 몇몇 작자에 의해 한국문학사의 내용은 더욱 풍부하게 된 것이다. 그 선두의 역할을 한 작품이 『금오신화』였다.

『금오신화』[54] 성립의 배경에는 앞에서 언급한 『수이전』에서 『태평광기상절』 편찬까지의 자국 내적 바탕과 『전등신화』 유입의 외적 배경, 거기에 작자의 『전등신화』를 읽은 감회에 의한 창작의 열의가 자리 잡고 있었다. 김시습은 그 감회를 〈제전등신화후(題剪燈新話後)〉에서 밝히고 있는데 그것을 요약하면 다음과 같다. 첫째, 변화무쌍한 초현실적 환상세계와의 생생한 만남이 있었고[55] 둘째, 문과 시가 어우러진 수사기법이 있었으며[56] 셋째, 허구적 이야기를 통해 교훈을 주고 사람을 감동케 하였고[57] 넷째, 자신의 내심을 정화(淨化)시켜 주었다고 했다.[58] 첫째는 제재의 문제이며, 둘째는 문체이고, 셋째는 주제와 사상의 문제이면서 넷째와 함께 문학적 기능을 말한 것이다. 그 가운데 세 번째의 동기는 서사문학의 본질과 연결되는 것으로서 긴요하다.

김시습은 〈제전등신화후〉에서 괴이하고 허탄한 일이라도 그것이 '세상 교화'에 도움이 되고 '사람을 감동'하게 할 흥미로운 것이라면 해가

---

54) 심경호 옮김, 『매월당 김시습 금오신화』, 홍익출판사, 2005의 번역과 원문을 참조했다.

55) 〈題剪燈新話後〉의 7언 34구 곳곳에 '괴이(怪)'하고 '허탄(誕)'한 실례들을 들며 제30구에서는 「幻泡奇踪如在目」라고 했다. 『국역매월당집 Ⅰ』, 「매월당 시집 제4권」, 세종대왕기념사업회, 1977, pp.345~347.

56))제3구, 제4구, 제5구에서는 「有文有騷有記事 遊戲滑稽有倫序 美如春葩變如雲」라며 다종의 문체를 사용하여 유희골계를 드러내고 아름다우며 변화무쌍하다고 했다.

57) 제7구 「初若無憑後有味」와 제11구 및 제12구 「語關世敎怪不妨 事涉感人誕可喜」.

58) 제33구 및 제34구 「眼閱一篇足啓齒 蕩我平生磊塊臆」.

되지 않는다고 했다. 말하자면 '교훈'과 '흥미'라는 문학적 기능으로서 괴이를 바라다보고 있었다. 괴이하고 허탄한 것, 즉 이것은 공자의 말을 빌리면 '괴력난신'을 이르는 말이며, 이 '괴력난신'에 대해서는 전시대나 당대 문인들이 심각하게 고민을 해 왔던 바이다. 이규보는 '귀(鬼)'를 '신(神)'으로, '환(幻)'을 '성(聖)'으로 인식을 전환하여 〈동명왕편〉을 집필하였다. 일연도 '괴력난신'을 '신성'과 '신비'의 측면에서『삼국유사』를 다루었다. 반면 최자는『보한집』에서 '오락 겸 휴식거리'로서 또한 '감계(鑑戒)'를 위한 목적으로 책의 끝에 넣는다고 하였다. 성임 또한 '흥미로움'과 '이로움'을, 그리고 '통유'가 되기 위한 지식 수용의 방편으로『태평광기상절』및『태평통재』를 편찬했었다. 그런데 최자가 말하는 '감계'와 성임이 말하는 '이로움' 사이에는 얼마간 간격의 차이가 있다. 최자는 허탄함에 빠져들지 않도록 하는 입장에 서서 언급하였고, 성임은 천지자연의 진리가 무궁함을 알게 하는 수용적 입장에서 유용성을 언급하였다. '괴력난신'의 이야기가 주는 '흥미'의 관점에서는 두 사람의 생각이 서로 통한다고 할 수 있겠는데, 그들이 느끼는 '흥미'란 어디까지나 문학이 주는 미적 가치의 차원이 아니라 경전(經典)과 사서(史書)의 공부에서 쌓이는 긴장감을 해소하는 휴식거리로서의 흥미였다.

그러나 초현실적 허구세계를 창작하고자 하는 김시습에 있어서는 괴이를 바라다보는 고민이 한층 깊었을 수밖에 없었다. 허탄하기에 충격을 주는 단순한 휴식거리가 아니라 사람의 감동을 불러일으키는 흥미로운 것이어야 하는 것에 고민하였다. 문학적인 상상력으로 빚는 허구의 세계에 신이성과 낭만성이 충만하고, 애틋한 정감과 비애가 깃들며, 때로는 골계로 흥취가 넘쳐나는 그러한 문학을 창작하고자 했다. 허구적 상상의 세계를 통해 끊임없이 변화하는 사물의 이치를 궁구하며 삶의 교훈을 던져주고 성찰케 하는 그래서 사람들에게 감동을 주는 그러한 글을 쓰고자 하였다. 『금오신화』에 실린 5편은 그러한 고민 끝에 집필된 것이다.

이 책에 실린 〈만복사저포기〉와 〈이생규장전〉에서는 이성의 남자가 죽은 여인의 혼령과 사랑하는 이야기를 낭만적 필치로 그렸다. 〈취유부벽정기〉에서는 역사와 현실에 대한 감회를 고귀한 선녀와 정신적으로 교감하는 이상을 다루었다. 이 세 작품에 그려진 여주인공은 하나같이 재색을 겸비하고 살아생전 절의를 지니고 남녀의 정감을 아는 여인들이었다. 이러한 여인과의 정서적 교감은 욕정으로 사람을 호리는 귀물(鬼物) 여인을 만나 정을 통한 이인보의 이야기와 차원이 다르다. 어느 쪽인가 하면 『수이전』에 수록된 〈최치원〉의 낭만을 이은 것이라 할 수 있다. 그런데 〈최치원〉에서는 주인공인 최치원이 혼령과 헤어지고 현실세계로 되돌아왔을 때는 꿈속의 영화가 한갓 헛된 꿈임을 인정하고 59) 여우 같은 요괴를 심사에 두지 않고자 다짐하며60) 해인사에 은거한다는 결말을 두어, 현실과 이상의 간격을 분명히 하였다. 『금오신화』에서는 저승 여인은 이성 여인과 형태가 다를 뿐 그와의 사랑과 이별을 부정하지 않았고 현실 세계와 다름없는 진실로서 받아들여 절의를 지키고자 하였다. 〈만복사저포기〉의 양생은 쑥덤불 속에 버려진 하씨의 시체를 찾아 제문을 지어 장례를 치러줌으로써 그녀의 한을 풀어주었다. 이러한 공덕으로 하씨가 다시 이승에 재생하는 인연을 맺게 해준 것이다.

---

59) 〈최치원전〉 마지막에 작시한 7언 2구 중 제1구 「浮世榮華夢中夢」을 참조. 李劍國·崔桓, 『新羅殊異傳 輯校와 譯註』, 영남대학교 출판부, 1998, p.128.

60) 최지원이 팔낭자와 구낭자와 이별한 후 쌍녀분을 찾아 작시한 7언 63구 중 마지막 구 「莫將心事戀妖狐」를 참조. 李劍國·崔桓, 앞의 책, p.127.

〈이생규장전〉의 이생은 홍건적의 난리로 죽어 흩어진 최씨의 유해를 거둔 후 그 또한 부인을 기리다가 수개월 후 죽었다. 그러므로 사람들은 모두 그들의 '절의'를 칭찬한 것이다. 〈취유부벽정기〉의 홍생도 선녀 기씨와 마음과 뜻을 미흡하나마 서로 교감한 것을 크게 사서 선녀를 흠모하여 그녀가 있는 세계로 들어갔다. 이렇듯 죽은 혼령의 활동을 부정하지 않았고 이별이 피할 수 없는 이치임도 부정하지 않았다. 이 세 이야기의 결말이 모두 비극으로 끝났다고 해서 이에 주안을 두고 〈최치원〉처럼 환희 후에 맛보는 고독을 부각했다고 해석해서는 안 된다. 작자는 남녀의 애틋하면서도 진실한 사랑을 허구라는 방법을 통해 낭만적이고 애절하게 마치 눈앞에서 목격한 듯 생생하게 그리는 데 주안을 두었다고 봐야 한다.

〈남염부주지〉와 〈용궁부연록〉은 둘 다 꿈이라는 모티프를 사용하여 주인공이 이계(異界)를 방문하고 돌아오는 구성을 취하였는데 전자는 지옥에서, 후자는 용궁에서 벌어지는 일을 중심으로 다루었다. 교훈성보다 흥미성에 신경을 쓴 작품으로 '흥미'를 유도하는 성격에서는 앞의 세 작품과 다른 시각에서 해석되어야 한다. 〈남염부주지〉는 지옥과 귀신의 존재에 의문을 품고 있는 박생이 잠결에 홀연히 지옥에 닿아 염라대왕과 평소 풀리지 않은 주공·공자와 구람(부처), 귀신, 천당과 지옥의 존재, 윤회 등에 대해 문답하고, 그런 후 지옥의 왕위를 물려받을 조서를 받고 돌아오다가 잠을 깬다. 잠을 깬 박생은 곧 세상을 뜨고 이웃사람의 꿈에 신인이 나타나 박생은 곧 염라왕이 될 것을 알렸다는 내용으로 되어있다. 〈용궁부연록〉은 글을 잘 짓는 한생이 용왕에게 초대되어 왕녀의 신궁을 위한 상량문을 지어주고 윤필연에 참석하여 흥겹게 논 다음에 두루 용궁을 구경하고 돌아오는 길에서 각몽(覺夢)한다. 각몽 후는 전별로 받은 명주(明珠)와 비단이 품속에 있어 용궁 방문의 현실적인 체험을 시인하고 세상의 명리(名利)를 벗어나 산으로 들어간다는 내용으로 되어있다.

　지옥과 용궁은 그 실존을 부인하는 사람이라도 한 번쯤은 공상해보고 알고픈 미지의 세계이다. 지옥은 사후의 죄인을 다스리는 음침한 세계라면 용궁은 칠보로 장식된 신비로운 세계이다. 〈남염부주지〉에서 그리고 있는 지옥의 땅은 초목도 없고 모래 자갈도 없는 구리의 땅이다. 지옥의 성, 백성들의 집, 먹는 음식 모두가 쇠나 구리로 되어있다. 낮에는 화염이 하늘까지 치솟을 만큼 이글거린다. 밤에는 서풍이 살갗과 뼈를 쑤셔대는 곳이다. 이와 대조적으로 〈용궁부연록〉의 용궁은 수정으로 장식되어 화려하기 이를 데 없다. 황금의 누각에다가 백옥의 평상, 칠보로 된 왕좌, 금술잔에다가 계향(桂香)의 향기가 나는 미주(美酒)를 갖춘 곳이다. 지옥의 냉혹함과 용궁의 환상적인 세계를 눈앞에서 보는 듯 실감나게 그리고 있다. 그뿐만 아니라 지옥의 땅에서 벌어지는 귀신, 지옥, 민본정치에 관한 무미건조한 유교적 논변은 용궁에서 벌어지는 춤과 노래, 익살이 어우러진 흥취 넘치는 연회와 선명한 대조를 이룬다. 허구적 상상력으로 그려진 신괴전기가 아니면 맛볼 수 없는 오락거리이다. 독자들에게 신선한 충격을 주고 상상의 나래를 펼치게 하는 것이다.

　더욱이 박생이 의문을 품은 귀신, 지옥, 윤회에 대한 유교적 합리적인 해설을 늘어놓는 이가 바로 다름 아닌 염라대왕이라는 당돌한 설정은 한바탕 웃음을 자아낸다. 귀신론에 대한 유자들의 논변을 적은 경서나 필기(筆記) 등과 상이(相異)하는 전기의 글쓰기를 명확하게 보여준다. 서사의 대부분을 차지하는 이 논변에서 작자의 평소 생각을 정리하고 민간의 그릇된 풍속에 대한 경계를 넌지시 드러내는 점은 부인하기 어렵다. 그런데 작자의 붓은 더 나아가고 있다. 〈일리론〉를 지어 이단의 유혹에 빠지려 하지 않은 유생 박생이 염라대왕의 합리적 논변에 더욱더 자신 생각을 확고하게 하더니 이단을 대변되는 염라대왕의 왕위를 물려받는데 하등의 거부감을 가지지 않는다. 그럴듯하게 진행되던 지옥의 논변은 박생이 잠을 깨므로 인해 한바탕의 꿈이 되었다. 그러는가 싶더니 박생이 세상을 떠난 후 그가 장차 염라왕이 될 것이라고 신인이 이웃 사람의 꿈에 선언한다는 뒤집음에 이르러서는 지금까지 읽으며 작가의 의도를 탐색해오던 독자들은 그 생각을 내던지고 이를 드러내며 한바탕 웃지 않을 수 없게[61] 만든다.

〈용궁부연록〉에서 중심이 되는 윤필연에서 벌어지는 참가자들의 시와 노래, 춤의 재능은 신계의 신령스러운 변화의 자취를 보여주는 가운데 하이라이트는 단연 곽개사(게)와 현선생(거북)의 노래와 춤이다. 화려한 전고(典故)를 이용하며 근엄하게 자신을 소개하고는 이어서 추는 팔풍무(八風舞)와 구공무(九功舞)의 방정맞은 춤은 골계를 자아내는 최대의 묘미이다. 연희의 결말에 환락 뒤의 쓸쓸한 감정들의 소리가 다소 섞여 있다 하더라도 신비하고 신령스러운 용궁을 형상화하는 데는 부차적 의미에 지나지 않는다. 한생이 세상의 명리를 생각하지 않고 산으로 들어간다는 결말 또한 전기서술방식의 일반적 형식에 불과하다.

『금오신화』의 5편은 다양한 초현실적 세계와의 만남에 의해 다채로운 변화와 형체들을 보여주며 교훈을 심어주고 오락을 제공해준다. 때로는 사람을 슬프게 하고 때로는 흥겹게 하여 삶을 성찰하게 하는 그런 문학적 형상화의 실현이야말로 방외인 김시습이 추구한 것이며 그의

---

61) 〈題剪燈新話後〉의 제33구. 「眼閣一篇足啓齒」.

뭉친 가슴을 쓸어버리는 데 충분하였다고 볼 수 있다.

조선 전기의 신괴전기 전개상에 혁혁한 의의를 남긴 『금오신화』 이후 『기재기이』가 출현하기까지 대략 80년가량 시간 간격을 두고[62] 그 사이에 채수(蔡壽, 1449~1515)의 〈설공찬전(薛公瓚傳)〉과 심의(沈義, 1475~?)의 〈대관재몽유록(大觀在夢遊錄)〉(1529)의 단편이 창작되었다. 〈설공찬전〉은 당시 필화(筆禍) 사건을 일으킨 작품으로 유명하다.[63] 당대인 어숙권(魚叔權)의 『패관잡기(稗官雜記)』에 이 작품을 '설공찬환혼전(薛公瓚還魂傳)'이라 부르며 간략하게 소개해 놓아 내용은 짐작할 수밖에 없었는데,[64] 다행히 근래에 그 국문본의 일부가 발견되어 그나마 윤곽을 어느 정도 파악하게 되었다.[65] 그에 따르면 순창에 사는 설충란(薛忠蘭)이란 자에게 남매가 있었다. 위의 딸이 먼저 결혼하자 곧 죽고, 얼마 안 있어 아들 공찬(公瓚)도 장가들기 전에 병사했다. 죽은 딸의 혼이 숙부 설충수(薛忠壽)의 아들 공침(公琛)에 들러붙어 병들게 하여서 귀신 쫓는 이를 불러 물리치게 하니, 다음에는 공찬의 혼이 공침에 들러붙었다. 하루는 공찬이 사촌들을 불러 자신이 일찍 죽은 원한을 말하자 사촌들은 저승에 관해 말해달라고 하여 공찬이 그것을 소상하게 진술하는 것으로 진행되고 있다. 저승에 관해 서술한 내용은 저승의 위치, 저승의 나라와 임금의 이름, 죽은 이의 심판, 윤회화복 등이다. 죽은

---

62) 김시습이 금오산에 칩거하던 1470년 전후에 『금오신화』가 창작된 것으로 볼 때, 대략 80년 정도의 시간적 거리를 두고 있다.

63) 윤회화복(輪回禍福)에 관한 이야기라서 백성을 미혹한다는 이유로 채수는 파직당했고, 한문본 및 그 국문번역이 1511년(中宗 6)에 일거에 수거돼 불태워지는 운명을 맞았다.(『조선왕조실록』 중종 6년 9월 2일조)

64) 『패관잡기』(『국역 대동야승』 제4권), 권2, p.75.

65) 이복규, 『설공찬전-주석과 관련자료』, 시인사, 1997; 『설공찬전 연구』, 박이정, 2003.

이의 혼이 이승 사람에게 달라붙어 그 입을 통해 원한을 드러내고 혼령을 제거하려는 주술사의 위력에도 꺾이지 않고 저승에 관해 장황하게 늘어놓는다는 내용은 마치 무당굿의 한 장면을 보는 듯 생생하다. 순창 설씨의 관향인 순창을 공간 배경으로 삼고, 설충란과 설충수 등 실존 인물을 등장시켜 작품의 사실성을 높였다. 그와 동시에 주인공인 설공찬과 공찬 혼의 대리인 설공침의 허구적 인물을 마련하여[66] 문학적 상상력을 펼쳤다. 윤회화복의 진술 장면에서는 남녀유별과 귀천의 차별에 반한 언설이 나오고 부당한 왕권에 대한 비판의 시각도 있어 사상적으로 심상찮은 작품이다.

〈대관재몽유록〉(1529)은 〈남염부주지〉와 〈용궁부연록〉처럼 꿈이라는 모티프를 사용하여 주인공이 이계(異界)를 방문하고 돌아오다가 잠을 깬다는 구성이다. 그런데 뒤의 두 작품은 주인공과 그 밖의 등장인물들이 허구인데, 〈대관재몽유록〉은 주인공인 작자 자신과 이계에서 만나는 사람들은 역사적으로 실존했던 인물들이다. 그 내용은 다음과 같다. 작자 심의(沈義)는 잠결에 문장 왕국을 방문하여 문장 능력으로 천자인 최치원에게 인정받고, 천자의 당풍 문장 경도에 불만을 품고 반란을 일으킨 문천 군수인 김시습을 제압해서 높은 벼슬과 행복한 가정을 이루어 부귀영화를 누리다가 한림선생의 탄핵으로 옛날 신분으로 되돌아갈 것을 명령받고는 잠을 깬다는 내용이다. 심의는 당대 탁월한 문장과 학문을 겸비했음에도 의견을 달리하는 세력들에 의해 배척됨으로써 재능을 발휘하지 못하고 불우한 삶을 산 인물로 알려진다. 그의 포부 좌절이 꿈속의 문장 왕국이라는 허구적 나라를 설정하여 재능을 마음껏 펼쳐

---

66) 이복규,『설공찬전-주석과 관련자료』, pp.19~20.

보이는 구상으로 이어진 듯하다. 그리고 당시(唐詩)만을 좋아하는 천자에 대항하는 김시습을, 꿈속 심의가 제압하는 삽화에는 고려 말 이후 계승된 한당파(漢唐派) 학풍과 송학파(宋學派) 학풍의 대립이라는 사회적 배경이 자리를 잡고 있었다.[67] 이러한 사회적 인식과 역사적 사실을 바탕으로 한 특징은 그 이전의 몽유 이야기와 다르다. 그러면서 작자는 몽유 세계의 환상성을 높이려고 천계의 왕궁을 신비롭게 묘사하고 천자의 모습은 위엄 있고 선녀나 그 밖의 인물들은 화려하면서도 세밀하게 묘사하고 있다. 이 작품은 전기성에다가 역사적 현실성을 가미한 작품이다.

〈대관재몽유록〉이후 임제(林悌)의 〈원생몽유록(元生夢遊錄)〉(1568)과 최현(崔晛)의 〈금생이문록(琴生異聞錄)〉(1591) 등이 나타났지만 꿈의 허구를 형식적으로 차용했을 뿐 역사적 사건을 둘러싼 작가의 심각한 고민과 감회에 치중했다. 몽유록계 작품은 이 두 작품에 이르러 신괴전기에서 이탈하여 새로운 장르를 형성해 갔는데 〈대관재몽유록〉은 그 과도기적 양상을 보인 작품이다.

조선 전기에 신괴전기가 작품집이란 모습으로 다시 출현한 것은 1553년(명종 8)에 간행된 『기재기이』[68]에 이르러서였다. 이 책의 저자인 신광한은 1507년(중종 2) 사마시를 거쳐 1510년 27세로 문과에 급제하여 승문원 권지가 된 후 홍문관, 사간원, 사헌부 등의 관직을 맡았다. 이어 기묘사화(1519)에 연좌되어 1521년에 삼척부사의 관직을 삭탈 당했다가 1538년에 다시 등용되어 이조판서, 대제학, 우찬성, 좌찬성

---

67) 김기동, 「李朝前期小說의 硏究」, 『韓國學硏究』, 제1집, 동국대학교 한국학연구소, 1976, p.66~67.
68) 자료는 신광한 지음, 박헌순 옮김, 『기재기이』, 범우사, 2008을 참조했음.

등 높은 관직을 두루 거친 당대의 대표적인 정치가이며 문장가이다. 『기재기이』는 기재가 모친상을 마치고 여주(驪州) 원형리(元亨里)에 은거한 1524년[69]에서 다시 등용될 때까지 약 15년 사이에 찬술한 것이라 추정되고 있다. 이 시기는 신광한이 조광조를 비롯한 신진 사류(士類)와 함께 사회변혁에 앞장서다가 사림의 일파가 거의 처형당하고 칩거한 때였기에 세상에 대한 인식이나 자기 내면에 대한 성찰이 깊었을 것이다.

이 작품은 이러한 배경을 두고 편찬되었는데 그 간행은 신광한이 1555년 72세로 죽기 두 해 전에 기재의 문인에 의해 출간되었다. 문인 신호(申濩)가 쓴 발문에는 이 책 간행의 사정과 책의 성격에 대해 기록해 놓았다. 그것에 의하면 문인 조완벽(趙完璧)이 먼저 이 책의 간행을 제의하며 신호에게 교정을 부탁하였다. 그러자 신호는 선생은 당대 최고의 관료이며 문인인데 유림으로서 그 명성에 해가 되지 않겠느냐고 반문하였고, 이에 조완벽은 선생 평생의 저술에 비하면 태산의 터럭 하나에 불과하니 선생의 평가에 영향이 미치지는 않는다고 답했다. 그래서 신호는 그 의견을 받아들여 간행하게 되었다고 적고 있다.

신호가 간행을 선뜻 동의하지 않은 것은 말할 필요도 없이 이 작품이 '괴력난신'과 관련된 이야기이기 때문일 것이다. 그러함으로 신호는 이 책 발간의 의의를 적극적으로 부여하고자 하였다. 그는 예로부터 불후(不朽)한 세 가지 중 입언(立言)이라는 것은 경사자집(經史子集) 아래로 말하자면 제해(齊諧)나 패관(稗官)이 이에 해당하고 이러한 글이나 사람들은 한갓 말단적 문자나 언어에 힘을 쏟았고 의리(義理)가 텅 비

---

69) 한국문집총간해제, 『기재집(企齋集)』, 한국고전종합DB.

어 있어 상론지사(尚論之士)가 취할 바 못 되나, 상공께서 지은 이 책은
그러한 지괴[70]나 민간 이야기를 수집한 저서나 사람들과는 분명히 차이
가 있다고 했다. 그러고는 『기재기이』를 다음과 같이 평가했다.

　　일찍이 장난삼아 쓴 것이 기이奇異하게 할 뜻이 없었는데도 절로 기이
　　하게 되었는데, 그 지극함에 이르러서는 사람을 흐뭇하게 하기도 하고 사
　　람을 놀라게 하기도 하며 세상에 모범이 될 만한 것도 있고 세상을 경계
　　시킬 만한 것도 있어, 민이民彝를 붙들어 세워 명교名敎에 공을 이룬 것
　　이 한두 가지가 아니어서 저 보통의 소설小說들과는 같이 놓고 이야기할
　　수가 없으니, 세상에 성행하는 것이 당연하다.[71]

　여기서 말하는 소설이란 말할 필요도 없이 제해(齊諧)나 패관(稗官)
을 모은 글을 말한다. 즉 제해나 패관소설 따위는 사람의 시선을 끌 뿐
뜻이 담겨있지 않은데 선생의 작품은 기이한 이야기의 내면에 흐뭇함
과 더불어 경이로움이 있고 세상에 가르침이 되고 경세(警世)할 만한
뜻이 들어있다고 했다. 이 책이 가진 '교훈'적인 유용성을 주장한 것이
다. 신호가 부여한 교훈성은 본문의 내용에서 표면화해 있는 유교적 사
고와도 부합한다.
　다만 여기에서 유의할 것은 신광한이 애초부터 재도지기(載道之器)
의 목적으로 기이한 이야기를 지었다기보다는 소일삼아 창작에 임하였

---

70) 『장자』, 「소요편」에 「齊諧者志怪者也」라고 있다.
71) 「嘗游戲翰墨 無意於奇而自不能不奇 及其至也 使人喜人愕 有可以範世有可以警世
　　其所以扶樹民彝 有功於名敎者 不一再 彼尋常小說 不可同年以語 則盛行於世固也」
　　번역은 박헌순 옮김, 앞의 책, p.155~157을 따랐다.

을 것이고,[72] 창작하는 과정에서 세상을 바라보는 인식과 내면 성찰로 얻은 생각들이 자연히 작품에 흘러들었으리라는 것이다. 그것은 그가 은거 생활에서 얻은 사색의 결과라 할 것이다.

『기재기이』에는 〈안빙몽유록(安憑夢遊錄)〉, 〈서재야회록(書齋夜會錄)〉, 〈최생우진기(崔生遇眞記)〉, 〈하생기우전(何生奇遇傳)〉의 4편이 수록되어 있다. 〈안빙몽유록〉은 몽유록 계통의 이야기인데 작품 내에 '世傳槐安之說'의 언급이 있어 이공좌(李公佐)의 전기인 『남가태수전(南柯太守傳)』이 그 직접적인 착상의 대상이 된 듯하다. 그러나 부귀영화에 대한 일장춘몽적 구상은 받아들이되 세부 내용에서는 다르다. 과거에 매번 낙방한 안생이라는 자가 남산 별채 뒤뜰에 진기한 화초를 심어놓고 완상하다가 잠시 잠든 사이에 꽃나라를 방문한다는 색다른 소재를 도입했다.[73] 꽃나라의 왕은 모란으로 하였고 갖가지 화초를 신하나 빈객으로 삼았다. 안생은 그들과 함께 시연을 즐기고 헤어진 후 잠에서 깨고, 각몽 후는 꿈에 본 사람들이 정원에 심은 화초의 정령들임을 깨닫고는 그 뒤로 정원에 눈을 돌리지 않은 채 글만 읽었다는 것이 그

---

72) 〈서재야회록〉에서 신광한의 분신으로 보이는 서재의 주인이 문방사우의 정령들에게 자신을 소개하는 장면에 "今者, 枯形墮智, 遯世離羣, 山阿寂廖, 草堂孤絶, 神交顔氏, 夢斷周公, 或沈潛仁義, 或諧浪辭章"라고 되어있으며, 신호의 서문에서도 "嘗游戲翰墨"라고 한 데서 소일삼아 창작한 자세를 유추해 볼 수 있다.

73) 일본의 전기문학 중에 1704년에 간행된 『다마스다레(多滿寸太礼)』에는 27편의 단편이 수록되어 있는데, 그 중 〈네 꽃의 쟁론〉 이야기는 〈안빙몽유록〉과 유사점이 있다. 〈네 꽃의 쟁론〉은 주인공인 승려 連藏은 꽃을 좋아하여 암자의 사방에 사계절의 화초를 심어 애완하였는데, 어느 날 암자에 네 명의 남녀 花精이 나타나서 자신에 관련된 典故를 나열하며 각자의 우월을 경쟁하다가 사라지자, 승려는 자신이 꽃에 집착하여 꽃 요정이 나타났다고 생각하고 그 집착을 버리니 그 이후는 나타나지 않았다는 내용이다. 도입부와 결말부의 전개가 매우 닮았고, 〈안빙몽유록〉은 꿈의 모티프가 도입되고 안빙이 꽃 나라에 방문하여 벌어지는 구체적인 사건이 서로 다르다. 〈네 꽃의 쟁론〉에 대해서는 본서의 제6장을 참조.

내용이다. 꿈속 연회의 장면에서는 옥비(玉妃)나 기녀들이 먼저 사랑의 시를 읊어 연회의 분위기를 돋우고, 그다음은 왕 부부의 이별과 애민(愛民)의 시, 안생의 연회에 참석한 감회의 시, 이부인(李夫人)과 반희(班姬) 자신들의 영고성쇠의 시, 그리고 조래선생(徂徠先生)·수양처사(首陽處士)·동리은일(東籬隱逸)의 절개의 시를 읊는 것이 길게 이어진다. 이 시연의 장면 묘사는 화려하지도 않고 시에는 일관된 주제도 나타나지 않는다. 꿈속의 이야기에서 주목되는 것은 왕이 왕도정치를 운운하면서 감언이설 하는 이부인(李夫人)과 반희(班姬)는 총애하면서 절개를 지키는 조래, 수양, 동리는 비하하고, 그리고 사적(史籍)에 기록도 없는 선조의 죄로 말미암아 한 미인을 당에도 오르지 못하게 하여 불만을 사는 인물 간의 갈등 양상을 보이는 것이다. 이것을 작자의 당대 정치 현실에 관한 생각을 우회적으로 반영한 것이라고 보지 않을 것도 아니다. 그런데 갈등은 더이상 심각하게 진행되지 않은 채 안생은 잠을 깬다. 작자의 창작 시점은 오히려 안생이 잠을 깬 후 화초에 집념한 자신을 각성하고 학문에 정진하는 모습에 있다. 정치의 현실에서 한 발자국 물러나 자신을 되돌아보고 자신이 지금 취해야 할 바를 안생에게 투영하여 스스로 일깨우고자 한 것으로 읽을 수 있다.[74]

〈서재야회록〉은 달산촌 한적한 별채에 기거하는 선비가 자신의 서재에 출현한 문방사우(紙筆硯墨)의 정령을 만난다는 이채로운 소재를 도입했다. 문방사우는 선비가 오랜 세월 쓰다 낡은 더이상 제 구실을 못해

---

74) 유기옥은 이 이야기에 대해 "정치현실에 마음을 두지 않고 독서에 정진하는 儒者의 이상과 修身의 자세를 강조하는 주제의식을 담고 있다" 하였다. (유기옥, 「申光漢의 《企齋記異》」, 『古小說史의 諸問題』, 집문당, 1993, p.573) 단지 유기옥은 『기재기이』가 재도(載道)를 의도하는 입장에 서서 논하고 있다.

아무렇게나 버려진 것들이다. 사우가 이 한탄을 선비에게 들려주자, 선비는 장시간 함께 해온 것들에 소홀하였음을 각성하고 그들을 찾아 제사를 지내줌으로써 40년의 수명을 연장받았다는 전기적인 결구를 취했다. 그러면서 정령들의 성명과 집안 내력을 서술하는 부분에서는 가전체의 형식을 이용하였다. 그로 인해 유려하고 환상적인 분위기는 축소되고 있다. 인간에 의해 폐물이 된 사물의 정령과 인간 간의 소통이라는 허구를 통해 인(人)과 물(物)의 거리를 없애고 인간으로서 마땅히 지켜야 할 신의를 드러내려는 교훈성이 농후한 작품이다.

〈최생우진기〉는 최생이 선계 용궁의 잔치에 참석하여 거기에 초대된 세 신선과 시를 지으며 즐기다가 학을 타고 돌아와서는 산속으로 들어가 생을 마쳤다는 내용이다. 〈용궁부연록〉를 의식한 구성이다. 잔치에서 용왕과 손님들이 차례대로 시를 읊고, 현부(玄夫, 거북이)와 개사(介士, 갑각류)가 각각 문명가(文名歌)를 부르며 무성무(武成舞)를 추는 취향도 서로 유사하다. 그런데 이 이야기에서는 배경무대가 진주부(眞珠府, 삼척) 두타산에 있는 못이며, 최생은 구경 나간 골짜기의 흔들바위에서 떨어져 용궁 세계에 들어간 것으로 되어있다. 최생이 선계에서 돌아와서 용궁체험을 동료 중인 증공에게 들려준다는 회상형식도 독자적이다. 최생이 낭떠러지에 떨어져 동굴을 지나 용궁에 이르는 과정과 현학을 타고 무주암에 돌아오는 장면의 묘사는 환상적인 전기의 맛을 제대로 살렸다. 그 반면에 이야기의 많은 부분을 차지하는 용궁은 〈용궁부용록〉처럼 신비롭고 신령스럽게 형상화하지 못하고 있다. 개사의 무성무는 흥겨워야 하는 연회의 재미를 깎아내리고, 곳곳에 드러나는 善政이나 신의의 유가적 평가도 환상적인 흥취를 깎아내리고 있다. 선계의 신이한 묘사보다 선계를 동경하는 작자의 마음을 시와 문장으로 부각시킨 것도 〈용궁부용록〉의 전기성에 미치지 못한다.

〈하생기우전〉는 죽은 여자의 혼령과 결연을 한다는 점에서 〈만복사저포기〉와 동일한 취향이다. 둘 사이에는 직접적인 영향 관계도 보인다. 학식과 재능은 갖추었으나 출세하지 못해 불우한 생을 보내는 하생이 죽은 여인과 만나 인연을 맺고 순장 물품을 신표로 여자의 부모를 만나서 있었던 사연을 들려준다는 내용이 서로 유사하다. 서로 존재하는 세계가 다른 남녀가 서로 맺은 언약을 굳게 지킨다는 절개의 사상적인 면에서도 유사한데, 〈하생기우전〉은 그것이 더욱 표면화되어있다. 하생이 혼령과 만나는 계기는 부처의 점지가 아니라 복사(卜師)에 의해 이루어지고 이 복사의 점괘가 작품의 마지막까지 지배하는 기우담(奇遇談)으로 기울고 있다. 〈만복사저포기〉에서는 혼령이 저승으로 되돌아감으로써 비극적 사랑을 초래하는 전형적인 신괴전기의 끝처리를 하였는데, 〈하생기우전〉에서는 죽은 여인이 천상의 계시로 재생하여 하생과 혼인을 한다는 현실적 이야기로 나아갔다. 혼인 때는 부모의 혼사 방해라는 고난이 설정되었고, 결합한 후는 하생이 과거에 급제하여 출세하고 그 아들 둘마저 출세하여 부귀영화를 누린다는 소설 일반의 형식으로까지 진행했다.

『기재기이』는 전기성에 있어서는 『금오신화』를 뛰어넘지 못하고 있는데, 그것은 『금오신화』가 허구적 문학으로서 신괴전기를 인식하고 그 형상화에 최대한 능력을 발휘했기 때문이다. 말하자면 초현실적 소재를 활용하여 내용과 문체와 사상의 조화를 이루며 사람들에게 감동을 주는 데 주력했는데, 『기재기이』는 교훈성과 선도 사상을 농후하게 하고 현실성을 가미한 것이다. 『금오신화』가 독자를 의식하여 감동적인 문학 작품을 이루고자 했다면, 『기재기이』는 작자의 소일거리로 삼았던 탓에

사상적인 면에 경도된 것이다. 그래도『금오신화』에서 다음 시기의『천
예록』으로 신괴전기가 이어지도록 징검다리의 역할을 하였고, 새로운
소재들을 이용해 작품화한 시도는 다채로운 소재로 구성된 작품집을
낳는 계기를 은연중 마련해주었다는 점에서 신괴전기의 전개상 그 위
치는 중요하다 하지 않을 수 없다.

  『기재기이』 이후 짚고 넘어갈 작품으로 〈최고운전〉이 있다. 이것은
신라 말 대문장가인 최치원의 일생을 허구화한 것이다. 한문필사본, 한
글필사본, 활자본 등 많은 이본을 가진 인기가 있었던 작품이었다. 그 출
현 시기는 적어도 1579년(선조 12) 이전, 조선 중반 무렵으로 추정되었
는데[75] 근래는 1389년 12월 이전에 창작되었다는 설이 제기되었다.[76]
후자의 설에서는 작품의 처음에는 초현실적인 화소가 적었는데 차츰
초현실적 화소가 첨가되어 조선 중반 무렵의 작품(신독재수택본 〈최고
운전〉)처럼 되었다고 했다. 작품의 내용은 최치원의 비범한 탄생부터
시작하여 집에서 버림을 받고 객지 생활을 하다가 귀인의 딸을 만나 결
혼하고, 그런 후 중국에 가서 출세를 하나 거기서 다시 시련을 겪다가
귀국하여 가야산에 종적을 감추었다는 것이 대강의 내용이다. 기존 설
화인 괴수탈부(怪獸奪婦)설화, 용궁부연(龍宮赴宴)설화, 변신(變身)설
화 등 초현실적인 단형 설화나 모티프를 다수 편철하여[77] 최치원의 재
기와 영웅행적을 전기로 형상화하고 있다. 중국의 일방적 횡포에 처한

---

75) 김현룡, 「최고운전의 형성 시기와 출생담 고찰」, 『고소설연구』, 제4집, 한국고소설학
    회, 1998, p.10.
76) 박일용, 「〈최고운전〉의 창작시기와 초기본의 특징」, 『고소설연구』, 제29집, 한국고소
    설학회, 2010, pp.85~115.
77) 〈최고운전〉의 설화와 관련한 논의는 한석수의 『최치원 전승연구』(계명문화사,
    1989)가 상세하다.

국가의 위기를 수습하고 문재(文才) 경쟁에서 승리를 거두는 등 허구의 역사적 인물을 통해 대국에 대한 우수한 민족성을 과시하려는 의도도 엿보인다. 신괴전기집에서 다루는 영웅담은 전기성(傳奇性)을 우선으로 표현하고자 하는데, 단편으로 독립한 〈최고운전〉은 주인공의 영웅적 행위가 좀더 두드러지며 사회성이 첨가되고 있다. 이 주인공의 영웅적 행위와 사회성이 주제로 부상하면 영웅전기로 성격을 달리하게 된다.

(2)야담잡기에 유입된 지괴

전 시대의 지괴문학은 사서나 불교관련서적 그리고 시화잡기 등을 통해 전해왔다. 사서에서는 역사를 서술함에 있어서 신화, 전설, 설화로 전해온 사실을 기록하였고, 불교관련서적에서는 불교의 신비함과 영험함을 드러내기 위해 수용하였다. 시화잡기에서는 시를 둘러싼 일화나 인물 일화의 형식으로 유입되었다. 전 시대의 지괴는 역사화되고 종교화되었으며 유교이념화되었다. 『보한집』에서는 지괴 자체의 '오락'과 '교훈'의 기능을 말하며 의식적으로 책의 마지막 부분에 지괴를 모으기는 했으나 이 역시 문학적 인식을 바탕으로 한 것은 아니었다.

조선시대에 들어와서 지괴는 역사서에서 분리된다. 『고려사』의 高麗世系에 고려 태조의 선조를 둘러싼 산신설화, 이류교혼설화 등 비현실적인 이야기들이 기록되기는 하였으나 태조의 선조(先史)에 관한 사적이 없어 부득이 김관의(金寬毅)의 『편년통록(編年通錄)』의 기록을 채택했을 뿐이다. 불교서의 경우는 종교적 이념에 더욱 편중되었다. 지괴는 『동국여지승람』 등 지리지에도 지역의 풍토와 지역의 연기와 관련하여 간혹 삽입되는 기회가 있었다. 『태평통재』는 지괴·전기류의 편

찬 목적으로 만들어졌으나 온전히 전하지 않을 뿐 아니라 전하는 자료
는 중국 자료가 위주이고 한국의 것은 곁들여있는 듯한 느낌이다.『수이
전』에 비견할 우리나라의 지괴서는 편집되지 않았다.『금오신화』 출현
의 계기로 신괴전기의 시대로 문학 흐름의 판도가 바뀌자 지괴는 끝내
독자적인 행보를 하지 못한 채 다른 장르에 흡수되었다. 지괴는 역사적
사실이나 실존한 인물들에 대한 기문이설(奇聞異說)을 다양하게 모은
야담잡기류에 편입되어 구성의 한 부분을 이루었다.

  야담잡기에 유입된 이 시기의 지괴는 크게 두 양상으로 나타나는 것
같다. 하나는 오락거리이고, 다른 하나는 작자의 사회에 대한 비판의 도
구이다. 수용된 내용은 대개 실존한 인물이 겪은 일화 형식이며 그 길이
는 짧고 기술적인데, 16세기의 작품에서는 사건의 전개가 세밀하고 묘
사적인 장편화의 특징도 일부 나타난다. 그 전의 15세기 중반의 성현(成
俔, 1439~1504)의『용재총화(慵齋叢話)』와 이륙(李陸, 1438~1498)의
『청파극담(靑坡劇談)』은 지괴를 적극적으로 받아들이고 지괴의 흥미
를 전달하려 한 작품이다.[78] 16세기의 김안로(1481~1537)의『용천담적

---

78) 그 밖에, 서거정(徐居正, 1420~1488)의『필원잡기(筆苑雜記)』에서도 지괴를 흥미
롭게 다루고 있는데, 신라『수이전』에 실렸다고 하며 〈영오세오〉의 신화적 이야기
를 싣고 있다.(徐居正 原著, 成百曉 譯註,『四佳名著選 東人詩話 · 筆苑雜記 · 滑稽
傳』, 이회문화사, 2000, 권2, pp.348~349) 또한 백제의 승려인 도선 일화도 수록되
어 있는데 도선의 비정상적인 탄생, 기아(棄兒)의 동물구원, 천문 지리 음양에 대
한 비법 전수 등 영웅전에 보이는 신이한 존재로서 다루어지고 마지막에 그의 저술
행적이 담겨있다. (권1, pp.246~247) 한편 묘사총(猫蛇塚)의 전설도 있다. 행각승
이 직접 견문한 일로 어느 여염집에서 갑자기 아버지와 어린 딸, 고양이와 뱀이 한
자리에 피를 흘리며 뒤엉켜 죽어있었다. 그 사연을 들어보니 다음과 같았다. 그 집
의 고양이가 독사를 물어다가 꼬리만 잘라 먹고 머리는 남겼는데 그 독사가 딸아이
를 물어 죽였다. 아버지는 딸아이를 죽인 원인이 고양이에게 있다고 고양이를 잡아
죽이려 하자 고양이는 아버지의 목을 물어뜯었고 아버지는 고양이를 칼로 쳐 죽였
다는 것이다. 이에 행각승이 넷의 과업이 없어지도록 부녀의 시체는 불태우고 고양

기(龍泉談寂記)』는 사회비판의 도구로 이용한 사례이며, 장편화 양상을
보여주는 작품이다. 이하에서는 이 세 작품을 중심으로 이 시기의 지괴
전개의 특징을 서술해 나가고자 한다.

『용재총화』는 간행이 늦어 중종 20년(1525)에 나왔고,[79] 총 10권으로
이루어져 있다. 이른 시기의 기록으로는 『삼국유사』(「기이 제1」)에 들
어있는 〈사금갑(射琴匣)〉 이야기가 있으나 주로 고려에서 조선의 성종
때까지의 왕세가, 양반관료, 문인, 서화인을 비롯해 당시 하찮게 여겨진
승려, 과부, 여승, 기녀 등 다양한 계층들의 일화를 기록하였다. 내용으
로는 지리, 시문평, 그림, 음악, 풍속, 감식안, 인물품평, 설화 등 다채롭
다. 그 가운데 지괴 내용으로는 우선 남녀의 정분을 둘러싼 일화가 눈에
띈다.

홍재상(洪宰相)의 일화부터 보자. 홍재상이 길을 가다가 비를 피하려
고 굴속에 들어갔는데 마침 굴속에는 젊은 여승이 있어 정을 통하고 떠
났다. 여승은 약속한 날을 기다려도 홍재상이 끝내 나타나지 않자 병들
어 죽었다. 그 후 재상이 남방절도사로 진영(鎭營)에 가 있을 때 잠자리
에 도마뱀이 나타나 죽이자 다시 작은 뱀이 찾아들었고 이도 죽이자 몸
집이 큰 뱀이, 나중에는 구렁이가 나타났다. 재상이 그 위엄만 믿고 죽이
도록 명하였으나 뱀은 사라지지 않아 뱀을 함 속에 넣어 거동할 때마다
가지고 다니다가 마침내 정신이 쇠약해져 병들어 죽었다는 이야기이

이와 뱀을 거두어 한꺼번에 무덤을 만들었는데 그것이 묘사총이라는 내용이다(권2,
pp.346~347). 여염집에 일어난 괴변사를 흥미롭게 전하고 있는데, 이 외에도 한밤
중에 갑자기 천둥 번개가 치더니 시골 할멈의 집에 갑자기 눈부신 명주가 떨어졌고,
이 명주를 가난한 소년이 훔쳐 가자 그 소년은 부자가 되었다는 기이한 일화도 있다.
(권2, p.345)

79) 책의 말미에 '嘉靖乙酉 秋 重陽後有日 慶州府尹 黃瑋跋'라고 적혀 있다.

다.[80] 인연을 맺은 남성으로부터 버림을 받아 뱀으로 환생하여 앙갚음하는 여인의 원혼담이다.

또 서울의 명문가 출신인 안생(安生)의 이야기는 남자로부터 버림을 받는다는 내용은 없으나 남녀의 정분을 다하지 못한 여인의 원혼담이다. 안생은 재산 있는 정승의 계집종을 아내로 맞이하였는데 다른 사위들이 시기하여 정승에게 고발한 바람에 계집종이 다른 종에게 시집을 가게 되자 목을 매달아 죽은 후, 그 혼령이 안생에게 들러붙어 안생은 끝내는 죽는다는 내용이다.[81] 이것은 당시 재산이나 신분 차별을 둘러싼 등장인물들의 미묘한 갈등이 사실적으로 기록되어 있어 단순한 지괴의 흥미에만 머무르지 않는데 편자는 그것을 내세워 문제 삼지 않고 있다.

한편 보광사(普光寺)의 중이 죽은 아내의 혼령인 뱀과 정을 통한 이야기도 남녀의 정분을 둘러싼 지괴이다.[82]

귀신 출몰의 내용도 몇 편 보인다. 성현의 장모 정씨의 계집종에게 귀신이 붙은 이야기,[83] 작자의 외삼촌인 안공이 귀신을 물리친 이야기,[84] 작자의 이웃인 재상의 손자 기유(奇裕)의 집에 그 외사촌 유계량(柳繼亮)의 귀신이 나타나 밥솥에 똥을 넣는 등의 해괴한 짓을 하는 이야기[85] 등이 있다. 또 사문(斯文) 이두(李杜)라는 사람의 고모는 죽은 지 10여 년이나 되는데 이두의 집에 나타나서 아침저녁 밥 짓는 일상생활

---

80) 『용재총화』(민족문화추진회편, 1997) 제4권, pp.98~100.
81) 위의 책, 제5권, pp.130~133.
82) 위의 책, 제5권, pp.127~128.
83) 위의 책, 제3권, pp.86~88.
84) 위의 책, 제3권, pp.83~85.
85) 위의 책, 제4권, pp.112~114.

을 지휘하였다. 그 귀신의 모습은 허리 위는 보이지 않고 허리 아래는 살이 없는 앙상한 두 다리를 하여 종이를 치마로 삼고 있었다. 귀신을 물리치려 하였으나 뜻대로 되지 않고 머지않아 이두는 병을 얻어 죽었다는 내용이다.[86] 귀신의 형체에 대해 구체적으로 쓴 특이한 기록이다.

세시풍속과 관련된 천천정(天泉亭) 고사의 기담도 있다.[87] 이것은 『삼국유사』의 〈사금갑〉이 원류인 듯한데 비천왕(毗處王)에 일어난 사건이 여기에서는 단지 신라왕의 일화로 되어있다. 그리고 〈사금갑〉에서는 비천왕이 위험에 처한 징조로서 까마귀와 쥐가 울고 쥐가 사람의 말을 하는 기이한 현상들이 일어났고, 왕의 위험은 못에서 나온 노인이 수수께끼의 글을 바침으로 해결되었다. 용신의 비호를 받는 비천왕의 신성함을 드러내고자 하였다. 이 이야기의 끝에는 비록 까마귀의 보답과 관련한 정월 15일 오기일(烏忌日)의 풍습과 노인의 출현 장소와 관련한 서출지(書出池) 지명의 유래가 언급되기는 하나 이것이 주된 관심사는 아니다.

그런데 천천정 고사에서는 동물들의 기이한 현상들도 못 노인의 등장도 없을 뿐 아니라 구원은 까마귀가 글을 든 은함을 물어다 주는 것으로 바뀌어 있다. 정월 대보름의 행사는 약밥의 기원으로 전환되었고, 서출지 지명의 유래는 "약밥은 까마귀가 일어나기 전에 먹어야 한다"는 속언 유래로 변하였다. 천천정 고사의 중점은 바로 이 세시풍속 유래담에 있다 하겠다. 시대의 변천에 따라 제왕의 신성을 드러내고자 이용된 지괴가 세시풍속 유래담으로 변이되어 『용재총화』에 유입된 것이다.

---

86) 위의 책, 제4권, p.114.
87) 위의 책, 제2권, p.39

이상에서 보아온 대로 『용재총화』에는 남녀의 애욕을 둘러싼 변신담, 귀신 출몰담, 귀물을 물리치는 용맹담, 세시풍속과 관련된 기담 등이 있다. 홍재상의 일화 따위는 교훈이 될 만한 요소가 들어있는 것으로 보지 않을 것도 아니나, 편자는 그에 대한 아무런 언급이 없다. 해괴한 내용이 흥미로우니까 수용했을 따름이다.

『청파극담』에서도 흥미본위로 지괴가 수용되었다. 먼저 귀신출몰의 화제가 있다. 30년간이나 수상을 역임한 봉원부원군(蓬原府院君) 정창손(鄭昌孫)의 집에 요사스러운 귀신이 나타나 작은 벼슬아치가 오면 대낮에도 모자를 벗기어 부수며 돌을 던지곤 하여 살귀환(殺鬼丸)을 불태워 귀신을 물리쳤다고 했다.[88] 또 파성군(坡城君)의 사위가 밤에 사청(射廳) 앞에서 궁술 연습을 하는 무리에게 봉변을 당하자 무리 중 한 장부가 자기의 주인이라며 구해 부축하고 집으로 돌아와서는 홰나무 밑으로 사라졌다고 했다. 무사의 무리도 귀신이었다고 했다.[89]

괴이한 꿈의 일화도 있다. 죽은 지 10년이 지난 무술인(武術人) 김덕생(金德生)이 친구의 꿈에 나타나 집에 들어온 도둑을 쏘아 죽였다고 하여 조사하니 김덕생의 후실이 그날 밤 개가(改嫁)했는데 그 남편이 급병으로 죽었다고 했다.[90] 또 재상 권홍의 꿈에 노인으로 화(化)한 자라가 나타나 종족의 위험을 알려 구원을 요청한 일화도 있다.[91] 이 동물 구원 요청의 꿈 소재는 지괴문학에 자주 등장하는 것으로 대개 목숨을 구해준 자에게 보은하는 동물보은담으로 진행하기 마련인데 여기서는

---

88) 『청파극담』(『국역 대동야승』 제6권), pp.111~112.
89) 위의 책, pp.112~113.
90) 위의 책, p.112.
91) 위의 책, p.91.

그러한 진행은 보이지 않는다.

그 외에 저주병나 미치광이 전염병과 같은 희귀병에 관한 일화도 몇 편 싣고 있다.[92]

이렇듯 『청파극담』에서는 『용재총화』에 다루지 않은 홰나무의 화신(化身), 희귀병, 괴이한 꿈 등 새로운 소재를 수집하였다. 귀신출몰이나 남녀애정을 둘러싼 괴담은 이전 시대에도 있었던 것이지만, 그 내용의 구체성에서는 두 작품 모두 각자의 독자적 내용을 보유한다. 지괴가 이전 시대의 시화잡기에서는 유교적 이념을 내세우는 방편으로 이용되던 것이 이 시기에서는 지괴 자체의 흥미라는 오락거리로서 유입되는 양상을 이 두 작품을 통해서 확인할 수 있다.

위의 작품에 조금 늦게 편찬된 『용천담적기』는 김안로가 1525년에 쓴 서문에서 귀양살이할 때 번민을 덜고 적적함을 달래기 위해 친구들과 나누었던 이야기와 새로 얻은 것을 기록했다고 밝히고 있다. 그렇게 해서 수집된 지괴의 내용은 대체로 주변의 자질구레한 잡기에 불과한데[93] 채생(蔡生)과 박생(朴生)의 두 일화[94]는 서술의 편폭을 가지며 사건의 전개가 구체적이라 이 시기 지괴의 장편화 현상을 파악할 수 있다.

---

92) 이를테면 다음과 같은 이야기가 있다.
　작자 집안의 종이 친구와 여행하다가 어느 절에서 식사한 후 저주병에 걸렸는데 즙류(葺蔞)이라는 뿌리를 먹였더니 항문에서 흘러나온 붉은 점액에서 벌레가 나와 날아갔다. (『청파극담』, p.111)
　또한 어느 집안에 전염병이 돌자 무당이 가면(假面)을 좋아해 빌미가 되었다고 하여 버렸더니 가면이 썩어 거기서 버섯이 자랐다. 동네 사람들이 그 버섯을 먹었는데 갑자기 미치광이처럼 웃으며 춤추다가 그치는 병에 걸렸다. 이것은 광주에 사는 80세 노인이 전한 것인데, 이 노인은 다음과 같은 이야기도 전했다. 병사한 사람을 해변에 묻었더니 따뜻한 날씨에 몸이 썩자 사체는 개구리가 되었고 그 개구리가 바다에 들어가서는 고기로 변하여 헤엄쳐 갔다.(『청파극담』, p.89)

그리고 그와 동시에 야담잡기에 유입된 바람에 두 일화는 신괴전기로 발전하지 못한 한계도 아울러 짚어볼 수 있다. 채생의 일화부터 살펴보도록 하자.

채생은 밤에 서울 안의 태평교(太平橋)에서 여귀(女鬼)에게 홀려 운우(雲雨)의 즐거움을 보냈다. 그리고 새벽에 천둥소리처럼 주위가 소란하여 눈을 뜨니 돌다리 아래에 흙투성이 돌을 베개 삼고 거적을 덮고 누웠고 주위는 악취가 진동하고 다리에는 인마(人馬)가 달리고 수레가 건너가고 있었다는 내용이다. 채생의 여귀와 나눈 교정의 환락과 함께 환락 후 사태가 일변하는 섬뜩한 괴기가 흥미롭게 그려져 있다. 어둑해질 무렵 아리따운 여인을 만나는 장면부터 여인의 저택에 인도되어 향락을 즐기는 내용까지는 등장인물들의 대화를 섞어가며 환상적으로 묘사되어 있어 마치 애정전기의 문장을 연상케 한다. 이 일화가 이 장면에서 끝이 났다면 신괴전기의 한편으로 인정해도 손색이 없을 정도이다. 이 장면 이후 신괴전기라면 마무리의 처리에는 으레 채생의 죽음이 마련되고 혹은 채생이 여인을 사모하다가 자취를 감춘다는 전개가 되었을 것이다. 그런데 채생은 잠에서 깬 후 자신이 누운 상황을 파악한 다음에 요괴에 홀린 것을 인식하고 그 후 약물과 기도로 병을 고쳤다는 방식

---

93) 『용천담적기』(『국역 대동야승』 제13권)에 실린 지괴로는, 채 빙군(蔡聘君) 양정공(襄靖公)의 막내동생이 오색(五色)의 사기(邪氣)에 싸여 피를 토하며 죽은 일, 귀신이 여종을 능욕하여 임신시킨 일(p.469), 강릉 선비가 집에 있는 뱀을 태워죽이자 뭇 뱀들이 모여들어 불 속으로 들어가서는 모두 죽었는데 그 뒤로 가산이 줄어들고 큰 벼슬을 하지 못한 일(p.517), 진산(晉山)의 강선비가 인간의 모습으로 화(化)한 뱀의 가족들이 나누는 뱀에 물렸을 때의 치료법과 뱀을 물리치는 방법을 우연히 듣고 그대로 하여 재액을 퇴치하였고, 그로 말미암아 뱀 재액 퇴치법이 유래되었다는 일(p.529) 등이 있다.

94) 최생 이야기는 pp.482~485. 박생 이야기는 pp.513~517.

으로 야담적인 내용으로 진행했다. 더구나 이야기의 최종 결론에는 채생을 만난 어느 사람이 퇴재(退齋)라는 사람에게 들려준 채생의 체험에 대해 퇴재가 다음과 같이 평했다는 것으로 되어있다.

> 마음이 강심장이지 못하면 채생처럼 귀신에 홀리게 되는데 채생을 홀린 귀신보다 세상에는 세상을 어지럽히고 민심을 문란케 하는 일이 더 많으니 뭇사람들을 이러한 홀림에서 풀어줄 수 없는가.

평에서 말하고자 하는 바는 요컨대 채생이 귀신에 홀린 것을 세상이 사람들을 홀린 것으로 해석한 것이다. 다시 말하면 혼란스러운 세태에 대한 비판을 채생의 비현실적인 체험을 빌어 와 넌지시 드러낸 것이다. 이것은 즉 김안로의 생각을 퇴재의 말로 끌어온 것이라 볼 수 있다.

이와 같이 채생 이야기는 길이의 편폭이나 묘사적 서술 등 전기적 특징을 갖추었으나 야담잡기에 유입되면서 그 질서에 귀속되고 말았다.

박생의 일화도 그런 한계를 벗어나지 못하고 있다. 작자가 내의원에서 일하는 박세거라는 인물에서 들은 것이라 하면서 박생이 갑자기 염병으로 죽어 저승에 끌려갔으나 운명이 다하지 않아 다시 소생한 일을 아주 세밀하게 적고 있다. 소위 저승탐방담의 유형이다. 저승 배경의 묘사라든지 대화체 섞은 사건의 생생한 진행이 신괴전기를 방불케 한다.

그런데 박세거는 재생 후에도 이야기의 전달자(작자)의 주변에서 여전히 활동하고 이러한 박세거의 입을 통해 들은 '사실의 견문'임을 작자는 밝히고 있다. 그뿐만 아니라 박생이 저승에서 엿들은 두 의원(박효산·윤숭례)과 서자(서거정의 서자)의 관직 상승의 지시가 이승에서 그대로 실현된다는 설정은 이야기에 신빙성을 갖추려는 신괴전기에서 간혹 이용되는 수법이지만, 여기서는 그것이 작자의 사회에 대한 비판의 도구로 전락해 있다는 것이다. 작자는, 박생의 이야기는 불교가 세상을 속이는 것과 같다고 하고 의원과 서자가 출세하게 된 것도 연산군의 문란한 정치에 의한 일시적인 성공이고 관직은 운수에 달려있으며 운수도 그의 선함에 따르는데 그들은 자신의 분수를 돌아보지 못해 곧 관직을 잃게 되었다고 신랄하게 비판을 가하고 있다. 결국, 박생의 이야기는 작자에 의해 허구로 평가되고 연산군의 폭정과 인간의 화복에 대한 작자 자신의 생각을 피로하는 데 사실상 이용되고 말았다. 그럼으로써 박생의 저승탐방담은 전기성이 위축된 것이다.

5. 조선 후기

(1) 신괴전기

17세기에 접어들면서 임진왜란 · 병자호란 양 변란을 겪고 조선 왕조의 총체적인 위기를 극복하려는 움직임이 일어났다. 사회적으로 정치적으로 주자학을 중심으로 하는 성리학이 확립되었고, 그에 근거하여 도덕과 윤리가 재정립되었다. 문학계에서도 새로운 변화들이 나타났다. 조선 전기에 서사문학계의 대세를 이루고 있었던 신괴전기는 그 세력이 꺾이고, 작품에 괴기성이 약해지고 남녀 사이에 도덕과 윤리를 강조하거나 전쟁에 의한 남녀의 이별과 재회, 전쟁으로 드러난 관료체제의 모순을 다룬 현실주의적 경향의 작품들이 성행하였다. 소위 애정전기나 영웅전기, 몽유록 전기 등의 유행이었다.[95] 이들은 현실적 제재를 대폭적으로 수용함으로써 이전의 작품집에 수록된 단편보다 내용의 편폭이 길어지고, 이 편폭의 확장에 맞춰 인물, 사건의 다양화를 꾀하였다. 이처럼 분량의 확충과 내용의 원숙함이 갖추어지자 단편으로 독자적인 읽을거리로 성장을 했다. 17세기 중후반부터는 중장편소설도 등장하게 되는데 이러한 현상은 국문의 저변 확대에 따른 서사문학 담당층의 확변(擴變)에 힘입어 더한층 가속화되었다. 전기성(傳奇性)이 퇴보하고 그와 함께 새로운 양식의 가문소설, 규방소설도 가세하여 이후 18, 19세기의 서사문학계를 지배해 갔다.

신괴전기는 앞 시기에서는 창작의 왕성한 기운에 힘입어 작품집 및 단편들이 내용의 내실화를 갖추며 다수 출현하여 황금기를 맞았으나, 17세기 무렵에는 애정전기나 영웅전기, 몽유록전기의 단편들에 그 주

---

95) 17세기에는 단편들을 합철하거나 필사한 모음집이 많이 나타났는데, 그에 실린 작품들의 성향을 보면 애정전기나 몽유록전기 계통의 작품들이 많다. 작품을 많이 싣고 있는 몇 모음집을 들면 아래와 같다.
愼獨齋 金集(1574~1656)의 수택본: 〈만복사저포기〉〈유소랑전〉〈주생전〉〈상사동전객기〉〈왕경룡전〉〈왕시봉기우기〉〈이생규장전〉〈최문헌전〉〈옥당춘전〉(초입이 전사) (정학성, 『역주 17세기 한문소설집』, 삼경문화사, 2000)
『花夢集』(17세기 전반): 〈周生傳〉(낙장) 〈운영전〉〈영영전〉〈동선전〉〈몽유달천록〉〈원생몽유록〉〈피생몽유록〉(도입부만 필사) 〈금화령회(금산사몽유록)〉〈강로전〉 (최웅권, 『17세기 한문소설집 『화몽집』 교주』, 소명, 2009) 『先賢遺音』(17세기경): 〈주생전〉〈운영전〉〈최현전〉〈강산변〉〈상사동기〉〈왕경룡전〉〈최척전〉〈최선전〉 (간호윤, 『선현유음』, 이회출판사, 2003)
각 작품의 성립 시기는 〈만복사저포기〉·〈이생규정전〉는 15세기이며, 〈최문헌전〉·〈원생몽유록〉(1568)·〈周生傳〉(1593)은 16세기이고, 〈운영전〉(1601년경)·〈몽유달천록〉(1611)·〈피생몽유록〉(1605~1607)·〈최척전〉(1621)·〈금화령회〉(1644년 이전) 등은 17세기 전반이며 나머지도 17세기 중반까지 편집된 작품들이다. 필사된 작품집의 편집연대를 봤을 때 대략 16세기 말에서 17세기 중반에 유행한 단편이다.

도권을 내주었다. 그 성격을 담보하는 기이한 소재들은 이웃 장르의 외
피를 장식하거나 내부의 모티프로 흡수되어갔다. 그러나 그렇다고 이
시기에 그 명맥이 완전히 끊긴 것은 아니었다. 18세기에 수촌(水村) 임
방(任埅, 1640~1724)의『천예록(天倪錄)』이 나왔고, 19세기 중반에는
신괴전기의 최후 양상을 보여주는『삼설기(三說記)』(1848)가 출현하였
다.

『천예록』은 1716년에서 1724년 사이에 편찬된 것으로 추정된다.[96] 저
자로 알려진 임방[97]은 1663년 24세에 진사시에 합격하여 송시열 문하
에서 수학하였다. 의금부도사(義禁府都事), 호조정랑(戶曹正郎), 호조
참의(戶曹參議), 우부승지(右副承旨), 도승지(都承旨) 좌참찬(左參贊)
등 여러 관직을 역임하였다. 당쟁이 극심했던 17세기 말에서 18세기 초
엽에 노론 중심인물의 한 사람으로 정계의 주도적 역할을 한 인물로 알
려진다. 그런 만큼 그의 인생은 부침이 많았고 말년에는 신임사화(辛壬
士禍, 1721~1722)에 연루되어 유배되었다가 유배지에서 객사했다. 유
년 때부터 호학하여 많은 서적을 모으며 독서를 했고,[98] 부친 임의백(任
義伯, 1605~1667)의 임지에 함께 하며 평안도, 황해도, 경상도, 전라도
등 여러 지역을 다녔다. 임방 자신도 영광군수, 원주목사, 밀양부사 등

---

96) 진재교,「『天倪錄』의 作者와 著作年代」,『서지학보』, 제17집, 한국서지학회, 1996,
 p.60.
97) 김동욱,「천예록 연구」,『반교어문학』, 제5집, 반교어문학회, 1994, pp.161~167.
98)「人多有癖. 癖者病也. 余無他癖. 而唯癖於書. 雖盡編斷簡. 獲之. 愛勝金璧. 亦嘗自病.
 而已成膏肓. 莫可醫也. 自在童孺. 見有賣書者. 至解衣而買之. 父兄之所賜與朋友之所
 贈遺. 及宦遊京外之所印得. 歲加增益. 雖家貧位卑. 不能稱意收聚. 而性癖旣深. 所鳩
 儲. 已至一天三百餘卷矣.〈載籍錄序〉,『수촌집』, 권8, 韓國文集叢刊 149, 민족문화추
 진회, 1995, p.182.「終身無一區宅. 於物無所嗜好. 唯耽書到老不衰. 殆忘寢食.」兪拓
 基,〈諡狀〉,『수촌집』, 권13, p.278.

외지에 다니며 경험을 쌓은 것이 『천예록』 편찬에 도움이 되었던 듯하다.

『천예록』은 모두 62화를 싣고 있다.[99] 내용이 서로 관련된 유사한 이야기를 둘씩 모아 그 끝에 '評曰'이라 하여 작자의 소감이나 평을 가하는 체재를 취하고 있다. 이야기는 대부분 작자 자신이 주변 인물들에게서 들었거나 수집한 것으로, 이야기를 전문한 출처나 수집방법 등을 구체화함으로써 자료의 신빙성을 강조하는 것은 야담의 형식과 유사하다. 그러나 그저 야담으로만 취급하기 어려운 독자적인 내적 질서가 있다. 야담집은 실재인물들의 현실적으로 있을 법한 일화를 편집하는 것을 주안으로 하였으나, 이것은 역사적 인물에 얽힌 이야기이되 비현실적인 내용을 중심으로 엮은 것이다. 『천예록』은 『태평광기』를 비롯해 『태평광기상절』 및 『태평통재』 등을 의식하여 편찬된 듯한 인상을 준다. 『태평광기』는 중국의 지괴 · 전기 따위를 큰 폭으로 모았고, 『태평광기상절』은 그 축약본이다. 『태평통재』 또한 수록된 자료가 중국의 신선, 불가, 귀신, 지괴 등이며 거기에 우리나라의 자료를 첨가했다. 『천예록』에 구성된 이야기의 성격을 보면 먼저 신선이나 선계, 도술을 들고, 그다음은 고승, 지옥을 나열했는데 그 배열은 『태평광기』의 신선(神仙) / 방사(方士) · 도술(道術) / 이인 · 이승(異人 · 異僧) / 석증(釋證) 등의 순서에 호응하고 있다. 물론 『천예록』의 구성이 모두 이에 대응하는 것은 아니다. 그러나 괴이한 이야기를 모은 선례를 따르려는 의식이 있었고 괴

---

99) 『천예록』은 일본 천리대 소장본(61화)과 김영복 소장본(44화)의 이본이 가장 많은 이야기를 담고 있는데, 김영복의 소장본에는 1편이 천리대본에 없는 것이다. 그 외에도 두 소장본에 보이지 않은 이야기가 실린 자료들이 보고되고 있다. 본고에서는 앞의 두 이본을 교감 · 역주한 정환국 역, 『천예록』, 성균관대학교출판부, 2006을 참조했다.

이한 이야기를 모으되 중국이 아닌 우리나라의 것을 엮고자 한 의도가 있었던 것으로 추정할 수 있다.

이 책에서 다루는 내용으로는 신선(선계), 도술, 고승, 지옥탐방, 재해 예견, 혼령의 음우, 이인, 동물로의 변신, 동물의 둔갑, 선조나 친구의 사령(死靈), 흉가의 변괴, 원한 맺힌 구렁이, 마마귀신, 두억신(頭抑神), 요괴, 용력(勇力) 등의 허탄한 이야기들이다. 적은 편수이지만 현실적인 내용으로는 기녀가 양반자제와의 진실한 사랑을 획득하여 신분 상승하고(17화, 18화), 자신의 직함과 자리를 믿고 거드름을 피우며 여색을 멀리하던 어사나 제독관이 창기의 수완에 홀쩍 빠져들어 망신을 당하고(21화, 22화), 부질없는 성격이나 용기 없는 탓에 굴러든 여복을 어이없이 놓치고(23화, 24화), 재주는 있으나 현달하지 못하다가 뜻밖에 세종의 성원을 입은(61화, 62화) 내용 등이 있다. 이러한 현실적인 이야기도 하나같이 일상에서는 목격하기 어려운 신기한 일이기에 수록되었을 것이다.

시대의 배경은 고려시대나 선초로 한 것도 있으나 작자의 동시대 인물을 다룬 것이 많다. 이야기는 주변 인물에게 들었거나 작자가 직접 목격한 것으로 되어있고 실명을 거론하여 자료에 신뢰성을 갖도록 했다. 그런데 62화 모두를 전적으로 작자의 전문이나 목격으로 돌리기에는 석연찮은 것이 있다. 이를테면 〈염라왕탁구신포(閻羅王托求新袍)〉(7화)는 저승탐방담으로 황해도 연안에 사는 한 처사가 때가 되지 않아 염라왕에 잡혀간 이야기이다. 저승탐방담은 『금오신화』 등에 그 선례가 있기는 하나 죽은 자(염라왕)로부터 이승에 전해달라는 전언을 받는다는 단락이 더 있고 이러한 내용은 『태평광기』의 「석증(釋證)」에 빈번히 보이는 것이다. 또한 〈보살불방관유옥(菩薩佛放觀幽獄)〉도 지옥탐방담인데 신불을 믿지 않고 지옥과 천당을 불신한다는 이유로 홍내범이 저 승에 끌려갔으나 사람이 뒤바뀌어 잘못 끌려왔기에 그 보상으로 보살 이 지옥 순례를 시켜주고 순례 후 되살아났다는 내용이다. 불교를 불신 하여 저승에 끌려가는 내용 또한 선례를 볼 수 있는데 보살이 지옥을 구 경시켜 준다는 내용은 흔치 않다. 이 역시 『태평광기』의 「석증(釋證)」에 실려 있다. 지옥탐방담은 조선 문인들이 즐긴 화젯거리였을 것이나 선 례가 적은 독특한 단락들은 독서를 통해 얻은 지식을 활용해 우리나라 의 야담으로 재구성한 것은 아닌가.

지옥탐방담만이 아니라 여우가 계집아이로 변해 사람을 현혹하는 이 회(李禬)의 이야기(〈배부효호석견방(背負妖狐惜見放)〉, 47화)는 작자 자신도 『태평광기』나 소설가류(小說家類)에 흔히 보이는 것이라 하였 는데 이들에서 착상을 얻어 이회의 이야기로 꾸민 것이라 보지 않을 것 도 아니다. 이 이야기의 다음에 실린 〈수집괴리한개악(手執怪狸恨開 握)〉(48화)은 김수익의 체험담으로 이리가 김수익의 아내와 똑같이 변 해 행동하기에 진짜 아내를 분별하는 데 곤혹을 치렀다는 내용이다. 우 리의 괴담기담에 흔치 않은 소재인데, 『태평광기』(권제447, 「狐」1)에도 장간이란 사람이 여동생으로 변한 들여우에게 속아 진짜 여동생을 때 려죽이는 이야기가 있다.

『천예록』에는 길이의 편폭이 긴 이야기가 있는가 하면 짧은 이야기도 있다. 그러나 이 짧은 단편들은 그저 괴이한 사건을 기록한 지괴와 차 원이 다르다. 하나의 예를 들면 〈고성향수병화어(高城鄉叟病化魚)〉(19 화)는 인간이 홍어로 변한 사건을 다루었는데 유사한 내용이 실린 『어우야담(於于野談)』의 〈홍어 후손인 유극신〉[100]과 비교하면 서사성과 흥미를 추구한 여러 궁리가 시도되었음을 읽을 수 있다. 『어우야담』에서는 유극신이 홍어 후손이라는 소문의 진위를 묻는 벗에게 외가의 80살 남짓의 할머니가 홍어로 변한 일이 전해지는 사건을 간략하게 들려주고 있다. 홍어 변신은 유극신의 신변에 일어난 일도 아니며 전해 들은 이야기를 전달할 뿐이다. 그것이 『천예록』에서는 시대 배경을 당대에 있었던 몇 해 전으로 설정하고, 장소는 고성이며 이야기 속의 화자는 고성의 군수를 찾아온 벼슬아치로 현실성 있게 꾸몄다. 또 벼슬아치는 군수가 차려주는 홍어탕을 보고는 소스라치게 놀라며 먹기를 사양하니 군수가 그 이유를 거듭 묻고 그러자 벼슬아치는 눈물을 흘리며 진상을 서술한다는 방식으로 벼슬아치에게 무언가 기구한 사연이 있는 듯이 하여 흥미가 유발되도록 고안되어 있다. 벼슬아치의 기구한 사연이란, 즉 벼슬아치의 아버지가 백 세를 누리다가 갑자기 열병이 들어 집 앞 냇가에 가기를 원해 데려다주었더니 아버지는 사람들을 물리치게 하고서 냇가로 들어가 홍어가 되었다는 것인데, 대화의 형식을 섞어가며 긴장감 넘치게 전개되고 있다. 긴요한 홍어의 변신 장면에서는 『어우야담』에서는 단지 할머니가 답답해하며 목욕을 원해 욕조를 방안에 들어놓았더니 거기서 물결치는 소리가 나서 보니 홍어로 변해있었다고 직설적이며 간략하게 기술되어 있다. 『천예록』에서는 아버지가 냇가에 들어가더니 반인반어가 되는가 싶었는데 점차 시간이 지나자 완전히 화어(化魚)로 변했다고 변신의 과정을 상세하게 묘사했다. 그리고 홍어가 된 아버지는 가족과 헤어지기 섭섭한 모습을 하며 뒤돌아보다가 헤엄

---

100) 이월영 역주, 『보유편 어우야담』, 한국문화사, 2001, p.332를 참조했다.

쳐 갔는데 물고기로 변한 자리에는 아버지의 머리털과 손발톱이 남아
있어 그것으로 장례를 지냈고 그래서 홍어를 먹지 않는다는 것으로 구
구절절 눈물을 흘리며 구술되는 것이 마치 실화처럼 흥미진진하게 그
려져 있다. 이처럼 장소나 시간의 배경을 분명히 하고, 주요 등장인물의
행위와 사건을 대화를 섞으며 구체적으로 묘사하여 서사문학으로서의
흥미를 부각하고 있는 것이다.

　야담의 형태를 지닌 『천예록』은 야담이 그랬듯이 이야기의 평결에서
괴이한 일은 '황당'하다고 하거나(7화, 8화의 평어), 혹은 '세교(世敎)'
의 말을 끌어 붙이거나 했다.[101] 또한, 유교 사회의 분위기를 의식한 듯
의식적으로 책의 끄트머리에 열녀나 성군에 관한 이야기(59화 및 60
화, 61화 및 62화)를 배치하여 칭송하는 자세도 보인다. 그로 인해 편찬
의 의도가 그쪽으로 다소 쏠리는 평가가 없지는 않으나, 작자는 주변에
일어난 괴이한 일이 일상적인 것은 아니지만 '만물의 변화'로 인식하였
고,[102] 이러한 현상들에 대해 '異哉異哉' '奇乎奇乎' '亦云異矣' '亦怪矣
哉' '豈不異哉'라며 긍정적으로 평하고 있다. 말하자면 괴이한 일을 자연

---

101) 이를테면 뜻밖에 큰 부자가 되는 이야기인 〈요택리득만금보(潦澤裡得萬金寶)〉와
〈해도중습이곡주(海島中拾二斛珠)〉에 관해 작자는 큰 복을 얻으려면 착한 일을 하
고 어진 행동을 하고 거기에 신의 계시가 있어야 가능한 일이라고 평하면서 "凡我
庶類, 宜鑑于玆"라 하였다. 또한, 어느 한 선비의 부인이 이익을 탐하다가 화를 자
초한 일(〈사인가로구작마(士人家老嫗作魔)〉(35화)이나, 지체 높은 어사나 품위 있
는 문신이 창기(娼妓)에 몸을 망치는 일(〈어사건괵등연상(御史巾幗登筵上)〉(21
화), 〈제독라정출궤중(提督裸裎出櫃中)〉(22화))에 대해서도 엄격히 비판하고 있
다. 반대로 기생의 지조와 절개를 다룬 일((〈소설인규옥소선(掃雪因窺玉簫仙)〉(17
화), 〈잠계봉중일타홍(簪桂逢重一朶紅)〉(18화))에 대해서는 아름다운 일로 칭찬
하고 있다.
102) 〈고성향수병화어(高城鄉叟病化魚)〉((19화)와 〈승평족인고작저(昇平族人老作
猪)〉(20화)에 대한 평어 부분을 참조.

의 현상으로서 인식하고 흥미로운 서사문학으로 작품화하고자 한 것이
다. 『천예록』은 이렇게 해서 조선 후기에서 끊어지려는 신괴전기의 수
명을 연장하는 역할을 다하였다.

　그러나 18 · 19세기에는 사회경제적, 문화적인 발달이 가속화됨으로
써 문학의 향유층이 사대부 귀족에서 중인계층을 비롯해 시정인으로
확대되자 문학작품은 대중을 기반으로 폭넓게 향유되었고, 그에 따라
상업성을 띤 국문소설들도 잇따라 산생되었다. 당시의 문학사적 상황은
어쩔 수 없이 신괴전기의 변모를 부추기고 있었다. 신괴전기는 애초 한
문으로 쓰이고 독자층도 사대부 지식층의 문예물이었다. 일찍이 〈설공
찬전〉 같은 한문단편이 국문으로 번역되어 민중에게까지 전파된 일이 있
기는 하지만, 『금오신화』를 비롯해 『기재기이』, 『천예록』에 이르기까지
대류를 이루는 작품집은 한문에 깊은 소양을 갖춘 사대부들의 손에 의
해 편집되고 읽혔었다. 그것이 19세기 중반의 『삼설기』(1848)에 이르자
사정이 달라졌다. 이것은 방각본으로 대중을 독자로 한 읽을거리로 만
들어졌다.

　이 작품에는 〈삼자원종기(三子遠從記)〉, 〈서초패왕기(西楚覇王記)〉,
〈삼사횡입황천기(三士橫入黃泉記)〉, 〈황주목사계자기(黃州牧使戒子
記)〉, 〈오호대장기(五虎大將記)〉, 〈노처녀가(老處女歌)〉, 〈황새 결송(決
訟)〉, 〈녹처사연회(鹿處士宴會)〉, 〈노섬상좌기(老蟾上坐記)〉의 총 9편
이 수록되어 있다.[103] 이것에는 이전의 신괴전기에서 다루어진 소재도
있고 신괴전기의 수법을 빌려 세태를 풍자하거나, 아예 신괴전기집에서
볼 수 없었던 대중성을 띤 현실적이면서 골계적인 기담, 우화의 이질적

---

103) 『삼설기』의 자료는 金東旭 校註, 『短篇小說選』에 수록된 것을 참조하였다. p.15.

인 성격의 작품들이 마구 섞여 있다.

〈삼자원종기〉의 전반부는 의형제를 맺은 세 아이가 도사에게 사숙하며 각자의 소원을 말하자 도사는 그 소원들이 이루어질 것이라고 예언한다는 내용으로 되어있다. 후반부는 평양감사를 소원했던 아이가 평양감사가 되어 부임하는 길에 신선을 소원한 아이를 만나 선계로 들어가 사철의 풍광을 즐기다가 부자를 소원한 아이가 욕심으로 축생도에 빠진 모습을 목격한 후 돌아왔는데 돌아와서 보니 30년의 세월이 흘러 자식은 백발이 되어있었다는 내용이다. 도사의 기발한 혜안과 신비로운 선계 탐방의 신괴전기의 소재를 이용하여 선계의 환상을 그리고, 동시에 화사(化蛇)의 괴기스러움도 나타냈다. 젊은 아버지와 백발이 된 자식 간의 기이한 만남도 전기적인 흥미를 마음껏 살렸다. 그리고 부자를 소원한 아이가 평생 구렁이의 탈을 쓰는 최후를 통해서는 인간의 욕심에 일침을 가하고, 선계와의 시간 격차에 따른 인생무상의 의미도 잊지 않고 있다.

〈서초패왕기(西楚霸王記)〉도 재식을 겸비한 선비가 때를 만나지 못해 공명의 뜻을 접고 유람하다가 신비스러운 선계=산속 초가를 방문한다는 신괴전기의 수법을 이용하고 있다. 그런데 선계에서 만난 것은 선인(仙人)이 아닌 초패왕의 혼령이며 사건의 전개도 색다르게 진행하고 있다. 즉 천병만마(千兵萬馬)의 호위를 받으며 위풍당당하게 등장한 초패왕과 이에 위축되어 두려움에 떠는 선비를 대조시켜 방자하기 그지없는 초패왕의 껄렁껄렁한 언변을 먼저 늘어놓고 거기에 맞서 예상외로 나약한 선비가 그의 포악무도한 전횡을 낱낱이 파헤쳐 승리를 거둔다는 방향으로 나아갔다. 초현실적인 공간에서 벌어질 수 있는 전기적인 맛을 십분 활용하면서, 불의를 저질렀음에도 반성하지 않고 나약한

선비 하나를 업신여기고 제압하고자 하는 항우의 졸렬함을 통해 불합
리한 세태를 지적하였고, 그와 동시에 강자와 약자의 대조와 반전의 방
법을 통해 통쾌한 웃음을 자아냈다. 이전의 신괴전기가 기이한 내용을
통해 인간 내면의 성찰을 이끌어냈으면, 〈서초패왕기〉는 세태 풍자적이
며 골계미를 자아내는 방향으로 전환되어 있다.

〈삼사횡입황천기〉는 지부(地府) 사자(使者)의 실수로 잘못 지부에
끌려간다는 신괴전기의 지옥탐방의 소재를 이용하였다.[104] 그러나 〈남
염부주지〉와 같은 음울하고 공포로 가득 찬 저승의 묘사는 없다. 내용은
대부분 세 선비가 잘못 끌려온 보상으로 환생시키고자 하는 염라대왕
에게 자신의 소원을 말하는 내용으로 채워져 있다. 첫째 선비는 무관으
로서 사해에 위엄을 떨칠 용맹한 대장부의 삶을 살고 싶다고 했다. 둘째
선비는 문관으로서 정승에까지 오르는 삶을 영위하고 싶다고 했다. 셋
째 선비는 부모에게 효행하고 세상 영화를 벗어나 강호의 낙을 즐기다
가 천수를 다하는 삶을 살고 싶다고 했다. 그런데 염라대왕은 셋째 선비
에게는 욕심 많고 발칙한 놈이라 하며 성현 군자도 하지 못하는 노릇을
할양이면 스스로 염라대왕을 떼어놓겠다고 호통치며 그 소원만을 거절
한 것으로 되어있다. 저승의 공간을 설정하여 대단한 성공적 삶과 안락
한 일상적 삶의 바람을 대조적으로 그려 소중한 가치가 어디에 있는지
를 드러내고 있다. 그와 아울러 저승을 관장하는 위엄하기 짝이 없는 염

---

104) 〈삼사횡입황천기〉는 김희령(金羲齡)의 〈素隱稿〉(후에 유재건의 『里鄕見聞錄』권3
에 수록)에 실린 〈三士發願說〉을 근원으로 한다. (최운식, 「三說記」의 說話的 背景
과 漢文短篇과의 관계」, 서경대학교논문집, 제7집, 1979, pp.23~37) 근원설화에서
는 선비들이 끌려간 곳은 상제(上帝)가 있는 하늘이지만 여기서는 염라대왕이 있
는 지옥으로 설정되어있다. 죽기 전의 선비들의 인물 형상이나 상황 묘사 등도 근
원설화에 없는 내용이 첨가되며 구체적이다.

라대왕의 세속적인 발언을 통해 권위에 대한 풍자를 드러내며 폭소를 자아내고 있다.

위의 세 편은 신괴전기의 소재를 동원하여 물질지향의 행복 욕구나 인간 위선의 세태를 드러내고 있는데, 〈삼자원종기〉와 〈서초패왕기〉는 전기적 흥미와 주제가 잘 조화를 이루었고, 〈삼사횡입황천기〉는 내용과 다소 맞지 않은 지옥탐방이 공간 배경이 되었을 뿐이고 주제와 골계미를 부각하는 데 주력했다.

한편 〈오호대장기(五虎大將記)〉는 현실 공간을 배경으로 삼으면서 〈서초패왕기〉와 같이 강자와 약자를 대비하여 약자가 사태를 뒤집는 구조를 취한다. 강자로는 형조판서와 훈련대장을 겸한 기골만장한 양반이 등장한다. 그는 거덜을 부리며 그의 자리를 인정받고 싶어 하고, 아부하기 좋아하는 부하들은 그에 한몫 거들어 삼국시대의 오호대장에 견주며 추켜세운다. 그러나 군졸 중 최하급의 초포수가 당치 않음을 일일이 들어 반격하여 깨우쳐준다. 권력자들의 무능과 위선을 드러내며 아첨 소인배들을 풍자하였다. 초포수의 반격 설전(舌戰)에는 십 년 묵은 체증이 뚫린 듯 통쾌함을 맛보게 한다.

〈황주목사계자기〉도 현실 공간에서 벌어진 이야기이다. 황주목사 윤수현(尹守賢)이 세 부임지에서 세 아들의 방탕을 보다 못해 상경하기로 마음먹고 기생과 헤어지는 아들의 수작들을 엿보고는 그 장래를 예언했는데 예언이 적중했다는 목사의 남다른 안목을 다루었다. 목사의 예언대로 출세한 후 데려가겠다고 입에 발린 말을 늘어놓으며 매정하게 기생을 물리친 첫째아들과 둘째 아들은 자신의 이(利)만을 앞세웠기에 평생 편치 못한 인생을 보냈고, 진정으로 기생과 함께 도망하고자 하는 셋째 아들은 정승에까지 올라 영화를 본 결론을 통해 세상살이에 마음의 어짐과 진심의 중요함을 설파하고 있다.

〈노처녀가(老處女歌)〉도 현실 공간을 배경으로 한 것이다. 가사인 〈노처녀가〉도 있어 주목받고 있는 이것은 추모와 갖은 병으로 40세 넘어서도 시집을 가지 못한 노처녀가 겪는 서러움과 한탄을 장황하게 늘어놓다가 마지막에 일변하여 사모하던 김도령과 결혼으로 치닫고 병 낫고 아들까지 순산하며 만사형통했다는 별난 내용이다. 이 이야기 끝에서는 이것이 "가장 우습고 稀罕흔"[105] 이야기라 하였다.

이상의 현실 세계를 다룬 3편은 현실에서 보기 어렵고 별난 사건들인데 단순한 기담에 머무르지 않고 조선 시대의 무능한 지배층을 풍자하고 삶에 임하는 마음가짐 등이 담겨있다. 이 3편은 작품의 취지라 할 수 있는 "우습고 희한한"(〈노처녀가〉의 말미) 이야기에 적절한 내용을 갖추었다.

남은 〈황새 결송〉, 〈녹처사연회〉, 〈노섬상좌기〉의 3편은 동물우화이다. 〈황새 결송〉은 〈화왕전〉처럼 상대자의 잘못을 깨우치도록 우화 형식을 빌리고 있다. 내용은 경상도 부자가 당시 사회의 부패한 송사를 당해 꾀꼬리와 뻐꾹새와 따오기의 '소리 겨루기'에서 뇌물을 먹은 황새가 부당한 판정을 내리는 사례를 들어 재판의 부당함을 일깨운다는 것이다. 〈녹처사연회〉는 사슴의 생일잔치에, 〈노섬상좌기〉은 장선생(노루)의 잔치에 모인 동물들이 서로 윗자리를 차지하려고 언쟁하는 쟁장형(爭長型) 우화이다. 이러한 동물우화가 함께 엮어지게 된 것은 이들도 '우습고 희한한' 이야기들이기 때문이다.

이상에서 보듯이 『삼설기』는 초현실적 세계를 다룬 내용, 초현실적인

---

105) 『삼설기』, 金東旭 校註, 앞의 책, p.630.

공간만을 차용하여 세태를 해학적으로 드러낸 내용, 현실적 공간에서 벌어진 별난 이야기, 동물우화로 구성되어 있다. 서로 성격이 다른 서사라도 '우습고 희한한' 내용으로 통일되어 있다. 이 시기의 사회와 문학향유자들은 보다 합리주의적이면서도 오락적인 내용을 요구하게 되었고 신괴전기도 어김없이 그 변모를 초래할 수밖에 없었다. 신괴전기는 이렇게 해서 이 작품에 와서 '신괴'의 오락적 성격은 골계적이면서 희한한 기담과 우화로 확대되고, 교훈적 성격은 사회의 부조리한 면을 풍자적 기법으로 들춰내는 내용으로 확장 재편되면서 그 전통적인 모습이 변질되었다.

(2) 야담잡기에 유입된 지괴

조선 후기에 이르자 지괴는 시대적 요구에 따라 흥행한 야담잡기에 더욱 폭넓게 수용되어 일부분의 구성으로 탄탄한 자리를 차지하게 되었다. 유몽인(1559~1623)의 『어우야담』을 비롯해 노명흠(盧命欽, 1713~1775)의 『동패낙송(東稗洛誦)』, 이희평(李羲平, 1833~1839)의 『계서야담(溪西野談)』, 『청구야담(靑邱野談)』(1843), 이원명(李源命, 1807~1887)의 『동야휘집(東野彙輯)』(1869), 그리고 『기문총화(記聞叢話)』 등이 그러한 경향을 보이는 대표적인 작품들이다.[106] 여기서는 가

---

106) 이밖에도 괴기 이야기를 전하는 야담잡기류는 많으나 이들을 일일이 검토하기에는 역부족이다. 다행히 서대석의 『朝鮮朝文獻說話輯要』(Ⅰ · Ⅱ)에는 대표적인 야담집의 개요와 함께 책의 뒤편에 야담의 제재별 분류안이 마련되어 있어 도움이 된다. 분류된 제재를 따르면 전체적으로 인물담(人物譚)과 사건담(事件譚), 그리고 잡화(雜話)로 나뉘어 있고 그 아래에 인물이나 사건에 관한 기문이사(奇聞異事)가 다시 제재별로 나뉘어 있다. 지괴의 특징을 잘 드러내는 초현실적인 일화는 「법술

장 방대한 설화 자료를 실은『기문총화』[107]의 몇몇 작품을 대상으로 이 시기의 지괴전개의 양상을 드러내고자 한다. 이 책에 실린 인물 일화 형식의 짧은 이야기는 앞 시기처럼 파한거리로서 흥취를 제공하는데 일역하고 있다. 한편 수록된 지괴의 일부는 장편화되고 신괴전기와 같은 성숙도를 보이지만 야담잡기류의 질서에 귀속되는 경향인 것도 앞 시기와 크게 다를 바가 없다. 다만 이 시기에서는 서사적 발전을 보이는 이야기가 편자의 객관적 평가의 대상이 되지 않으며 평결이 붙어 있어도 형식만이고 이야기의 서사성이 중시되고 현실적 사건을 다루는 편폭이 길어진 특징을 드러낸다.

　인물 일화 형식의 짧은 이야기부터 짚어보도록 한다.

　수록된 자료 중에 가장 눈에 띄는 것으로는 혼령담(魂靈譚)이 있다.

　(法術)」과「이물(異物)」,「괴사(怪事)」의 항목에 많이 들어있다.
　이 세 항목의 하위 분류된 제재는 다음과 같다.
　『법술』: 巨儒譚 · 處士譚 · 高僧譚 · 異僧譚 · 居士譚 · 眞人譚 · 仙人譚 · 仙女譚 · 方士譚 · 名風譚 · 名卜譚 · 名巫譚 · 知人譚 · 豫知譚 · 異人譚 · 神童譚
　『이물』: 神靈譚 · 神人譚 · 疫神譚 · 魂靈譚 · 鬼物譚 · 巨人譚 · 怪物譚 · 異虎譚 · 神龍譚 · 義狗譚 · 名馬譚 · 動物譚 · 奇寶譚 · 名堂譚 · 事物譚
　『괴사』: 天界譚 · 仙界譚 · 冥府譚 · 水府譚 · 異鄕譚 · 運命譚 · 招魂譚 · 延命譚 · 還生譚 · 冥婚譚 · 怪疾譚 · 變身譚 · 異交譚 · 夢遊譚 · 夢兆譚
　다종의 지괴가 당시 사람들에게 이야기되고 야담잡기 편자들의 관심 대상이 되었음을 확인할 수 있다.
　관련하여 朝鮮朝文獻說話輯要(I)』에 수록된 작품은『어우야담』·『계서야담』·『청구야담』·『동야휘집』의 4종이다. (II)에는『기문총화』· 박양한(朴亮漢)의『매옹한록(梅翁閑錄)』· 임방(任埅)의『천예록』· 서유영(徐有英)의『금계필담(錦溪筆談)』(1873)·『차산필담(此山筆談)』·『동패낙송』·『청야담수(靑野談藪)』의 7종을 싣고 있다.
107) 여러 이본 가운데 자료를 가장 많이 싣고 있는 연세대 도서관 소장 4책본은 총 637화가 수록되어 있다. 이하 김동욱 역,『국역 기문총화』(1~5권), 아세아문화사, 1996년을 참조했다. 다음에 드는 내용은 참조한 책에 기재된 일화의 순번을 따라 그 번호만을 표시했다.

조상, 부모, 형제, 친구의 혼령이 출현하여 어려움을 돕거나 집안을 부탁하고, 아니면 아예 나타나서 집안을 돌보는 일화가 많다. 채 돌 지내지 않은 이항복이 우물가에 빠지려는 것을 조상 이제현이 유모의 잠을 깨워 구한 일(제595화), 병자호란 때 김자점의 꿈에 남두병의 아버지가 나타나 아들의 척후장 임무를 바꿔 달라고 해서 그렇게 하여 남두병이 살아난 일(제42화), 저승 관리가 된 신경연이 친구에게 집에 전해달라며 옥관자와 보검자루를 주어 그것으로 가족이 가난에서 벗어난 일(제428화), 하응림과 임광의 혼령이 친구나 아들에게 나타나 집안을 부탁하는 일(제72화), 이경류의 혼령이 형에게 나타나 집안일을 돕는 일(제71화) 등이다.[108] 이 다수 혼령담의 수집은 편자의 취향에도 부합했겠으나 주변에서 일어날 법한 이야기이기도 하여 회자되었을 것이다.

다음은 이인(異人)에 관한 일화도 많다. 북창 정염(1506~1549)에 관한 일화(제187화)를 하나 들어보겠다. 정염의 친구가 병이 위중하자 친구 아버지는 정염이 신이한 인물임을 알고 아들의 수명을 구하는 방법을 알려달라고 애원했다. 정염은 자기 목숨 10년을 담보로 밤에 삼경 지나 남산 꼭대기에 가면 홍의의 스님과 흑의의 스님이 있을 테니 그들에게 아들의 목숨을 애걸하고 아무리 쫓아내어도 계속 애걸하라고 했다.

---

108) 그밖에도 이서의 죽은 아버지가 꿈에 나타나 이서를 걷어차며 빨리 앞의 강을 건너라고 하여 허겁지겁 강을 건넜기 때문에 전염병으로 마을 사람 모두 죽었으나 혼자 구제된 일(제514화), 죽은 박소립이 친구에게 나타나서 그의 집에 전해달라며 구슬 세 개를 주었는데 박소립의 딸은 그것으로 무사히 혼수 장만을 할 수 있었던 일(제630화), 홍경렴이 절개를 지킨 병마절도사를 위해 지은 사당이 허물어진 것을 보고 다시 세워주자 그 혼령들이 홍경렴 자손들의 부귀영화를 약속한 일(제175화), 성천의 기생 득옥이 인평대군의 처남인 오정일의 처에게 모함당하여 인평대군의 부인에게 맞아 죽은 후 인평대군과 부인을 죽음으로 몰아넣은 일(제374화) 등의 이야기가 있다.

친구 아버지가 그렇게 했더니 두 스님이 소매 속에서 책을 꺼내 뭔가를 쓰고는 정염에게 천기를 누설하지 말라고 전하라 하고 사라졌다. 그 후 친구는 10년 지난 뒤에 죽고, 정염은 50세 지나서 죽었다. 홍의 스님은 남두성이고 흑의 스님은 북두성이었다는 일화이다. 인간의 수명을 관장한다는 남두성 · 북두성의 민간설화와 제반 방술에 뛰어난 정염의 신이한 행적이 합쳐져서 성립한 듯하다. 이로써 당시 천문 · 음양 · 술수(術數)로 알려진 실존 인물을 둘러싸고 다양한 이야기들이 오고 가고 했음을 엿볼 수 있다.

지괴의 내용으로 또한 몽조담(夢兆譚), 환생담, 신선담, 선계담, 명부담(冥府譚) 등도 다수 기록되어 있다. 이밖에 호기심을 자극하는 이야기를 두 편 들고자 한다. 하나는 『어우야담』에서 발췌한 것이라 밝힌 참판 김유(1420~?)의 일화(제371화)이다. 김유는 폐가에만 들어가면 사람들이 죽어 나가는 것을 이상히 여기고 그것을 싸게 사들여 그 진상을 살폈다. 그랬더니 흰옷을 입은 일곱 중이 나타나서는 대숲으로 사라지기에 파보니 아이만 한 은부처가 7구 들어있었다는 내용이다. 폐가에 괴이한 일이 일어나는 사건은 지괴문학에서는 자주 이용되는 패턴인데 흥미는 그 괴이한 일의 양상일 것이다. 여기서는 은부처 7구가 일으킨 희귀한 내용을 다루었다.

또 다른 하나는 죽어가는 권남(1416~1465)의 딸을 살리고 그 딸을 아내로 얻은 남이 장군(1441~1468)의 일화이다. 남이는 어릴 때 어느 재상의 계집종이 보자기를 들고 들어가는 것을 봤는데, 그 보자기 위에는 화장을 한 분면귀(粉面鬼)가 앉아있었다. 그런데 계집종이 들어가자 그 집의 아가씨가 갑자기 죽었다며 곡소리가 났다. 수상히 여기고 남이가 들어가자 분면귀는 달아나고 낭자는 살아났다. 남이가 그 집을 나오자 다시 낭자는 죽고 그래서 다시 들어가니 낭자는 살아났다. 상자에 든 것이 무엇인지를 물으니 홍시이며 낭자가 먹다가 기절했다고 했다. 남이는 목격한 분면귀를 이야기하고 딸을 약으로 소생시켰다는 내용이다 (제569화). 이것은 홍시귀신을 다룬 것으로 이전에 접해보지 못한 이색적인 지괴이다.

이상의 사례에서 지괴는 다채로운 모습으로 야담잡기의 구성 성분을 이루며 오락을 제공해주는 측면을 엿볼 수 있다. 다음은 신괴전기적 발전을 보이는 것을 확인할 차례인데, 두 자료를 들어 검증하기로 하겠다.

첫 번째 이야기는 판서 권적(權𥛚, 1675~1755)이 죽어 명부에 갔다가 되살아난, 말하자면 저승탐방담이다(제311화). 조선 전기의 『용천담적기』의 박생 일화와 비교될 자료인데 내용은 다음과 같다. 효성이 지극해 세상에 알려진 권적이 40세 때 죽어 집안사람들이 발상을 끝냈으나 가슴에 한 가닥 온기가 있어 염습을 미루고 있었다. 그러던 차에 권적이 소생하여 저승에 간 경험을 말했다. 권적이 귀졸에게 잡혀 저승에 가니 염라왕은 수원에 사는 불효자 권 아무개를 연산의 효자 권 아무개로 잘못 잡아 왔다고 하였다. 권적은 수명을 다하지 않아 잡혀 온 대가로 환생하기 전에 죽은 부모와의 상견을 간청하지만, 먼발치에서만 보는 것이 허락되어 안타깝게 바라본다. 권적은 또한 저승에서 일찍 요절한 두 자식을 만났는데 두 자식은 권적을 붙잡고 따라가려고 애걸하고, 이를 쳐다보는 권적의 비통함은 이루 말할 수 없다. 결국 권적은 자식의 환생을 애걸한 끝에 한 자식만 상주의 아전 김 아무개 집에 환생토록 허락받고 마음의 원통함을 품은 채 되살아나고, 효행의 정문이 내려지나 그 자신은 여든 살까지 자식 없이 김 아무개 집 아이를 그리워한다는 내용이다.

이같이 신괴전기에서 자주 이용되는 저승탐방의 소재를 도입해서 권적의 효행을 나타내고, 그와 더불어 이승과 저승의 갈림길에 피할 수 없는 육친 간 이별의 처절함을 실감 나게 담아내고 있다. 사건전달의 기록체인 지괴와 다르게 등장인물의 성격과 사건을 대화체를 섞어 아주 세밀하게 묘사했다. 이야기의 마지막에는 여느 야담잡기의 형식대로 편자의 평결이 붙어있는데 평결에서는 "이 일이 몹시 요사스럽고 허무맹랑하여 사실인지 아닌지 결론을 내리지 못하였다고 한다"[109]며 전문 형식으로 한마디 첨부하고 여운을 남길 뿐 편자 자신의 비평은 하지 않았다. 이점은 『용천담적기』의 박생 이야기에서 편자가 이야기의 허탄함을 분명히 밝히고, 또한 저승에서 엿들은 의원과 서자의 출세가 이승에서 그대로 실현되는 것을 꼬투리 잡아 장황하게 사회적 비판을 가하는 것과는 분명한 차이가 있다. 『기문총화』에서는 서사적 흥미를 고려한 배려일 것이다.

두 번째의 이야기는 어느 선비가 호색에 빠진 아내에게 죽임을 당한 남편의 원수를 갚아주고 그 은덕으로 과거에 급제했다는 일화이다(제205화). 이야기의 개요는 다음과 같다.

한 선비가 무예로 전업하여 연습을 마친 후 귀가하는 밤길에 가마를 타고 지나가는 소복 차림의 여인과 마주친다. 선비는 한눈에 반해 그녀의 뒤를 따라붙는다. 가마는 큰 저택으로 들어가서 선비는 그 집 뒷담으로 들어가 대나무 숲에 숨는다. 여인이 집안일을 끝내고 계집종을 물리고 자기의 방으로 돌아온다. 선비는 뛰어들 틈을 얻고자 엿보고 있는데 난데

---

109) 「且[此]事甚妖誕 而不[未]果云矣」 번역은 김동욱 역, 『국역 기문총화 2』, p.341을 따랐다.

없이 중이 나타나 여인의 방으로 들어가 음란한 행위를 자행한다. 두 사람은 여인이 낮에 죽은 남편의 산소에 갔다 온 이야기를 나누는데 슬픈 감회란 전혀 없다. 선비는 전후의 사정을 짐작하고 분개하여 활시위를 당겨 중의 정수리를 맞혔다. 당황한 여인이 중의 시체를 다락 위에 올리는 것을 보고 선비는 집으로 돌아온다. 그날 밤 선비의 꿈에 젊은 남자가 나타나서 자기가 공부하는 절의 주지와 아내가 눈이 맞아 자기를 죽였는데 이 억울함을 갚아주어 고맙다고 하고 자신의 시체는 어디에 묻혔는데 부모에게 알려주었으면 한다고 하고 사라진다. 그리하여 선비는 남자의 아버지에게 그간의 사정을 말하고, 못된 며느리는 시댁에서 쫓겨나고, 친정 아버지가 그 딸을 손수 죽여 모든 사건이 수습된다. 그러자 억울하게 죽은 남자의 혼령이 다시 선비에게 나타나서 감사의 표시로 과거시험의 답안을 알려주어서 선비는 장원했다.

여기서는 다수의 인물이 등장해 그들이 빚어내는 사건 여러 개가 얽히고설키면서 시간적 흐름에 따라 길게 진행되고 있다. 이야기의 후반부는 죽은 혼령의 활약이 중심을 이루고 있어 서대석은 이 일화를 혼령담으로 분류하였다. 전반부에서는 야담집에 간혹 보이는 중과 지체 높은 가문 여인 간의 호색을 다루었다. 이 호색의 현실담이 후반부에서는 혼령담으로 진행해 간 것이다. 여기서도 이야기의 마지막 부분에 평어가 붙었는데 편자의 말인 듯 "선비의 이름은 과거 때의 방을 찾아보면 누구인지 알 수 있으나, 미처 찾아보지 못하였다."[110] 하며 평어답지 않은 한마디로 얼버무리고 있다. 본문의 허구적 서사내용을 살리고자 야담의 형식에 맞춘 것에 불과하다.

---

110) 「其姓名考之科榜則 可知爲誰某 而未及考見」 번역은 김동욱 역, 『국역 기문총화 3』, p.115를 따랐다.

이렇듯 야담잡기에 유입된 괴기담이 조선 후기에는 현실적인 내용도 대폭 수용한 신괴전기적인 양상을 띠고 있는데, 문제는 이야기의 성숙도에도 불구하고 '신괴(神怪)'라는 강력한 구속력이 없는 야담집에 편입되는 데 그쳤다는 것이다.

6. 한일 지괴 · 신괴전기 비교의 전망

이상에서 한국의 지괴와 신괴전기의 전개를 살펴 왔다. 다음은 일본의 양상을 개략적으로나마 서술하고 비교의 전망을 가늠해보고자 한다.

지괴부터 살펴보면 일본 문학사에서 중세까지는 지괴 시대였다. 지괴는 처음에 『고지키(古事記)』(712년 성립)나 「이즈모노쿠니후도키(出雲國風土記)」(8세기) 같은 역사서나 지방지 등에 수용된 신화와 전설, 설화의 모습에서 찾을 수 있다.

헤이안 시대(平安時代, 794~1192)에 들어서는 불교설화집인 『니혼료이키(日本靈異記)』(9세기 초)가 엮어졌는데 포교를 목적으로 인과응보를 주제로 한 기이한 사건들이 수록되어 있다. 12세기 전반에 편찬된 설화집인 『곤자쿠 모노가타리슈(今昔物語集)』에서는 불교의 신비, 부처의 영험, 승려의 왕생, 법화경의 공덕 등을 드러내기 위해 지괴가 이용되었는데, 특이한 점은 권17에서 권31까지는 별도로 민간설화에서 수집된 괴담 · 기담이 수록된 점이다. 지괴가 종교 교의의 전달을 위한 수용에서 완전히 이탈한 것은 아니나 따로 분리된 형태로 수집된 것은 눈여겨볼 만하다.

또 이 시대에 독자적으로 지괴서(志怪書)가 출현해 있은 점도 주목된다. 그러한 작품에 9세기 후반에서 10세기 초반에 생존한 귀족 출신으로 학자이자 시인인 기노 하세오(紀長谷雄, 845~912)가 기록한 『기케카이이지쓰로쿠(紀家怪異實錄)』가 있었다. 기(紀)씨 집안을 둘러싼 괴이한 이야기를 모은 것인데 현재는 전하지 않는다. 이와 비슷한 시기에 한학자인 미요시 기요유키(三善淸行, 847~919)가 남긴 『젠케이키(善家異記)』도 같은 성격의 작품이지만 남아 있지 않고 그 일문(逸文) 5편이 『세이지요랴쿠(政事要略)』(1002년경)에 전한다. 12세기 초반에도 귀족 출신이며 학자인 오에노 마사후사(大江匡房, 1041~1111)가 항간에 전하는 괴담 · 기담을 기록한 『고비노키(狐媚記)』(1101)가 있었다. 마사후사는 그에 앞서 『혼초신센덴(本朝神仙傳)』을 엮기도 하였다.

중세(1192~1602)의 가마쿠라 · 무로마치 시대에는 독자적으로 출현한 지괴서는 발견되지 않고 이 시기에 성행한 설화집에 지괴가 수용되어 전해진다. 『우지슈이 모노가타리(宇治拾遺物語)』(1221년경)를 위시하여 『고콘초몬주(古今著聞集)』(1254), 『산고쿠덴키(三國伝記)』(15세기 전반) 등의 세속설화집 및 불교설화집에 다수 수용되었다. 특히 『고콘초몬주』에서는 '怪異部'가 따로 마련되어 괴이한 이야기만이 수록되었다. 『산고쿠덴키』는 대부분 불교설화로 인도 · 중국 · 일본의 인연담(因緣譚) · 보은담(報恩譚) · 고승(高僧)의 전기(傳記) 등이 채록되어 있다. 이들 설화집에 실린 지괴는 다음 시대에 유행하는 신괴전기에 많은 소재를 제공하였다.

일본의 근세, 에도(江戶) 시대(1603~1867)는 신괴전기가 유행한 시대이지만 그 와중에서도 지괴서가 엮어졌다. 에도 전기(前期)에는 중국의 사서(史書)나 지괴서(志怪書) 등에서 자료를 뽑아 번역한 『가이단젠쇼(怪談全書)』(1698년 간행), 불교의 색채가 강한 혼초코지인넨슈(本

朝故事因緣集)』(1689년 간행), 일본의 괴담 · 기담을 모은『야마토카이이키((大和怪異記)』(1708년 간행) 등이 출현했다. 중국 백화소설의 번안이 성행한 에도 후기에는『세이반카이단짓키(西播怪談實記)』(1754년 간행) 등이 나왔다.

요컨대 헤이안 시대부터 지괴서가 출현했는데 이때는 학자들의 개인적인 취향에 의해 엮어졌을 것으로 추정된다. 그런데 가마쿠라 · 무로마치 시대에서는 설화집이 유행함에 따라 지괴가 그쪽으로 편입되는 형태로 전해졌다. 이 시기는 특히 불교의 신비 및 인과응보의 이념을 드러내는 데 지괴가 많이 이용되었다. 한편 에도 시대에서는 신괴전기를 위시한 현실에서 소재를 가져온 대중소설이 유행한 가운데서도 지괴서는 독자들에게 흥미를 제공할 목적으로 엮어진 것이다.

다음은 신괴전기에 관해서 보면 일본에서 신괴전기의 맹아는 14~16세기 즈음에 유행한 단편 서사물(오토기조시御伽草子)이나,[111] 16세기경의 괴담 · 기담을 모은『기이조단슈(奇異雜談集)』에서 찾을 수 있다. 그러나 본격적인 전개는 에도 시대에 들어와서『오토기보코(伽婢子)』(68화, 1666년 간행)의 출현부터이다.『금오신화』의 영향을 받았다는 이 작품은 대부분 중국의 지괴 · 전기를 번안한 것이다. 이 작품이 간행되고 얼마 되지 않아 중국서의 번안에 맞서 일본의 민간에서 소재를 얻은『쇼코쿠햐쿠 모노가타리(諸國百物語)』(100화, 1677년 간행), 승려가 포교하며 설교한 이야기를 적은 형태인『잇큐쇼코쿠 모노가타리(一休諸國物語)』(77화, 1671년 간행)의 신괴전기집이 나왔다. 그 후 이 세 작

---

111) 이를테면 귀족의 처녀를 잡아간 오니(鬼)의 수령인 슈텐도지와 그를 퇴치하는 마나모토노 요리미쓰(源賴光)의 용맹을 다룬『슈텐도지(酒呑童子)』같은 작품이 있다.

품 각각의 서명을 딴 '오토기보코(御伽婢子)' 계통의 작품, '햐쿠모노가타리(百物語)' 계통의 작품, '쇼코쿠 모노가타리(諸國物語)' 계통의 작품들이 18세기 전반까지 쏟아져 나왔다. 물론 이들 이름을 따지 않은 신괴전기집도 창작되었다. 필자가 조사한 바로 이 네 계통의 작품은 30여 편을 훌쩍 넘는데 눈에 들어오지 않은 것과 미발굴된 것을 포함하면 그 수는 상당히 증가할 것이다. 17세기 중반에서 18세기 전반까지 신괴전기는 그야말로 성황기를 맞았다. 이 시기의 작품집들은 대부분 중국과 일본의 지괴 · 전기에서 자료를 얻어 번안하거나 소재를 얻어 재창작한 것이다. 『오토기보코』처럼 문예성이 뛰어난 작품도 있는가 하면 지괴적 냄새를 풍기는 작품들도 있다. 지괴적 냄새를 풍기는 작품들은 주로 가나조시(仮名草子)[112] 시대에 나온 작품들이며 우키요조시(浮世草子)[113] 시대가 되어서는 점차 길이의 편폭이 길어지고, 심지어는 성격이 다른 2, 3개의 이야기를 재단, 재구성하여 1편의 이야기를 엮은 고도한 수법도 빈번히 행해졌다. 독자에게 신기한 이야기를 제공하고자 흥미본위의 문학적 수법이 이용된 것이다. 사상적으로는 불교적 인과응보가 작품들의 밑바닥에 깔려있다. 이렇게 에도 전기(前期)의 신괴전기의 성행과 창작방법의 궁리를 거쳐 내용, 구성, 사상이 잘 조화된 신괴전기의 걸작인 『우게쓰 모노가타리(雨月物語)』(9화)가 1776년에 탄생하였다. 『금오신화』의 탄생에서 약 3세기 뒤의 일이었다.

그러나 일본의 신괴전기는 『우게쓰 모노가타리』가 탄생하기 이전에

---

112) 에도 시대 초기에 주로 가나(仮名)로 쓰인 읽을거리로 다음 시대의 우키요조시(浮世草子)인 『호색일대남(好色一代男)』(1682년 간행)이 출현하기 이전까지의 작품들을 일컫는다.

113) 『호색일대남(好色一代男)』이 출현한 시기부터 이후 오사카(大阪)와 교토(京都)를 중심으로 약 100년간 출판된 사실적인 풍속소설을 일컫는다.

이미 그 쇠퇴를 예보하고 있었다. 중국의 백화소설(白話小說)을 번안한 『고콘키단하나부사조시(古今奇談英草紙)』(9화)가 1749년에 간행되는 것을 출발로 하여 현실적인 기이한 이야기를 실은 희작(戲作)들이 나왔다. 이들은 신괴전기보다 편폭이 더욱 길고 구성이 치밀하며 다수 등장인물의 갈등과 우여곡절을 담은 단편집들이다. 신괴전기는 이러한 기담소설집에 자리를 양보하게 된 것이다.

이상에서 개략적으로 서술해온 일본의 지괴 · 신괴전기의 전개를 바탕으로 비교할 과제들을 전망해보고자 한다.

첫째, 이들 작품의 출현이 한국에서는 매우 저조한 것과 달리 일본에서는 성행한 요인은 무엇인가 하는 것이다. 한국에 현존하는 자료가 많지 않은 탓으로 돌리기에는 설명이 부족하다. 그 요인에는 현실적이며 합리적인 유교 이념이 강하게 뿌리내리고 있었던 한국 정치사회의 시대적인 상황이 밀접하게 관련하겠는데 그러나 그것만으로도 설명이 충분치 않다. 시각을 넓혀 괴이한 이야기를 즐기고 창작한 민족성과 작자층, 유행을 뒷받침한 출판문화의 확립 시기, 향유층인 서민층이 대두한 시기의 차이 등 다방면에 걸쳐 요인들이 있었을 것이다. 이들 요인을 고찰하면 양국의 문학사적 현상의 한 양상을 밝힐 수 있을 것이다.

둘째, 개별적인 작품의 비교 가능성도 열려 있다. 『오토기보코』와『우게쓰 모노가타리』를 『금오신화』와 비교하는 작업은 일찍부터 행해졌다. 『곤자쿠 모노가타리슈』와 『삼국유사』간의 설화 비교도 근래 차곡차곡 진행되고 있다. 이 작품들은 각 지역에서 비교적 알려진 것들인데, 본 책의 제7장과 제8장에서 분석된 『신오토기보코(新御伽婢子)』(총48화, 1683년 간행)나『다마스다레(多滿寸太禮)』(총27화, 1704년 간행)는 그렇지가 못하다. 그러나 이 두 작품은 일본 신괴전기의 창작방법의 한 양

상을 살필 수 있는 좋은 자료이고 나아가 일본의 민간에 전해지는 기이
한 이야기의 실상 등을 검토할 수 있는 과제들을 안고 있다. 이러한 미
개척의 작품을 발굴하여 비교하면 각자 자국 문학의 특징을 드러내고
비교문학연구의 활성화에도 기여하게 될 것이다.

셋째, 괴이한 소재를 사회문화사적 측면에서 비교하는 것이다. 저
승 · 지옥 · 용궁 · 선계 등을 다룬 이계탐방담, 뱀 · 여우 · 용 등의 동
식물의 변신담, 요괴담, 귀신담, 혼령담, 영험담 등 서로 유사한 화형(話
型)의 비교가 가능하다. 이들의 대비를 통해 양국의 종교 · 문화적 차이,
민족성의 차이, 괴이한 이야기에 대한 가치관의 차이 등이 천착될 수 있
다.[114]

넷째, 중국 문헌의 수용에 대한 비교이다. 두 나라의 지괴 · 신괴전기
의 형성발전에 있어 중국 서적의 영향을 언급하지 않을 수 없다. 『전등
신화』의 존재는 누차 지적되어 온 바이다. 지괴 · 전기문학의 집약본이
라고 할 『태평광기』도 영향의 측면에서는 빼놓을 수 없다. 이 책이 한 ·
일 문인에게 준 이로운 점은 이국 호기심에 대한 갈증의 해소, 무한한
소재의 제공, 다양한 수식 문장들의 시험, 서사 흥미의 제공 등 다 열거
할 수 없을 것이다. 그런데 흥미로운 것은 일본의 경우 『태평광기』에서
재료를 얻은 지괴서나 신괴전기집이 출현하여 근세 시대를 풍미하였으
나, 한국의 경우는 그 축약본인 『태평광기상절』 및 한글로 번역된 『태
평광기언해』까지 출판되었음에도 집약적으로 괴이한 소재를 수용, 번
안한 그러한 오락작품은 좀처럼 나타나지 않았다. 이러한 차이는 『태평

---

114) 이를테면 본고에서 다룬 '산속 이향'이나 '해양 이향'의 비교 같은 것이 그 사례가
될 것이다.

광기』를 바라본 문인들의 인식이 달랐기 때문일 것이다. 조선의 문인들은 무엇보다 괴이한 일은 자연 변화의 일부로 인식하였고 천하의 이치를 이해하기 위해 폭넓은 지식의 습득이 필요하여 『태평광기』를 읽었다. 지식의 습득은 곧 "天下之通儒"[115]가 되기 위한 것이었지, 창작의 소재를 구하기 위한 목적은 아니었다. 이에 반해 일본의 문인들은 그 허구의 오락성에 주목하고 창작의 소재를 찾으려고 애독한 것으로 추정된다. 이러한 중국 문헌 수용의 차이는 지괴 · 신괴전기의 역사적 전개의 차이를 낳은 중요한 요인이 되었을 것이다. 『태평광기』는 하나의 사례에 지나지 않고, 그 밖의 중국의 지괴 · 전기문학도 양국의 지역에 상당히 유입되었기에 어떠한 성격의 작품들이 선호되고 수용되었는지를 비교 고찰하면 지괴 · 신괴전기에 국한되지 않고 전기문학(傳奇文學)의 문학사적인 비교의 연구도 가능해질 것으로 본다.

---

115) 주 50을 참조.

참/고/문/헌

〈한국〉

- 강봉옥, 「濟州島의 民謠 五十首-맷돌 가는 여자들의 주고밧는 노래-」, 『개벽』, 제32호, 2월, 개벽사, 1923.

- 강산순, 「傳奇小說의 해체와 17세기 소설사적 전환의 성격」, 『어문논집』, 제36집, 민족어문학회, 1997.

- 康尚淑, 「韓日間『水滸傳』の受容をめぐって-上田秋成の「檜」と許筠の「洪吉童伝」を中心として-」, 건국대학교 교육대학원, 박사학위논문, 1983.

- 강은해, 『한국난타의 원형, 두두리 도깨비의 세계』, 예림기획, 2003.

- 강정화, 『지리산권 유산기 선집』, 커뮤니케이션브레인, 2008.

- 姜中卓, 「高麗史의 虎景說話 硏究」, 『語文論集』, 제18집, 중앙대학교 문리과대학 국어국문학과, 1984.

- 강철, 『濟州道 蛇神說話의 特性研究-本土 蛇神說話와의 比較』, 제주대학교 대학원 석사학위논문, 2010.

- 金乾坤, 「「新羅殊異傳」의 作者와 著作背景」, 『정신문화연구』, 제11집, 한국학중앙연구원, 1988.

- 『국역매월당집 I』, 세종대왕기념사업회, 1977.

- 김경미, 「15세기 문인들의 '奇異'에 대한 인식-『太平廣記詳節』 · 『太平通載』의 편찬 · 간행과 관련하여-」, 『韓國古典研究』, 제5집, 한국고전연구학회, 1999.

- 김경미, 「19세기 소설사의 쟁점과 전망」, 『한국고전연구』, 23집, 한

국고전연구학회, 2011.

- 김기동,『이조시대소설사』, 精研社, 1959.

- _____,「李朝前期小說의 硏究」,『韓國學硏究』, 제1집, 동국대학교 한국학연구소, 1976.

- 金光淳,「「花史」의 作者 再攷」,『국문학』, 제14호, 한국어문학회, 1966.

- _____,「擬人小說硏究-李朝 擬人小說의 性格을 中心으로-」, 경북 대학교 대학원 박사학위논문, 1964.

- _____,『韓國擬人小說硏究』, 새문사, 1987.

- 김대식,「전등신화 금오신화 가비자의 비교연구」,『학술논총』, 제3 집, 한국교육재단, 1995.

- 김대현,「17世紀 小說史의 한 硏究-傳奇小說의 變形樣相과 長篇化 의 過程-」, 성균관대학교 박사학위논문, 1993.

- 金東旭 校註,『삼설기』,『短篇小說選』, 민중서관, 1976.

- 김동욱,「천예록 연구」,『비교어문학』, 제5집, 비교어문학회, 1994.

- _____,「『天倪錄』의「評曰」을 통해 본 任埅의 思想」,『語文學硏 究』, 제3집, 상명대학교 어문학연구소, 1995.

- _____ 역,『국역 기문총화』(1~5권), 아세아문화사, 1996.

- _____ 옮김,『국역 학산학언 1』, 보고사, 2006.

- _____,「中世期 이야기 번역·번안의 제양상과 그 의미」,『泮橋語 文硏究』, 제22집, 반교어문학회, 2007.

- 金烈圭,「高麗史 世家에 나타난 '神聖王權'의 意識」,『震檀學報』, 제 40호, 진단학회, 1975.

- 김영돈,『濟州道民謠硏究 上』, 일조각, 1965.

- 김영진, 「조선후기 사대부의 야담 창작과 향유의 일양상」, 『어문논집』 37-1, 안암어문학회, 1998.
- 김영철, 「「紫女」의 방법考-「만포사저포기」와의 관련 가능성-」, 『韓國學論集』, 제20집, 한양대학교 한국학연구소, 1992.
- 김원중 옮김, 『삼국유사』, 민음사, 2007.
- 김인규, 「金鰲神話와 雨月物語의 比較研究-『李生窺墻傳』과 「淺茅が宿」(잡초의 무덤)을 중심으로-」, 『김봉택교수정년기념 日本學論叢』, 博而精, 1999.
- 김인숙, 「韓日文學의 比較研究-金笠과 松尾芭蕉의 詩世界를 中心으로-」, 『三陟産業大論文集』, 제25집, 삼척산업대학, 1992.
- 金一根, 「朴趾源과 平賀源內의 비교연구」, 『조선학보』, 제26호, 1963.
- 김일렬, 「《殊異傳》의 성격과 그 소설사적 맥락」, 『古小說史의 諸問題』, 집문당, 1993.
- 김장환, 「『太平廣記詳節』편찬의 시대적 의미」, 『中國小說論叢』, 제23집, 한국중국소설학회, 2006.
- 金長煥 · 朴在淵 · 李來宗 譯註, 『太平廣記詳節』, 학고방, 2005.
- 김정녀, 「朝鮮後期 夢遊錄의 展開 樣相과 小說史的 位相」, 고려대학교 박사학위논문, 2002.
- 김정숙, 「한 · 중 · 일 文言短篇集 속 요괴와 귀신의 존재양상과 귀신담론-「天倪錄」, 「聊齋志異」, 「夜窓鬼談」을 대상으로-」, 『大東漢文學』, 제28집, 대동한문학회, 2008.
- 金埈亨, 「『天倪錄』原形再構와 享有樣相 一考」, 『한국한문학연구』, 제37집, 한국한문학회, 2006.

- _____,「최민열본『天倪錄』의 국역 양상」,『大東漢文學』, 제27집, 대동한문학회, 2007.

- _____,「紀聞叢話의 前代文獻의 受容樣相」,『한국문학논총』, 제26집, 한국문학회, 2000.

- 김종대,「도깨비방망이얻기의 構造와 結末處理樣相」,『한국민속학』, 제24집, 한국민속학회, 1991.

- _____,『한국의 도깨비연구』, 국학자료원, 1994.

- 김종철,「고려 傳奇小說의 발생과 그 행방에 대한 再論」,『어문연구』, 제26집, 어문연구학회, 1995.

- 김찬순 옮김,『해유록』, 도서출판 보리, 2006.

- 김창룡,『韓中假傳文學의 研究』, 개문사, 1985.

- 김태곤,「민간신앙 속의 호랑이」,『한국 민속문화의 탐구』, 국립민속박물관, 1996.

- 金台俊,『朝鮮小說史』, 學藝社, 1939.

- 김태준,「靑鶴洞傳說과 神仙思想」,『明大論文集』, 명지대학교, 1976.

- _____ 著·박희병 校注,『교주 증보조선소설사』, 한길사, 1990.

- _____,「日東紀遊와 西遊見聞-서두름과 지리함의 비교 문화론」,『比較文學』, 제16집, 한국비교문학회, 1991.

- 김현룡,『韓中小說說話比較研究』, 일지사, 1976.

- _____,『신선과 국문학』, 평민사, 1979.

- _____,「최고운전의 형성 시기와 출생담 고찰」,『고소설연구』, 제4집, 한국고소설학회, 1998.

- 김혈조 옮김,『열하일기 3』, 돌베개, 2015.

• 김형석, 「〈大觀齋夢遊錄〉에 반영된 沈義의 現實認識 硏究」, 『한남어문학』, 한남대학교 한남어문학회, 2003.

• 김호연, 「민화에 보이는 호랑이」, 『한국 민속문화의 탐구』, 국립민속박물관, 1996.

• 김효민, 「생명의 심상공간-무릉도원과 그 변주」, 『중국어문학논집』, 제34호, 중국어문학연구회, 2005.

• 나경민, 「『天倪錄』과 任堕의 野談編纂意識」, 성균관대학교 석사학위논문, 2004.

• 남만성 역주, 『지봉유설』, 을유문화사, 2001. 한국의 지식콘텐츠(KRpia)가 제공하는 학술 DB를 참조.

• 류준경, 「〈金現感虎〉를 통해 본 전기소설의 형성과정과 그 특징」, 『古小說硏究』, 제30집, 한국고소설학회, 2010.

• 文璇奎 譯, 『花史』, 國學叢書5, 통문관, 1964.

• 朴斗抱, 「民族英雄 東明王說話考-舊三國史 東明王本紀를 資料로-」, 『國文學硏究』, 제1집, 효성여자대학교 국어국문학연구실, 1968.

• 朴斗抱 譯, 『東明王篇 · 帝王韻紀』, 을유문화사, 1974.

• 박연숙, 『한국과 일본의 계모설화 비교 연구』, 민속원, 2010.

• _____, 『한 · 일 주보설화 비교 연구』, 민속원, 2017.

• _____, 「한 · 일 문학에 나타난 이상향(理想鄕)의식 연구-청학동과 가쿠레자토(隱れ里)를 중심으로-」, 『일본어문학』, 84집, 일본어문학회, 2019.

• 소재영, 「고전소설의 동굴 모티프」, 『文學과 批評』, 87년 가을, 문학과비평사, 1987.

- 손찬식,「「靑鶴洞」詩에 表象된 神仙思想」,『인문학연구』, 86호, 충남대학교 인문과학연구소, 2012.

- 박용식·소재영 공편,『한국야담사화집성』, 泰東, 1989.

- 박일용,「〈최고운전〉의 창작시기와 초기본의 특징」,『고소설연구』, 제29집, 한국고소설학회, 2010.

- 朴昌基,「朝鮮時代 通信使와 일본 荻生徂徠門의 문학 교류 - 1711년 使行時의 交流를 중심으로-」,『日本學報』, 27집, 한국일본학회, 1991.

- 朴贊基,『조선통신사와 일본근세문학』, 보고사, 2001.

- 朴熙秉,「朝鮮後期 野談系 漢文短篇小說 樣式의 成立」,『韓國學報』, 7-1, 일지사, 1981.

- 박희병,『韓國傳奇小說의 美學』, 돌베개, 1997.

- 史在東,「「東明王篇」의 戲曲的 性格」,『공동문화연구』, 제1집, 2000.

- 徐居正 原著, 成百曉 譯註,『四佳名著選 東人詩話·筆苑雜記·滑稽傳』, 이회문화사, 2000.

- 서대석,『朝鮮朝文獻說話輯要』(Ⅰ·Ⅱ), 집문당, 1991.

- 成耆說,『韓日民譚의 比較研究-變異 樣相을 中心으로-』, 一潮閣, 1979.

- 成任編, 李來宗·朴在淵,『태평통재』, 학고방, 2009.

- 蘇在英,「白湖林悌論」,『민족문화연구』, 제8호, 고려대학교 민족문화연구소, 1974.

- _____,「異類交媾 說話」,『韓國說話文學研究』, 숭전대학교 출판부, 1984.

- _____,「필사본 한문소설『花夢集』에 대하여」,『민족문화연구』, 제

35호, 고려대학교 민족문화연구원, 2001.

• 소인호, 「저승체험담의 서사문학적 전개-초기소설과의 관련 양상을 중심으로」, 『우리文學硏究』, 제27집, 우리문학회, 2009.

• _____, 「17세기 고전소설의 저작 유통과 『화몽집』의 소설사적 위상」, 『古小說硏究』, 제21집, 한국고소설학회, 2006.

• 손병국, 「『酉陽雜俎』의 形成과 受容 樣相」, 『한국어문학연구』, 제41집, 한국어문학연구학회, 2003.

• 孫晋泰, 『韓國民族說話의 硏究』, 을유문화사, 1947.

• _____, 「朝鮮民譚集」, 『孫晉泰先生全集 三』, 三文社, 1932.

• 신광한 지음·박헌순 옮김, 『기재기이』, 범우사, 2008.

• 신숙주 저·이을호 역, 『海東諸國記·看羊錄』, 양우당, 1998.

• 신해진 편역, 『조선후기 몽유록』, 역락, 2008.

• 신호열 역해, 『삼국사기』, 동서문화사, 2007.

• 심경호 옮김, 『매월당 김시습 금오신화』, 홍익출판사, 2005.

• 申斗連, 「李朝「擬人小說」硏究-「花史系小說」을 中心으로-」, 동아대학교 석사학위논문, 1975.

• 신두헌, 「傳奇小說『剪燈新話』·『金鰲新話』と『雨月物語』」, 『祥明女大論文集』, 제21집, 상명여자대학교, 1988.

• 신익철, 「『어우야담』의 서사방식과 초기 야담집으로서의 특성」, 『정신문화연구』, 제33권 제3호(통권120호), 한국학중앙연구원, 2010.

• 신희경, 「『三說記』에 나타난 異界 양상 연구」, 『돈암어문학』, 제16집, 돈암어문학회, 2003.

• 신희경, 「『三說記』 연구」, 성신여자대학교 박사학위논문, 2010.

• 안길환 역, 『世說新語』, 명문당, 2006.

• 安炳國, 「太平廣記의 移入과 影響」, 『溫知論叢』, 제6집, 온지학회, 2000.

• 양승민, 「17세기 傳奇小說의 통속화 경향과 그 소설사적 의미」, 고려대학교 박사학위논문, 2003.

• 양언석, 「夢遊錄 小說의 硏究-大觀齋의 「記夢」을 中心으로-」, 『국어국문학』, 제113권, 1995.

• 양언석, 『夢遊錄小說의 敍述類型 硏究』, 국학자료원, 1996.

• 엄태식, 「한국 고전소설의 『전등신화』 수용연구-전기소설과 몽유록을 중심으로-」, 『동방학지』, 167권0호, 연세대학교 국학연구원, 2014.

• 『譯註高麗史』, 동아대학교 고전연구실, 대학사, 1987.

• 『용천담적기』, 『국역 대동야승』, 제13권.

• 유재건 지음 · 이우성 외 2인, 『이향견문록』, 글항아리, 2008.

• 유재영 역, 『破閑集』, 일지사, 1978.

•   역, 『보한집』, 원광대학교 출판국, 1995

• 유종국, 『몽유록소설연구』, 아세아문화사, 1987.

• 유옥희, 「孤山尹仙道와 松尾芭蕉의 自然觀의 比較硏究」, 『經營經濟』, 제29집, 계명대학교 산업경영연구소, 1996.

• 윤경수, 「단군신화의 광명상징과 고전문학에의 수용양상에 관한 연구-동굴모티프와 고소설을 중심으로-」, 『반교어문연구』, 8권0호, 반교어문학회, 1997.

• 윤재민, 「조선(朝鮮) 후기(後期) 전기소설(傳奇小說)의 향방(向方)」, 『민족문학사연구』, 제15집, 민족문학사학회, 1999.

- 윤주필, 「林悌 · 權鞸의 방외인문학 사조와 초기 소설사의 행방」, 『古小說史의 諸問題』, 省吾蘇在英敎授還曆記念論叢刊行委員會編, 집문당, 1993.
- 오대혁, 「나말여초 傳奇小說의 형성 문제-불교계 전기소설을 중심으로」, 『한국어문학연구』, 제46집, 한국어문학연구학회, 2006.
- 이강엽, 「『삼설기』의 토의구조와 그 소설문학적 성과 및 한계」, 『국어국문학』, 제116권, 국어국문학회, 1996.
- 이강옥, 「천예록의 야담사적 연구-서술방식과 서사의식을 중심으로-」, 『구비문학연구』, 제14집, 한국구비문학회, 2002.
- 李家源, 「『花史』의 作者에 對한 小攷」, 『成均』, 통권11호, 집문당, 1960.
- 李劍國 · 崔桓, 『新羅殊異傳 輯校와 譯註』, 영남대학교출판부, 1998.
- 이래종 · 박재연 공편, 『태평통재(太平通載)』, 학고방, 2009.
- 이래종, 「『太平通載』 一攷」, 『대동한문학』, 제16집, 대동한문학회, 1994.
- 이범교 역해, 『三國遺事의 綜合的 解釋』上-下, 민족사, 2005.
- 이복규, 『설공찬전-주석과 관련자료』, 시인사, 1997.
- 이복규, 『설공찬전 연구』, 박이정, 2003.
- 이상보 주해, 『보한집』, 범우사, 2001.
- 이상복, 「『伽婢子』研究-『金鰲新話』와의 關聯性을 中心으로-」, 경남대학교 교육대학원, 석사학위논문, 1993.
- 이석호 역주, 『韓國奇人傳 · 靑鶴集』, 명문당, 1990.
- 이수자, 『한국설화문학의 공간 연구』, 이화여자대학교 대학원 석사

학위논문, 1981.

- 이승은, 「「天倪錄」 소재 奇異談의 양상과 의미」, 고려대학교 석사학위논문, 2009.

- 李愼成, 『天倪錄硏究』, 보고사, 1994.

- 이월영 역주, 『보유편 어유야담』, 한국문화사, 2001.

- 이윤석, 「『삼설기』 성격에 대하여-「삼사횡입황천기」와 송서 「삼설기」 비교를 중심으로-」, 『열상고전연구』, 제14집, 열상고전연구회, 2001.

- 이익성 역, 『택리지』, 을유문화사, 2012. 한국의 지식콘텐츠(KRpia)가 제공하는 학술 DB를 참조.

- 李在秀, 「朱蒙說話(東明王篇)論考」, 『論文集』, 제8집, 경북대학교, 1964.

- 이제현 저 · 남만성 역, 『역옹패설』, 을유문화사, 2005.

- 이주영, 「〈삼설기〉 소재 작품의 구성 방식과 지향」, 『古小說硏究』, 제8집, 한국고소설학회, 1999.

- 이창헌, 「단편소설집 〈삼설기(三說記)〉의 판본에 대한 일 고찰」, 『冠嶽語文硏究』, 제20집, 서울대학교 국어국문학과, 1995.

- 인권환, 「「心火繞塔」 설화(說話) 고(攷)-인도(印度) 설화(說話)의 한국적(韓國的) 전개(展開)」, 『국어국문학』, 제41권, 1968.

- 임방, 〈수촌집〉, 한국문집총간 149, 민족문화추진회, 1995.

- 임석재, 『임석재전집 한국구전설화』, 전12권, 평민사, 1987~1993.

- 임형택, 「18,19세기 이야기꾼과 소설의 발달」, 『한국학논집』 2, 계명대 한국학연구소, 1975.

- _____, 「羅末麗初의 '傳奇' 文學」, 『韓國漢文學硏究』, 제5집, 한국

한문학연구회, 1980~1981.

- ＿＿＿, 「白湖 林悌의 年譜」, 『韓國漢文學과 儒敎文化』, 아세아문화
  사, 1991.
- 장환·이민숙 외 옮김, 『태평광기』, 학고방, 2004.
- 정학성 역주, 『17세기 한문소설집』, 삼경문화사, 2000.
- 정환국, 『교감역주 천예록』, 성균관대학교 출판부, 2006.
- 조동일, 『한국문학통사』, 지식산업사, 2005.
- 曺喜雄, 『고전소설 연구자료 총서 Ⅰ 古典小說異本目錄』, 집문당,
  1999.
- 張庚男, 「壬·丙 兩亂과 17세기 小說史」, 『우리문학연구』, 제21집,
  우리문학회, 2007.
- 張庚鶴, 「放浪詩人金笠と俳人芭蕉」, 『日本學』, 제13집, 동국대학교
  일본학연구소, 1994.
- 張德順, 「英雄敍事詩「東明王」」, 『人文科學』, 제5집, 연세대학교인문
  과학연구소, 1980.
- ＿＿＿, 『한국설화문학연구』, 서울대학교출판부, 제8쇄 발행, 2001.
- 장연호, 「『太平廣記』의 한국 傳來와 影響」, 『한국문학논총』, 제39
  집, 한국문학회, 2005.
- 장정석, 「初期 夢遊錄系 小說 考察: 元生夢遊錄과 大觀齋夢遊錄을
  中心으로」, 인하대학교 석사학위논문, 1986.
- 전준이, 「『삼설기』의 체재와 유가담론」, 『泮橋語文硏究』, 제14집,
  반교어문학회, 2002.
- 정규복, 「「申屠澄」說話 攷」, 『동산신태식박사고희기념논총』, 1979.
- 정명기, 「野談의 變異樣相과 意味硏究」, 연세대학교 박사학위논문,

1988.

- 정범진, 『中國文學史』, 학연사, 1994.

- 정용수, 「임방의 문학론 연구」, 『東洋漢文學硏究』, 제12집, 동양한 문학회, 1998.

- 정용수, 「『천예록』 이본자료들의 성격과 화수 문제」, 『漢文學報』, 제7집, 우리한문학회, 2002.

- 정진희, 『오키나와 옛이야기』, 보고사, 2013.

- 정출헌, 「16세기 서사문학사의 지평과 그 미학적 층위」, 『韓國民族 文化』, 제26집, 부산대학교 한국민족문화연구소, 2005.

- 鄭學城, 「花史」, 金鎭世篇 『韓國古典小說作品論』, 집문당, 1990.

- 齊裕焜著 · 李騰淵譯, 「『中國古代小說演變史』-第1章 志怪 · 傳 奇小說 槪要-」, 『中國小說研究會報』, 제18호, 한국중국소설학회, 1994.

- 曺壽鶴, 「花史에 미치는 花王戒의 影響 與否」, 『국어국문학연구』, 제14집, 영남대학교국어국문학회, 1972.

- _____, 「최치원전의 소설성」, 『한민족어문학』, 제2집, 한민족어문 학회, 1975.

- 조현설, 「형식과 이데올로기의 불화 16세기 몽유록의 생성과 전 개」, 『민족문학사연구』, 제25집, 민족문학사학회, 2004.

- 지준모, 「전기소설의 효시는 신라에 있다」, 『어문학』, 통권 제32호, 한국어문학회, 1975.

- _____, 「〈〈新羅殊異傳〉〉 연구」, 『어문학』, 제35집, 한국어문학회, 1976.

- 진성기, 「산방덕(山房德)」, 『제주도 전설』, 백록, 1993.

- _____,「제주도 뱀신앙」,『한국문화인류학』, 10집, 한국문화인류학회, 1978.
- 진재교,「『天倪錄』의 作者와 著作年代」,『서지학보』, 제17호, 한국서지학회, 1996.
- _____,「『雜記古談』의 著作年代와 作者에 대하여」,『계간서학보』, 제12호, 한국서지학회, 1994.
- 차남희,「16·17세기 주자학적 귀신관과『천예록』의 귀신관: 정통과 이단」,『한국정치학회보』, 제40집 제2호, 2006.
- 車溶柱,「金現感虎說話硏究」,『古小說論攷』, 계명대학교출판부, 1985.
- 『청파극담』,『국역 대동야승』, 제6권.
- 최석기 외,『선인들의 지리산 유람록』, 돌베개, 2007.
- 최용근,「제주 협재굴과 쌍용굴」『동굴을 찾아서』, 한림미디어, 1999.
- 최웅,『주해 청구야담 Ⅱ』, 국학자료원, 1996.
- _____,『주해 청구야담 Ⅲ』, 국학자료원, 1996.
- 최운식,「『三說記』의 說話的 背景과 漢文短篇과의 관계」,『서경대학교논문집』, 제7집, 1979.
- 최웅권 외2인,『17세기 한문소설집『화몽집』교주』, 소명, 2009.
- 최원석,「한국 이상향의 성격과 공간적 특징-청학동의 사례로」,『대한지리학회지』, 제44권 제6호, 대한지리학회, 2009.
- 최인학,「설화 속의 호랑이」,『한국 민속문화의 탐구』, 국립민속박물관, 1996.
- 최창록,『한국도교문학사』, 국학자료원, 1997.

- 탁명환, 「濟州 蛇神信仰에 對한 小考-兎山堂 뱀信仰을 中心으로-」, 『한국문화인류학』, 10집, 한국문화인류학회, 1978.
- 『패관잡기』, 『국역 대동야승』, 제4권.
- 『한국구비문학대계』, 전82권, 한국정신문화연구원, 1980~1988.
- 한국도교문학회 편, 『도교문학연구』, 푸른사상, 2001.
- 한석수 역주, 『夢遊小說』, 개신, 2003.
- _____, 『최치원 전승연구』, 계명문화사, 1989.
- 한영환, 『한·중·일 소설의 비교 연구』, 정음사, 1985.
- 許永美, 『補閑集의 문학적 성격』, 경북대학교 석사학위논문, 1982.
- 허원기, 「한국 호랑이 이야기의 현황과 유형」, 『동화와 번역』, 제5집, 건국대학교 동화와번역연구소, 2003.
- 현용준, 『제주도전설』, 서문당, 1976.
- _____, 「고대 한국민족의 해양타계관」, 『巫俗神話와 文獻神話』, 집문당, 1992.
- 현용준·현승환, 「濟州道 뱀神話와 信仰 硏究」, 『탐라문화』, 15집, 제주대학교 탐라문화연구소, 1995.
- 洪仁惠, 「韓國植物擬人小說硏究」, 고려대학교 석사학위논문, 1977.
- 황패강, 「韓國民族說話와 호랑이」, 『民族文學硏究』, 정음사, 1981.

〈일본〉
- 麻生磯次·富士昭雄 譯注, 「好色一代男」, 『對譯 西鶴全集1』, 明治書院, 1983.
- 淺見徹, 『玉手箱と打出の小槌　昔話の古層をさぐる』, 『中公親書708』, 中央公論社, 1983.

- 荒竹淸光,「新「常世」考-常世神の分布と考古學的知見を通して-」,『古代の日本と渡來の文化』,明石書店, 2004.
- 市古貞次校注,『御伽草子』,「一寸法師」,日本古典文學大系 38,岩波書店, 1988.
- 稲田浩二 · 小澤俊夫,『日本昔話通觀』,同朋舍, 1977~1998.
- 乾克己 외 5인,『日本傳奇傳說大事典』,角川書店, 1992.
- 今村与志雄 譯注,『酉陽雜俎』,『東洋文庫 404』,平凡社, 1981.
- 今村鞆,「虎に關する古文獻拔萃」,『朝鮮』,第272號,朝鮮總督府發行, 1938.
- 『因果物語』,『古典文庫』,第185冊, 1971.
- 植垣節也 校注 · 譯,『風土記 新編日本古典文學全集5』,小學館, 1998.
- 『宇津保物語』,日本古典文學大系10,岩波書店, 1977.
- 王建康,「近世怪異說話における隱里, 仙人と中國道敎」,『第十七回國際日本文學硏究集會會議錄』, 51-61, 文部省國文學硏究資料館, 1994.
- 大谷森繁,「『天倪錄』解題」,『朝鮮學報』,第九十一輯.
- 大星光史,『日本文學と老莊神仙思想の硏究』,櫻楓社, 1990.
- 小川武彦,『靑木鷺水集 別卷 硏究篇』,ゆまに書房, 1991.
- _____,『新玉櫛笥』,『靑木鷺水集 別卷 硏究篇』,ゆまに書房, 1991.
- _____,『和漢故事要言』,『靑木鷺水集 別卷 硏究篇』,ゆまに書房, 1991.
- 折口信夫,「國文學の發生(第四稿) 唱導的方面を中心として」,『折

口信夫全集 第一卷　古代硏究(國文學篇)』, 中央公論社, 1965.

• _____, 「古代生活の硏究(常世の國)『折口信夫全集　第二卷 古代硏究(民俗學篇1)』, 中央公論社, 1965.

• 神谷勝廣, 「鷺水の浮世草子と中國說話」, 『國語國文』, 62-1, 1993.

• _____, 「近世における中國故事の伝播—淺井了意編『新語園』を通じて—」, 『江戶文學』, 14號, へりかん社, 1995.

• _____, 「西鶴と了意編『新語園』」, 『武藏野文學』, 43號, 1995.

• 狩俣惠一, 「南島說話と他界觀—八重山諸島における幼な子とニライカナイ—」, 『日本文學の傳統』, 三彌井書店, 1993.

• 『闕秘錄』, 『日本隨筆大成』, 第三期, 第10卷, 吉川弘文館, 1977.

• 木越治, 「『玉すだれ』をめぐって」, 『日本文學』, 31—7號, 日本文學協會, 1982.

• _____ 校訂, 『多滿寸太禮』, 『叢書江戶文庫34　浮世草子怪談集』, 國書刊行會, 1994.

• 喜多村信節, 『筠庭雜錄』, 『日本隨筆大成』, 第二期, 第7卷, 吉川弘文館, 1974.

• 金一根, 「(公開講義)十八世紀風刺文學の韓日對比考察—朴趾源と平賀源內を中心に—」, 『國際日本文學硏究集會會錄』, 7, 國際日本文學硏究集會會議錄, 1984.

• 『行基菩薩傳』, 續群書類從, 卷二百四, 傳部十五下, 太洋社, 1927.

• 『京都　乙訓・山城の伝說』, 京都新聞社出版社, 1977.

• クライナーヨーゼフ, 「南西諸島における神觀念,他界觀の一考察」, 『南西諸島における神觀念』, 未來社, 1977.

• 『廣辭類苑』, 宗敎部 四十八, 宝積寺.

- 國史大辭典編集委員會, 『國史大辭典 15 上』, 吉川弘文館, 1996.
- 國書刊行會編, 『德川文藝類聚第四』, 「御假厚化粧」, 國書刊行會第一工場, 1915.
- 『今昔物語集』, 新古典文學大系 36, 岩波書店, 2001.
- 西鄕信綱, 『古事記注釋(第一卷)』, 平凡社, 1975.
- 山東京伝, 『骨董集』, 『日本隨筆大成』, 第一期, 第15卷, 吉川弘文館, 1974.
- 『新語園』, 『古典文庫』, 第420冊, 1981.
- 下出積與, 『道敎と日本人』, 講談社, 1975.
- 『拾遺御伽婢子』, 『德川文藝類聚第四』, 國書刊行會, 1915.
- 小學館 編, 『日本大百科全書 12』, 小學館, 1986.
- 關敬吾, 『日本昔話大成』, (東京)角川書店, 1978~1982.
- _____, 『日本昔話大成4』, 角川書店, 1978.
- 高木敏雄, 『日本神話傳說の硏究』, 荻原星文舘, 1934.
- _____, 「日鮮神話傳說の硏究」, 柳原書店, 1943.
- 高橋亨, 「濟州島の民謠」, 寶蓮閣, 1974.
- 高橋六二, 『日本傳奇傳說大事典』, 角川書店, 1986.
- 瀧澤馬琴, 『燕石雜志』, 日本隨筆大成 第二期, 第19卷, 吉川弘文館, 1974.
- 辰巳和弘, 「龍もり」と「再生」の洞穴」, 『「黃泉の國」の考古學』, 講談社現代新書, 1996.
- 田中於菟弥 譯, 『鸚鵡七十話』, 東洋文庫 3, 平凡社, 1974.
- 知里眞志保, 「あの世の入口-いわゆる地獄穴について」, 『和人は舟を食う』, 北海道出版企畵センター, 2000.

- 次田眞幸,「第一章「常夜」と「常世」」『日本神話の構成と成立』,明治書院, 1985.
- 当麻晴仁,「『新御伽婢子』考-片仮名本『因果物語』との關係-」,『靑山語文』, 22號, 1992.
- 利賀村史編纂委員會 編,『利賀村史 卷二(近世) 和賀村(富山縣)』,利賀村史編纂委員會, 1999.
- 鳥越憲三郎,『琉球宗敎史の硏究』,角川書店, 1965.
- 長澤規矩也,『和刻本漢籍分類目錄』,汲古書院., 1986.
- 中島悅次,「宇治拾遺物語「鬼に瘤取らるる事」について」,『跡見學園女子大學紀要』, 4 号, 1971.
- 中村幸彦,「太平廣記」,『日本古典文學大辭典』, 第四卷, 岩波書店, 1984.
- 日本國語大辭典 第二版 編集委員會,『日本國語大辭典 第二版』(第9卷), 小學館, 2001.
- 日本史大事典編集委員會,『日本史大事典 第三卷』,平凡社, 1995.
- 日本隨筆大成編輯部,『雲萍雜志』, 日本隨筆大成(第二期第四卷),吉川弘文館, 1974.
- 日本傳說叢書刊行會 編,『日本傳說叢書 伊豆の卷』,秀英舍, 1917.
- 日本名著全集刊行會 編,『伽婢子』, 日本名著全集 江戶文藝之部第十卷 怪談名作集, 1927.
- 野田壽雄,「西村本の浮世草子」,『近世小說史論考』,塙書房, 1961.
- 野本寬一,「海蝕洞窟 誕生と再生の籠り處」,『海岸環境民俗論』, 白水社, 1995.
- 『俳句歲時記』,角川文庫, 2003.

- 芳賀徹,「桃源郷の系譜-陶淵明から漱石ヘ-」,『國文學研究資料館 講演集』, 6號, 國文學研究資料館, 1985.
- 花田富二夫,「『新語園』と類書一了意讀了漢籍ヘの示唆一」,『近世 文芸』, 34號, 1981.
- 朴蓮淑,「『多滿寸太禮』と『新語園』」,『日本文學』, 卷48 第12號, 1999.
- _____,「『新御伽婢子』考-民話 · 傳說との關連を中心として」,『人 間文化研究年報』, 21號, 1997.
- _____,「『新御伽婢子』の一典據-卷六「明忍傳」について」,『國文』, 第89號, 1998.
- 原田禹雄 譯注,「事始記 1 水田 · 陸田」,『琉球國舊記』, 榕樹書林, 2005.
- _____,『蔡鐸本 中山世譜』, 榕樹書林, 1998.
- 原豊二,「鳥取縣立博物館藏『富士の人穴草子』翻刻と解題」,『山陰 研究』, 第2号, 島根大學法文學部山陰研究センター, 2009.
- 比嘉政夫,「常世神と他界觀」, 竹內理三 編,『古代の日本2 風土と生 活』, 角川書店, 1971.
- 比嘉康雄,『日本人の魂の原郷　沖繩久高島』, 集英社, 2000.
- 筆天齋,『御伽厚化粧』, 德川文芸類聚第四, 國書刊行會, 1915,
- 『平家物語』, 新古典文學大系44, 岩波書店, 2001.
- 『宝物集』, 新古典文學大系40, 岩波書店, 2001.
- 外間守善 校注,『おもそさうし(上)』, 岩波書店, 2015.
- _____,『沖繩の歷史と文化』, 中央公論新社, 2016.
- 前田速夫,「窟一籠りと再生『古事記』黃泉國訪問」,『國文學解釋と

教材の研究』, 52-5, 學燈社, 2007.

- 三浦佑之, 「神仙譚の展開-蓬萊山から常世國へ-」, 『文學』, 9-1, 岩波書店, 2008.

- 南方熊楠, 「一寸法師と打出の小槌」, 『南方熊楠全集』, 第四卷, 平凡社, 1975.

- 宮永正運, 『私家農業談』, 日本農業全集, 第6卷, 農産漁村文化協會, 1979.

- 本居宣長, 「古事記傳」『本居宣長全集 第十一卷』, 筑波書房, 1976.

- 諸見友中 譯注, 『譯注中山世鑑』, 榕樹書林, 2011.

- 柳田國男, 『日本昔話名彙』, 日本放送出版協會, 1948.

- _____, 『定本柳田國男全集』, 第八卷, 筑摩書房, 1975.

- 山本志乃, 「富士の聖地と洞穴「人穴」と「御胎内」にみる近世庶民の信仰と旅」, 『富士山と日本人の心性』, 岩田書院, 2007.

- 吉田雄次郎, 「虎と朝鮮」, 『朝鮮』, 第128號, 朝鮮總督府發行, 1926.

- 吉江久彌, 「女護嶋考」, 『佛敎大學硏究紀要』, 55號, 佛敎大學學會, 1971.

- 琉球王府 編・伊波普猷 外 2人 編, 『琉球國由來記』, 琉球史料叢書 第1.

- 和田萃, 「神仙思想と常世信仰の重層-丹波・但馬を中心に-」, 上田正昭 編, 『古代の日本と渡來の文化』, 學生社, 1997.

- 渡邊秀夫, 『かぐや姬と浦島 物語文學の誕生と神仙ワールド』, 塙選書, 2018.

〈그 외 국외 논저〉

• 郭箴一, 『中國小說史』, 臺灣商務印書館, 1974.

• 段成式撰, 『酉陽雜俎』, (北京)中華書局, 叢書集 278.

• 『輟耕錄』, 印景文淵閣四庫全書, 子部, 三四六.

〈인터넷검색 사이트〉

•「검은 소 이야기」, 태백시청 홈페이지(전통문화)

  http://tour.taebaek.go.kr/site/ko/pages/ sub05/sub05_01.jsp (검색일: 2020.02.20)

•「마이산 화엄굴」, 진안군청 홈페이지

  https://www.jinan.go.kr/index.jinan(검색일: 2021.02.06)

•「영등할망」, 한국향토문화전자대전 디지털제주시문화대전.

  http://jeju.grandculture. net/?local=jeju (검색일: 2019.12.21)

• 이병도 역(1999)「대산5만진신」『삼국유사』.

  http://www.krpia.co.kr.kims.kmu.ac.kr/ viewer?plctId=PLCT00004486&tabNodeId=NODE03753998(검색일:2020.01.05)

• 한국정신문화연구원(1980-1992), 『한국구비문학대계』.

  http://gubi.aks.ac.kr/web/default. asp(검색일: 2019.05.20)

• 『吾妻鏡』

  http://www5a.biglobe.ne.jp/~micro-8/toshio/azuma.html(검색일: 2019.02.18.)

• 內山眞龍, 1799년, 『遠江國風土記傳』第八.

  國立國會圖書館デジタルコレクション http://dl.ndl.go.jp/

info:ndljp/pid/765205 (검색일: 2018.02.15)

- 太田亮, 『新撰姓氏錄と上代氏族史』, 內閣印刷局, 1940.
國立國會圖書館デジタルコレクション http://dl.ndl.go.jp/
info:ndljp/pid/1109727 (검색일: 2019.10.24)

- 華誘山人, 1798년, 『遠山奇談』卷之一 第五章.
http://www.mis.janis.or.jp/~takao424/kidan/syohen/midasi.htm
(검색일: 2017.05.06)

- 『言繼卿記』.
國立國會図書館デジタルコレクション https://dl.ndl.go.jp/
info:ndljp/pid/ 1919173(검색일: 2020.12.09.)

- 椎葉村의 홈페이지, 「文化・敎養に關する事-歷史・史跡につい
て」, 「平家伝說」.
http://www.vill.shiiba.miyazaki.jp/education/culture/heike.php (검
색일: 2018.08.03.)

- 「風穴」
https://ja.wikipedia.org/wiki/%E9%A2%A8%E7 %A9%B4 (검색일:
2020.12.09)

- 藤長庚, 1803년, 『遠江古蹟圖會 下』〈京丸之牧丹花〉.
國立國會圖書館デジタルコレクション http://dl.ndl.go.jp/
info:ndljp/pid/2538219/127 (검색일: 2018.10.15)

- 良定 著, 『琉球神道記』, 明世堂書店, 1973.
國立國會圖書館 デジタルコレクションhttp://dl.ndl.go.jp/
info:ndljp/pid/1040100 (검색일: 2019.10.02)

찾/아/보/기

ㅈ

박 연 숙

(일본)오차노미즈여자대학 대학원 졸업(인문과학박사)

계명대학교 대학원 국어국문학과 졸업(문학박사)

현재 계명대학교 시간강사

〈저서〉　　『한국과 일본의 계모설화 비교 연구』(민속원, 2010)

　　　　　『한일설화소설비교연구』(인문사, 2012)

　　　　　『한 · 일 주보설화 비교 연구』(민속원, 2017)

〈번역서〉　『일본 옛이야기 모음집 오토기조시』(공저)(지식과교양, 2017)

　　　　　『우지슈이 이야기』(공저)(지식과교양, 2018)

한·일 설화소설의 비교, 동질성

초 판 인 쇄 ㅣ 2022년 4월 29일
초 판 발 행 ㅣ 2022년 4월 29일

지 은 이 박연숙

책 임 편 집 윤수경

발 행 처 도서출판 지식과교양
등 록 번 호 제2010-19호
주 소 서울시 강북구 우이동108-13 힐파크103호
전 화 (02) 900-4520 (대표) / 편집부 (02) 996-0041
팩 스 (02) 996-0043
전 자 우 편 kncbook@hanmail.net

ISBN 978-89-6764-182-5   93800   **정가** 28,000원